KB114789

소설로 읽는 **한국음악사**2: 근세 · 현대편

서연비람은 조선 시대 왕궁 내, 강론의 자리였던 서연(書筵)에서 강관(講官)이 왕세자에게 가르치던 경전의 요지를 수집하여 기록한 책(비람備覽)을 말합니다. 서연비람 출판사는 민주주의 국가의 주인인 시민들 역시 지속 가능한 과거와 현재, 미래의 이치를 깨우치고 체현해야 한다는 믿음으로 엄착한 도서를 발간합니다.

소설로 읽는 한국문화사 시리즈

소설로 읽는 한국음악사2: 근세·현대편

초판 1쇄 2023년 8월 15일

지은이 김찬기·김현주·마린·박선욱·박숙희·엄광용·유시연·정수남·채희문
편집주간 김종성
편집장 이상기
펴낸이 윤진성
펴낸곳 서연비람
등록 2016년 6월 29일 제 2016-000147호
주소 서울시 강남구 남부순환로 2909, 201-2호
전자주소 birambooks@daum.net

ⓒ 김찬기·김현주·마린 외, 2023, Printed in Korea.

ISBN 979-11-89171-60-5 04810
ISBN 979-11-89171-58-2 (세트)

값 14,500원

소설로 읽는

한 국 음 악 사 2

근세·현대편

(사) 한국작가회의 소설분과 위원회 편

서연비람

차례

책머리에

영국의 역사학자 트레벨리언(George M. Trevelyan)은 "역사의 변하지 않는 본질은 이야기에 있다"고 말하면서 역사의 설화성을 강조했다. 설화의 근간은 서사(narrative)이다. 1990년대 이후 한국 소설에서 서사가 사라졌다는 이야기가 유령처럼 떠돈다. 우리는 서사가 문학 작품뿐만 아니라 역사서의 기술에도 많이 사용해 왔다는 사실에 주목했다. 사마천(司馬遷)이 지은 『사기(史記)』의 상당 부분은 인물의 전기로 채워져 있고, 김부식의 『삼국사기』도 전기를 풍부하게 싣고 있다. 일연의 『삼국유사』는 불교 설화를 비롯한 여러 가지 서사가 풍부하게 실려 있다.

한국사를 총체적으로 살펴보려면 정치사뿐만 아니라 경제사·사회사·문학사·음악사·미술사·철학사·종교 사상사·교육사·과학 기술사·상업사·농업사·환경사·민중 운동사·여성사 등 한국 문화사를 들여다봐야 한다. 마침 한국 문화사를 소설가들이 소설로 접근하면 어떻겠느냐는 논의를 진행해온 ㈜ 서연비람이 ㈔ 한국작가회의 소설분과 위원회 소속 소설가들에게 집필을 의뢰하여 '소설로 읽는 한국문화사' 시리즈의 첫 번째 기획물인 『소설로 읽는 한국 여성사 I: 고대·중세편』과 『소설로 읽는 한국 여성사II: 근세·현대편』에 이어 두 번째 기획물인 『소설로 읽는 한국음악사1: 고대·중세편』과 『소설로 읽는 한국음악사 2:근세·현대편』을 계약하게 되었다. ㈔ 한국작가회의 소설분과 위원회 회원들이 열심히 작품을 쓴 결과 총 17편의 중단편 소설이 모이게 되었다. 이 작품들 가운데 1편의 중편 소설과 8편의 단편 소설을 편집하여 『소설로 읽는 한국음악사2: 근세·현대편』을 출간하게 되었다.

『소설로 읽는 한국음악사2: 근세·현대편』에는 유시연 소설가가 집필한 중편 소설 1편과 김찬기·김현주·마린·박선욱·박숙희·엄광용·정수남·채희문 소설가가 집필한 8편의 단편 소설이 실려 있다. ㈔ 한국작가회의 소설분과 위원회 소속 9명의 소설가들이 한국사 속에서 치열한 삶을 살아갔던 박연·김성기·유우춘·신재효·송만갑·박태준·김순남·윤이상·황병기를 언어라는 존재의 집으로 초대해 그들의 삶과 사상을 탄탄한 문장으로 형상화했다. 권말에 실은 '한국음악사 연표'는 김종성 소설가가 집필했다.

　많은 난관을 극복하여 모은 원고를 아름다운 책으로 만들어 준 ㈜서연비람 윤진성 대표와 이상기 편집장을 비롯한 편집진의 노고도 컸다. 끝으로 내외 환경이 어려운 이때 모든 힘을 다 기울여 창작 활동을 하는 ㈳한국작가회의(이사장 윤정모) 회원 여러분들과 『소설로 읽는 한국음악사2: 근세·현대편』을 출간하는 기쁨을 함께하고자 한다.

2023년 5월 25일
㈳ 한국작가회의 소설분과위원회 위원장
김종성

1. 박연 – 엄광용

칼날처럼 촉수를 뻗어 하늘거리는 난초 이파리 사이로 바람 소리가 들려왔다. 가늘면서 예리했다. 언뜻 난초 이파리 흔들리는 것을 보기 전에는 바람이 부는 것도 모를 정도인데, 박연(朴堧)은 귀를 열어 자연의 소리를 그렇게 듣고 있었다. 그가 자연의 소리를 듣는 방식은 독특했다. 마음의 귀를 열지 않으면 그 소리를 감지할 수 없었다. 음악인이 아닌 일반 사람들의 귀에는 미치지도 않는 난초 이파리 사이로 부는 바람 소리를 능히 들을 수 있는 것은, 그가 오랜 묵상을 통하여 자연과 마음의 조화를 아는 까닭이었다.

조용히 눈을 감고 침잠하는 자세는 가히 도의 경지에 도달한 느낌을 주었다. 마음을 가라앉히면 비로소 열리는 오감으로 박연은 자연과 일치하는 소통의 시간을 갖곤 했다. 사람의 청각으로 들을 수 있는 온갖 소리들을 배제한 채 그 한계를 넘어선 미물들의 움직임까지 감지하는 능력은 이미 설명으로는 이해 불가능한 세계였다.

따뜻한 봄 햇살이 정겨워 마루로 나와 앉은 박연의 시선은 마당 건너 담장 곁의 춘란 언저리를 맴돌고 있는 듯했다. 비록 눈을 감고 있었지만 사물의 움직임을 간파하는 그의 오감은 열려 있었다. 걸음 소리도 들리지 않게 조용히 다가와 탁자 위에 찻잔을 내려놓는 제자 춘연(春緣)이 문득 스승의 얼굴을 일별했다. 마치 잠을 자고 있는 누에처럼 감은 눈 위의 성긴 눈썹은 온유하였다. 검은 눈썹 사이사이 몇 가닥의 흰털이 유난히 길게 뻗어 있었다.

조용히 물러가려는 춘연의 발걸음을 잡는 소리가 공기의 울림처럼 들려왔다.

"게 좀 앉거라."

고개를 돌린 춘연의 시선에 스승 박연의 얼굴이 보였으나, 그 자태는 요지부동인 것처럼 보였다. 다만 종전과는 달리 눈만 떠서 허공 어딘가를 바라보고 있는 듯했다.

"네에? 저를……?"

춘연은 박연의 얼굴을 보고 자신을 부른 것인지 아닌지 감지하기 어려웠다. 그 눈길이 그녀를 보지 않고 있었기 때문이다.

"그래, 오래간만에 대금 소리를 가까이하고 싶구나."

박연은 여전히 눈을 허공에 둔 채 입을 열어 말했다. 대금을 연주할 때처럼 입술을 조금씩 움직였으므로, 그 소리는 오래도록 곁을 지켜온 제자 춘연이 아니고는 알아듣기 어려울 정도였다. 그녀도 겨우 입술의 움직임으로 그 뜻을 이해하였다.

그랬다. 박연이 제자 춘연에게 대금 연주를 부탁한 것은 실로 오랜만의 일이었다.

병자년(1456년)에 셋째 아들 계우(季愚)가 단종 복위 사건에 연루되어 삼족을 멸할 위기에 처했을 때, 박연은 세종·문종·단종 등 3대 임금을 모신 원로임을 인정받아 겨우 죽을 목숨에서 풀려났다. 당시 그는 유배를 자원하여 충청도 고산 땅으로 가기로 했다.

박연이 유배지로 떠날 때 전송하러 나온 친한 벗들이 한강 나루터에 나왔다. 그는 말을 타고 하인에게 고삐를 잡게 하여 배에 올랐다. 이별을 안타까워하는 벗들이 같이 배에 올라 조촐한 술자리를 벌였다. 배가 한강 남쪽 기슭과 가까워질 무렵, 그는 행낭에서 대금을 꺼내 입술을 갖다 댔다. 셋째 아들의 죽음 직후라 불고 싶지 않았지만, 전송 나온 벗들과 그냥 헤어질 수는 없는 일이었다.

음악은 곧 마음의 표현이었다. 당연히 박연의 대금 산조에는 그의 마음 자리에서 묻어나는 곡진한 감정이 음률로 물결치지 않을 수 없었다. 그것은 슬픔의 곡조였다. 슬픔으로 젖은 마음의 바닥을 긁어 끌어올려 만들어내는 그 소리를 들으면서 그의 벗들은 너나없이 눈물을 흘렸다. 그의 나이 이미 팔순에 가까웠으므로, 유배지로 떠나는 마당에 벗들과는 영영 이별을 하는 순간이기도 했다.

그렇게 한양을 떠난 박연은 유배지인 충청도 고산 땅을 밟았다. 그로부터 며칠 뒤 제자 춘연이 그에게로 찾아왔다. 뒤늦게 스승이 유배당했다는 소식을 들은 그녀가 달려와 수발을 도우며 그의 곁을 지켰다. 그때도 그 자신이 대금을 연주하거나 제자를 시켜 음률을 고르게 하는 일조차 없었다. 그는 어쩌면 한강을 건널 때 배 안에서 벗들과의 이별을 안타까워하면서 연주한 대금 산조가 마지막일지도 모른다고 생각했다.

박연은 유배 생활 3년 만에 지병이 생겼다. 멸문에 가까운 재앙을 겪은데다, 그 근심덩어리가 가슴속 멍울로 변해 노환이 되었다. 이러한 안타까운 소식이 조정까지 전해지자 임금(세조)은 해배(解配)를 명하였고, 그는 1458년 새해의 겨울 끄트머리에 고향인 충청도 영동군 심천면 고당리로 돌아올 수 있었다. 그의 나이 이미 81세였다.

해배된 박연이 귀향길에 나섰을 때도, 제자 춘연은 그를 그림자처럼 따랐다. 이제 자신을 잊고 떠나라고 여러 차례 일렀지만, 그녀는 스승의 말을 한 귀로 흘려들었다.

고향에 돌아와서 새봄을 맞았다. 그렇게 자연이 봄소식을 전한 지 한 달이 넘었는데도 박연은 수발하는 춘연에게 크게 말을 시키는 법이 없었다. 더구나 대금 연주를 부탁한 것은 실로 몇 해만인지 헤아리기 어려울 정도였다.

"저어, 스승님의 대금을 가져올까요?"

춘연이 고개를 갸우뚱거리며 물었다. 박연 자신이 대금을 불겠다는 것인지, 그녀에게 연주를 부탁하는 것인지 얼른 알아들을 수 없었기 때문이다. 유배지에서 그는 본인 스스로 대금을 불지 않았고, 다른 사람의 산조도 애써 듣기를 거부했었다.

"내 것과 네 것 다 가져오너라."

박연의 입에서 정확한 발음이 흘러나왔다.

"네에? 제 것도?"

춘연은 일어서서 조용히 방으로 들어가 대금을 챙겨 들고나왔다. 그러나 그녀는 스승의 그런 변화가 크게 반갑지 않았다. 노환으로 몸을 다스리기 어려운 상태에서 대금 연주를 하겠다는 것이 조금은 걱정되었던 것이다.

"이제 나는 기력이 달려 소리를 조율할 수 있을지 모르겠다. 네가 먼저 연주해 보거라."

춘연은 소리 나지 않게 속으로 한숨을 삼켰다. 스승이 스스로 연주를 꺼리는 것이 오히려 다행스러웠던 것이다. 대금은 호흡이 중요한데, 지병을 앓고 있는 스승에게 그런 장단음을 낼 수 있는 들숨과 날숨의 여유가 과연 가능한지 의문스러웠기 때문이다.

잠시 후 춘연은 천천히 대금으로 입술을 가져갔다. 입술과 입술 사이에 취구를 대고 호흡을 가다듬은 그녀는, 천천히 날숨으로 바람의 세기를 조정하고 들숨은 잠깐의 여유를 틈타 새로운 공기를 들이켜 삼키며 소리를 조율해 나갔다. 공기를 타고 수평으로 퍼져나가는 소리는 가늘면서 멀리 가되, 땅과 하늘 사이의 공간을 울리는 소리는 그 진폭의 물결이 파고처럼 높낮이로 출렁대며 수직의 운동성을 만들어 내고 있었다.

호수에 뜬 배가 건듯 부는 바람에도 흐름을 만들어 잔물결에 몸을 싣고 좌우로 소리 없이 운신의 폭을 넓혀나가듯, 박연은 모처럼 춘연의 대금 소리에 귀를 기울였다. 적삼 위로 가볍게 걸친 두루마기의 어깨에 햇살이 물결처럼 어리면서 아주 작은 움직임을 보이는 듯했다. 얼핏 보면 숨 고르기로 상하 움직임이 이는 듯, 그렇게 미미한 물결의 흐름이 어깨를 가린 옷자락에서 묻어나오고 있었다.

춘연의 대금 소리에 대한 박연의 정서적 분위기가 예전과는 전혀 달랐다. 오래도록 그는 그녀의 음악에 거부 반응을 보여 왔었다. 스무 살이 채 안 된 나이에 그녀는 그에게 보내졌다. 그녀의 모친 추월(秋月)이 보냈으므로, 그렇게 여겼다. 언뜻 그녀를 보는 순간, 그는 고향에서 보낸 젊은 시절의 기억을 떠올리지 않을 수 없었다.

어릴 적부터 박연은 고향인 충청도 영동에서 음악 신동으로 알려져 있었다. 그는 집에서 그리 멀지 않은 옥계 폭포를 찾아가 자주 대금을 연주했다. 그의 음악을 들으려고 애써 그곳을 찾아와 주흥을 살리는 시인과 묵객들도 많았다. 뿐만 아니라 지방 수령이나 토호들도 폭포 앞 누각에서 기생들과 함께 자주 연회를 열고 주흥을 즐겼다.

일찍부터 음악의 신동 소리를 들어온 박연은 학문 수련보다 대금 산조에 더 심취해 있었다. 그가 스무 살 안팎일 무렵이었다. 새로 부임한 수령이 지방 토호들과 함께 옥계 폭포의 누각에서 연회를 즐길 때 따라온 기생 중 소리 잘하는 추월이라는 여인이 있었다. 때마침 산야가 진초록으로 물든 싱그러운 봄날이었는데, 문득 폭포 옆 바윗등 언저리에서 들려오는 대금 소리를 듣고 그녀는 단박에 혼을 빼앗겨 버린 듯 음악에 심취했다.

악인에게는 가락이 곧 소통의 매질이었다. 박연의 대금 소리가 기생 추월에겐 마음과 마음을 이어주는 끈 같았다. 그 소리만 듣고도 연주하는 사내의 마음을 알았다. 소리의 끈은 명주실처럼 가늘고 질기고 끈끈하여, 그 은은함이 오래도록 귓속에서 남아 맴돌았다.

추월은 옥계 폭포 아래서 불던 박연의 대금 소리를 잊을 수가 없었다. 영혼으로 파고드는 듯한 그 음률은 그녀의 마음자리를 어지럽게 만들어 며칠 동안 도통 잠을 이루지 못했다. 그러한 곡진한 마음이 어느 날 그녀의 발길을 옥계 폭포 쪽으로 돌리게 했다.

당시 새로 부임한 고을 수령이 수청을 들라고 여러 차례 명하였으나 추월은 아프다는 핑계로, 그것이 통하지 않을 때는 생리를 이유로 대어 이리저리 잠자리를 피했다. 바로 그 무렵 박연의 대금 소리를 듣고 마음을 홀딱 빼앗겨 버렸는데, 그녀가 수령의 수청에 응하지 않은 것은 굳이 따지자면 거짓이라고 할 수 없는 상사병 때문이었던 것이다.

며칠 헛걸음을 치던 끝에 추월을 마침내 옥계 폭포 아래 바윗등에 걸터앉아 대금을 부는 박연을 발견하였다. 폭포 입구에서부터 그 소리는 바람도 불지 않는데 가는 명주실이 곡선으로 허공을 맴돌며 몸을 감싸고도는 듯했다. 그녀의 발걸음은 그 소리에 얽혀 자신도 모르는 사이에 저절로 그쪽을 향해 옮겨지고 있었다.

　박연은 가까이 다가오는 여인의 체취가 느껴졌지만, 대금 부는 일을 멈추지 않았다. 아니, 멈출 수가 없었다. 그의 음악을 삼라만상의 자연, 즉 무릇 생명이 있는 초목은 물론 날짐승과 들짐승이 모두 듣고 있었다. 악인으로서 연주 도중에 음악을 그친다는 것은 위악(僞惡)이고, 자연에 대한 배반이었다. 모름지기 음악은 인간이 만들어 내는 자연의 소리에 불과했다. 엄밀히 말하면 자연을 흉내 내는 것, 즉 음악은 인위적인 행위일 수밖에 없지만 땅의 기원을 하늘에 전하는 제례 의식과 크게 다르지 않았다. 그 기원이 소리라는 매질을 타고 하늘로 올라가고, 악인은 하늘로부터 응답의 소리를 듣고자 하므로 감히 연주를 중단할 수가 없는 것이었다.

　소리 기생인 추월은 그러한 음악의 원리를 체득하고 있었기에 가만히 박연 곁에 앉아 대금의 선율에 몸을 맡겼다. 오랜 기다림 끝에 마침내 연주가 끝났다.

　대금을 입에서 떼고 곁에 앉아 있는 여인을 바라보던 박연은 문득 몸을 떨었다. 추월의 두 볼을 타고 눈물이 주르르 흘러내리고 있었던 것이다. 보통 그의 음악을 즐겨 듣는 사람들은 연주가 끝나면 박수를 쳤다. 그런데 그녀는 폭포수 아래 수면을 바라본 채 눈물을 짓고 있었다.

　"아니, 왜 눈물을 흘리시오?"

　박연은 옆에 앉은 추월이 오래전부터 아는 사이라도 되는 듯 물었다.

　"눈물이란 슬퍼서만 흘리는 것이 아니지요. 기쁠 때, 감동이 충만할 때, 마음속의 근심이 모두 사라지도록 후련할 때도 눈물이 나지요."

　추월의 대답이 그랬다. 그녀 역시 처음 만나는 사내에게 하는 말치고는 너무 능청스러울 정도였다.

두 사람은 처음 만남인데도 서로의 마음을 너무 잘 알 정도로 오래된 연인처럼 대하였다. 이미 그들은 대금 소리를 통하여 정신적 합일을 이루었다.

음악이 땅과 하늘 사이의 기원과 응답으로 이루어지듯이, 박연과 추월은 각기 대금과 창을 주고받으며 서로의 마음을 묻고 대답하고 하나로 어우러지는 과정을 거쳤다. 그렇게 열흘 정도 이어지던 두 사람의 인연은 그것으로 끝이었다.

더 이상 추월은 고을 수령의 수청을 거절할 명분을 찾기 어려웠다. 다음 날 밤이면 수령과 잠자리를 같이해야 할 마당이라, 그녀는 박연과 이별을 하기 전에 사랑하는 임에게 몸을 바치고 싶었다. 이들 연인은 불과 하룻밤의 정분이지만, 매우 열정적이었다. 안타깝고 애틋했으므로 더욱더 두 사람의 몸과 마음은 일치를 이루어 활화산처럼 타올랐다.

다음 날로 추월은 새로 부임한 수령에게 수청을 들게 되었고, 결국 후실로 들어앉아 별당을 지켜야만 했다.

박연이 추월과 음악으로 맺은 인연은 그것으로 끝이었다. 그러나 불과 열흘 만에 끝난 사랑이 그에게는 깊은 마음의 상처로 남았다. 바로 그 무렵 해서 모친이 세상을 떠나 그 슬픔은 더욱 가슴이 미어질 만큼 가중되는 아픔으로 다가왔다.

무인년(1398년), 박연이 스무 살을 겨우 넘겼을 무렵이었다. 모친상을 당한 그는 유교의 격식대로 삼년상을 마친 후 무덤 곁에 여막을 짓고 시묘살이를 했다. 그때 그는 맺힌 한을 대금 산조로 풀어냈다. 당시 소문에 의하면 지극한 효성에 감동하여 여막 인근의 토끼들이 따르고 호랑이가 지켜주는 기이한 일이 벌어졌다고 할 정도였다. 실상은 그의 대금 소리를 산짐승들도 알아들을 정도로 미묘한 울림이 있었다는 것을, 사람들이 에둘러 그런 설화 같은 이야기로 변형시켰을 것이다.

시묘살이 3년을 그렇게 보낸 후 박연은 스물 중반을 넘긴 늦은 나이에 학문에 몰두해, 대금 대신 서책을 가까이했다. 고을 수령에게 사랑하는 사람을 빼앗긴 것이 분해 그도 과거 시험을 봐서 벼슬자리에 오르겠다고 마음먹게 된 것이었다.

박연은 어려서부터 총명했지만, 서책보다 대금을 가까이하여 학문을 등한시한 것이 사실이었다. 스물 중반이 넘어 다시 학문에 몰두한다는 것은 대단한 결심이었다. 그는 스물일곱 살이 되던 태종 5년(1405년)에 생원시에 합격하였다. 그러나 그 이후 오랜 세월 고군분투하지 않으면 안 되었다. 진사시에 번번이 낙방하고 말았던 것이다. 그러다가 생원시 합격 6년 만인 태종 11년(1411년)에 드디어 진사 시험에서 장원으로 뽑혔다.

늦은 나이에 벼슬길에 올랐지만 진사시에서 장원을 했을 정도로 박연의 학문이 출중함을 알고, 태종은 그에게 세자시강원의 문학을 맡겨 왕세자인 충녕 대군의 글을 가르치도록 했다. 태종의 뒤를 이어 충녕 대군이 임금의 자리에 올랐는데, 그가 바로 세종대왕이었다. 이때 임금은 세자 시절부터 스승이 음악에 조예가 깊은 것을 알고, 박연으로 하여금 음악 관청인 관습 도감 제조를 맡아보게 하였다.

박연의 나이 마흔 살이 넘었을 때였다. 어느 날 스무 살 안팎의 여인이 그를 찾아왔다. 젊은 시절 불과 열흘간의 사랑으로 끝냈던 연인 추월이 보냈다고 했다.

"춘연이라고 하옵니다."

여인이 박연을 향해 다소곳이 절을 올렸다.

"추월과는 어떤 인연인가?"

"소녀의 모친이시옵니다. 모친께선 어려서부터 소녀에게 대금을 배우게 하면서 선생님 말씀을 자주 하셨습니다. 연전에 모친께서 지병으로 세상을 떠나시면서 유언하시길, 선생님을 찾아가 대금을 더 배우라고 하셔서 이렇게 찾아왔습니다."

한 무릎을 세우고 다소곳이 앉은 춘연이 고개를 숙였다.

"모친께서 세상을 하직하셨다고?"

박연은 그동안 까맣게 잊고 있던 추월의 얼굴을 떠올렸다. 세월도 오래 되면 기억을 지우게 하는가, 그녀의 모습이 어렴풋이 안개 속의 형상으로 잡혀 왔다. 그래서 예전의 얼굴 기억이 또렷하지 않았다.

문득 박연은 춘연의 얼굴을 바라보며, 그 속에서 그녀의 모친 추월의 모습을 찾아보았다. 어딘가 닮은 데가 있는 듯했다. 그를 대하는 분위기가 그러했다.

"악기는 누가 가르쳐서 되는 것이 아니다. 스스로 익혀서 얻는 것이 음악이거늘……."

박연은 그렇게 말했지만, 추월의 유언이라며 찾아온 그녀의 딸을 결국 제자로 받아들일 수밖에 없었다. 옛 연인이 세상을 떠나면서 당부한 것을 거부할 수는 없는 노릇이었다.

그렇게 춘연을 제자로 받아들인 지 또한 오랜 세월이 흘렀다. 박연은 언제고 그녀가 스스로 대금 배우기를 포기하고 그의 곁을 떠나기를 바랐다. 추월과의 한때 사랑은 이미 고향에서 끝이 났다는 생각에, 곁에서 그녀의 딸을 지켜보는 것도 부담스러웠던 것이다.

그러나 춘연은 결코 박연의 곁을 떠나지 않았다. 날이 갈수록 대금의 실력도 늘어 수제자로 받아들일 만했지만, 다른 제자들을 가르치면서도 그녀에게 따로 시간을 내어 연주법을 지도하지는 않았다. 그녀는 곁에서 시중을 들면서 어깨너머로 배워 대금을 익혔다. 음악은 스스로 익혀서 얻는 것이라는 스승의 말을 제대로 실천으로 옮겼다고 할 수 있었다.

그런 면에서 박연은 춘연을 기특하게 생각했다. 그래서 어느 날인가부터 처음의 생각을 바꾸어 가끔 둘만 있을 때 그녀에게 대금 연주를 시켜보았다. 그녀가 만들어 내는 음악이 귀로 듣기에 자연스러워졌고, 점차 마음속으로 스며들어 큰 울림으로 그의 내면에서 공명 현상을 일으키기 시작했다.

　대금을 연주하는 악인과 그것을 듣는 사람 사이에는 통하는 바가 있었다. 서로 음악을 공유할 수 있는 경지에 도달하면 연주자의 마음을 듣는 이가 알아들을 수 있었다. 또한 같은 순간에 듣는 이의 마음을 연주자가 깨닫게 되는 것이었다.

　어느 사이 박연과 춘연의 음악적 소통은 그 경지에까지 이르러 있었다. 그것은 특별한 인연이 아니면 도달하기 힘든 정서적 친연 관계였다. 젊은 시절 고향 인근의 옥계 폭포 앞에서 그와 추월이 대금의 연주와 창으로 주고받던 음악을 연계한 마음의 소통이 번뇌처럼 머리를 스쳤다.

　박연은 아차, 싶었다. 바로 오래전에 추월이 그러했듯이, 그녀의 딸 춘연이 그에게 음악을 통해 사랑을 호소해 오고 있었던 것이었다. 그것을 느끼는 순간부터 그는 애써 그녀의 대금 소리를 들을 때 마음의 벽을 쌓았다. 아무리 소리를 통한 호소지만, 두 사람은 사랑의 관계로 발전해선 안 될 사이였다. 내면적 갈등 끝에 내린 그의 판단이 그러하였다.

　소리의 벽은 굳건했다. 박연은 춘연의 대금 소리를 거부하는 벽을 두어 그녀와의 거리를 유지하고자 했으며, 그러다가 어느 순간 저 스스로 그의 곁을 떠난다면 참으로 다행이다 싶었다. 그녀가 대금의 소리를 통해 가까이 다가올수록 그는 당혹스러운 마음을 가다듬기 어려웠다.

　'추월이 딸을 보내 이렇게 하도록 시킨 것인가?'

　박연은 마음이 괴로웠다. 어쩌면 추월이 자신과 못다 이룬 사랑을 딸을 통해 완성하려는 것인지도 몰랐다. 그런 면에서 그는 사랑에 관한 한 여자의 마음이 그토록 무섭다고 생각했다.

　이미 박연의 나이 이순(耳順)이 지나 있었다. 그는 음악을 통해 소리의 벽을 쌓아 이별을 통고했음에도 불구하고, 춘연이 자신의 곁을 떠나지 않자 매몰차게 내치기로 마음먹었다.

　"내 이미 나이가 들어 더 이상 너를 가르칠 힘이 없다. 딴은 그동안 내가 너에게 가르친 것이 별반 없기도 했다. 스스로 음악을 터득했으니, 이제 너의 길을 가도록 하라."

"스승님! 제 소원입니다. 지금까지 그래왔듯이 스승님을 곁에서 모시도록 해주세요. 제가 가면 어디로 가겠습니까?"

춘연은 울었다.

"떠나거라. 나를 위한 정성이 그만하면 되었다. 이제 네 인생을 찾아가거라. 오늘로 대면은 끝이다!"

박연은 그렇게 단정적으로 말한 후, 춘연이 떠날 때까지 다시 보지 않았다.

한 달 동안 춘연이 박연에게 찾아와 문 앞에서 박연에게 울며 호소했지만, 그는 끝내 문을 열어주지 않았다.

춘연이 떠난 지 어언 스무 해가 흐른 후, 멀리서 박연의 소식을 듣고 그녀가 유배지로 찾아왔다. 그리고 그가 3년 만에 해배되자, 그녀는 고향까지 따라와 곁에서 시중을 들었다. 그는 이미 노환이 들었고, 더 이상 그녀를 내칠 수가 없었다. 만약 그녀가 곁에 없다면 그를 병구완할 사람조차 마땅치 않았다.

박연은 대금 소리를 들으며 감았던 눈을 지그시 떠서 연주하는 춘연의 모습을 바라보았다. 다시 그 얼굴에 그녀의 어머니 추월의 모습이 어른거렸다. 모친이 세상을 떠날 때의 나이를 넘기고 다시 20년 가까운 세월이 지나버린 딸의 모습, 그 모녀의 형상이 하나로 겹쳐 구분하기도 어려울 정도였다.

'추월이 세상을 하직할 때 모습이 저러했을까? 그게 아니지. 이젠 제 어미가 죽을 때의 나이를 훌쩍 뛰어넘어 춘연의 나이가 이순에 이르렀거늘.'

문득 박연은 그런 생각을 하다가 자신도 모르게 꿈틀, 하고 놀랐다.

춘연은 그런 박연의 내심을 아는지 모르는지 여전히 대금을 연주하는 데 열중하고 있었다. 어느 사이 그는 옛날 애써 소리의 벽을 쳤던 그 경계를 무너뜨리고 있었다. 자신도 모르는 사이에 그녀의 마음을 받아들이고 있었다. 그녀의 음악을 통해 마음과 마음이 통하는 순간이었다.

박연이 새삼 그런 깨달음으로 귀를 여는 순간, 그의 눈에 대금을 연주하는 춘연의 모습이 아련히 다가왔다. 그녀는 연주를 하면서 울고 있었다. 그가 비로소 소리의 벽을 무너뜨리고 마음을 연 것을 그녀 역시 감지했던 것이다. 눈물이 두 줄기 볼을 타고 흘러내리는데도 불구하고, 그녀의 입술과 양손의 손가락은 대금의 취구(吹口)와 여섯 개의 지공(指孔)을 조율하며 음악의 가락을 만들어 내고 있었다.

놀라움도 잠시, 박연은 다시 춘연의 음악에 심취해 눈을 감고 귀를 더 크게 열었다. 음악을 듣는지 잠을 자는 것인지, 그 자신도 모를 정도로 피아의 구분조차 없어져 버렸다. 대금을 연주하는 주체에 혼동이 왔다. 그녀의 대금 산조를 그는 그 자신의 연주로 착각하고 있었다. 두 사람의 음악이 혼연일체를 이루는 순간이었다.

"난계(蘭溪) 선생은 대금뿐만 아니라 여러 가지 악기를 두루 잘 다룬다고 들었는데, 거문고도 켤 줄 아시오?"

문득 귀에 익은 목소리가 대금의 음률에 몸을 맡긴 박연의 귀를 비집고 들어왔다. 난계는 고향 마을의 집에 난초가 많다 하여 붙여진 그의 호였는데, 임금(세종)은 거기에다 '선생'이란 호칭까지 붙였다.

박연은 현실인 듯 꿈인 듯 음률의 틈 사이로 임금의 옥음을 들었다.

"예, 전하! 원래 거문고는 고구려 악성(樂聖) 왕산악을 따를 이가 없사온데, 그만은 못하지만 음률은 겨우 고를 줄 아나이다. 그런데 갑자기 거문고라 하심은?"

박연이 고개를 드니 임금의 용안이 조용한 미소를 머금고 있었다.

"태조 대왕께서 아끼시던 악기 중에 거문고가 있어 문득 그 소리를 듣고 싶어 난계 선생을 불렀소. 오랜 옛날 고구려의 악성 왕산악을 불러다 거문고 탄주를 들었으면 좋겠지만, 그럴 수는 없는 노릇이고. 그러하니 선생께서 과인에게 거문고 탄주를 해주면 어떻겠소?"

임금은 신하들 중에서도 박연을 특별하게 대하였다. 세자 시절 스승이었으니, 딴은 그럴 만도 하였다. 나이도 열일곱 살 차이여서, 신하지만 함부로 대하지 않았다.

경복궁 사정전 앞 행랑에는 임금의 귀중품과 재산을 보관하는 곳간인 내탕고가 있었다. 천지현황(天地玄黃) 우주홍황(宇宙洪荒)의 천자문 머리에 나오는 여덟 글자를 따서 내탕고 이름을 지었다. 여기에 일월(日月)까지 합하여 총 열 개의 곳간이 있는데, 그중 첫 번째인 천자고(天字庫)에서 태조 대왕의 유류품 중 거문고가 나왔던 것이다.

임금은 곧 내관이 미리 준비해 둔 거문고를 박연 앞에 갖다 놓게 하였다.

"오래된 것이 사연을 간직한 거문고 같습니다만⋯⋯."

박연은 임금이 왜 갑자기 자신을 불러 거문고 탄주를 해보라는 것인지, 그 의도를 정확히 몰라 짐짓 머뭇거리지 않을 수 없었다.

"고려조 공민왕이 켜던 거문고라 하니, 오래되긴 했지요. 고려 왕실로 전해 내려오다가 우리 태조 대왕께서 조선 왕조를 개창하면서 이 보물이 그대로 왕실 내탕고에 보관되어 전해진 모양이오."

임금이 전해주는 거문고를 받아 든 박연은 손으로 한번 악기의 몸통을 쓸어보았다.

"⋯⋯명기로군요."

박연의 입에서 자신도 모르는 사이에 흘러나온 말이었다.

"명인은 명기를 알아본다더니 과연 틀린 말이 아닌 것 같소."

"거문고는 오동나무로 만드는데, 몸통을 쓸어보니 백 년은 묵은 나무를 베어 만든 것 같사옵니다."

박연은 그러면서 손으로 여러 차례 거문고의 몸통을 두드려 보았다.

"노국 공주가 출산을 하다 세상을 떠나는 바람에 공민왕이 슬픔을 이기지 못하자, 악기 장인이 바로 거문고를 만들어 바쳤다고 합니다. 공민왕은 이 거문고를 켜면서 슬픔을 달랬다고 전해지고 있지요."

임금은 그러면서 손을 들어 박연에게 거문고 탄주를 부탁하였다.

박연은 대금의 명인이지만, 음악이 어떤 경지에 이르게 되면 다른 악기를 다룰 때도 그에 버금가는 능력을 발휘하게 되어 있었다. 나이가 들어 거문고를 만질 기회가 있었지만, 여섯 개의 현으로 된 그 악기는 대금의 여섯 개 구멍(指孔)처럼 음을 만들어 내는 기본 구도는 비슷하였다. 다만 대금은 손가락으로 구멍을 골라 짚어 소리를 조율하지만, 거문고는 줄을 튕겨 음의 높낮이와 길고 짧은 가락을 만들어 낸다는 것에 차이가 다소 있을 뿐이었다.

마침내 거문고가 소리를 내기 시작하자, 임금은 고개를 주억거리며 조용히 귀를 기울였다. 박연의 손가락이 여섯 개의 현 위에서 가볍고 부드럽게 움직였다. 거문고를 타는 그의 흰 옷소매는 황새의 날개처럼 보였으며, 손가락의 움직임은 땅 위에서 춤을 추는 그 새의 여유로운 발놀림을 연상케 하였다. 왼쪽 손가락은 여섯 줄의 현을 짚어 음을 고르고, 오른손에 쥔 술대는 현을 때로는 부드럽게 혹간은 강하게 튕겨내면서 높낮이의 굵은 음색으로 공기를 흔들었다. 간혹 술대를 크게 튕겨 공명통을 건드리면서 큰소리를 울리기도 하는데, 그 술대가 닿는 부분엔 단단한 바다거북의 등가죽을 붙인 대모판이 붙어 있어 독특한 음색을 만들어 냈다. 이 대모판은 오동나무로 된 공명통을 보호하기 위한 것인데, 거문고의 둔중하면서도 남성적인 특색을 지닌 소리로 변화시키는 역할을 하였다.

음악에 심취하여 저절로 눈을 감고 감상에 젖어 있던 임금은, 거문고의 독특한 농현에 마음을 맡기고 있다가 갑자기 술대가 대모판을 때리는 소리에 번쩍 눈을 떴다. 그로부터 얼마 안 되어 거문고 탄주가 끝났다.

"과인이 잠시 음악에 취해 꿈이라도 꾼 것 같구려. 과연 대금 명인의 손을 거치니 거문고의 탄주가 놀라운 기운을 발휘하는 것 같소. 흥이 저절로 어깨에 얹히는 것 같구먼! 과연 난계 선생은 우리 조선의 악성이시오."

임금이 박연을 향해 헌사를 아끼지 않았다.

"전하, 당치않은 말씀이시옵니다. 고구려의 왕산악이 거문고 탄주를 할 때 검은 학이 날아와 춤을 추었다고 해서 '현학금(玄鶴琴)'이라 불리기도 했다고 하니, '악성'이란 그런 명인을 두고 하는 말이 아니겠사옵니까? 감히 신으로선 감당키 어려운 상찬이시옵니다."

박연은 임금이 자신을 '조선의 악성'이라고 하는 데 대해 몸 둘 바를 몰랐다.

"가야금을 만든 가야의 우륵도 악성으로 명성을 날렸다고 하니, 고구려의 왕산악과 함께 난계 선생도 그에 버금가는 명인으로 손색이 없을 듯해서 악성이라 부른 것이오."

"황감하옵니다."

박연은 임금을 향해 허리까지 깊이 꺾으며 깊이 머리를 조아렸다.

"과인이 난계 선생을 보자고 한 것은 거문고 연주를 듣고 싶어서였지만, 겸하여 한 가지 부탁할 게 있어서요."

"……부탁이시라면?"

"고구려의 왕산악이 거문고를 만들고, 가야의 우륵이 가야금을 만들었듯이, 우리 조선을 대표하는 악기도 필요하다고 생각하오. 한 국가를 경영하려면 예(禮)와 덕(德)이 중요하다고 하오. 『예기(禮記)』에 보면 악(樂)과 예는 분리될 수 없으며, 그 둘을 함께 지니면 덕을 펼칠 수 있다고 했소. 예에서 중요시하는 악이 중국과 다르니, 난계 선생이 우리 악기를 만들어 궁중 제례악에 중히 쓰일 수 있도록 해주시오."

임금의 이와 같은 말을 듣고 나서야 박연은 거문고 탄주를 부탁한 것이 실은 조선의 새로운 악기 주조를 명하기 위한 구실에 불과하다는 것을 깨달았다.

"전하께서 신에게 거문고 탄주를 부탁하신 깊은 뜻을 이제야 깨달았나이다. 고구려의 왕산악은 동진의 칠현금을 가져다 육현금의 거문고를 만들었다고 하나이다. 칠현금은 중국의 강장 남쪽에 있는 나라인 동진의 악기이므로, 그 동북쪽의 고구려 음악에 잘 어울리지 않아 새롭게 악기를 만들었다고 생각됩니다. 지역마다 기후조건이 달라 풍습에 차이가 있고, 따라서 음악도 그 가락의 높낮이와 흥의 재미나 즐거움이 같지 않다고 생각되옵니다. 그러하므로 음악을 연주하는 악기는 그 지역에서 나는 재료를 찾아 갈고닦아 만들어야 할 것이옵니다. 전하께서 중국의 악기와 우리 조선의 악기가 달라야 한다는 말씀을 듣고 신은 그저 감읍할 따름이옵니다. 신 역시 오래전부터 전하와 같은 생각을 갖고는 있었으나 감히 주청을 드리지 못하였나이다. 유학을 숭상하여 중국의 것을 그대로 받아들이려는 대신들이 우리 조선의 악기를 만들겠다고 하면 쌍수를 들고 반대하리라 생각하고 엄두를 낼 수 없었나이다. 이제 전하께서 지엄한 명을 내리시니, 반대하는 대신들이 있다 하더라도 신이 반드시 우리 조선의 악기를 만들도록 하겠나이다."

박연은 너무 감읍하여 목소리까지 떨려 나올 정도였다. 이미 임금이 그의 마음을 읽고 먼저 악기 만드는 길을 터주려고 했음을 간파했기 때문이다.

"이제부터라도 난계 선생께선 곧 우리 조선에 꼭 필요한 악기가 무엇인지 연구토록 하시오. 곧 과인이 악기 제작에 필요한 관청을 세우도록 하겠소. 그리하면 유학에 경도된 대신들도 감히 반대하고 나서진 못할 것이오."

임금의 명을 받은 박연은 과연 조선에 필요한 악기가 무엇일까 고심하기 시작하였고, 오래도록 궁구하던 끝에 편경과 편종을 만들기로 했다.

편경과 편종은 궁중 제례악에서 빠져서는 안 될 중요한 악기였다. 고려 예종 때 송나라에서 처음 들여왔는데, 조선조로 넘어와 세종 초기까지도 중국의 악기를 수입해서 제례악을 연주할 때 사용하고 있었다. 그러나 박연의 말처럼 중국과 조선은 기후조건이 다르고 편경이나 편종을 만드는 재료에 차이가 있으므로 음이 제대로 맞지 않았다. 엄연히 중국과 조선의 음악이 다른데, 하물며 율격의 미묘한 차이에 있어서는 서로 상충하는 부분이 많을 수밖에 없었다. 따라서 악기의 재료와 제작 공정, 장인의 솜씨가 소리를 좌우하는 중요한 관건이 되었다.

편경은 돌이, 편종은 동이 주재료였다. 두 악기는 구조와 기능이 닮은 듯하면서 다른데, 가장 큰 공통점은 여러 음의 높낮이를 표현할 수 있는 타악기라는 점이었다. 박연은 먼저 제작 과정이 편종보다 어렵지 않은 편경부터 만들기로 했다.

궁중 음악은 아악과 향악으로 구분되었다. 예로부터 무겁고 탁한 소리는 존귀하고, 가볍고 맑은소리는 비천하다고 생각했다. 향악은 속악이라고도 하는데, 주로 거문고·비파·가야금을 비롯하여 대금 등 피리 종류의 악기로 연주함으로써 비교적 넓은 음역을 사용하였다. 이들 악기에서는 가볍고 맑은소리가 났다. 그에 반하여 아악은 궁중 제례악이 주류를 이루는데, 무겁고 탁한 소리를 내는 악기가 주종을 이루었다. 그 둔중함은 제례를 지낼 때 사람들을 엄숙하면서도 정제된 마음을 갖게 해주는 역할을 하는데, 그런 악기 중 대표적인 것이 바로 편경과 편종이었다.

일찍부터 아악을 집대성하기로 결심한 박연은, 우선 그에 어울리는 악기부터 제작하는 데 심혈을 기울이기로 했다. 그래서 그는 임금의 명에 따라 편경을 만들기 위해 그 재료인 옥돌을 구하러 다녔다. 옥돌은 경석, 즉 가벼운 돌을 의미하는데 남양에 가면 구할 수 있다는 소문을 들었다. 남양은 수원에서 20리쯤 떨어진 곳으로, 그는 당나귀를 타고 거기에 가서 수소문 끝에 어렵게 옥돌을 구할 수 있었다. 남양의 옥돌은 특히 표면의 돌무늬가 아름답고, 두드리면 청량한 소리가 나는 것이 특징이었다.

옥돌이 없을 때 편경은 기와를 구워 만들기도 해서 '와경'이라고도 불렸다. 그러나 기와 재료로 쓰이는 찰흙이나 구울 때의 온도 등에 따라 소리가 달리 나오므로 옥돌 재료보다 음을 고르기가 쉽지 않았다. 따라서

구하기 어렵더라도 애써 석회암과 대리석이 섞인 옥돌을 선호하였다. 옥돌은 가벼우면서도 온도나 습도의 영향을 거의 받지 않아 연주할 때 따로 조율할 필요가 없기 때문에 편경 재료로는 으뜸이었다.

박연은 어렵게 구해온 옥돌을 깎고 다듬어 편경의 나무틀 아래위로 8개씩 총 16개의 경석을 만들어 매달았다. 이들 경석은 ㄱ자 모양을 하고 있는데, 돌의 굵고 얇은 두께의 정도에 따라 소리가 다르게 나게 돼 있었다. 편경의 모양은 두 개의 받침대 위에 기러기 한 쌍을 조각해 앉히고, 그 위에 두 기둥으로 나무틀을 세워 가로대로 고정시켰다. 상단의 나무틀 양편에 봉황의 머리를 조각하였으며, 틀 위에 다섯 마리의 나무로 깎은 공작을 장식했다. 그리고 양쪽 기둥에 석경을 매달 가로대를 두 개 걸치고, 거기에 아래위로 경석을 8개씩 나누어 배치했다. 경석의 모양이 ㄱ자인 것은, '하늘을 굽어 땅을 덮는' 형상을 본뜬 것이었다. 어진 임금이 되려면 항상 백성을 굽어살펴야 한다는 공자의 가르침이 그 형상에 담겨 있었다. 즉 이때 하늘은 임금이고 땅은 백성을 뜻하였다.

경석을 가다듬을 때 박연은 먹줄을 쳐서 열심히 갈아 16개의 음이 모두 다르게 나도록 했다. 조금만 줄이 어긋나도 소리가 달라지기 때문에 다른 사람을 시킬 수도 없으므로, 그가 직접 돌을 갈아야만 했다. 그러다 보니 밤을 꼬박 새울 때도 많았다. 마침내 편경이 완성되자, 그는 다음 날 일찍 임금을 알현하고 그 앞에서 직접 악기를 시연했다.

편경은 소뿔로 만든 '각퇴'라는 작은 망치로 경석의 끝부분을 두드려 소리를 내는 악기였다. 박연이 1번부터 16번까지 경석을 각퇴로 두드려 시연을 마쳤을 때, 임금이 문득 물었다.

"난계 선생, 9번째 음이 조금 이상한 것 같은데……."

임금이 고개를 갸우뚱거렸다.

박연은 밤을 새워 새벽까지 편경을 마무리하느라 미처 집에서 시연조차 하지 못하고 궁궐로 달려왔다. 그동안 임금이 몇 번이나 악기의 완성에 대해 물었으므로, 그는 그만큼 마음이 급했던 것이다. 그래서 임금 앞에서 시연을 하면서도 그 스스로는 정확하게 음감을 느끼지 못한 모양이었다.

임금의 말을 듣고 나서, 박연은 시급히 9번째 경석을 살펴보았다. 경석의 한쪽 모퉁이에 먹줄 친 자국이 조금 남아 있는 것을 발견하고 그는 당황했다.

"전하! 소신이 큰 실수를 저질렀사옵니다. 먹줄을 치고 경석을 갈았는데, 9번째 경석이 조금 덜 갈렸습니다."

박연은 정말 놀라지 않을 수 없었다. 임금은 미묘한 음의 차이까지 구분해 낼 수 있을 정도로 절대 음감을 소유하고 있었던 것이다.

그 자리에서 박연은 급히 9번째 경석의 약간 덜 갈린 부분을 쇠줄로 문질러 먹줄을 없애고 다시 시연을 했다. 그제야 정확하게 16개의 경석이 제소리를 냈다.

편경 제작에 성공하고 나자 박연은 편종을 제작하는데 더욱 자신감이 생겼다. 더구나 세종 11년(1429년)에 주종소(鑄鐘所)를 세워 임금은 그로 하여금 그곳에 나와 편종을 만들도록 편의를 제공했다.

편종은 편경과 달리 동으로 각기 다른 종을 주조하여 만들어야 하므로, 제작 기간도 더 걸리고 절대적으로 주철장의 도움을 받지 않으면 안 되었다. 먼저 종 모양의 틀 안에 주물을 끓여 넣어 만들기 때문에 그 과정이 더욱 복잡할 수밖에 없었다. 그것도 소리의 결에 따라 종의 두께를 달리해야 하므로 여러 번의 시행착오를 거치지 않으면 제대로 된 소리를 얻기 어려웠다.

그런 어려운 과정을 알고 임금이 주종소를 세워 박연으로 하여금 편종을 제작하게 했던 것이다. 그러나 편경과 편종은 대략 그 모양과 구조가 같고, 아래위로 종을 8개씩 매달아 총 16개의 음을 내게 돼 있었다. 따라서 편종의 음역은 편경과 동일하지만, 경석과 동종이 내는 소리는 달랐다. 편경은 경석으로 만들어 음색이 맑고 가벼운 데 반하여, 편종은 동을 재료로 써서 웅장하면서도 날카로운 금속성을 낸다는 점에서 차이가 있었다.

이러한 편경과 편종을 중심으로 연주되는 음악은 제례악과 궁중 음악이었다. 따라서 종묘 제례악과 문묘 제례악에서도 매우 중요한 악기로 사용되었다.

박연을 더욱 놀라게 한 것은 어느 날 임금이 백성들을 위하여 '여민락(與民樂)'이란 곡을 직접 지었다는 사실이었다. 역시 임금이 절대 음감의 소유자임을 그는 인정하지 않을 수 없었다.

그리고도 오랜 세월이 지난 어느 날, 임금이 내관을 보내 박연에게 급히 피리를 종류대로 가지고 편전으로 들라고 했다.

"오, 난계 선생! 기다리고 있었소."

임금은 반갑게 박연을 대하며 몸소 옥좌에서 내려와 마주 앉았다. 곧 두 사람 앞에 다과상이 나왔다.

"피리를 종류대로 가져오라 하셨는데, 소신을 부르신 것이 연주를 들으시려고 하는 것은 아닌 것 같고……."

박연은 갑자기 자신을 부른 임금의 의중을 몰라 망설일 수밖에 없었다.

"그렇소. 난계 선생은 대금의 명인이니, 소리의 원리에 대해 잘 알고 있다는 생각이 문득 들어 보자 하였소."

임금은 몸까지 박연 앞으로 가까이하며 매우 궁금한 표정을 지었다.

"소리의 원리라 하시면……?"

그때까지도 박연은 임금의 궁금증이 어디에서 연유하여 그에게 묻는 것인지 몰라 어리둥절한 표정을 지었다.

"과인이 전부터 우리글을 만들고 있는 걸 난계 선생께선 잘 알고 있지 않습니까? 그동안 오래도록 궁구해 본 끝에 사물의 형태를 따서 중국 글자와 달리 우리글은 소리가 나는 모양을 따서 만들려고 합니다. 목구멍을 통해 소리가 나올 때 입안의 모양과 혀의 위치에 따라 소리가 달라집니다. 이걸 연구하느라 요즘 열심히 피리를 불어보고 있는데, 그 소리의 원리를 알 듯 모를 듯하여 선생을 불렀소이다."

임금의 말을 들으면서 박연은 마음속으로 감탄사를 연발하였다. 우리 글을 연구하는데 자연의 원리를 응용하려는, 그 궁구하고자 하는 정신에 탄복했다.

"전하! 이 세상 모든 악기는 자연의 원리에 따라 소리를 내는 기계라고 할 수 있사옵니다. 자연의 소리는 곧 하늘의 소리이므로 그 흉내를 내기는 지극히 어렵사오나, 근접한 단계까지 가기 위해 악공들이 최대한 노력을 기울이고 있지요. 따라서 음악은 연주자들의 손길로 땅의 소리를 하늘에 전달하고, 그와 동시에 감상하는 이들로 하여금 하늘의 소리를 듣게 하는 과정에 불과하옵니다. 즉 땅과 하늘 사이에 소리가 있는데, 그 천지조화의 이치를 상징적으로 들려주는 것이 음악이 아닐까 생각하옵니다. 종묘와 문묘 제사에 반드시 제례악이 필요한 것은 하늘에 계신 선왕과 조상들에 게 음악을 통하여 치성을 드리는 것이 아니겠습니까?"

"……그래서요?"

임금이 듣고 싶은 것은 음악의 용도가 아니라 소리의 원리였다. 그래서 박연이 지극히 당연한 이야기만 하는 것이 조금은 답답했다.

"천지조화 속에 음악이 있으므로, 소리 또한 같은 이치라 생각하옵니 다. 모든 악기에서 나는 소리는 비어 있는 곳에 바람을 불어넣는 것이옵니 다. 겨울날 바람이 불 때 고목의 벌레 먹은 구멍에서 소리가 납니다. 그와 마찬가지로 피리는 바로 구멍 속에 입으로 바람을 불어 넣어 소리를 조율 해냅니다. 거문고나 가야금도 비어 있는 몸통이 없이 가는 줄만 가지고는 제대로 된 소리를 내기 곤란합니다. 반드시 소리의 울림이 가능한 빈 공간 의 통이 있어야만 합니다. 전하께서 말씀하시는 우리의 입안 구조도 악기 의 비어 있는 통 역할을 하고 있습니다. 이 세상 만물은 들숨과 날숨을 통해 살아 있는 존재임을 과시합니다. 그것이 생명의 원리입니다. 들숨만 있거나 날숨만 있다면 모든 생명은 그 즉시 죽고 맙니다. 사람 역시 마찬가지라 입과 코로 공기를 들이키는 들숨이 있으면, 반드시 그 공기가 몸속을 돌다가 날숨으로 뱉어지게 되어 있습니다. 그 날숨의 공기가 목구멍을 통해 올라올 때 입안의 빈 공간 크기에 따라, 혀의 움직임에 따라, 달리 소리가 나는 것이옵니다. 화원들을 불러 목구멍에서 올라오는 공기가 입안의 텅 빈 공간을 통과할 때 나는 각종의 소리를 형상화한다면 어떤 글자 모양이 탄생할 것 아니겠사옵니까? 바로 각종 소리가 나는 입안의 구조를 화원들로 하여금 그리라고 하시면, 소리글자의 형상이 각기 달리 나올 것이라 사료되옵니다."

이제까지 박연의 생각은 소리의 원리에 머물러 있었다. 그런데 임금이 우리글을 소리글자로 표현하겠다는 강한 의지를 나타내자, 그는 소리의 원리를 응용적으로 표현해 보았다.

"과인의 생각이 바로 그렇소. 소리는 딱히 모양이 없으니 그것이 큰 난관이었는데, 난계 선생의 말을 듣고 보니 몸속의 공기가 밖으로 배출될 때 갖가지 소리가 나는 입안의 구조를 그림으로 그리면 그것이 바로 소리글자가 되겠군! 음악이 하늘의 소리 땅의 소리이듯이, 우리글 또한 하늘의 글 땅의 글 아니겠소?"

임금은 감탄한 나머지 양손으로 두 무릎을 '탁' 쳤다.

"으으음……. 하늘의 소리 땅의 소리라……."

박연은 제자 춘연이 연주하는 대금의 소리를 듣다 비몽사몽간에 신음하듯 그렇게 내뱉었다. 때마침 그녀의 대금 연주는 끝나고 있었다.

대금을 입에서 떼면서 춘연이 물었다.

"스승님! 방금 무엇이라 말씀하셨습니까?"

그 소리에 박연이 감았던 눈을 번쩍 떴다.

"허어, 네가 대금 연주로 나를 천상에까지 데려다준 모양이로구나!"

"네에?"

"방금 하늘에 계신 세종 임금을 보았느니라."

"꿈을 꾸셨군요?"

"아니다. 네 음악이 이미 하늘의 소리 땅의 소리인 것을!"

박연은 다정한 눈길로 춘연을 바라보았다.

"스승님⋯⋯!"

춘연은 박연의 말을 듣는 순간 가슴이 몹시 뛰어 더 이상 말을 잇지 못했다. 지금까지 단 한 번도 들어 보지 못한 최고의 칭찬이었다.

"춘연아, 네 이름을 아비가 지어주었느냐, 어미가 지어주었느냐?"

문득 생각이 난 듯 박연이 물었다. 처음 그를 찾아왔을 때 묻고 싶었던 것을 참았는데, 이제야 춘연에게 확인하고 싶은 용기가 생긴 것이었다.

"모친께서 지어주신 것이옵니다. 부친께서는 저를 딸로 생각지도 않으신 듯 언제나 냉랭한 눈길을 던지셨사옵니다. 하기야 아버지를 아버지로 부를 수도 없는 처지였으니까요. 모친께선 고을 수령의 후실로 들어와 저를 낳은 것에 대하여 매우 미안해하셨습니다. 기생의 딸자식이 기생밖에 될 수 없다며⋯⋯. 아버지가 임지를 떠난 후 모친은 홀로 저를 키우시며 소리보다 대금을 배우라 하셨사옵니다. 딸자식이 어미 때문에 당신처럼 소리 기생이 되는 것을 원치 않으셨기 때문이지요."

이와 같은 춘연의 이야기를 들으며, 박연은 조용히 머리만 끄덕이고 있었다.

봄 춘(春), 인연 연(緣), '춘연(春緣)'이란 이름은 곧 '봄의 인연'이란 뜻이었다. 문득 그녀의 이름을 되새겨 보며 박연은 찌르르, 하고 가슴 저 밑에서 올라오는 이상한 충격파에 몸을 떨었다. 봄날의 따뜻하고 맑은 날씨임에도 그는 마치 번갯불을 맞은 듯 가슴이 저리는 것을 느꼈다.

"모친은 너를 내게 보내면서 다른 말씀이 없으셨더냐?"

거친 숨을 몰아쉬며 박연이 물었다.

"네, 대금을 더 배우려면 조선을 대표하는 명인을 찾아가야 한다면서,

스승님의 함자를 대주셨나이다."

"그럴 테지……. 아마도 그랬을 것이야."

혼잣소리처럼 말하는 박연의 눈에 어렴풋이 옛 기억 속의 추월이 떠올랐다. 서로 스무 살 안팎의 나이에 만나 열흘 남짓 맺은 인연이었다. 그랬다. 그것이 두 사람에겐 '봄날의 인연'이었던 것이다.

박연은 오묘한 기분에 휩싸였다. 슬픔과 기쁨이 뒤섞인 회한의 감정이 자신도 모르는 사이에 대금을 끌어당기게 했다. 3년 전 유배지에 온 이후 단 한 번도 만져보지 않은 악기였다.

"너의 대금 연주를 들었으니, 이제 내 차례구나."

"네에……?"

춘연은 벌어진 입을 다물지 못했다.

이제 팔순을 넘겨 노환이 든 박연에겐 대금 연주가 무리일 수도 있었다. 춘연은 말리고 싶었으나 감히 입을 열지 못했다. 봄날의 따스한 햇볕처럼 스승의 눈길이 전에 없이 부드러웠으나, 만약 대금을 불지 못하게 하면 금세 인상이 험악하게 변할 것만 같았다.

흰 옷소매의 긴 두 팔이 대금의 여섯 개 지공으로 뻗었다. 왼손은 멀리 오른손은 가까이 손가락이 각기 구멍을 막았다 떼기를 반복하였고, 그와 동시에 박연의 입술이 대금의 취구에 닿으면서 맑고 가늘고 여린 소리가 흘러나왔다.

춘연은 안타까운 표정으로 박연을 바라보며 대금이 만들어 내는 음악에 귀를 기울였다. 손가락의 움직임이 매우 자연스러웠다. 자연의 소리가 그 움직임을 따라 대금의 통속에서 흘러나오는 듯했다. 그런데 슬펐다.

대금의 연주는 춘연의 가슴을 훑고 지나갔다. 진양조에서 시작해 중모리, 중중모리를 거쳐 자진모리로 장단이 넘어갈 때 그녀는 전신으로 느껴지는 짜릿하고 오묘한 어떤 감동에 저절로 눈물이 솟았다.

사실상 그녀는 박연을 스승으로 모신 이후 자신도 모르는 사이에 가슴

속에서 은근히 사랑을 키우게 되었다. 스스로 거부하려고 했으나 어떤 이끌림이 그녀를 스승에게 자꾸만 다가가게 했다. 말로 표현할 수 없었으므로 그녀는 대금을 불 때 음악으로 그 심정을 호소하였다. 그런데 스승은 자신의 음악을 들으며 소리의 벽을 쌓아 접근을 막았다. 아무리 사랑의 신호를 보내도 그 벽은 무너지지 않았다.

결국 춘연은 스승 박연의 곁을 떠나야만 했다. 그녀는 사랑하는 임의 곁을 떠나기 싫지 않았지만, 스승 스스로가 내쳐서 결국 떨어질 수밖에 없었다. 그러나 인연은 질긴 것이라서, 스승이 셋째 아들 때문에 죽을 목숨인데 자원하여 귀양살이를 하게 되었을 때 그 소문을 듣고 그녀는 서둘러 그곳으로 달려갔다. 그 누구도 스승에게는 유배지까지 따라가 시중을 들어줄 자식이 없었던 것이다. 아들 셋 중 큰아들 맹우(孟愚)는 현령을 지냈고, 둘째 아들 중우(仲愚)는 군수를 지냈으나 셋째 아들이 병자사화(사육신 사건)에 연루되어 죽게 되자, 두 아들도 관직을 버리고 어디론가 자취를 감추었던 것이다.

박연은 자신의 인생을 대금의 연주로 풀어내고 있었다. 진양조 가락은 젊은 시절 추월과의 인연을 생각하며 불었다. 중모리로 넘어오면서 늦은 나이에 과거에 급제하여 삼조(三朝: 세종·문종·단종)의 대신으로 벼슬살이할 때, 그의 화려했던 음악 인생을 소리로 불러냈다. 그리고 중중모리에서 춘연을 떠나보낼 때의 곡진한 슬픔을, 마침내 곡조가 빠른 자진모리에서 셋째 아들의 죽음을 떠올리며 연주를 하다 그만 그의 입에서 대금이 툭 땅으로 떨어졌다.

눈물로 얼룩진 춘연의 얼굴에 당혹스러운 표정이 떠올랐다.

"앗, 스승님!"

춘연의 부르짖음과 거의 동시에 박연은 그 자리에서 쓰러지고 말았다.

일하는 머슴들을 불러 박연을 방안으로 옮겼으나, 그는 자리보전을 한 이후 끝내 병상에서 일어나지 못했다.

잠시 정신이 돌아왔을 때, 박연은 옆에서 병간호하는 춘연에게 말했다.

"자식들을 불러다오. 옥계 폭포가 있는 월이산 속 어딘가에 움막을 짓고 살고 있을 것이다."

박연은 3년 전 귀양지에 가서도 두 아들의 소식을 듣고 있었다. 실은 셋째 아들이 죽을 때, 그는 급히 사람을 첫째 아들과 둘째 아들의 관청으로 보내 멀리 도망치도록 해서 겨우 목숨이나마 살릴 수 있었다.

춘연은 머슴을 월이산으로 보내 두 아들을 찾아 집으로 데려오도록 했다.

"게 앉아라. 내가 죽고 나서 너희들은 오래잖아 죄에서 풀려날 것이다. 셋째로 인해 너희들까지 고생이 자심하니, 이 아비는 그것이 참으로 걱정이다. 앞으로 좋은 날이 올 것이니 참고 기다려라."

박연은 두 아들을 처연한 눈으로 바라보았다. 두 눈이 움푹 들어가 더욱 그렇게 보였다.

"춘연이는 듣거라. 내가 죽거들랑 네 옆에 있는 두 사람을 손아래 오라비로 대하거라. 이제 내가 소리의 벽을 허물었으니, 너는 내 딸이나 다름없다."

그러고 나서 박연은 다시 두 아들을 바라보았다.

"아버님, 소자들에게 못하단 말씀이라도……?"

첫째 아들이 안타깝게도 소리가 점차 잦아드는 아버지의 입가에 귀를 갖다 대며 물었다.

"너희들도 방금 들었지? 앞으로 이 사람을 손위 누이로 대접하거라. 내가 저세상으로 가면 누이의 말이 곧 이 아비의 말이라 생각하고."

이것이 박연의 마지막 유언이었다. 더 이상 목소리가 들리지 않고 입술만 가늘게 떨리고 있었기 때문이다.

그렇게 죽음에 이르는 순간, 박연은 춘연이 추월과의 사이에 태어난 자신의 딸임을 믿었다.

박연은 그 이름에 자신과 춘연의 한자 뜻은 다르지만, 추월이 '연'자를 넣어준 것만으로도 틀림없는 사실이라 생각했다. 그러나 목소리가 나오지 않아 그는 끝내 피로 맺어진 정확한 인연의 얽힘에 대해서는 끝내 말하지 못했다. 다만 대금의 연주를 통하여 이심전심으로 통했으리라 믿었다.

박연이 유언을 남기고 마침내 눈을 감을 때, 그의 집 뜨락 너머 담장 곁에 춘란이 꽃을 피워 올렸다. 집 밖의 담장 너머에서도 졸졸 흐르는 계곡의 물소리가 음악의 가락처럼 봄을 조율해 내고 있었다. 물속의 자갈들이 구르고 구르면서 만들어 내는 그 자연의 소리에, 저절로 춘란의 꽃봉오리가 벌어지고 있는 듯하였다.

2. 김성기 - 박숙희

천둥소리였다. 예고 없이 시작된 성기의 탄주는 시작과 동시에 하늘을 갈랐다. 검은 밤하늘을 두 동강 낸 것은 번개가 아니라 성기의 거문고 소리였다. 유현으로 소리를 가지고 놀면서 시작되는 도입부 없이 벼락 치듯 내려꽂히는 대현과 괘상청을 번갈아 쓰면서 곧장 내달리는 성기의 연주는 주세근이 한 번도 들어본 적 없는 소리였고 가락이었다. 서강에서 돌아온 스승 성기의 부름을 받고 한달음에 달려온 주세근은 빈집을 뚫고 나온 성기의 거문고 소리에 놀라 그 자리에 멈춰 섰다.

우레 같은 소리로 하늘을 가르다가 그것도 모자라 하늘을 희롱하는 연주법은 평생 감긴 채인 주세근의 눈을 번쩍 뜨게 할 수도 있을 만큼 놀랍고 놀라웠다. 태어나면서부터 캄캄한 세상에서 살아야 했던 주세근은 보이는 세상이 어떤 것인지 상상할 수조차 없었기에 궁금하지도 않았다. 그런데 지금 자기 눈앞에서 펼쳐지고 있을 스승의 연주하는 모습은 정말 보고 싶었다. 단 한 순간만이라도 볼 수 있으면 죽어서도 영원히 이 순간을 기억할 것 같았다. 그런 제자의 마음을 눈치채기라도 한 듯 하늘을 가르는 뇌성이 잠시 잦아들면서 부드럽고 애절하게 흐느끼는 거문고 소리에 주세근은 그 자리에 털썩 주저앉았다. 앞의 마지막이면서 뒤의 도입을 예고하는 괘하청이 내는 소리를 들으면서 다음 마음을 준비할 틈도 주지 않고 문현인지 유현인지 짐작할 수 없는 현을 이용해 주세근의 안타까운 마음을 대신 연주하는 스승 승기에게 주세근은 완전히 압도당하고 말았다. 성기와 더불어 한 몸이 되어 노는 거문고 역시 더 이상 거문고가 아니라 신물이었다.

스승의 거문고 연주는 늘 주세근을 놀라게 했고 새로운 깨달음의 계기가 되곤 했다. 그러나 그날 밤 탄주되던 소리는 파격 중에서도 파격이었다. 조선을, 인간을, 아니 세상을 통째로 삼키면서 품어버리는 변주를 넘어선 변주였다. 주제가 무엇인지 기법이 무엇인지 알 수 없는 스승의 거문고 소리는 도무지 짐작할 수 없었던 스승의 마음 자체였을지도 몰랐다.

성기의 거문고 소리를 배우기 위해 제자가 되었지만 정작 주세근이 더 관심을 두었던 것은 김성기라는 인간이었다. 말수가 적은 스승이 수도 없이 쓰고 지웠을 말들은 스승의 얼굴에 깊이 새겨져 주름이 되었고 그 주름이 빚어내는 거문고 소리는 긁힌 흔적이 역력해 아팠으나 아름다웠다. 자신의 아픔을 녹여 아름답게 승화시킬 줄 아는 인간이 김성기였다.

벽(癖)과 치(癡)는 무릇 예술가에게 없어서는 안 될 덕목이지만 자칫 광(狂)으로 흐를 수도 있는 위험한 것이었다. 성기는 그런 벽과 치를 절묘하게 다룰 줄 아는 예인이었다. 벽과 치의 아슬한 경계에 서 있는 예인들 가운데 기행을 일삼는 자들이 많았는데 성기는 그렇지 않았다. 예술가들의 벽과 치가 곧 비도덕적인 파행을 의미하는 것이 아닌데도 불구하고 자칫 그것을 오해한 자들이 예술을 앞세워 광인처럼 구는 것을 유독 싫어했던 성기는 사람들이 많이 모이는 술자리를 좋아하지 않았다. 술이 흥을 끌어올리고 때로는 인간이 접근하기 어려운 경지를 인간에게 선사하기도 하는 걸 모르지 않지만 남정네들이 모여서 벌이는 술판에서는 그것이 객기와 만용으로 변질되기 십상이라 성기는 그런 자리에 아예 가지 않았다. 대신 혼자 술을 마셨다. 술을 마시다가 간간이 통소를 불면서 세상과 대화했다. 그것은 따로 상대가 필요 없는 성기만의 대화 방식이었다.

"제자가 되고 싶습니다."

그날도 성기 혼자 술을 마시다가 통소 한 자락을 즐기고 있는데 어둠 속에서 불쑥 말이 튀어나왔다. 말과 함께 모습을 드러낸 자는 눈을 감은 모습이었다.

어둠에 익숙한 주세근은 지팡이도 없이 성큼 성기 앞으로 다가왔다. 달빛을 받은 채 서 있는 남자는 맹인이었다. 그런데도 그 밤에 지팡이도 없이 어둠 속에 서 있는 그를 보자마자 성기는 이 자로구나, 직감했다. 17세기 중반에 조선 땅에서 태어나 18세기로 접어들면서 나이 오십을 넘기고 있던 성기는 자신의 음악을 직접 전수할 제자를 찾고 있었다. 하지만 그런 속내를 한 번도 입 밖에 내본 적은 없었다. 자신이 스승 왕세기의 제자가 된 것도 운명이었듯이 성기의 마지막 제자가 될 자도 운명적으로 만나지 않으면 안 되리라 생각해 오던 터였다.

"뉘시오."

속으로는 이미 주세근을 받아들이고 있으면서도 성기는 짐짓 딴청을 피우며 물었다.

"주세근이라 합니다."

단지 이름을 물은 것이 아니라는 것을 모르지 않을 터인데도 주세근은 짧게 이름만 말하고 묵묵부답이었다. 그런 주세근의 태도가 싫지 않아 빙그레 미소 지었지만 맹인인 주세근은 성기의 미소를 볼 수 없었다. 성기는 더 이상 주세근에게 말을 거는 대신 다시 퉁소를 불기 시작했다. 은근하고 편안한 소리였다. 일부러 절제할 것이 없는 자가 내는 퉁소 소리를 주세근은 질투하는 감정으로 들었다. 이제 막 서른을 넘긴 주세근은 성기가 내는 그런 소리를 누구보다 동경했지만 직접 연주할 수는 없었다.

스승이었던 왕세기가 죽고 나서 이제는 김성기가 조선 최고의 악사가 되었다는 걸 모르는 사람이 없는데도 여전히 성기가 왕세기의 제자가 되던 때의 일화가 사람들 사이에서 회자하는 것을 주세근도 들어서 알고 있었다.

활 만드는 일을 하다가 왕세기의 거문고 연주에 반해 악사가 되기로 결심한 성기는 매일 밤 왕세기 집에 숨어들어 왕세기가 연주하는 거문고 소리를 훔쳐 들었다. 그리고 집으로 돌아와 훔쳐 들은 그 소리를 밤이 새도록 연습하고 또 연습했다. 왕세기가 탄주했던 그 소리와 똑같은 소리를 낼 수 있을 때까지 잠을 자지 않고 연습했다. 그런 나날을 반복하던 어느 날이었다. 그날 밤하늘은 유난히 검푸르렀다. 보름달을 반으로 쪼개놓은 반달이 밤하늘 한가운데 떠 있었다. 평소보다 일찍 왕세기 집에 도착한 성기는 잠시 거문고 생각을 잊고 밤하늘을 올려다보던 중이었다. 그때 천상에서 선녀가 줄도 없이 내려와 성기 옆에 살포시 앉았다. 한 번도 맡아본 적 없는 향내가 성기의 코끝을 스쳤다. 흠칫 놀라 주변을 살펴보았다. 하지만 선녀는 이미 거기 없었다. 성기가 붙어 서 있던 왕세기 방 창문 안으로 들어가 버린 선녀는 다시 창밖으로 나올 기미가 없었다. 눈앞에서 선녀를 놓쳐버린 성기는 안타까운 마음에 몸과 귀를 창문 가까이 더 바짝 갖다 붙였다. 그러나 성기가 창문 쪽으로 온 신경을 곤두세우면 세울수록 선녀는 점점 더 성기에게서 멀어지고 있었다. 창문이 벌컥 열린 것은 그때였다.

"웬 놈이냐?"

새로 지은 곡을 연주하던 왕세기는 매일 밤 김성기가 자기 집으로 찾아와 자신이 연주하는 거문고 소리를 창문 너머에서 훔쳐 듣고 있다는 사실을 익히 알고 있었다. 그리고 그렇게 훔쳐 들은 곡을 다음날이면 자신과 거의 흡사하게 연주한다는 소문도 들어서 알고 있었다. 하지만 모른 척했다. 그날도 마찬가지로 성기의 인기척을 모른 척하며 자신이 만든 곡을 처음으로 탄주하던 중이었다. 남성적인 연주 기법을 좋아해 그런 곡에 익숙해 있던 왕세기는 나이가 들수록 자신의 한계를 뛰어넘는 색다른 곡을 원했다. 그래서 새로 만든 그 곡은 현악기이면서 타악기 속성이 강한 거문고의 기존 연주법을 많이 변형시켜 비파에 가까운 소리를 내어보고자 만든 곡이었다. 그래서 섬세하고 조심스러울 수밖에 없었다. 숨소리조차 방해가 될까 숨을 멈춘 채 연주하고 있는데 창밖에서 들려오는 거친 숨소리가 왕세기의 연주를 방해했다. 성기란 놈이 내는 숨소리라는 것을 왕세기가 모를 리 없었다. 새로 만든 곡을 연주하는 의미 깊은 날에도 어김없이 창밖에서 자신의 연주를 몰래 듣고 있는 성기란 놈이 한편으로는 괘씸하면서 다른 한편으로는 기특했다. 한 해가 넘도록 하루도 빠지지 않고 비가 오나 눈이 오나 자기 연주를 들으면서 밤이슬에 몸을 적시는 성기를 이제는 아는 척해줄 때도 됐다 싶었던 것이다.

거문고 소리가 아닌 왕세기의 목소리에 성기는 놀라 뒤로 나자빠졌다. 그때 두 사람의 눈이 정면으로 마주쳤다. 창문 하나를 사이에 두고 이미 일 년 넘게 함께한 두 사람은 다른 말이 필요 없었다.

"들어오너라."

그렇게 성기는 일 년 여 만에 왕세기가 거문고를 연주하는 방 안으로 들어갈 수 있었다.

"활을 만들고 있어야 할 놈이 어찌해서 내 집 주변을 어슬렁거린 것이냐?"

다 알면서도 왕세기가 쥐어박듯 물었다.

"생명을 쏘아 죽이는 무기보다 뭇 생명의 지친 마음을 어루만져 주는 악기를 만지며 살고 싶어서입니다."

일 년이 넘도록 창밖에서 왕세기와 함께 밤을 보낸 자였지만 가까이서 성기의 얼굴을 보기는 처음이었다. 그늘이 있어 보이는 자였다. 그러나 그 그늘이 오히려 성기를 깊어 보이게 했다. 마른 몸매에도 불구하고 묵직한 느낌을 주는 성기는 한눈에 봐도 예인의 길을 걷게 될 운명을 타고난 자처럼 보였다. 고집스러우면서도 한편으로는 허술해 보이는 성기 같은 자들은 뭔가에 마음을 내면 오로지 그것 외에 다른 것은 돌아보지 않는 특성을 가진 자들이었다. 성기보다 먼저 그 길을 걸어온 왕세기는 의미심장한 표정을 지으며 성기를 한참 동안 쳐다보았다. 그런 왕세기에게 뭔가 질문을 할 법도 한데 성기는 말짱한 얼굴을 하고 왕세기 앞에 조용히 앉아 있었다.

"퉁소나 한 자락 불어보거라."

성기가 늘 가슴에 품고 다니는 박달 통소를 턱짓으로 가리키며 왕세기가 말했다.

밤마다 왕세기 집을 오가는 길에 가끔 마음이 동하면 어디서건 통소를 불곤 했던 성기였다. 대나무보다 부드럽고 온화한 소리를 내는 박달 통소는 보름달이 휘영청 밝은 날 밤과 특히 어울렸다. 하지만 성기는 박달 통소로도 낮고 둔탁한 저음은 물론이고 가늘고 날카로운 고음도 얼마든지 낼 수 있었다. 몸에 붙이고 다닐 수 없는 거문고와는 달리 통소는 늘 한 몸처럼 품고 다닐 수 있었기에 언제 어디서든 마음이 가는 대로 연주할 수 있었다.

늦가을인데도 살짝 열어놓은 창밖으로 시선을 돌린 성기의 눈에 들어온 반달이 빙그레 미소 지으며 성기의 연주를 재촉했다. 거기에 답하듯 성기가 길게 한 음을 내뱉었다. 제법 긴 음이었지만 성근 구석이 전혀 없었다. 길게 이어지는 한 음의 처음과 끝을 똑같은 밀도와 크기를 유지하면서 연주하는 일이 쉽지 않다는 것을 잘 아는 왕세기는 성기의 단단하고 힘 있는 소리를 인정하지 않을 수 없었다. 악기가 내는 소리라기보다는 화두처럼 던져진 첫 음에 감동한 왕세기는 슬며시 눈을 감았다. 문득 바람이 일었고 성기가 부는 통소도 그 바람을 따라 일렁이기 시작했다. 현란하게 구불거리며 오르내리는 바람은 가을밤에 더 깊어졌을 산골짜기 여기저기를 돌아다니며 누군가를 불러내는 것 같았다. 쉽사리 모습을 드러내지 않는 영혼을 애타게 찾아다니며 끊어질 듯 이어지는 성기의 통소 소리는 가을밤에 소리 없이 떨어져 바닥에 누워 있던 낙엽까지도 몸살 앓도록 만들었다. 초혼이었다. 감히 신성이라 칭해지는 왕세기도 쉽사리 시도하지 않는 것이 영혼과의 대화였다. 너무 아슬한 경계였기에 그랬다. 그런데 자기 제자가 되려고 하는 성기는 그런 두려움이 전혀 없는 것 같았다. 놀라지 않을 수 없었다. 한 번 내디딘 발걸음은 멈추지 않았고 그래서 기어이 혼을 불러내고야 마는 성기 앞에서 왕세기는 할 말을 잃었다. 한바탕 놀음이 이어졌고 마무리는 더할 나위 없이 간결했다. 흥이 지나치면 추해지는 이치까지도 알고 있는 성기의 퉁소 소리는 아쉬움이 남지 않는 완벽한 연주였다.

그날 밤 이후 성기는 왕세기의 정식 제자가 되었다. 그러나 왕세기 방 밖에서 밤이슬에 젖은 채 지내다가 따뜻한 방 안으로 들어갔다고 해서 성기에게 달라진 것은 별로 없었다. 왕세기는 말로 성기를 가르치지 않았다. 오직 연주를 통해서 보여줄 따름이었다. 귀로만 듣던 소리를 눈으로도 보게 된 것이 달라졌다면 달라진 점이었다. 왕세기가 연주하는 모습을 보면서 배우는 것도 있었지만 성기는 종종 눈을 감고 왕세기의 거문고 소리를 들었다. 하지만 창밖에서 신경을 곤두세운 채 긴장하면서 듣던 그 소리와는 다르게 방 안에서 듣는 왕세기의 연주는 성기에게 더 이상 새로울 게 없었다. 그렇게 여기기 시작한 지 얼마 지나지 않아 성기는 다시 왕세기 방에서 쫓겨났다.

"더는 오지 말거라."

당당하게 스승으로 모시게 된 지 얼마 되지도 않아 다시 내치는 스승의 말에 어리둥절해하는 성기에게 왕세기가 말했다.

"이제 너에게 가르쳐줄 것이 없다. 얼마 전 내 방으로 들어오던 날 이미 너는 나와 대등한 악사였단 말이다."

스승의 느닷없는 내침이 당황스러웠으나 성기는 부인하지 않았다. 스승 왕세기가 직접 지어내는 새 곡들이 성기의 호기심을 자아내기도 했으나 성기 역시 왕세기처럼 자신만의 곡을 만들 수 있었으므로 따지고 보면 딱히 더 배울 것도 없었다. 왕세기가 연주하는 기존의 곡은 왕세기 집 창밖에서 훔쳐 듣던 그 무렵 이미 다 섭렵했던 터였다.

"왔느냐?"

성기 목소리에 비로소 정신을 차린 주세근이 스승이 있는 방 안으로 들어섰다. 성기와 주세근이 스승과 제자 사이가 된 후 함께 지내면서 사용하다가 어느 날 훌쩍 성기가 서강으로 떠나버리면서 빈집인 채 버려져 있었던 방 안이 의외로 따뜻했다. 함께 지낼 때도 스승으로서의 권위를 전혀 세우지 않던 성기가 일찌감치 빈집으로 돌아와 방에 불을 지핀 모양이었다.

"연주해보거라."

스승을 향해 큰절을 올리고 마주 앉는 주세근에게 대뜸 거문고를 내주며 성기가 말했다. 비록 제자로 받아들였다 해도 자기 손때가 묻은 악기를 선뜻 내주지 않는 것이 예인들인데 성기는 그 점에서도 다른 자들과는 달랐다. 내것 네것이라는 개념 따위는 아예 없는 사람이었다. 자기가 가진 것을 누구에게나 다 내어줄 수 있는 사람이었지만 성기가 가진 재주는 설사 준다 해도 아무나 가질 수가 없었다. 성기의 탁월한 재주를 가장 부러워하며 탐내던 사람은 왕가 종친인 남원군이었다. 남원군 또한 거문고 연주에 능하다는 것을 장안에서 알만한 사람은 다 알았다. 그런 남원군을 성기가 모를 리 없었다. 그러나 성기와는 신분이 달라 가까이하지 않았다. 그런 성기의 마음을 움직인 것은 남원군의 귀천을 뛰어넘는 간청이었다.

"신분 따위가 다 무슨 소용입니까? 재능이 있는 곳이 바로 스승이 있는 곳입니다. 부디 저의 진정을 알아주시길 바랍니다."

그렇게 해서 남원군도 성기의 제자가 되었으나 마지막 순간에 성기가 부른 사람은 주세근이었다.

스승이 들이민 거문고로 탄주를 시작하기 전에 주세근은 오래 뜸을 들였다. 떨렸다. 스승 앞에서는 늘 그랬듯이 그날 밤도 주세근은 스승 앞에서 연주를 시작하기 전에 긴장되는 마음을 진정시키기 위해 여러 번 크게 숨을 내쉬었다. 툭툭, 비 떨어지는 소리가 들렸다. 짙은 겨울밤에 내리는 빗소리가 주세근의 달궈진 마음을 식혀주었다. 연주를 시작해도 될 것 같았다.

술대를 잡은 오른손이 살짝 떨렸지만 주세근은 손의 긴장을 최대한 풀고 무현을 술대로 천천히 걸어 올렸다. 낮고 부드러운 소리였다. 그 소리에 담은 의미는 존경이며 대화였다. 스승이 서강에 있을 때 서로 술잔을 나누며 대화를 나눈 이후 스승과 마주 앉아 이런저런 이야기를 하는 것에 늘 목말라 있던 주세근이 그날 밤만은 거문고 연주를 통해 스승 성기에게 말하고 싶던 것을 다 말하고 싶었다. 그리고 그날 밤이 아니면 영원히 말할 기회가 없을 것 같기도 했다.

술대로 거문고 현에 문장을 쓰듯 주세근은 한 음 한 음에 마음을 실었다. 어쭙잖게 내리기 시작한 겨울비가 본격적으로 세상을 적시고 있었다. 비와 어우러진 주세근의 거문고 연주가 몹시 처량하고 쓸쓸했다. 어쩌면 그날이 스승과의 마지막 밤이 될지도 모른다는 것을 주세근은 어렴풋이 느끼고 있었다. 그때 자신이 낸 적 없는 청아한 소리가 불현듯 방 안을 채웠다. 비파였다. 스승 성기가 주세근의 거문고 소리에 비파 소리를 얹었던 것이다. 거문고의 줄풍류가 남성적이라면 비파는 여성적 풍류였다. 맑고 청아한 스승의 비파 연주는 주세근을 단번에 홀렸다. 주세근은 마음에 가득 차 있던 어지러운 말들을 다 내던져 버리고 마음이 흐르는 대로 거문고 줄을 튕기며 비파를 탐했다. 남자와 여자가 한 몸이 되어 엉기어들듯이 거문고와 비파가 서로 하나가 되었다. 그러나 황홀한 순간은 길지 않았다. 거문고에 비해 빠른 비파의 몸놀림이 어느새 거문고에서 저만치 벗어나 겨울밤의 비와 어우러지고 있었다. 겨울 추위에 떨며 한기를 내뿜던 비가 비파를 만나 춤을 추기 시작했다. 좀 늦긴 했으나 거문고도 그들의 합주에 곧바로 동참했다. 오래 비워 두었던 빈집으로 달과 별이 바람을 타고 흘러들어왔다. 최고의 순간을 만끽하고 있던 주세근 귀에 불현듯 기침 소리가 들렸다. 신들린 듯 거문고를 연주하던 주세근의 손이 기침 소리와 함께 멈추었다. 비가 그쳤는지 빗소리도 더 이상 들리지 않았다. 그리고 세상이 꺼져버린 것 같은 고요가 시작되었다. 앞을 못 보는 자들이 그

렁듯이 주세근도 고요 앞에서 더 크게 귀를 열었다.

그때 귀밑털과 머리털이 하얗게 세고 어깨뼈가 앙상하게 드러난 노인의 형상이 주세근의 머릿속에 떠올랐다. 꿈속에서 여러 번 본 적이 있는 모습이었다. 현실에서는 볼 수 없었던 갖가지 모습의 사람 형상을 꿈속에서 볼 수 있다는 것이 의아했지만 아무튼 주세근은 그때 머릿속에 떠오른 노인의 형상이 자기 앞에 앉아 있는 스승 성기의 모습일 거라 믿어 의심치 않았다. 오직 소리와 감촉을 통해 느끼고 짐작할 수밖에 없었던 주세근을 늘 형상의 세계를 동경했다. 그래서 갑자기 기적이 일어나 눈을 뜰 수 있게 된다고 하더라도 그 순간만큼은 눈을 뜨고 싶지 않았다. 그 순간 눈을 뜨면 자신이 가장 보고 싶어 하지 않던 장면을 목격하게 될 것 같아서였다. 다행히 잠시 후 스승의 숨소리가 들렸다. 그러나 스승의 숨소리는 힘없이 가늘면서 한편으로는 거칠었다. 그래도 안도하며 한숨을 내쉬는 주세근에게 성기가 말했다.

"너를 이곳으로 부른 이유가 뭔지 아느냐?"

"……."

당시 조선의 왕인 경종이 승하해 국상이 선포되어 가무음곡이 금지되어 있는데 굳이 주세근을 불러 거문고를 타게 한 스승의 뜻을 그렇지 않아도 묻고 싶은 터였다.

"내가 고려에서부터 전해져 내려오는 구조를 찾았다. 그것을 너에게 전수하려고 하는 것이다."

말을 하는 도중 튀어나온 잔기침 때문에 한동안 하던 말을 멈추고 있던 성기가 다시 말했다.

"지금 너에게 전수하려고 하는 이 곡은 조선 천지에 오직 나만이 연주할 수 있는 곡이다. 아무도 들어 본 적 없는 이 곡은 내가 묘법을 터득하여 만든 것이다. 그래서 끔찍이 아껴 이제까지 어느 곳에서도 드러내 연주하지 않았다. 그러나 이제 나는 늙었다. 이 곡을 너에게 전해 줄 테니 너도 남에게 가볍게 전하지 않는 것이 옳다."

그렇게 해서 그날 김성기가 주세근에게 전수한 곡은 고려 기생 황진이로부터 전해진 것이라 알려지기도 한 곡이었다. 맥이 끊어질 뻔한 〈고려 평조수대엽〉을 성천 부사 김 아무개의 여종이 악기를 연주할 줄 몰라 입으로 불러 성기에게 전했던 것이다.

성기가 거문고로 세상에 이름이 알려지게 되자 당시 권문세가들은 유흥자리에 성기를 불러 거문고 연주를 청하기 일쑤였다. 특히 목호룡이라는 이름의 지관은 그 성품이 천박하고 음흉한 자였다. 그런 자의 초대에 응할 리 없는 성기는 여러 차례 목호룡을 거절했다. 하루는 가마와 비단까지 보내며 성기가 와주기를 청했으나 거기에 응하지 않자 목호룡은 심부름꾼을 시켜 당장 오지 않으면 크게 봉변을 당할 것이라는 말을 성기에게 전하라고 했다. 집에 찾아온 손님과 비파를 뜯으며 한담을 즐기고 있던 성기는 그 말을 듣자마자 불같이 화를 내며 소리 질렀다.

"가서 네 주인에게 전해라. 나이 일흔에 내 어찌 목호룡처럼 비루한 자 따위를 두려워하겠느냐. 당장 달려와서 내 앞에 무릎 꿇고 사죄하라 일러라."

그런 일이 있고 나서 더 이상 그곳에 머물 수 없게 되어버린 성기는 거문고 하나를 달랑 짊어지고 유랑을 시작했다. 그렇게 전국을 유랑하다가 송도에 이르렀다. 송도 명물 박연 폭포를 구경하고 민가를 지나다가 신비로운 노랫소리를 듣게 되었다. 그것은 성기가 한 번도 들어 본 적 없는 독특한 소리였다. 노랫소리가 들리는 민가 안으로 홀린 듯 들어간 성기는 그 노래를 부르고 있는 여인을 찾았다. 그 민가는 성천 부사로 지내던 김 아무개의 집이었고 노래를 부른 여인은 그 집에서 일하는 여종이었다.

"지금 부르고 있던 그 노래는 누구한테 배운 것이오?"

"딱히 누구에게 배운 것이 아닙니다."

"그렇다면?"

"송도 사람들이 종종 부르는 노래인데 듣기에 좋아 저도 따라 부르곤 하다가 이제는 입에 익어 자주 부릅니다."

"그렇다면 노래의 출처는 모른다는 것이오?"

"사람들 말에 의하면 송도 기생 진이가 불렀다고 합니다."

"진이라면 송도삼절이라 불리는 황진이를 말하는 것이오?"

"그것은 소인도 잘 모르겠습니다."

노래의 정확한 출처도 모르는 여종인데도 그 여종이 부르는 노래는 심장이 두근거릴 정도로 곱고 아름다웠다. 성기는 여종에게 여러 차례 그 노래를 부르게 해 하나도 빠짐없이 그 노래를 채집해 거문고로 연주했다. 그리고 죽기 전 그 곡을 전수하기 위해 주세근을 빈집으로 부른 것이다.

각자 자기 거문고를 무릎 위에 올려놓고 마주 앉은 성기와 주세근은 중요한 의식을 앞둔 사람들처럼 눈을 감고 크게 심호흡했다. 마침내 성기가 주세근에게 전수하고자 하는 곡의 첫 음을 탄주했다. 성기가 연주한 첫 음의 여운이 가시기 전에 주세근도 성기가 낸 첫 음을 따라 연주했다. 이어서 성기는 현을 누르는 왼손과 술대를 잡은 오른손이 보이지 않을 정도로 현란하고 빠르게 손을 움직이기 시작했다. 성기가 토해내는 탄주가 공기 중에 사라지기 전에 붙들기 위해 주세근의 손도 빠르게 움직였다. 탄주가 계속되면서 성기와 주세근은 누가 먼저 시음하고 누가 뒤이어 그 시음을 따라 하는지 알 수 없을 정도로 뒤엉킨 채 소리 속으로 빠져들고 있었다. 두 사람의 신들린 탄주에 캄캄하던 밤하늘이 짙은 옥빛으로 물들기 시작했다. 곧이어 앞이 보이지 않는 주세근도 느낄 수 있는 여명이 천지를 깨울 무렵 성기가 탄주하던 거문고가 소리를 멈추었다. 새벽이 오는 줄도 모르고 탄주에 빠져 있던 주세근이 스승의 거문고 소리가 멎은 것을 눈치 채고 동작을 멈춘 채 숨을 죽였다. 곡의 마지막 부분까지 가려면 아직 멀었다고 생각하고 있던 주세근은 당황하지 않을 수 없었다. 기침 소리도

들리지 않는 정적에 주세근은 간이 타들어 갔다. 설마? 다행히 스승 성기가 힘겹게 내쉬는 숨결이 주세근의 코끝에 닿았다. 하지만 정적은 계속되었다. 주세근은 스승의 상태를 감지하기 위해 온몸을 열었다. 그리고 알아차렸다. 스승 성기가 지금 줄이 없는 거문고를 타면서 탄주하고 있다는 사실을.

  나이가 들면서 성안에서의 생활에 염증을 느낀 성기는 성안을 떠나 서강에서 낚시하면서 만년을 보냈다. 가장으로서는 무능할 수밖에 없었으나 그래도 가장의 책임을 다하기 위해 애쓰던 성기는 나이 들고부터는 가족을 떠나 아예 서강에 자리를 잡았다. 작은 배 한 척과 더불어 유유자적 지내면서 밤낮을 가리지 않고 거문고와 통소, 그리고 비파를 연주했다. 특히 성기가 한밤중에 연주하는 통소 소리는 듣는 사람들의 심금을 울려 한 번 그 소리에 발목 잡히면 누구든 가던 길을 멈출 수밖에 없었다. 거문고는 말할 필요도 없고 통소와 비파를 다루는 성기의 솜씨도 신성의 경지라 말하지 않을 수 없었다.
  스승이 계신 서강으로 자주 스승을 만나러 갔던 주세근도 스승이 배 위에서 통소며 비파를 연주하는 소리를 여러 번 들었다. 물결이 유난히 잔잔하고 보름달이 환하던 어느 밤, 그날도 스승이 그리워 서강을 찾았던 주세근은 스승이 강에 배를 띄운 채 통소를 불고 있다는 말을 듣고 강가로 갔다. 한두 번 들은 것이 아닌데도 그날따라 스승의 통소 소리가 유난히 가슴을 파고들었다. 주세근은 성기가 배 위에서 부는 통소 소리를 강가에 서서 들으면서 자기만의 회한에 잠겨 있었다. 그러다가 문득 주변이 고요해진 걸 느끼고 긴장한 채 귀를 기울였다. 아무 소리도 들리지 않았다. 그러나 소리 없는 소리를 들었다. 바람 한 점 불지 않던 그 순간 스승 성기가 소리 없이 통소 연주를 하고 있다는 것을 주세근은 느낄 수 있었다. 그것은 눈을 떠보지 못한 자만이 감지할 수 있는 감각이었다. 성기의 소리 없는 연주는 주세근이 세상에서 들어본 소리 중 가장 귀하고 아름다운 소리였다. 늘 감겨 있던 주세근의 눈에서 짙은 눈물이 배어 나왔다. 눈물을 흘려본 것이 언제인지 기억도 나지 않는 주세근이 그날 흘린 눈물은 밤하늘을 밝게 비추고 있던 보름달 말고는 아무도 보지 못했다.

노 젓는 소리가 들렸고 장승처럼 강가에 서 있는 주세근에게 스승 성기가 다가왔다.

"언제부터 여기 있었던 것이냐?"

"모르겠습니다."

"그렇지. 네 녀석은 늘 아는 것보다 모르는 게 더 많은 놈이지."

스승의 농이 반가웠다. 스승이나 제자나 워낙 말수가 적은 사람들이라 그런 식의 농을 주고받은 적이 한 번도 없었던 터였다.

"술 한잔하겠느냐?"

여느 사제가 하는 것처럼 마주 앉아 술을 마셔본 적도 없던 터라 주세근은 의아했다.

성안에서 스승의 삶이 그랬듯이 서강에서도 성기가 거처하는 집은 남루할 정도로 검소했다. 눈으로 보지 못해도 주세근은 다 느낄 수 있었다.

"누추하지만 들어오느라."

스승의 방에서 풍기는 마른 짚단 냄새가 스승의 삶을 닮았다고 생각하며 주세근은 스승의 방으로 들어갔다. 따뜻했다. 봄이 시작되었는데도 밤이면 한기가 엄습하던 계절이었다.

스승이 준비해 내어온 술상이 단출하다는 것을 주세근은 보지 않고도 알 수 있었다.

"최고가 되고 싶으냐?"

스승과 단둘이 술잔을 기울이는 상황 자체가 낯설어 어색한 마음을 감추지 못하고 있는 주세근에게 성기가 뜬금없이 물었다.

"네?"

"최고의 탄주를 하고 싶으냐 말이다."

성기의 물음에 주세근은 얼른 답할 수가 없었다. 일부러 그런 생각을 해본 적은 없었기 때문이었다. 그냥 악기가 좋았고, 연주하는 것 또한 무작정 좋았을 따름이었다.

"꿀을 먹기라도 한 것이냐 이놈아?"

"최고의 탄주를 해 보고 싶다는 생각을 뚜렷하게 한 적은 없는데 스승님의 탄주를 들으면서 스승님을 능가하는 소리를 내보고 싶다는 생각은 늘 했습니다."

"이놈 좀 보게. 욕심이 하늘을 찌르네. 음흉한 놈 같으니. 내 그럴 줄 알았지. 네놈이 내 앞에 나타났을 때부터 내 그럴 줄 알았어."

말하며 성기가 크게 소리 내어 웃었다.

"그런데 말이다. 너 그건 아냐?"

"뭘 말씀입니까?"

"그런 욕심이 오히려 너를 주저앉힌다는 거."

성기의 말에 주세근은 부끄러움을 느꼈다. 그러나 한편으로는 억울했다. 주세근이 스승 성기를 능가해 보고 싶어 한 것은 엉큼한 욕심이라기보다는 간절함이었다. 늘 감탄하게 만드는 성기의 연주가 부러웠던 건 사실이지만 스승을 이기고 싶어 그런 건 아니었다. 최고의 소리에 대한 욕망, 오로지 그것이었을 터였다.

"그건 그렇고 내 오늘 너에게 비기(祕器) 하나 가르쳐주랴?"

비기라는 말에 자신도 모르게 주세근의 귀가 커졌다.

"네 녀석이 지금 내 앞에 이러고 있는 게 우연인 것 같으냐 아니면 필연적인 운명인 것 같으냐?"

"……."

비기를 가르쳐주겠다며 스승이 던진 말은 비기에 대한 열쇠가 아니라 차라리 화두였다.

"네가 처음 나를 찾아왔을 때부터 묻고 싶었던 건데 뭘 배우려고 나에게 온 것이더냐?"

가르쳐주겠다던 비기는 가르쳐주지 않고 엉뚱한 질문만 계속하고 있는 스승의 진짜 의도가 무엇인지 의심스러웠다.

"금을 잘 타고 싶어서……."

"그래, 그렇다면 지금까지 나에게서 뭘 배우긴 배운 것이냐?"

성기의 질문에 주세근은 또 말문이 막혔다. 아니 마음길이 막혔다. 스승 성기에게서 자신이 무엇을 배운 것이지, 아니면 뭘 배우기나 한 것인지 주세근 자신도 궁금했다.

"알고 보면 누가 누구를 가르치고 어쩌고 하는 것은 순전히 허튼소리야. 사람은 누구나 자기 스스로 모든 걸 다 가지고 있는 법이거든. 아니지. 우리는 어쩌면 아무것도 가지고 있는 게 없을지도 모르지. 아무것도 가진 게 없으니까 무엇이든 다 가질 수 있는 것이고."

스승의 말은 알 듯 모를 듯 주세근을 생각에 잠기게 했다.

"그렇다고 이놈아, 그렇게 얼굴 찌푸리면서 머리 굴려봤자 알 수 있는 것도 아니니까 술이나 마셔라."

잔뜩 궁금하게 해놓고 태연하게 술잔을 기울이는 스승이 처음으로 야속했다. 거듭 권하는 스승의 술잔을 내키지 않은 듯 받아 마시는데 웬일인지 술이 달았다.

"술이 쓰다."

스승의 말에 달게 삼키던 술이 주세근의 목구멍에 살짝 걸렸다.

"오늘 네놈 때문에 쓸데없는 말을 너무 많이 해서 그런가 보다."

"그래도 비기는 알려주셔야 합니다."

술 한 모금에 용감해진 주세근이 말했다.

"내 마음이다. 지금 내가 이 술을 마시고 나서 너에게 그 비기를 가르쳐 줄 것 같으냐, 아니면 아예 입을 닫아버릴 것 같으냐? 이 물음에 답할 수 있으면 내 비기를 말해주마."

"그거야 스승님 마음이지요. 제가 말씀해 주실 것이라 답하면 스승님 마음은 반대로 향할 것이고 또 제가 그렇지 않을 것이라 답하면 스승님은 역시나 거꾸로 마음을 잡수실 것 같으니 말입니다."

"그래 제법이구나. 그러니 너는 어찌할 것이냐?"

또 막혔다.

주세근은 급기야 화가 치밀기 시작했다.

"그러면 지금 제가 당장 스승님께 등을 돌리고 이 방에서 나가버릴 것 같습니까? 아니면 계속 여기에 눌러앉아 있을 것 같습니까? 스승님께서 이제 답해보십시오."

주세근의 말에 스승 성기는 호탕하게 웃어젖히며 말했다.

"그만하면 됐다. 이제 비기 따위 안 가르쳐줘도 되겠다."

끝내 비기를 감춰버리는 스승 앞에서 주세근은 고개를 옆으로 돌리지도 않고 술잔에 남은 술을 마저 마셨다.

"빈손으로 왔느냐?"

퉁소 하나 들지 않고 스승을 찾아온 제자를 나무라며 성기가 비파를 품에 안았다.

경쾌하게 시작된 성기의 비파 소리를 들으면서 주세근은 조금 전 느꼈던 분노도, 비기에 대한 궁금증도 다 날려버렸다. 스승이 제자에게 말해주려고 했던 비기가 그 비파 소리에 담겨 있든 말든 상관없었다. 늘 그랬듯이 스승 성기가 연주하는 비파 소리는 최고 중 최고였다. 성기에게 배울 것이 있거나 없거나 자신이 성기 옆에 있을 수 있다는 것만으로도 행운이라는 생각을 하지 않을 수 없었다. 최고의 소리를 곁에서 듣는 것만으로도 주세근은 세상을 다 가진 기분이었다.

곡이 끝나려면 아직 멀었다고 생각했던 주세근의 짐작과는 다르게 줄이 없는 거문고를 탄주하는 것을 마지막으로 스승이 제자에게 전수하려고 했던 곡의 전수는 끝났다.

비가 다시 내리기 시작했다. 밤을 꼬박 새운 스승의 기침 소리가 더 깊어졌다.

"괜찮으신 겁니까 스승님?"

대답 대신 한참을 더 마른기침을 내뱉던 성기가 부스럭거리는 소리를 내며 연초에 불을 댕겼다. 맵고 알싸한 연초 연기가 축축한 겨울비의 습기를 덮었다. 스승의 건강이 염려스러웠으나 주세근은 연초를 태우는 성기를 만류할 수 없었다.

"근아."

불러놓고 성기는 다음 말을 이어가지 않았다.

　　인생 일장춘몽(一場春夢)이요
　　세상 공명은 꿈 밖이로구나
　　생각을 하니 님의 생각이 간절하여 나 어이 할까

「수심가」였다. 제자의 이름을 불러놓고 성기는 말 대신 가락을 읊조렸다. 연초 연기와 함께 내뱉는 한숨 소리와 가락을 읊는 소리가 합쳐진 그것은 곡이라기보다 말에 가까웠다. 하지만 「수심가」 특유의 창법에서 크게 벗어나지는 않았다. 청이 높고 중간 음에서 격렬하게 떨며 하강하는 창법은 「수심가」의 애절한 내용과 잘 어우러졌다.

스승이 연주하는 악기 소리는 수도 없이 들었다. 그렇지만 창을 듣기는 처음이었다. 잘한다고 할 수는 없었으나 오래 여운이 남는 소리였다.

"내가 제일 좋아하는 가락이다. 태어나서 처음 접한 가락이기도 하고."

길게 말을 이어가기도 힘든지 잠시 뜸을 들이다가 다시 말했다.

"내 어머니가 늘 부르던 가락이었지. 갖가지 악기로 수도 없이 많은 곡을 연주했는데 다른 어떤 곡보다 이 가락이 좋구나.”

말을 하는 성기의 목소리가 젖은 듯했다.

“스승님.”

주세근 또한 스승을 불러놓고 더 이상 말이 없었다.

날이 밝아오면서 빗줄기는 더 거세졌다. 번개를 동반한 천둥소리가 간간이 들렸다. 성기의 기침 소리도 천둥소리와 함께 더 격렬해졌다. 그러나 방 안은 여전히 따뜻했다. 다행이었다.

3. 유우춘 - 김현주

1

정조 때 사람 유우춘은 무신 유운경의 '얼자'로 태어났다. 아버지 유운경은 활쏘기와 말타기를 즐긴 협객으로 풍채가 좋고 호탕했으며, 음악에 대한 조예가 깊었다. 영조 무신년(1728년) 충청도에 이인좌의 난이 일어났는데, 유운경은 반란을 진압하는 데 큰 공을 세웠고, 승리를 축하하는 장군의 집에 초대를 받았다. 잔치가 열렸던 날, 유운경은 사랑에 들어선 여종에게 한눈에 반했다. 손님상을 들여오고 나가던 여종과 우연히 시선을 마주쳤는데, 시간이 갈수록 여종의 해사한 얼굴과 반짝이는 눈동자가 잊히지 않았다. 유운경은 주인에게 청을 넣어 매달 장군의 집에 신공(身貢)을 지불하고 여종을 외거 노비(주인집에 거주하지 않고 독립된 가정과 재산을 소유할 수 있었던 노비)로 살도록 했다. 유운경은 여종에게 아들 둘을 얻었으나 종모법(從母法)으로 인해 어머니의 신분을 세습 받은 두 아들은 노비 '얼자(孽子)'가 되었다.

유우춘은 성품이 차분하고 생각이 깊었으며 매사 들고남이 신중했다. 아버지 유운경은 마르고 허약한 우춘에게 힘한 일을 시키지 못하게 하고, 민간에서 유행하고 있는 악기 해금을 구해다 주었다. 어린 우춘은 틈이 날 때마다 두 줄짜리 해금 소리를 내는 데 열중했다. 장악원 악사들의 연주를 익히 알고 있었던 유운경이 듣기에도, 아들에게는 훌륭한 재능이 있는 듯했다. 악공으로 살 수만 있어도 인생을 고달프게 살지는 않을 것이다. 유운경은 천부적인 음악성이 있는 우춘을 볼 때마다 안타까웠으나, 속량을 시키기에는 힘에 부쳤다. 본처와 다른 자식들의 눈치가 보였다. 유운경은 우춘의 앞날이 걱정스러워 탄식했다.

유운경은 두 아들을 노비 신분으로 둔 채 일찍 세상을 떠났다. 외거노

비에서 겨우 양인이 된 우춘의 어머니는 농사와 삯바느질로 생계를 이어 갔다. 아버지가 남겨준 해금을 애지중지했던 우춘은 틈이 날 때마다 해금을 켰다. 장날이 되면 형이 만든 망건을 팔아 신공을 지불할 돈을 벌었다. 우춘은 먼 곳의 장터를 향해 새벽에 길을 나설 때면 슬픔에 싸이곤 했다. 아들이 돌아올 때까지 기다리느라 애간장이 녹는 어머니를 떠올릴 때마다 마음이 심란하기만 했던 것이다.

　달이 밝은 어느 날 밤이었다. 우춘은 주막 평상에 앉아 조용히 해금 자루를 열었다. 휘영청, 달이 초가지붕에 포근하게 내려앉았고, 마당에는 은싸라기 같은 달빛이 환했다.

　우춘은 왼손으로 해금 활대를 잡고, 기온이 습해 느슨하고 뻑뻑해진 말총에 송진 덩어리를 가만가만 문질렀다. 현과 활대가 만났을 때, 소리가 윤이 나야 했다. 탁하면서 목이 쉰 듯 소리가 갈라지면 해금이 깽깽거리면서 우는 것처럼 들린다. 이 소리를 그대로 무시하면 듣는 사람을 짜증스럽게 만들뿐더러, 거렁뱅이 나무 양푼 두드리듯 둔탁하면서 천해진다. 맨 처음 현과 활대가 만나는 소리가 악공의 솜씨를 판별한다. 우춘은 두 줄의 현에도 정성껏 송진을 먹였다. 음의 높낮이를 조절하려고 머리 부분의 주아를 죄어보고, 풀어보면서 소리를 내어보았다. 첫소리의 간절함을 놓치면 자칫, 생목이 찢어지는 소리가 난다. 우춘은 멀리 계신 어머니를 그리워하면서 호흡을 조절했다. 어머니는 이 밤, 자식 생각에 잠 못 이루면서 바느질하고 계실 터인데. 활을 현에 부드럽게 앉힌 다음, 숨을 가다듬었다. 해금 연주는 눈부시게 환한 달빛 아래, 차가운 샘물을 한 모금 마시듯, 정신이 서늘하면서도 마음이 일시에 산뜻해지는 느낌이어야만 한다. 잠든 달빛을 깨우듯 채챙, 하는 첫소리가 상쾌하고 부드럽게 이어지더니 진동하듯 울려 퍼지기 시작했다.

　"이보시오. 그 소리 한 번, 절절하오. 가슴이 찢어질 만큼 서럽네. 악사 양반, 재주가 참 대단하시오."

주막의 봉놋방에서 지친 몸을 부리던 사람들이 슬그머니 문을 열고 마당으로 나왔다.

"잠도 오지 않아 맘이 싱숭생숭했는데, 막걸리는 내가 내겠소. 그러니 악사님, 그 소리 한 번 더 들려주시오."

점잖아 보이는 선비가 하는 말이었다.

"요새 들어 보지 못한 소리요. 해금 소리는 장터에서도 들어봤지만, 당신 해금이 장하오. 어쩐지 슬프고, 그립고, 울 각시랑 갓난애가 보고 싶구먼. 얼른 집에 돌아가고 싶게 만들어."

"그런디, 저기 저 풀벌레 소리 흉내도 한 번 내보시오. 앵앵거리는 모깃소리도 해금이 똑같이 낸다고 들었소만."

넙데데한 얼굴의 주모가 우춘 옆에 착, 엉기듯 다가와 흥흥, 콧소리를 냈다.

"그려, 맞아. 해금은 벌레 소리까지, 개 짖는 소리까지 낸다니까는. 어디 들어봅시다."

나그네들이 모두 방문을 열고 밖으로 나왔다.

"풍악을 잡히는데 술이 없어서야 되겠소!"

선비의 말에 눈치 빠른 주모가 재빨리 술상을 내왔다. 술이 한 사발씩 들어가자, 자기들끼리 소리높여 떠들다가, 종내에는 해금 소리에 그다지 귀를 기울이지 않았다. 시끄러운 말소리들이 엉키더니만, 그들의 신세 한탄은 해금 소리보다 더 커졌다. 술이 술꾼들을 홀리는지, 해금 소리를 듣고 싶다던 사람들은 결국 장터에 있듯 소란스럽게 흥청거렸다. 결국엔 해금이 낼 수 있는 갖가지 소리를 요구하며 수작을 부리기 시작했다. 우춘은 술 한 사발을 마저 들이켠 후, 달이 이울 때까지 소리와 놀았다. 사람들이 취해 모두 방으로 들어갔으나 여명이 틀 때까지 무엇에 홀린 듯 해금을 손에서 놓지 않았다.

우춘은 외로워지면 해금을 켰다. 자연의 소리를 모두 낼 수 있는 해금이었다. 풀잎에 빗방울 떨어지는 소리, 비바람이 초막의 창호지 문을 흔들며 두드리는 소리, 장독대 위에 거센 비가 내리치는 소리 등 자연의 음률은 물론, 온갖 동물과 풀벌레 소리를 해금으로 켰다. 점점 우춘의 연주는 사람들의 입에서 입으로 전해져 장안에 소문이 자자했다.

2

어느 날, 우춘에게 반가운 소식이 왔다. 이복형 금대거사(琴臺居士) 유필이 우춘 형제를 찾고 있다는 것이다. 금대거사는 유운경의 첩이 낳은 아들로 '서자'였으며, 그는 '얼자'로 태어난 두 아우의 처지를 딱하게 여기고 살았다. 아버지가 생전에 두 아우를 아끼고 사랑했던 마음을 잊지 않았다. 둘째 아우 우춘의 해금 솜씨를 아버지가 안타깝게 여겼다는 것이 마음에 남아 있었다. 유운경 현감의 풍부한 음악성을 물려받은 금대거사는 과거 시험을 보지 않았다. 서자 신분으로도 과거를 보고 벼슬을 할 수 있었으나 그는 벼슬과 재물에 마음을 두지 않았다. 다만 좋아하는 것은 시를 읊으며, 거문고를 타면서 방랑하듯 살아가는 것이었다. 그런 그에게 마음에 걸리는 것 하나는, 얼자 아우들이었다. 둘째 우춘이 해금을 잘 켠다는 것이다. 그러나 신분을 벗어날 수는 없었다. 매달 신공을 바쳐야 했고, 주인의 명을 어길 수 없는 평생 노비 신세였다. 금대거사는 생각 끝에 변방의 사또로 있는 친구를 찾아 2천 리를 걸어갔다. 사또 친구에게 5천 전(錢)을 빌려 주인에게 속량금을 바치고 받은 노비문서를 불태웠다.

"이제 아우님들은 장군 댁의 종이 아니오. 둘 다 양인이 되었소. 그러니 자유롭게 살면서 어머님을 모시면 얼마나 좋겠소?"

유우춘은 이복형 금대거사의 풍모를 한눈에 알아보았다. 거문고를 어깨에 멘 호골 풍채의 선비는 아버지 유운경의 모습과 너무나 흡사했다. 눈빛이 따뜻하고 인자한 얼굴이었다.

"형님, 이 은혜는 잊지 않을 것입니다."

두 형제는 깊이 머리를 조아렸다.

"아우님들은 홀로 계신 어머니를 잘 봉양하시게. 그러면 됐네, 돌아가신 아버님이 기뻐하실 걸세."

정 깊은 목소리였다. 우춘은 울컥, 울음이 솟구쳤으나 굳이 내색하지 않았다.

"아버님께 들었네. 어릴 때부터 해금 솜씨가 남다르다고 하더구먼. 어찌 그 어려운 걸 익혔나?"

"예. 그저 부끄럽고 또 부끄러운 소리내기에 불과합니다."

"아버님은 아우님들을 속량시키지 못해서 한탄하셨네."

금대거사는 큰 아우에게는 장사 밑천을 대주어 남대문 밖에서 망건을 팔도록 살길을 열어주었다. 작은 아우 우춘에게는 대궐의 군영인 용호영(龍虎營)의 구실아치(하급 관리) 자리를 주선해 주었다. 해금을 잘 켜기로 소문이 났기 때문에 우춘은 세악수(細樂手)로도 살아갈 수 있을 것이었다. 금대거사의 아우에 대한 마음은 따뜻하고 섬세했다.

우춘은 용호영의 구실아치를 거쳐, 해금잽이 세악수가 되었다. 세악수는 중앙의 군영 용호영 및 지방 군영에 소속된 군악수였다. 주로 군영에서 진법을 연습하는 습진(習陣)이나 활쏘기 시험장 등 행사에서 군사들의 사기를 독려하는 용맹스럽고 기개 넘치는 연주를 했다. 왕의 거동 때는 물론이요, 종친들의 모임에서도 연주했다. 양반들의 시사(詩社)는 물론 시조·가곡·가사를 노래하는 가객들을 위한 반주와 기생들의 춤 공연에도 동원되었다.

세악수들이 아악을 연주할 때는 거문고잽이 철씨, 젓대잽이 안씨, 피리

잽이 복씨, 장구잽이 동씨와 함께 해금잽이 유우춘과 호궁기의 연주가 천하일품이라 했다. 잽이들은 「관악영산회상」, 「여민락」, 「태평춘지곡」 등을 연주했고 「길군악」, 「대취타」 등의 악곡 행렬에는 남대문 밖이 떠들썩할 정도로 길가에 사람들이 흥청거렸다. 잽이들의 수준은 매우 높아서 대궐을 넘어서 장안에까지 명성이 자자했다. 세악수들의 젓대·피리·해금·장구·북의 삼현육각 연주는 흥겹고 멋들어져 민간에까지 널리 소문이 났다.

유우춘은 동료들과의 협주에서 해금 특유의 미묘한 소리를 정확하게 내기 위해 피나는 노력을 기울였다. 과거에 독학했던 연주를 전부 버리고, 전문적인 악공이 되기 위해 혼자 하는 연습량이 남보다 많았다. 악보를 보기 위해서 매일 한문을 익히고 쓰면서 문장의 숨은 뜻을 생각했다. 악곡의 정서와 음률을 이해하기 위해, 매일 시경(詩經: 유교 경전, 율(律)이 있는 주나라 시대의 노래를 담은 민요집)을 공부했다. 우춘은 해금으로서 낼 수 있는 최상의 아름다운 소리를 추구했다. 잠을 아껴가면서 연습했다. 처음 해금을 배우던 때와는 천지 차이의 노력으로 점차 수준이 높아졌다.

유우춘의 기량은 크게 발전했다. 물집이 잡혔던 손가락 살은 이미 딱딱하게 굳어 해금 현에 적응했다. 손가락이 패인 흔적이 굳어 두 줄의 현을 안정시켰다. 폭포수 떨어지듯 빠른 음을 연주한 후, 느린 음을 길게 튕길 때도, 넘쳐나려는 감정을 시나브로 절제했다.

해금 활대처럼 길고 가느다란 체구의 그는 시냇가 버들가지처럼 휘청거리면서 걸었다. 술이 머리끝까지 취했어도 한순간도 정신을 놓친 적은 없었다. 밤길을 걸어가다가 "조선 최고의 해금이 걸어간다!"는 소리를 들었다. 민간 연회에 불려나갔다가 크게 취해 돌아가는 길이었다. 허허허, 우춘은 웃었다. 쓸쓸한 심정이었다. 연주 기술이 늘어갈수록 세악수 급료 대신 기생들 연회 자리에 불려 나가서 얻는 돈이 더 많아졌기 때문이었다.

연주가 끝나고 돌아올 때면 가슴이 뻥 뚫린 듯 공허하기 짝이 없었다.

3

금대거사 유필의 종씨 유득공은 규장각 검서관(檢書官)이었다. 둘 다 서자로 태어났고 뜻과 취향이 같아 시·서·화에 관심이 많고 음악을 즐겼다. 금대거사와 유득공은 서화와 골동품 구경을 하러 수집상 서기공을 찾곤 했다.

어느 날, 유득공은 혼자서 서기공을 찾아갔다. 기공은 언제나처럼 술상을 차려오게 하고, 손수 거문고를 뜯고 피리를 연주해 주었다. 득공은 고마운 마음에 그동안 틈틈이 배운 해금으로 새들의 울음소리와 벌레 울음소리 등으로 재주껏 소리를 내보았다. 기공이 잠시 귀를 모으고 있다가 인상을 찌푸렸다.

"게 있느냐! 여기 좁쌀이나 한 되 퍼주어서 보내라. 이건 거렁뱅이의 깽깽이 소리 아닌가!"

기공이 버럭 화를 내며 소리쳤다.

"무슨 말씀을 하시는지요?"

득공이 소스라치게 놀라 되물었다.

"참으로 참담하네. 학문을 하는 사람이 귀가 그리 둔해서야 어디 쓰겠나. 대체 이따위 깽깽이 소리를 어디서 배워왔나. 대개 거렁뱅이들은 이 깽깽이를 들고 남의 문 앞에 서서 우쭐거리지. 영감들이 장죽(長竹) 곰방대 탁탁거리는 소리·시어미와 며느리의 다듬이소리·어린애의 응애응애 칭얼대는 소리와 온갖 짐승 소리는 물론, 닭·오리·풀벌레 소리를 각각 낸다네. 동네 조무래기까지 몰려 구경하는 자리에서 해금 소리를 팔아, 곡식 몇 줌 받아 들고 희희낙락 돌아가지. 자네 해금 소리가 이따위와 똑같은 것을 모른단 말인가? 진심으로 해금을 연주하고 싶거든 천재 유우춘을 찾아가서 배워야 하거늘!"

기공이 혀를 차면서 득공을 야단쳤다. 득공은 너무나 부끄러운 마음에 술도 제대로 못 마시고 황황히 집으로 돌아왔다. 곰곰이 생각한 끝에 다시는 해금을 손에 들지 않으리라 결심하고는 구석진 곳에 해금을 처박아버렸다. 기공에게 무안당한 이후, 득공은 제대로 잠을 이룰 수 없었다. 도대체 어떤 연주를 하길래 서기공은 그토록 유우춘을 칭송한 것인가. 천재 유우춘은 누구란 말인가.

득공은 몇 날 며칠을 생각한 끝에, 종씨 금대거사를 찾아가 말로만 들었던 유우춘의 해금에 대해 물었다.

유우춘의 집은 경복궁 동편 십자교 부근에 있었다. 작은 초가였지만 마당이 정갈하고, 울타리 쪽으로는 잘 가꾸어진 텃밭과 그 옆에는 국화가 피어있는 꽃밭도 있었다.

우춘의 늙은 어머니가 환하게 반겼다. 금대거사로 인해 속량이 되었고, 이제는 제법 살게 되었으니 고맙기 짝이 없었던 것이다. 게다가 오늘은 이름이 높은 규장각 검서관 종친이 친히 우춘의 집을 찾아들었다. 우춘의 어머니는 돌아간 지아비 유운경과의 옛일을 말하면서 눈물을 보였다.

우춘의 어머니는 어린 여종을 불러 손님들의 술상을 차리게 하고, 다른 거처에 있는 우춘을 불러들였다. 우춘은 침착하게 득공에게 예를 갖추었다. 수인사에 통성명까지 하면서 안면을 텄으나, 득공이 짐작했던 해금 악사의 얼굴이 아니었다. 어딘지 범접할 수 없는 인상으로 콧대가 높은 듯하면서 눈매가 날카로워 보였다. 득공이 초면에 함부로 연주를 청할 수 있는 편한 상대는 아니었다.

"서기공 어른께 선생의 해금 연주에 대해 들었다오. 허니, 언제든 내

집에 놀러 오시겠소? 내가 기공 앞에서 해금을 켰다가 죽을 만큼 혼났소이다. 허허."

득공은 우춘의 형님뻘이었다.

"거사님과 함께 수일 내로 찾아뵙겠습니다."

우춘이 흔쾌한 대답을 하면서 빙긋이 웃었다.

달이 밝고 바람이 서늘한 어느 밤이었다. 득공이 불우리(갓)를 씌운 등 앞에서 글을 읽고 있을 때, 손님들이 찾아왔다. 우춘을 비롯한 네 사람이 커다란 술병에 돼지 다리 한 짝, 남색 전대에는 우린 감 60여 개를 선물로 내밀었다.

"오늘, 우연히 악공들이 모였소이다. 달 가는 데까지 가보자 했더니 발길이 이쪽으로 저절로 향하지 뭡니까. 이 좋은 밤, 글방 샌님은 또 글만 읽고 있을 테니, 너무 심심하지 않소? 그러니 한 번 음악과 놀아보십시오. 하하."

일행 중 한 사람이 무릎을 꿇고 술을 따랐다. 술이 반쯤 취해 들어갔을 때, 세 사람이 연주할 준비를 했다.

"잘들 해보자구."

우춘이 권하자 셋이 악기 자루를 끌렀다. 젓대(대금) 하나, 해금 하나, 피리 하나. 셋이 합주로 유려한 가락을 뽑았다. 한 곡조가 끝날 무렵, 우춘이 해금 켜는 사람 곁으로 가서 해금을 슬쩍 가로챘다.

"이제는 유우춘의 소리를 들어보시겠소?"

우춘이 활대를 길게 빼 들고 눈을 지그시 감았다. 득공은 우춘의 몸이 음률처럼 흔들리는 것을 느꼈다. 곡조가 머릿속에서 물결처럼 일렁이는 듯, 우춘은 눈을 지그시 감았다. 치링, 허공을 깨우는 청성(淸聲)의 드높은 소리가 났다. 첫소리를 따라 이어지는 곡조가 현을 타고 처연하게 울려 퍼졌다.

방안은 일시에 음악 속으로 빠져들었다. 우춘의 해금은 절제된 가락을 완만하게 켜면서 안으로 울고 있는 듯 느껴졌다. 높은음에서, 감정을 내뱉는 곡조가 토하듯 넘실거리다가 자지러지듯 저물더니, 낮은음이 되어 애절한 감성으로 변했다.

득공은 저도 모르게 전신이 짜릿했다. 해금이란 제 몸을 슬퍼하는 악기라는 생각이 들었다. 인생사 희로애락, 그중 유독 비애에 젖은 가락이 가슴을 찢는 듯했다.

"이제 우춘의 해금을 들려줬으니 되었소이까. 우린 그만 돌아가리다!"

우춘이 일행들과 함께 허허, 웃으며 자리를 털고 일어서 가버렸다. 그들이 떠나간 방에 멍하니 앉아 있던 득공은 마치 꿈에서 깬 듯했다. 방안에는 해금 가락이 아직 제 흥에 넘치며 흐르는 것 같았다. 득공은 그 소리를 잡아두고 싶었다. 미칠 것같이, 해금이 켜고 싶어 구석진 곳에 처박아 놓은 해금 자루를 찾아냈다. 그러나 어쩐지 깡깡이 소리만도 못할 것 같아 보기조차 싫었다. 서기공이 말한, 거렁뱅이의 소리에 불과할 것이다. 우춘은 어찌 그토록 서럽고 그립고 아프고 처절한 아름다움을 음률로 연주한단 말인가. 그가 아니고서야 어떻게 그런 음을 허공에 춤추게 할수 있을 것인가.

득공은 도달할 수 없을 해금의 음률에 대해 고민했다. 불우리 안의 등불이 거의 사그라들 때까지, 이현(二絃)의 해금을 앞에 두고 있었다. 밤새 잠을 이루지 못한 득공의 방에 여명이 서서히 스며들고 있었다.

금대거사가 고향 집으로 돌아갈 채비를 했다. 우춘의 집에서 머물다가 행장을 꾸리게 되었는데, 우춘이 사람을 시켜 득공을 초청했다.

"그것이 무엇이오?"

득공이 우춘의 방구석에 놓인 청동 동이를 보고 물었다.

"취해서 토할 때 쓰는 물건이라오. 연회에서 억지로 술을 받아 마실 때가 있는데, 집에 돌아와서 모두 토해버려야 속이 좀 편해진다오."

우춘이 쓰게 웃었다. 그때, 어린 여종이 소반에 술과 안주를 차려왔다. 다른 방에서는 소의 염통을 굽고 있었다. 구수하고 기름진 냄새가 회를 동하게 했다.

득공은 금대거사와 우춘의 우애가 별스럽게 아름다운 것이다, 라고 여겼다. 서로를 존중하면서도 편안한 술자리는 허물이 없었다. 득공은 이때다, 싶어 해금 자루를 끌렀다. 금대거사가 득공의 심정을 아는 듯, 빙긋이 웃었다.

"이 해금 소리에 오래 마음을 두었는데, 지난번에 말했다시피 비웃음을 샀다네. 어떻게 하면 내 해금이 거렁뱅이의 깡깡이 소리를 면할 수 있을까?"

득공은 진지하게 물었다.

"선생! 한심하오. 천하의 모든 소리들은 다 법을 구하는데 뜻이 있지요. 내가 타는 해금이나 거지가 타는 해금이나 무엇이 다르단 말이오. 내가 해금을 죽어라 배운 이유는 늙으신 어머님이 계시기 때문입니다. 소리가 신통치 못하면 어찌 어머님을 봉양할 수 있겠습니까. 사실, 내 소리는 거렁뱅이보다 못하오. 거렁뱅이 솜씨는 길거리에서도 밥을 벌지 않습니까. 저는 밥을 버는 소리를 못 해요. 하긴, 묘합니다. 내 해금이나 거렁뱅이 해금이나 같은 재료입니다. '비사비죽(非絲非竹)'이니, 현을 타는 것도 아니고 관을 부는 것도 아닙니다. 나는 오직 한탄할 뿐입니다. 수년 동안 해금을 연주했소만, 거렁뱅이는 허름한 해금 한 벌을 몇 달 만져본 후에 온갖 소리를 흉내 낸다오. 듣는 사람이 많아 겹겹 둘러싸고, 사방에서 몰려든다오. 그들의 하루 벌이가 쏠쏠하오. 그만큼 해금이 사람에게 친절한 소리라오. 소리가 마음을 파고들면서 울고 웃기니까요. 선생이 무엇 때문에 배우려고 하는지는 모르겠소만, 다 부질없는 일이오. 공력이 많이 들수록 세상 사람들 귀가 알아듣지 못하는 음악이 되기 십상이오. 검서관 선생께서 해금으로 밥을 벌 것도 아닌데, 구태여 배우려 하시니 참으로 딱하시오. 나를 보시오. 정작, 유우춘 이름 석 자는 널리 알려졌지만 내 음악을 진정으로 이해하는 사람이 세상에 몇이나 되겠소."

목소리가 독백처럼 낮고 쓸쓸하게 들렸다. 우춘의 해금은 한량 금대거사가 거문고를 타면서 세월을 보내는 것과는 또 다른 고뇌가 있었다. 벼슬아치 득공이 해금 자루를 메고 다니면서 재주를 익히려고 하는 것과는 본질부터 다른 것이었다. 득공은 무안했고, 어쩔 수 없는 부끄러움을 느꼈다.

우춘의 어머니가 돌아가셨다. 우춘은 용호영의 세악수를 그만둔 후, 세간에서 떠났다. 이제 더는 우춘의 해금을 들을 수가 없다는 말을 서기공 집에 가서야 전해 들었다. 참으로 애석하다, 지음(知音)이 없는 세상을 어찌 견디겠소, 라고 탄식했다. 우춘의 소리를 알아주었던 단 한 사람, 친구 호궁기도 이미 죽어 저세상 사람이 되고야 말았다는 것이다.

4

득공은 몇 달을 고심 끝에 비로소 붓을 들었다. 유우춘의 출생과 성장 과정을 낱낱이 기록하여 서안(書案) 왼쪽에 두고 글의 서두를 잡았다.

서기공(徐妓公)은 음악에 조예가 깊은 데다 손님을 좋아해서, 누가 찾아오면 술상을 벌이고 거문고를 뜯거나 피리를 불어 주흥을 도왔다. 나는 그를 따라 놀며 즐겼는데, 한번은 해금을 얻어 가지고 가서 소리를 머금고, 손을 끌어다 벌레와 새들의 울음소리를 내보았다. 그랬더니 서기공이 귀를 기울이고 듣다가 소리를 버럭 질렀다.

일단 서두를 이렇게 써 내려갔다. 잠시 생각 끝에, 우춘을 통해 직접 들은 이야기를 잊지 않기 위해 바삐 붓을 놀렸다.

나는 해금 연주에 대해 물었다. 우춘이 한탄하듯 입을 열었다.

"정작 유우춘의 해금을 아는 사람이 몇이나 되겠습니까? 제 생활을 예로 든다면 말씀입니다. 종친이나 대신들이 밤에 악공을 부릅니다. 그럴 때면 우리는 악기를 가지고 늦지 않게 도착해야 합니다. 허리를 한껏 굽히고 대청으로 올라갑니다. 그러면 촛불을 환히 밝히지요.

'연주를 잘하시게. 그러면 큰 상을 내리실 거네.'

집사가 말합니다.

'예이.'

우리는 그만 황공한 마음에 고개를 더욱 깊이 수그립니다. 그렇게 연주를 시작합니다. 현악기와 관악기가 미리 맞추지 않았어도 절로 맞아 돌아갑니다. 길고 짧고 빠르고 느린 것이 아득하게 어울립니다. 그러면 숨소리 잔기침 하나 문밖으로 새어 나오지 않은 즈음이 되지요. 그때 곁눈으로 슬쩍 보면 악공을 초대한 주인은 안석(安席)에 기대어 졸고 있어요. 그러다 곡이 끝나기도 전에 기지개를 켭니다.

'그만두어라.'

어이없는 상황이지요. 그래도 우리는 아무 말을 하지 못하지요.

'예이.'

우리는 다 같이 물러날 수밖에 없습니다. 기막힌 일이지만 어쩔 수 없는 일이지요."

우춘의 표정은 쓸쓸하면서도 몹시 한탄스러워 보였다.

득공은 잠시 호흡을 고른 다음, 우춘에게 들었던 말들을 기억해 내면서 다시 붓을 들었다.

금대거사가 고향으로 돌아가고 난 후, 우춘은 잠을 못 이루는 날이 많아졌고 생각이 점점 침울해진다고 말했다.

"해금을 제대로 듣는 사람이 없어, 스스로 듣다가 돌아왔을 뿐이니 쓸쓸할 필요는 없지요. 논다니 귀공자와 우쭐대는 선비들이 담론을 펼치면서 맑은 담론이라 이름하는데, 그 고상한 모임에 해금을 청하지 않은 적이 없습니다. 그들이 문장을 평론하거나 과거에 급제한 사람들을 평가·비교하기도 하고, 술이 거나해지고 등잔 불똥이 내려앉을 무렵에는 더욱 뜻이 높고 태도가 심각해지기 마련입니다. 그때, 붓을 놓고 종이들이 제멋대로 날아다닌다오.

'너는 해금의 기원을 아느냐?'

한 선비가 나를 돌아보고 물었소. 나는 황망히 고개를 수그릴 수밖에 없습니다.

'모르옵니다.'

내 대답이 끝나자마자 그자가 웃으며 말을 놓아요.

'옛적에 혜강(嵇康)이라는 자가 처음 만들었다. 아느냐?'

또 얼른 몸을 굽힙니다.

'예에. 몰랐습니다. 그렇습니까.'

그때, 누군가 껄껄 웃으면서 말을 꺼냈어요.

'아닐세. 해금은 해족(嵇族)의 거문고란 뜻이지. 혜강의 혜(嵇)자가 가당키나 하겠나. 자네는 혜강이 누군지 알기는 하나.'

그러면서, 내 대답을 기다리지도 않고, 얼굴을 마주 보지도 않고 좌중의 여론 속에 말을 섞습니다. 내가 기막혀서 입을 다뭅니다. 그들과 이야기를 섞은들 어디에 이득이 있겠소. 말 한 번 잘못했다가는 양반들에게 악공 주제에, 라고 무시나 당하고는 마침내 얻어터지기나 할 거요. 그저 아무것도 모르는 척, 묻는 말에 예, 아니오, 라고만 대답하면 그만이라오. 선생도 아시다시피, 밤이면 등불을 돋아 책을 읽고, 해금을 연습하는 것이 내 생활이요. 내가 혜강을 모르고서 어찌 음악을 안다고 하겠소. 위나라 말엽, 거문고 연주자 아닙니까. 잘난 양반들은 죽어도 그렇게 살 수 없을, '죽림칠현'의 한 사람. 그렇다고 해도, 나의 해금과 위나라 혜강이 무슨 상관이 있단 말이오."

나는 우춘의 혼잣말 같은 나직한 목소리에 고개를 끄덕였다.

"그 말이 맞소."

"하고 싶은 말을 내뱉지 않고 입안에 꾹 눌러 담으면서 살았소."

우춘은 그제야 세악수의 악공으로 밥을 벌어야 했음을 한탄했다.

"어머니의 고생을 일평생 가슴 아파하면서 살았소. 내가 해금을 켜는 것도 다 늙으신 어머님을 봉양하기 위함이니 그것도 좋다. 그 생각으로 버티고 살았다는 겁니다. 먹고 살기 위한 연주였소. 그러니 더는 무엇을 구할 것입니까. 밥을 벌기 위해 해금을 했는데, 명성까지 얻었으니 더는 바랄 바 없습니다. 그러나 그 명성마저 비천하다는 생각이 드는 것이오. 무슨 부질없는 것인가. 해금을 모르는 사람들 앞에서 온 힘을 다해 연주하고 나면, 그게 이젠 즐겁지 않아요. 내 해금을 이해하고 알아주는 사람도 없는 마당에 더는 해금을 해서 무엇하겠나 싶지요. 나 혼자 연주하고, 나 혼자 들으면 그만인 것이지요."

나에게 한바탕 말을 풀어놓은, 우춘의 얼굴은 먹구름이 낀 듯 어두워져 있었다.

득공은 여기까지 쓰고는, 가슴이 뻐근했다. 종적을 감춘 우춘의 슬픔을 더욱 절절하게 느낀 것이었다. 더 오래되어 기억이 지워지기 전에, 득공은 등불을 새롭게 밝힌 뒤, 붓을 재게 놀리기 시작했다. 우춘의 목소리가 아직 귓전에 쟁쟁하게 남아있을 때, 글로 남겨야 할 필요를 느낀 것이었다.

"봄바람이 화창하게 부는 날이었소, 복사꽃 버들가지가 흩날리면 시종 별감들과 오입쟁이 한량들이 무계(武溪)의 물가에서 노닐고 있지요. 그때면 침기(針妓: 바느질하는 기생)와 의녀(醫女)들이 높이 쪽 찐 머리에 기름을 잔뜩 발라 자르르 윤이 나는 모양을 하고, 날씬한 말 등 위에 붉은 담요를 깔고 앉아 저희끼리 줄을 지어 나타납니다. 그러면 놀이와 풍악이 벌어지는데, 한편에서는 익살꾼이 신소리를 늘어놓습니다. 우리 악공들은 처음에 「요취곡」을 탑니다. 가락을 바꾸어 다음엔 「영산회상」을 연주합니다. 손을 놀려 새로운 곡조를 켜면 가락이 엉켰다가 사르르 녹고, 목이 메었다가 다시 트이지요. 그때, 쑥대머리 밤송이 수염에 쭈그러진 갓을 쓰고, 옷이 찢어진 꼬락서니들이 소리 높여 말합니다.

'좋다! 아, 좋구나!'

머리를 한껏 끄덕거리고 멍한 눈깔을 끔벅거리면서 부채로 땅을 치면서, 얼씨구, 를 연발합니다. 양반네들 흥에 맞추느라, 곡이 보잘것없이 연주된 것을 모르고서 말입니다. 선생, 이것이 음악을 즐긴다는 수준이라는 것에 동의하십니까?"

우춘은 내 대답을 꼭 듣겠다는 얼굴이었다.

"나는 한가한 날이 되면 동료 호궁기와 만나서 해금 자루를 끌러 해금을 어루만진다오. 두 눈을 하늘에 두어, 마음을 손가락 끝에 심고, 털끝만치도 잘못 켜서 이게 소리가 아니다 싶으면 서로 벌금으로 한 푼을 냅니다. 그것이 나와 호궁기가 서로를 위로하는 방법이지요. 그러니 호궁기는 나를 알아주는 딱 한 사람이오. 그러나 호궁기의 알아주는 정도가, 내가 나의 해금을 아는 만큼 정확하지는 않소이다. 나는 오직 내 해금을 아는 것이란 말이오. 이러니 어찌 쓸쓸하지 않겠소."

득공은 붓을 벼루 한쪽에 걸쳐놓은 채, 상념에 잠겼다. 어느 비 오는 밤, 우춘에게 말하지 못한 말이 있었던 것 같다. 나는 자네한테 해금을 배우지 않아도 좋으니, 내 심정에 다가와 끝내 잊히지 않는, 그 처연하면서도 심장을 뜯는, 한 소절만이라도 들었으면 하오. 그런 속내를 우춘 앞에서 비출 수 없었다. 다만, 우춘이 다른 이가 모를, 혼자의 슬픔을 풀어내며, 그렇게라도 해금을 연주하고 살았으면 하는 바람이었다. 득공은 다음에 만나면 해금 소리를 간곡히 청해보리라 생각했다. 그러나 그날이 우춘과의 마지막 만남이었다.

득공은 버릇없는 양반 자제들이 떠올랐다. 우춘은 어떤 말을 차마 입에 올리기 천박해서 그저, 해금을 켰을 것이다. 특유의 높은 소리를 내지 않고 잔뜩 가라앉은 해금 소리는 비에 젖은 사람처럼 처량하기만 했을 것이다. 그날 밤 기생들의 연회에서 오입쟁이들 등쌀에 못 이겨 「길군악」을 연주했을까. 양반 무뢰배들 사이에서 누군가 노래를 불렀을 것 같다.

　　오날도 하 심심하니 길군악이나 하여를 보자.
　　어이없다 이년아 말 들어 봐라.
　　노나 너니나루 노나니루 너나루너…….
　　가소 가소 자네 가소 자네가 가서 내 못 살랴.

가사(歌詞) 「길군악」을 부르면서, 기악곡 「길군악」 풍으로 멋들어지게 반주하라고 우춘을 괴롭혔을까.

　　눈비 찬비 찬 이슬 맞고
　　홀로 섰는 노송 남기
　　짝을 잃고서 홀로 섰냐.
　　내 각시 네 이리로 하다.

오입쟁이들 앞에서 우춘은 굴욕을 참으며 반주를 했을까. 그들은 애인을 불러들이는 노래, 원망하는 이별 노래를 즉흥으로 지어내서, 흥청망청

고주망태가 될 때까지 우춘의 해금 반주에 맞춰 춤을 추었을까.

　　각색 기생 들어온다.
　　예사로운 놀음에도
　　치장이 놀랍거든 하물며 승전놀음
　　별감의 놀이인데 범연히 치장하랴.

　별감들이 기생들을 대거 동원해 음주 가무로 놀다가 연회가 끝날 때까지 우춘을 멋대로 붙들어 두었을 것이다.
　술자리 속된 욕설에 섞이며 해금을 켜야 했을 우춘. 이런 세태에 지칠 대로 지쳐버린 것이 아니었겠는가. 오입쟁이들의 애창곡에 반주 장단을 하면서 비감에 젖은 우춘의 심정을, 득공은 제 사정처럼 헤아려 보았다.

　얼자로 태어나길, 죄였다. 서자로 태어나면 그건 죄가 아닌가. 얼자보다 낫긴 하다. 서자 금대거사는 부친의 재산을 물려받을 수 있었다. 금대거사는 세상과 등 돌리면서 거문고를 메고 다녔다. 산과 들의 유람이 끝나면 고향으로 돌아가 단정히 책을 읽다가 혼자 거문고를 뜯었다. 그리고 또 무언가 억하심정이 일어나면, 한양에 있는 득공을 만나러 왔다. 득공과 금대거사는 동병상련(同病相憐)이었다.
　적자는 언감생심이고, 서자도 못 된, 얼자 우춘은 무인(武人)의 호탕한 기질이 안으로 숨어 세상에 쓰임새 좋은 침착하고 신중한 성격이 되었다. 용호영 세악수로 피나는 연습을 해서 이룬 음률을 속된 노랫말에 반주나 하면서, 젊은 양반놈들 앞에 머리를 조아려야 했을 참담한 심정. 연회의 술을 억지로 마시고 돌아와 청동 동이에 머리를 처박고 아침이 올 때까지 토했을 것이다.

득공은 새벽빛이 밝아오는 창호지 문을 응시했다. 지금쯤 어디를 떠돌고 있을까. 임금의 거동, 사신들 행차, 군대의 행진과 궁중 아악의 음률을 즐겼을 우춘. 누런빛의 철릭에 남색 전대를 두르고 미투리를 신고, 세악수로 제 해금을 들며 혼자 만족했을 우춘. 음을 다루는 솜씨가 나아질수록 연회에서 부름이 잦아졌고 술자리 반주용으로 소비되었을 우춘. 그의 연주는 고스란히 제 심중을 찢는 애절한 소리가 되었다. 안타깝기 짝이 없었다. 뜻을 이룬, 아름다운 그 소리는 어찌 세상에서 사라지고 말았을까. 다만 늙으신 어머니를 위한 소리여야 했을까. 우춘의 말에 "솜씨가 나아질수록 사람들이 더욱 알아주지 않는다"고 한 것이 어찌 해금뿐이랴.

득공은 멀리 떠난 우춘을 그리워했다. 세상 속 은자(隱者) 우춘이 양반네들 연회와는 사뭇 다른 농(弄)으로 백성들 속에서, 음을 희롱하기를 기대했다. 삶의 고통과 생의 고독을 승화시킨 소리. 손가락으로 자유로이 이 현을 튕기며, 산과 들 너머 장터를 다니며 해금으로 한바탕 놀고, 달빛 주막에서 나그네들과 어울려 음의 해방을 누리고 있을까. "아, 좋다, 그 소리 참 좋다, 자 술이나 한 사발 받으소." 깡깡이 거렁뱅이 해금과 가끔 섞이면 또 어떤가. 그는 어쩌면 돌아간 호궁기를 그리워하며 사람들을 위해 온갖 소리로 생의 애환을 달래고 있을지도 모를 일이다.

득공은 우춘의 해금이 허기진 백성의 마음에 위로가 되기를 바라면서 붓을 놓았다. 소설의 제목은 「유우춘전(柳遇春傳)」이라 지었고, 자신의 문집 『영재집(泠齋集)』에 실었다.

그 후로도 오랫동안 득공은 우춘을 기다렸다. 그러나 끝내 소식을 알 수 없었다.

4. 신재효 – 채희문

1

어느새 춘삼월인가. 도들산 자락을 타고 선운사 뒷담까지 붉게 피어있던 동백꽃이 홀연히 자취를 감추었나 싶더니 모양성으로 들어가는 길 어귀로는 복숭아꽃과 오얏꽃이 지천으로 피어나는 봄이었다. 나비 모양으로 나뭇가지에 붙어 살랑이다가 실바람이라도 불어오면 공중으로 눈발처럼 날리던 꽃 잎사귀.

오늘은 아침부터 부슬부슬 내리던 비에 여태 남아 있던 자두 꽃망울이 벙긋 열리고 그 틈으로 향기마저 번지는 듯했다. 하지만 봄을 재촉하는 정도일 뿐 더 이상 기승을 부리는 빗줄기는 아니었다. 도포 자락에 촉촉이 젖어 들며 갓끈을 타고 이따금씩 방울방울 목덜미로 흘러내릴 뿐 우비를 덧대어 입을 정도도 아니었다.

동리 신재효(桐里 申在孝)는 희부연 비안개를 가르며 새일나루(지금의 대전광역시 신탄진) 입구로 나귀를 탄 채 느릿느릿 접어들고 있었다. 수년 전 홍수로 갑천이 범람하여 생겼다는 새로운 나루였다. 그는 나이 어린 동자 머슴 한 명을 앞세워 걷고 있었는데 머슴이 꾀를 부리는 것인지 나귀가 꾀를 부리는 것인지 걸음걸이는 점점 느려지기만 했다.

고창 집을 떠나온 지도 벌써 사흘째. 도들산을 넘어 내장산을 끼고 있는 정주에서 하룻밤을 묵고, 이리(지금의 전라북도 익산시)에 근접한 삼례에서 또 하룻밤을 묵은 뒤에야 이곳 새일나루에 도달할 수 있었다. 한창 젊었을 때라면 하루 만에도 달려올 수 있는 거리였지만 환갑을 눈앞에 둔 그로서는 나귀를 타고도 힘에 부치는 여정이었다. 눈높이로 드리워진 인근의 나지막한 산자락이 어둑해진 구름 속으로 잠기는 것을 보니 어림잡아 술시쯤으로 접어드는 모양이었다.

아직 잠잘 곳을 정하지 못한 동리는 역원(驛院)을 찾아 낯선 길을 헤매었는데 새일나루는 한양으로 뻗어가는 길과 교통의 요지인 한밭(지금의 대전광역시)으로 통하는 길이 갈라지는 곳이었으므로 필시 번듯한 역원이 있으리라 믿었다. 역원은 원래 관리가 여행을 하거나 부임할 때에 마필을 공급하던 역(驛)에 인접해 있어서 숙식 편의를 제공하는 곳이었지만 근래에는 규모가 작고 값이 싼 숙박업소를 대신하고 있었다.

동리는 슬그머니 나귀의 안장 밑을 손으로 더듬어 보았다. 안장 밑으로는 노잣돈이 두둑이 담긴 전대가 깊이 숨겨져 있었다. 사흘 밤낮을 걷느라 지쳤으니 웬만한 한량 같았으면 기촌(妓村)의 아무 기방(妓房)에라도 들어가서 진동하는 술 냄새, 부침개 냄새를 맡아가며 여독을 풀기에도 충분한 돈이었다.

동리인들 어찌 그런 생각이 없었을까. 술잔 올리는 기생이 따라주는 약주 한 사발을 마시며 손수 노래 가사를 정리한 광대가(廣大歌)로 질펀하게 목이나 풀면 좋으리라는 생각이 잠시 스치기는 했다. 판소리를 부르기 전에 목을 풀기 위한 단가(短歌) 사설, 소리 기생이라도 장구를 치며 옆에 앉아 그 광대 판소리를 걸출하게 뽑아낸다면 그야말로 기막힌 호사 아니겠는가. 비록 중인 계급에 속하는 아전이었으나 수중에 재산이 풍족하다보니 어디선 들 호사하기가 그리 어렵지는 않았다.

하지만 그런 생각은 경복궁 경회루에서 낙성연(落成宴)이 열리기 전에나 꿈꿀 수 있던 낭만이었다. 양반들이 판치고 세도가들로 넘쳐나는 기방에서 소리 기생의 절창을 들으며 그들과 다름없이 호방하게 약주를 마시는 일이 오호라, 이제는 무릇 허사일 뿐이었다. 낙성연을 파한 뒤로 단 한 번도 채선(陳彩仙)의 모습을 제대로 보지 못했는데 술잔 바치는 기생을 옆에 둔 들 몸이 기쁠까? 낙성연이 끝난 이후로 채선의 목소리를 단 한 차례도 제대로 듣지 못했는데 소리 기생의 절창을 들은 들 마음이 흐뭇할까? 그 모든 것이 일장춘몽처럼 아련하고 안타까울 뿐이었다.

역원은 생각보다 멀리 떨어져 있고 찾기도 그리 수월치 않았다. 아무리

보슬비라 해도 오랫동안 맞다 보니 도포 자락이 축 늘어져 등허리와 종아리에 철썩 들러붙을 지경이라 차라리 아무 곳에서나 쉬어가고 싶은 심정뿐이었다. 두둑한 노잣돈이 있으니 노숙이야 하겠냐는 생각에 그나마 느긋하게 역원을 찾다가 잠시 멈춰 선 곳이 양쪽 기둥에 문짝을 단 일각대문 집 앞이었다. 어디선가 아련히 딩가딩 딩딩 하는 가야금 소리가 들려오는가 싶더니 곧 와자지껄하는 소리에 묻혀버리곤 했다. 역원을 찾아온다는 것이 자칫 유곽으로 들어선 것은 아닐까?

아뿔싸, 유곽은 아니어도 일각 대문 안쪽은 분명히 기방이다. 대문 안쪽으로 이어진 앞뜰에서는 서너 명의 사내들이 이미 한바탕 난투극을 벌이고 난 후였다. 그중 하나는 힘깨나 쓰는 양반계급의 자제인가 본데 벗어젖혔던 옷을 슬그머니 주워 드는 것으로 보아 더 이상 거들먹거릴 필요는 없어진 모양이었다. 보나 마나 술과 기생이 연관된 일임이 분명하리라. 별채 뒤쪽으로 붉은 철릭과 누런 갓을 쓴 별감의 모습도 언뜻 보이는 것으로 보아 주먹질은 꽤 걸었던 모양이다. 왕실 액정서에서 경호 임무를 맡아야 할 별감이 어떻게 이 시각에 새일나루 기방에서 어정거리고 있을까? 자세한 연유는 알 수 없었지만 어쨌든 화류계의 큰손 별감이 떴다는 사실만으로도 보통 난리는 아닌 모양이었다.

"오늘은 내 이 정도로 그친다만 앞으로 두고 보리라."

양반 자제의 호통에 놀라 게걸음을 치던 사내는 아직도 분이 풀리지 않은 모습이었다. 마당에 나뒹굴던 갓을 주워 든 그는 찌그러져 덜렁거리는 좁은 양태를 엉덩이에 툭툭 털며 진흙을 떼어내려 했다. 하지만 빗물에 범벅이 된 흙은 어지간히도 진득하게 들러붙어 떨어지질 않았다.

"이를 으짤끄나… 양반님 네들, 참으로 너무하씨요. 흥에 겨워 소리 좀 한 자락 했던 것인디."

"이것 봐라, 아직도 정신이 덜 들었구먼. 예가 어디라고 술에 취해서 음탕한 노래를 부르는가 말이야. 사설이 너무 조잡하다 이 말이다."

"무신 가당찮은 말씸이다요? 고것이 우리 아랫동네서는 아덜들까지 즈 그덜 방에서 곧잘 부르는 노래랑 걸 모르셨능게라?"

"어허, 이놈! 네가 아전인지 토관인지, 혹은 군교인지 모르겠으나 축에 끼지도 못하는 놈이 어디서 양반 사대부에게 말대꾸인가."

사내는 기어들어 가는 목소리로 투덜거렸고, 제대로 혼찌검을 냈다며 위엄을 부리던 양반 자제들 서넛은 제각각 옷을 걸쳐 입기 시작했다. 그제 야 방문 뒤에 숨어 상황을 엿보던 기생 어미가 등등한 표정으로 한마디 거들었다.

"이보시오, 아전 주제에 감히 어디라고 춘홍이를 넘보시오? 춘홍이가 아무에게나 술 단지 바쳐드는 싸구려로 보입니까? 꼴에 대감댁 자제분들 과 맞서보기라도 하겠다는 거요? 낮술을 좀 과하게 자셨는가?"

기생 어미는 옥색 치맛단을 바투 여미면서 가늘게 눈을 흘겼다.

"보씨오. 치마 두른 아짐씨는 날 언제 봤간디 헛소리요?"

갓을 털던 사내 역시 기생 어미에게 눈을 째리며 말했다.

"앗따, 소리 지르는 태는 영락없는 양반일세. 그런데 어찌 갓은 간장 종지만 한 걸 썼소? 녹봉도 제대로 받지 못하는 향리 주제에 기방 출입이 꼴사납구려."

"와따매! 그노메 양반 소리 좀 작작하씨요. 아이고메 양반 못된 나가 원통해서 더 못 살겠구만이라."

사내는 기생 어미가 별감을 등에 업고 큰소리친다는 걸 모를 리 없었기 에 더 이상 대꾸를 할 수 없었다. 양반 자제들은 어느새 기방 안으로 들어 간 지 오래였고 방 안의 분위기도 얼추 새로 띄우는 모양이었다.

노란색 갓에 붉은 도포로 치장한 별감은 왕비전에 소속되어 왕명을 다 룬다는 사실 만으로도 무소불위의 힘을 과시했다. 포도청 관리들보다 기 세도 등등했고 기생 어미와는 대부분 공생 관계를 유지하는 자가 많다는 것은 동네 어린아이들도 모두 아는 사실이었다.

조선은 왕국인지라, 봉군(封君)이 되었다든지 해서, 애초부터 지체가 고귀하다면 외출할 때에도 교가 위에 높다랗게 앉아 앞뒤로 수십 명의 구종, 별배들을 부리며 행차하는 위세를 보이는 것이 당연하지만 원님 덕에 나발 분다고, 오히려 왕비전에 드나든다는 것만으로도 별감의 위세는 쩌르르 했던 것이다. 하여간 지금 세상에서는 별감이 곧 기생 어미의 기둥서방이고, 기생 어미는 곧 별감의 내연녀인 셈이었으니 감히 기생 어미에게 더 이상 막말을 던지지 못할 처지였다. 게다가 어찌 되었건 찌그러진 갓을 집어 든 사내로서는 근본이 양반이든 중인 계급의 하급 관리든 뭐든 간에 지금은 술에 취한 주정뱅이일 뿐이었다.

"얘야, 다른 곳으로 가자. 어서 나귀를 돌려라."

동리는 한숨 섞인 신음을 내뱉으며 동자 머슴에게 일렀다. 동자 머슴도 분위기가 심상치 않았는지 재빠르게 고삐를 끌어당기며 일각 대문 앞을 빠른 발걸음으로 지나쳐 갔다.

"어허! 양반도 아닌 주제에 기방 출입을 하니 텃세가 심하도다. 따져보면 상것도 아니거늘, 양반도 상것도 아닌 어설픈 팔자라서 안타깝기 짝이 없구나."

아전이 양반 자제들에게 얻어맞는 좀 전의 난장판을 목격한 이후로 동리는 자신의 처지를 다시 새겨볼 수밖에 없었다. 그는 고창 관아의 수령이 업무를 보던 모양성 평근당(平近堂) 작청(作廳)에서 근무했던 아전이었다. 이방, 호방, 예방, 공방 등 육방을 두루 거치고 아전 중의 으뜸이라는 호방장을 역임했으니 중인으로서는 최고의 직책에 이른 셈이었다. 그러나 양반 사대부 계층에 비하자면 엄청난 차별을 받아야 했고 신분과 직업 또한 세습될 수밖에 없는 처지였다. 육조(六曹)와 삼사(三司) 등 일반 관직을 맡을 수도 없었고 승진에도 제약을 받는 신분이었다. 그뿐인가? 양반들의 명단에는 등록조차 되지 않았으며 향교에서도 늘 양반의 아랫자리에 앉아

야만 하는 행정 노동자에 불과했다.

그러나 동리의 마음이 유독 심란한 까닭은, 일각 대문 문전에서 쫓겨난 그 아전이 부른 노래가 음탕하고 사설이 조잡하다며 다그치던 양반 자제들의 엇나간 태도 때문이었다. 그 아전이 무슨 노래를 불렀기에 음탕하다 했을까? '변강쇠가'를 불렀을까? 아니면 '춘향가'에서 이 도령과 춘향이 업고 노는 장면을 불렀을까?

"양반님덜은 참 징허기도 합니다요. 마님 댁 정사에는 소리를 배울라고 허는 사람들이 줄을 서는디, 양반들은 무신 일로 그 존 소리럴 깔본당게요? 참말로."

"어허, 얘야 조용히 해라. 누가 들을라."

"와따메, 지 목청이 쪼께 컸능가요? 긍께 아무도 안 듣는 디서 말헌다는 것이… 그런디요 마님, 대원위 대감도 질로 씬 양반인디 워째서 그 대감은 소리를 그리도 좋아하신 게라?"

일각 대문에서 멀찌감치 벗어나자 동자 머슴은 목소리를 다시 높여 묻기 시작했다. 차제에 궁금했던 것을 모두 물어서 알아내려는 듯이.

"그건 또 무슨 해괴한 소리냐?"

"소문에 듣자니께 대원위 대감이 우리 채선 시악씨 노랫소리럴 좋아혀서 요로크롬 옆에 첩으로 끼고……"

"예끼 이 녀석아. 시끄럽다. 어서 역원이나 찾아봐라. 배도 고프고 잠도 자야겠고 옷이 빗물에 젖어 으슬으슬한 것이 고뿔에 걸릴 모양이다."

그 녀석은 대원위 대감이 채선을 대령 기생(待令妓生)으로 삼았다는 소문을 굳이 확인하고 싶은 모양이었다. 동리는 동자 머슴의 말을 들은 척만 척, 공연히 헛기침을 하며 길을 재촉했다. 하지만 마음 산란한 것이 두어 번 헛기침에 사라져 버릴 리 만무했다. 오히려 채선과 어울리던 지난날의 기억이 되살아나 선명하게 눈앞에 맴돌기 시작했다.

2

동리의 애제자 진채선.

그 아이야말로 인물치례, 사설치례 그리고 소리치례까지 완벽히 갖춘 이 시대의 여류 명창이었다. 그 아름답고 절절한 노랫소리에 하물며 너름새까지 독특해서 그 아이의 손짓 한 번이면 사설 이야기의 정황이 확연히 드러나곤 하지 않았던가.

"도대체 너는 어디서 무엇을 하던 아이냐?"

소리를 배우고 싶다며 채선이 처음으로 동리정사를 찾아온 날, 동리는 기가 막혀 한동안 연죽통에 담배만 가득 채워 넣고 있었다. 열예닐곱 살이나 되었을까? 키도 훤칠하고 이목구비가 뚜렷한 편이었지만 글쎄, 세상의 이치를 깨우치거나 한 아이인지 혹은 정신 줄이 제대로 박히거나 한 아이인지… 치마 두른 아녀자의 몸으로 뭐가 어째? 소리를 배우겠다고?

"월산리 사등마을에 사는 진채선이구만이라. 엄니가 무당이고 엄니의 엄니도 혼자 사는 무당이구만요. 하지만 지는 굿을 배우기보담 소리를 배우고 싶은디요. 엄니와는 다른 길을 걷고 싶은디 어쩌겠는가요?"

"무당의 딸이라고? 그렇다면 어차피 너도 무당이 될 팔자로구나. 한데 얘야, 소리가 뭔 줄 알기나 하니? 목청이 두껍고 우직한 남자만이 소리를 할 수 있다는 걸 너는 전혀 모르고 있구나."

"무신 섭섭한 말씸이시다요. 배운 것 읎이 무식혀도 무당 딸 노릇 하니라고 춤은 자신 있는디요, 굿혀서 겨우 제 밥그럭 찾아 묵는 것보다는 어르신네 은혜를 입어서 좋은 소리를 낼 수 있도록 질을 틔워주십사…"

"배우고 못 배운 것은 상관없다. 하지만 목숨 걸고 정진한다고 해서 득음에 이를 수도 없다. 소리는 여자의 성대에는 원래 맞질 않아. 게다가 득음으로 가는 길이 얼마나 거칠고 머나먼 줄 알기나 하면서 고집을 부리는 겐가?"

"어르신, 지가 살아보겠다고 허는 일인디 워찌 못 허겄능가요. 열심히 배워서 명창이 되겄구만이라."

"그래? 아녀자로서… 명창이 되고 싶다고? 어허, 조선이 생긴 이래 최초의 여류 명창이라!"

동리와 진채선은 이렇게 만났다. 그 무렵 동리정사 즉, 동리가 살던 집에는 명창이 되고자 하는 당시의 광대와 소리꾼들, 심지어 남사당패까지 모여들어 함께 기거하며 서로의 소리를 듣고 배우고 융합해 가고 있었다. 동리정사는 격구장보다도 넓은 마당을 품고 있었는데 그 한쪽에 연못이 있었으며, 그 연못물이 마루 아래를 지나 흐르도록 지어진 운치 있는 저택이었다. 그 저택에 50여 가구, 200여 명에 달하는 소리꾼들이 동리와 한솥밥을 먹으며 기거하고 있었다. 그들이 먹고, 쓰고 생활하는 경비를 모두 동리가 부담하고 있었음은 물론이다.

당시 섬진강을 중심으로 동편, 서편으로 나뉘어 있던 소리꾼들은 그러나 동리정사에서는 구분 없이 함께 어울려 듣고 즐기고 서로 격려하며 생활했다. 가끔 당대의 명창을 초청해서 소리를 듣기도 하고, 혹은 유랑 예인집단인 남사당패를 불러들여 땅재주 '살판'과 줄타기 '어름'을 보기도 하고, 우두머리 꼭두쇠의 요술도 구경하는 동안에 동리정사는 모름지기 명창의 등용문 구실을 하게 된 것이다.

입에서 입으로 전해지던 판소리를 채록하고 판소리 사설을 개작하는 것이 동리가 스스로 맡은 사명이었다. 근검절약하여 재산을 모은 그는 쌀 1천 석을 거두고 50여 호를 소작농으로 거느린 부자였다. 하지만 동리는 흉년이 들면 곳간의 곡식을 모두 풀어 주민들을 구휼하는 일에 앞장서는 등 인근의 어려움을 제 일처럼 도맡는 성품도 지니고 있었다. 물론 판소리의 오류를 바로잡고 이론을 체계화하는 데에도 수없이 많은 돈을 지불하곤 했다. 이를테면 동리는 그토록 많은 재산을 판소리 개작에 쏟아붓고,

그토록 넓은 집을 판소리 교육장으로 활용했던 것이다.

올차고 다부진 모습으로 동리를 찾아온 날부터 동리는 채선을 제자로 받아들여 가르치기 시작했다. 그는 즉시 하인을 시켜 노래청의 도배반자를 흑색지로 새로 갈고 어린아이 팔뚝만이나 한 향초 서너 촉을 밝혀 방 안에 치자향이 스며들도록 했다. 조선 최초의 여류 명창을 키워내야 할 노래청의 도배가 낡아 담뱃진 냄새를 풍겨서야 될 법이나 한 일인가. 한낮에도 밤처럼 고요한 시간을 보내며 노래 공부에 정진하려는 자세로 흑색지 도배를 했던 것인데, 채선에게 창을 전수하는 일 외에는 밤처럼 어둡고 고요한 노래청에 앉아 아래로 흐르는 물소리를 들으며 사색에 빠져드는 것만을 낙으로 삼고자 하는 마음이었다.

역시 채선은 남다른 재주를 지니고 있었다. 그 아이를 가르치는 동안에는 동리가 직접 북채를 잡고 앉아 고수를 자청했는데, 그의 북장단에 맞춰 채선이 창과 아니리를 교체 반복할 때마다 사설의 사건과 인물이 벌떡벌떡 살아나면서 모두를 다양한 세상 속으로 빠져들게끔 하던 것이었다.

"너름새가 좋다!"

창을 하는 중간중간에 드러나는 채선의 다양하고 풍부한 몸짓언어를 보며 동리는 자신도 모르게 머리를 주억거렸다. 아직 움직임의 범위는 좁지만 적재적소에 어울리는 유효적절한 동작이 그야말로 일품이었다.

"추임새도 기막히다."

채선의 창과 아니리, 너름새에 동리는 스승이 아니라 오히려 청중이었다. 그는 자신도 모르게, 고수라기보다는 극 중 상황에서 멀찌감치 벗어나 즐기고 있는 구경꾼이 되어버렸다는 뜻이다.

"누가 자연의 소리를 잘 내느냐가 명창의 조건이다. 채선아, 너는 어떻게 자연의 소리를 온전히 네 목소리에 담아내겠느냐?"

소리꾼이 되어 노래하는 채선을 마주하고 스스로 고수가 되어 북 테를 두드리던 동리가 나지막이 물었다.

"지가 뼛속까지 호방해지고, 지가 스스로 애잔해지면 될 것인디요, 허지만 말이 그렇제 그게 어디 쉰 일이다요? 뱃속부터 통성하는 일이 워찌나 심든지…."

채선은 자주색 저고리의 옷고름을 손등에 말아 쥐며 대답했다. 하지만 노래하던 자세에서 조금도 흐트러짐이 없었다.

동리는 채선을 향해 앉은뱅이걸음으로 좀 더 다가갔다.

"스스로 애잔해지면 된다고? 어허! 내 장담컨대 혹시라도 아내를 머나먼 저세상으로 먼저 보낸 늙은 사내의 애잔한 마음을… 꽃다운 네가 어찌 알까?"

이제 막 서산으로 해가 넘어가려는지 낙조에 비친 채선의 옆모습은 오히려 경건할 뿐이었는데 북채를 감아쥔 동리의 손끝이 파르르 떨려왔다.

서로 걸어가야 할 인생길은 전혀 다를지 몰라도 명창이 되고픈 마음은 같았다. 그 둘은 무려 35세나 나이 차가 지는 노스승과 어린 제자였다. 동리는 인생의 석양 길에 접어든 지 오래였지만 채선은 이제 막 피어나는 복숭아꽃이었다. 석양에 빗긴 복숭아꽃의 아름다움을 어찌 외면할 수 있을까. 동리는 채선의 자주 저고리 단 안쪽에 숨겨져 있는 봉긋한 앞가슴의 융기를 한동안 올려보다가 지그시 눈을 감았다. 처음 만날 때 아이로만 여겨지던 채선의 모습은 어느새 활짝 피어난 여인이었다. 출생이 기생의 자식이라 사대부 댁 아씨처럼 갑사 겹치마는 아니어도 오히려 홑치마 속으로 비치는 종아리 윤곽에 가슴이 저릿할 경우도 여러 차례였다.

'아름답구나. 채선아!'

어린 제자를 애끓도록 사랑하다 화석으로 승화해 버린 노인이 이 세상에 누구인들 없었을까? 아니, 세상에 다시는 이런 일이 없을 것인가?

"날이 저무는구나. 오늘은 그만하고 쉬자."

동리와 채선은 이런 식으로 나날을 보냈다. 호되게 질책하며 노래를 가르치다가도 그만 물끄러미 채선을 바라보는 경우가 잦았다. 내가 이 아이를 사랑하는구나! 싶다가도 결국엔 기생이 될 아이라 생각하니 안타까웠다. 양반들 세상에 아전인들 사람 구실을 못 하는데 하물며 양민 축에도 못 드는 기생 팔자랴? 차라리 양반집 첩으로 들어앉는 편이 훨씬 좋은 팔자 아닐까? 하는 데까지 생각이 이르면 제풀에 숨이 가빠지기도 했다.

그렇게 한 달이 가고, 한 계절이 지나고 해가 바뀌는 동안 채선은 제법 명창 소리꾼의 태를 갖추어 가고 있었다. 가무에 능하고 음률에도 뛰어났지만 이제 곧 득음에 이를 날도 머지않았던 것이다.

세월은 유수와 다름없었다. 어느새 수년의 세월이 흐르고 채선은 이미 조선 판소리계에 새로운 변화를 일으키기 충분한 실력의 보유자가 되어 있었다. 여태껏 조선 판소리의 미학이 남성의 목소리를 중심으로 이루어져 있었지만 동리가 직접 나서서 아녀자에게 합당한 방식으로 판소리를 개발해 낸 결과였다. 동리 자신도 어느새 판소리의 이론가로서 혹은 평론가로서 거장이 되어 있었으며 무엇보다도 조선에서 가장 귀가 밝은 귀명창이 되어 있었다.

세월은 유수라도 산천은 변함없다고 했던가. 하지만 변함없는 것이 어찌 산천뿐일까. 동리정사에서 수백 명의 소리꾼을 길러내고, 판소리 여섯 마당을 개작하고, 판소리 최초의 여류 명창을 키워내는 등 상상도 못 할 파격적인 삶을 살아왔지만 이도 저도 아닌 계급, 중인으로서 사대부 양반 계급에 이르지 못한 자신의 처지 또한 산천과도 같이 변함없었다.

사나이로 태어나 장군이나 재상 가문에 못 태어나고
활 잘 쏘아 평통할까, 글 잘한다 과거 볼까….

동리는 이렇게 '자서가'를 스스로 지어 부르며 통탄했다. 수중에 아무리 돈이 많은들 양반 신분으로 건너뛰지 않는 한 허전한 가슴은 채워지질 않았다. 아랫것들이나 피우는 곰방대 대신에 긴 연죽에 담배를 피워 물고 보료에 비스듬히 누워서 금술잔에 술을 마신들 그 허기는 여전히 채워지지 않을 터였다. 그는 음악가이며 향리였지만 투사나 지사가 아니었으므로 목숨을 바쳐 국가 체재에 덤벼들 수도 없었다. 수하에 수백 명의 식솔을 거느리고는 있으나 병사를 일으켜 반상제도를 바꾸자고 나설 수도 없었다. 그렇다고 해서 근자에 들려오는 소문처럼 양반 족보를 돈으로 사자니 그 또한 시도하기 어려운 일이었다. 그러니 어쩔 것인가.

동리는 그 무렵부터 사대부 양반들이 즐길 수 있는 사설로서 판소리 개작을 시도했다. 지사나 투사처럼 총칼로 세상을 바꾸려는 대신에 양반들도 흥얼흥얼 따라 부르도록 판소리 사설을 순화해 보자는 마음이었다. 싸우고 정복하여 하나로 만들지 못할 바에는 서로 좋게 섞어서 하나로 만드는 것. 그 또한 개혁이었다.

원래 판소리는 한 많은 서민들이 마음으로 기억했다가 입에서 입으로 전해왔기 때문에 결구가 허술하고 사설이 거칠기 짝이 없었다. 그러니 왕도정치를 기본으로 한 성리학에 목을 걸고 있던 사대부들이 질색을 할 수밖에. 동리는 바로 그 점에 주목했다. 사설의 결구를 합리적으로 이어가고 거친 내용을 부드럽게 순화시켜서 사대부 양반들이 들어도 거부감이 일지 않도록 정리해 보자는 것이 첫 번째 뜻이었다. 그래야 서민과 양반들이 모두 즐길 수 있게 되고, 그렇게 되어야 서민들의 심정을 양반들이 이해하고 양반들의 고충을 서민들이 헤아리게 되지 않을까 하는 생각이었다. 그때가 이미 동리 나이 50대 중반으로 접어든 무렵이었다.

철종의 뒤를 이어 고종이 즉위하고 흥선 대원군 이하응이 정권을 장악한 지 얼추 4년이 지난 1867년 여름, 동리가 59세 되던 해였다. 한양 각

성문에 통과세를 매기면서까지 마련한 자금으로 경복궁을 중건한 대원군이 경회루에서 중건 축하 낙성연을 열기로 한 것이다.

'바야흐로 때가 왔도다.'

동리는 드디어 중앙 정부에 자신의 존재감을 드러낼 때가 되었음을 감지했다. 그는 조정의 임금과 당상의 신하들로부터 관심을 받을만한 여러 가지 보물을 지니고 있었다. 그동안 임금의 성덕을 기리는 '성조가'를 비롯하여 임금의 덕을 칭송하며 경복궁 중건을 축하하는 '방아 타령'을 지은 것이 그중 하나였다. 그는 북악과 남산에 둘러싸인 조정이 한강처럼 천세만세 흐르길 노래 글로 기원했다. 그리고 경복궁에 거처하는 임금을 요순(堯舜)에 비기며 중건을 축하했다. 또한 지난해 병인박해 때에는 강화도를 점령한 불란서 극동 함대 사령관 로즈 제독과 부하 군인들을 겨냥해서 '괘씸한 서양 되놈'이라는 노래를 지었으니 아마 대원위 대감의 주목을 확실하게 받았을 것이라고도 여겼다.

그의 두 번째 보물은 그동안 전해오던 열두 마당의 판소리 중에서 '춘향가', '심청가', '적벽가', '흥보가', '수궁가', '변강쇠가' 등 여섯 마당의 가사를 정리하고 이론을 바로 세운 것이었다. 전광석화처럼 이루어지는 대원군의 개혁 정책으로 다소 어수선했으나 전통적인 양반들의 체면을 지켜주며 풍부하고 완연하게 사설을 정리했으니 또한 동리의 명성이 양반들에게도 널리 회자 되곤 한 것이다.

그러나 무엇보다도 기막힌 보물, 깊숙이 숨겨져 있던 보물은 바로 그의 수제자이며 여류 명창인 진채선의 존재였다. 동리는 경복궁 경회루의 낙성연에서 소리꾼 중 유일한 여성이며 그의 진정한 보물인 진채선으로 하여금 '고사창'과 '사랑가'를 부르도록 했던 것이다.

고창 심원면 바닷가에서 목청을 틔운 진채선의 낭랑한 목소리는 경회루의 추녀 끝에 머물지만은 않았다. 그뿐인가, 월산리 사등마을에 펼쳐진 염전을 넘나들던 그녀의 목소리는 뱃속으로부터 이끌어 낸 통성이 되어 연못 위 연꽃망울을 마음껏 터뜨렸다. 때론 아름답고 때론 순수하며 가끔은 격렬한 감성의 소리였다.

그러나 그날, 진채선을 특별히 주목한 사람은 대원위 대감 이하응이었다. 대원군은 느닷없는 여류 명창의 모습에 신선한 충격을 받았으며 남색 갑사 홑치마에 자주 저고리를 입은 채선의 나비와도 같은 모습에 심히 아름다움을 느꼈다.

"놀랍도다. 여자의 몸으로 내는 소리가 때론 성난 파도 같기도 하고 때론 봄바람과도 같구나. 여봐라, 저 여류 명창을 당장 운현궁으로 들여라. 내 곁에 두고 '백구사(白鷗詞)'를 부르도록 해야겠다."

대원위 대감이라면 날아가는 새도 땅으로 끌어 내려 절을 하게 만든다는 당대의 으뜸 권력자 아니겠는가. 또한 운현궁이라면 그 살아있는 권력의 핵심부 아니겠는가. 진채선은 대원위 대감의 추상같은 명령에 따라 그날 당장 운현궁의 대령 기생으로 꼼짝없이 들어앉게 되었다.

동리는 당황해 마지않았다. 그는 둘로 갈라진 마음의 갈피를 어느 한쪽으로 잡아내기가 어려웠다. 운현궁은 당대 최고의 공연장이며 최고의 예술 공간이었으므로 오히려 채선에게는 잘된 일이라 여겨지기도 했다. 매일 기름진 음식을 먹어가며 겨울엔 따뜻하게, 여름엔 시원하게 지내면서 8도 명창들과 교류하고 유명세를 타면서 마음껏 노래할 수 있지 않을까. 그러다가 운현궁 각하나 혹은 부대부인 마님 눈에 들어 신분 상승이라도 하게 되면 그 아니 좋은 일인가. 평생 무당이나 기생으로 사는 것보다 그 얼마나 다행스러운 일인가. 그러나… 아, 그러나 이 마음이 이토록 원통하고 안타까운 까닭은 무엇 때문일까?

낙성연에 채선과 함께 왔다가 혼자 집으로 돌아가는 동리의 마음은 무겁기 짝이 없었다.

3

　고창 동리정사를 떠나온 지 닷새 만에 동리는 문안이라 일컬어지는 한양 중심부 원동(지금의 낙원동)으로 들어설 수 있었다. 피맛골 목로주점에 들러 모주 한 사발과 국밥 한 그릇씩 먹고 제생동(지금의 계동·가회동·원서동) 길로 접어들자 엄숙하게 솟아있는 궁궐이 보였다. 안팎으로 겹친 솟을대문이 날아갈 듯했고 담장은 끝을 헤아릴 수 없을 만큼 길었다.

　"저기가 운현궁이로구나."

　동리는 제풀에 나귀에서 내려 조심스레 걷기 시작했다. 목소리 큰 동자 머슴도 웬일인지 주눅 든 모습으로 나귀 옆에 바짝 붙어 동리를 따라 걸었다. 운현궁 바깥 솟을대문 북쪽으로 이어진 마구간에는 커다란 말 수십 필이 쇠죽을 먹고 있었는데 말잔등이 장정 키보다도 훨씬 높았고 그 위에는 은비단으로 수놓은 안장이 덮여있었다. 그뿐인가? 안쪽 솟을대문 밖으로는 초헌과 평교자가 줄을 서서 기다리고 있었는데 얼핏 보아도 대원위 대감에게 청을 넣기 위해 온종일 대기 중인 벼슬아치들이 분명했다. 멀찌감치 이어진 앞길에는 오가는 사람들도 많아서 어깨가 서로 부딪쳐 닿을 지경이었으며 그 틈을 헤치고 오가는 수레바퀴가 맞부딪치는 소리로 요란했다.

　운현궁 안에는 대원군의 직계 가족은 물론이고 그의 큰형인 흥녕군의 손자도 함께 살고 있었다. 또한 '천하장안'으로 일컬어지는 종자들을 포함하여 100여 명의 식솔들이 모여 살고 있었는데 그중에 채선이 눈치 보며 살고 있다는 사실이 동리의 마음을 유독 서글프게 만들었다.

　채선이 보내온 편지에 의하면 그녀는 사랑채 '노안당'에 살고 있을 터였다. 정면 여섯 칸, 측면 세 칸으로 널찍하게 지어졌으며 처마 끝에 각목을 덧대어 차양을 설치해서 지난여름을 제법 시원하게 보냈다고도 했다. 흥선 대원군은 주로 '아재당'에 머문다고 했다. 부대부인 마님은 안채인

'노락당'이나 '영로당'에 머물 것이다. 채선이 노안당에 머무른다는 사실에 동리는 그나마 안심하곤 했다. 만에 하나 별당채 '이로당'에 살고 있다면 채선은 모름지기 대원군의 첩실이 된 것이나 다름없을 터였다. 소문에는 운현궁에만 수십 명의 대령기생이 있어서 날마다 대원군에게 인사를 드리도록 한다는데… 아, 우리 채선이는 어떻게 나날을 버티고 있을까.

"누구신데 아까부터 여길 계속 맴돌고 있소? 여기가 어디인지 모르는가?"

'수직사'에 들어앉아 운현궁의 경비를 맡아보던 경관(京官)과 청지기가 득달같이 달려 나오며 소리쳤다. 반말로 하대하는 것은 아니지만 존대하는 말투도 아니었다.

"담장 너머에 복사꽃이 하도 예뻐서 넋 놓고 구경하던 참이오만."

"냉큼 사라지지 못할까? 여기가 어디라고 감히!"

급기야 경관이 반말을 내뱉기 시작하자 동리와 동자 머슴은 '엇 뜨거워라!' 하며 나귀를 끌고 그들로부터 멀찌감치 벗어나야만 했다. 도포는 그럭저럭 상품으로 챙겨 입었지만 테두리가 작은 갓에 뿔관자를 박고 비루한 나귀에 끌려가는 꼬락서니에 곧바로 하대를 당한 것인지도 몰랐다. 망건에 달아 당줄을 꿰기 위한 것이 관자다. 동리의 재력으로는 금이나 옥관자를 백 개라도 박을 수 있었지만 아서라, 어차피 아전 신분이라 테두리가 큼직한 갓을 쓰지 못할 바에야 관자를 금이나 옥으로 박아서 무엇하리.

"고창 바닥에서 알어주는 마님을 으째서 저것덜이 찬바람 씽허니 나게 대헌다요? 사람을 무시하는 것이여 머여."

동자 머슴도 공연히 부아가 치미는 모양이었다.

"워낙 높은 어른이 사는 곳이라서 그러는 갑다. 어쨌거나 운현궁 담장 너머 지천으로 핀 복사꽃은 엄청 예쁘더구나. 필경 그 꽃 무더기 속에 우리 채선이가 살고 있지 않겠느냐?"

"하먼이라. 긍께로 싸게 만나봐야 쓰겄제요?"

"아니다. 그냥 돌아가자. 저 청지기들 때문에 만날 수도 없거니와 이제

와서 만나본 들 무엇할까?"

"참말로, 으쩔까나…."

군이 만나려고 든다면 못 만날 리야 있을까만, 동리는 운현궁의 으리으리한 모습을 본 이후로부터 채선을 만나는 일이 부질없음을 깨달았다. 여류 명창 진채선이 살아가야 할 곳은 동리정사가 아니라 운현궁이었다. 그녀가 정을 주어야 할 사람은 무려 35세나 나이 차가 나는 동리가 아니라 흥녕군의 손자와도 같은 당당한 호걸이어야 마땅했다. 차라리 대원위 대감에게 정을 주어도 좋으리라. 대원위 대감은 동리보다 최소한 10살 남짓 젊은이 아니더냐.

"음마, 그냥 간다고요? 그짓말이겠제요?"

"아니다 얘야. 그냥 가자. 어서 나귀를 끌어라."

한양은 벌써 춘삼월의 끝자락에 접어든 모양이었다. 동리는 나귀에 올라앉아 지그시 눈을 감았다. 하지만 동리의 감은 눈 속으로 펼쳐지는 것은 고창 모양성으로 들어가는 길 어귀에 지천으로 피어있던 복숭아꽃과 오얏꽃의 모습이었다.

"어느새 내 나이 60이 되었구나."

동리는 나귀 등에 앉아 흔들리며 깊은 상념에 젖어 들었다. 첫 번째 부인과는 언제 사별했던가. 전라도 감영(監營)과 각 군현(郡縣)에서 베푼 연회에 몇 차례나 초청받았던가. 판소리 사설 정리와 개작 활동에는 또한 얼마나 열성적이었던가. 하지만 그런 여러 가지 상념을 짓누르며 생생히 떠오르는 생각은 이제 갓 스물네 살이 된 채선에 대한 그리움이었다. 아니, 어쩌면 그녀를 대령 기생으로 데려간 대원위 대감에 대한 짙은 원망인지도 몰랐다.

스물네 번 바람 불어 만화방창 봄이 되니
구경 가세 구경 가세 도리화(桃李花) 구경가세.

붉은 꽃이 빛을 믿고 흰 꽃을 조롱하여

바람 앞에 반만 웃고 사람에게 자랑하니

요요하고 작작하여 그 아니 경치일런가.

　고향인 고창 동리정사로 되돌아온 동리는 쓸쓸한 마음을 다잡으며 「도리화가(桃李花歌)」를 지었다. 도화는 복숭아꽃이고 이화(李花)는 오얏꽃 즉 자두꽃이었다. 흰 꽃이 동리 자신이라면 붉은 복숭아꽃은 채선일 터였다. 혹은 흰 자두꽃이 진채선이라면 복숭아꽃 붉은색은 대원군의 권력을 비유하는지도 모르는 일이다.

　모양성으로 들어가는 길 어귀에 나비 모양으로 피어나던 그 꽃잎들은 어느새 눈발처럼 흩어져 바람에 나부끼고 있었다.

5. 송만갑 – 김찬기

우룡은 람천의 돌다리 어귀에서 잠시 발걸음을 멈춰 섰다. 만갑은 곧장 우룡의 뒤켠으로 서너 걸음 비켜섰다. 람천을 따라 양편으로 늘어선 단풍나무들이 흡사 예를 차리듯 고개를 숙인 채로 비비하게 내리는 늦가을 가랑비에 젖어 들고 있었다. 우룡의 겹도포 허리춤께를 두르고 있는 청색 세조대(細絛帶)가 별나다 싶게 만갑의 시선을 끌었다. 만갑이 전주 영문광대로 제법 이름을 내던 스물둘 그해 늦가을이었으리라. 동짓날에 치러질 경연 준비로 한참 마음을 벼르고 있던 때였다. 만갑은 지리산 달궁 계곡을 찾아 작년 동짓날 대사습놀이에서 소리 끝이 흔들리며 본부광대에게 애석하게 진 기억을 뼈아프게 되짚어가며 어떻게든 자신의 소리를 다잡고자 안간힘을 쓰고 있었다. 게다가 그 무렵부터는 소리까지 자꾸 느려지고 소리의 꼬리가 들리는 것이 아니라 때때로 길게 내려앉는 느낌까지 들 정도였다. 소리가 도무지 꿋꿋하지 못하고 소리 끝에 여운이 잔잔하고 길게 묻어나는 듯했다. 결국 만갑은 자꾸 흔들리는 자신의 소리를 다잡아 볼 요량으로 달궁 계곡을 찾았던 것이다. 그러고는 거기서 뜻하지 않게 절에서 2년간 독공을 끝내고 휴양 차 달궁 계곡을 찾은 학진을 만나게 되었다. 학진은 서편제로 소리를 하여 소리판에서 명성을 자자하게 얻은 정창업 어르신의 맏아들이었다.

"만갑 형의 소리를 듣고 있노라면 항시 온몸에 소름이 돋습니다. 어찌 그리 소리 끝을 그렇게도 냉정하게 끊어낸단 말이오!"

그날도 만갑은 달궁 계곡 한쪽의 농수정(弄水亭)에서 날이 저물도록 소리를 가다듬고 있었다. 달궁 계곡 안쪽 깊숙한 곳에 터를 잡은 농수정은 소리 하기에는 그 어떤 곳보다 제격이었다. 농수정은 너럭바위 위에 주춧돌과 돌기둥을 사용한 누하주가 절묘하게 조화를 이루고 있어 정자와 너럭바위가 마치 한 몸인 양 서로 붙어 있는 모습이었다. 게다가 늦가을에도 옥빛 계곡수가 마르지 않고 잔잔히 흘러 내려가는 바람에 겨울이 오기 전까지는 늘 물을 곁에 두고 지낼 수 있는 곳이었다.

"아니 학진 형을 여기에서 만나다니요! 형도 그럼 소리 공부하러 ······ 형은 이미 득음도 지나 득도의 경지에 오르신 분이!"

괜한 말은 아니었다. 학진은 만갑보다는 두 해 연배이지만 십여 년 전 소리판에서 우연히 만난 이후부터는 서로 호형호제하며 일 년에 한두 번은 꼭 짬을 내 만나는 사이였다. 학진 형의 그 연미하게 떨기도 하고 꺾기도 하는 소리로 '심청가' 한 대목을 부르는 소리를 듣고 마음이 송두리째 흔들려 울었던 기억이 늘 떠나지 않았다.

"이 사람 실없네. 득도라니, 가당찮은 말 그만두게! 가만있어 보자. 그러니까 우리 내촌 집에서 헤어진 지가 벌써 네 해나 지났구먼."

그러고 보니 내촌 학진 형네 집에서 머물다 듣게 된 어르신의 애절한 소릿조로 인해 마음이 통째로 사로잡힌 지가 벌써 네 해가 지난 것이다. 그때 만갑은 어르신께서 허락만 한다면 당장이라도 문하에 들어가 소리 공부를 새롭게 하고 싶은 마음이었다. 그때의 기억이 주마등처럼 스쳐 지나갔다.

"어르신 춘향이 우는 대목은 십 년이 지나도 여전히 자신이 없습니다. 어찌할 바를 모르겠습니다."

만갑이 간신히 말문을 열고 심호흡을 음전하게 한 번 내쉬었다. 만갑의 적삼 등허리께는 이미 식은땀으로 흠뻑 젖어 있었다. 만갑은 어르신의 소리를 들으며 연신 식은땀을 비 오듯 흘린 것이다.

"자네와 나는 소리 길이 다르지 않나. 어찌할 수가 있겠는가! 자네가 소리를 스스로 잡아 내야지."

어르신이 역시 심호흡을 한번 깊게 내쉬더니 사랑채 너머 운무로 자욱한 벌판 쪽으로 시선을 돌렸다.

"어르신, 마음의 희로애락을 어떻게 표현해야 할지 모르겠습니다. 감히 어르신의 서름조를 한번 배워보고 싶습니다."

만갑은 그토록 화려한 소리로 사람의 마음을 애절하게 드러내는 창법을 배운 적이 없었다.

"자네 춘부장한테 직접 들은 건 아니지만, 여러 경로로 들었네. 자네야말로 가문의 소리 법통을 이을 만한 천품을 타고났다고 들었네. 어찌 다른 소릿제를 기웃거리는가?"

"울음 우는 장면을 도대체 표현할 길이 없습니다. 선생님 소릿제에서 그 길을 열어 보고 싶습니다."

만갑은 이제 거침이 없었다.

"내 소리는 실속도 없고 겉만 화려하다네. 게다가 자네도 알다시피 난 제대로 문하를 열어 본 적도 없는 사람 아닌가. 그러니 누구를 주밀하게 가르칠 만한 형편도 못되네. 그러니 자네 가문의 소리 법통을 더 파고들어 가 보게."

어르신은 만갑의 청원을 완강하게 거절했다.

"그렇지 않습니다. 어르신께서 제 막힌 소리를 부디 한 번만 터 주십시오"

만갑은 이 눈치 저 눈치 봐 가며 물러설 겨를이 없었다.

"허욕에 들뜨면 한 치 앞도 못 본다고 하였네. 차라리 저기 저 똥 몽둥이 같은 소리나 내는 저 녀석과 며칠 천렵이나 하다가 잘 쉬시고 가게나!"

어르신은 때마침 사랑채 뜰 안으로 장작더미를 안고 들어오는 학진을 가리키며 턱짓을 해 보였다. 학진이 부친의 턱짓을 그대로 받더니 흠칫 놀라는 표정을 만갑에게로 지어 보였다. 만갑은 학진의 그 표정이 자못 능청스럽다고 생각했다. 학진은 이미 다 알고 있었을 터였다. 학진 형의 어르신은 누구의 요청으로 자신의 창법을 쉽사리 드러내 보일 사람이 절대 아니었다.

"어르신께서 강산 어르신의 가르침을 평생을 두고 엄중하게 지켜오신 것 저도 익히 알고 있사옵니다. 그런데도 시생이 이리 무엄히 구는 까닭을 조금이라도 헤아려 주셔서 부디 시생의 청을 가납하여 주시옵나이다. 시생 오늘만큼은 어르신의 천구성을 기필코 듣잡고자 하옵니다.”

기실 학진 형의 어르신만이 갖고 있다는 그토록 구슬프게 튀어나오는 천구성, 시쳇말로 소리께나 한다는 아랫녘 사람들 사이에서는 소리제의 유파를 떠나 누구라도 고두감읍하지 않을 수 없는 소리라고들 한결같이 기리곤 했다.

“어르신, 도무지 소리 끝이 흔들려 어찌할 바를 모르겠나이다.”

만갑이 그렇게 한없이 굳은 표정을 지으며 더 말을 이어갈 때였다. 도무지 말로는 형언할 길이 없는 소리가 사랑채를 휘감아 돌고 있었다. 만갑은 그토록 구슬픈 설움조의 곰삭은 소리를 이제껏 들어본 적이 없었다. 온몸이 어르신의 소리와 함께 가라앉았다가 다시 느릿느릿 몸이 일으켜 세워지는 느낌이었다. 어느새 만갑은 어르신의 소리로 몸이 완전히 포박된 채로 옴짝달싹하지도 못하고 넋을 놓고 있었다.

얼마가 흘렀을까.

“소리만이 다는 아니올시다. 왜 내 발림은 허투루 보고 있는 것이오.”

학진 형의 어르신께서 어느 틈에 벌써 소리를 멎고, 뒷짐만 쥔 채로 만갑을 물끄러미 바라보고 있었다. 그러고 보면 만갑은 어르신의 소리에만 갇혀 세련되기가 여느 소리꾼과는 비할 데 없다는 어르신의 발림을 다 놓쳐 버리고 만 것이다.

“난 소리만큼 발림도 귀히 여기는 소리꾼이오. 사람들과 소리를 함께 나누려면 소리만 해서는 안 되는 것 같소이다. 마지막으로 한마디 더 하겠소. 소리는 누구한테 배워서 되는 건 아니잖소? 독공이 가장 좋은 것 같으오.”

그 말을 끝으로 어르신은 도포를 두르고 있는 남빛 세조대를 잠시 추켜잡았다가는 곧바로 휘적휘적 사랑채를 떠났다.

만갑은 쓰고 있던 흑립 테두리를 따라 맺힌 물방울들을 슬쩍 머리를 흔들어 털어내고는 다시 아버지 뒤쪽으로 서너 발쯤 옮겨 섰다. 아버지는 여전히 당신의 눈과 귀만 열어 둔 채 낮게 가라앉은 낯으로 그저 무연히 람천만을 바라볼 뿐이었다. 만갑도 그저 우두망찰할 뿐 달리 어찌할 바를 몰랐다.

"늦가을 세우가 어지간하구나. 이제 더는 맞지 않는 게 좋겠구나."

우룡은 말이 끝나기 무섭게 잼처 발걸음을 떼 황산 쪽으로 돌리기 시작했다. 만갑은 아버지 뒤켠을 따르며 스스로에게 물었다. 정말 학진 형 어르신의 소릿제를 받아들여 내가 원하는 소리를 만들어 가고 있는 지금의 이 길이 진정한 소리꾼의 길인지는 자신할 수 없었다. 사실 구례 은천사 시절부터 이 물음은 늘 만갑의 뇌리에서 떠난 적이 없었다. 그렇게 고통스럽게 소리 공부에 매진하던 은천사 시절도 사실은 소리 공부 자체가 고통스러워서 그리도 몸부림을 쳤던 것은 아니었다. 은천사 스님들은 만갑이 악을 쓰고 내는 소리 때문에 도무지 공부에 정진할 수 없다며 만갑의 거처를 찾아와 행짜를 부리는 축들이 수시로 있었다. 만갑이 은천사 시절 내내 수락폭포의 은가루 같은 폭포수를 그대로 맞으며 종일토록 목을 놓아 소리를 낸 것도 결국은 좋은 소리에 대한 갈증 때문이었다. 만갑이 은천사를 떠날 무렵부터는 그렇게도 감때사납게 굴던 스님들도 아무래도 득음을 한 것 같다며 만갑의 소리를 치켜세웠지만, 만갑은 끝내 자신의 소리에 만족할 수가 없었다.

만갑은 그해 봄에 은천사를 떠나 곧장 집으로 들어간 것이 아니었다. 만갑은 그동안 소리를 수련하던 곳이나 마지막으로 한번 돌아볼 요량으로 수락폭포 주변을 어슬렁거리며 돌아다니다가 할미암 부근에 이를 때였다. 딱히 뭐라 형언하기 어려운 감정이 갑작스럽게 치밀어 올라왔다. 만갑은 갑작스럽게 구례 본가로 갈 마음을 고쳐먹었다. 그러고는 곧바로 학진 형 댁을 찾았고, 서편제 소리로 심청가 한 대목을 듣게 된 것이었다. 학진 형 어르신의 그 애원한 서편 소릿제는 슬픔이 극에 달해 외려 소름을 돋게 했다. 만갑은 자신이 그토록 의지하고 믿었던 소릿제가 한꺼번에 무너지는 듯한 느낌에서 한동안 벗어날 수가 없었다. 자신의 소릿제 저 밑뿌리를 뒤흔들어 놓는 어르신의 그 계면조는 그날부터 만갑의 마음을 사로잡는 소릿제로 터를 잡았다.

그즈음부터 만갑의 소리는 변화하기 시작했고, 동시에 아버지를 위시해서 집안 어르신들과의 불화도 시작되었다. 아버지의 끝내 노여움을 이기지 못하고 절망적인 목소리로 거든거든 늘어져만 가는 만갑의 소리 끝을 책잡으려 들었다.

"그건 소리가 아니니라."

우룡의 음색은 무서울 정도로 단호하여 마치 철추라도 메어치는 것 같았다. 그해의 봄밤은 수시로 마음이 헛헛하여 모조리 신열 같은 소리만 흘러나올 뿐, 제대로 된 소리는 도무지 흘러나오질 않았다.

"내 저세상에 가 무슨 낯으로 아버님을 뵙겠느냐! 내 참담한 마음을 좀체로 금할 길이 없구나."

우룡의 노여움은 점점 더 극으로 치닫고 있었다.

"아버님, 돌덩이처럼 뭉친 소리를 내라고 하셨습니까? ……잔목도 쓰지 말라고 하셨습니까?"

만갑도 아버지 우룡이 입버릇처럼 하던 말을 그대로 되뇌며 맞대들었다.

만갑은 일곱 살 무렵부터 조부와 부친에게 회초리를 맞아가며 소리를 배웠다. 종아리는 회초리를 맞아 늘 짙은 남빛을 띤 가짓빛 멍이 들곤 했다. 만갑이 조선의 소년 명창 소리를 듣던 열세 살 무렵부터 아버지의 교습은 더한층 엄격해졌다. 게다가 우룡은 성대가 상한 이후로는 굵직한 시김새를 쓰기도 어렵고, 수시로 텁텁한 소리가 저도 모르게 흘러나와 소리 마디마디 무거운 엄성조차 쓸 수 없는 지경에 이르자 그만 소리를 접었다. 그리되면서 우룡은 더 애절하고 엄혹하게 만갑의 소리 공부에 매달리기 시작했다.

"처음 내는 소리가 진중하지 못하구나! 소리 끝을 냉정하게 짧게 끊거라."

우룡은 소리 끝을 길게 늘어놓는 만갑의 창법을 도통 용납하려 들지 않았다.

"서편 소릿제와 우리 가문의 소릿제는 그 가는 길부터가 다른 줄을 지금까지도 몰랐더란 말이냐?"

우룡은 서편 소릿제의 기교나 수식을 좀처럼 받아들이려 하지 않았다.

"서편의 소리가 부드럽게 흘러가는 섬진강의 물소리와 같다면, 우리 가문의 소리는 웅건하고 청담한 저 지리산의 호탕한 바람 소리와 엇비슷하니라."

우룡은 상청(고음)이 좋은 아들이 자꾸 소리를 꺾거나 떠는 음을 쓰는 게 몹시 불안했다. 아들의 소리가 담백한 맛도 없고 점점 더 꿋꿋함까지 허물어지는 느낌이었다. 게다가 소리의 마디를 넘나들며 본디의 마디 다음으로 당겨지거나 먼저 나오는 장단이 이리저리 얽힌 엇부침이 불안하게 사람의 마음을 흔들어 대는 듯했다. 말 그대로 웅건 청담한 기품은 사그라들고 스산하리만치 잔박한 소리로 일변하고 있었다.

결국 우룡은 만갑을 데리고 다시 은천사를 찾았다. 우룡은, 만갑이 수락 폭포 아래에서 서너 해 독공을 하면 다시 예전의 소리를 되찾고 가문의 법제도 잘 이을 수 있으리라는 믿음을 여전히 버리지 않았기 때문이었다. 그러나 우룡의 기대는 종내 물거품이 되고 말았다. 만갑은 은천사에서 독공을 한 지 서너 달을 더 견디지 못하고 또다시 서편 소릿제의 가인 정창업을 찾아가 반년을 머물며 서편의 창제를 익히다가 다시 기호 지방을 떠돌기 시작한 것이었다.

만갑이 구례 본가로 다시 귀가한 것은 은천사를 떠나 기호 지방을 떠돌기 삼 년이 지난 터였다. 세 해를 떠돌다 집에 돌아온 만갑의 몸피는 삭정이처럼 메말라 있었고, 낯빛은 흡사 물기가 온통 강마른 박통처럼 핼쑥했다. 우룡은 시거에 사람은 살려 놔야지 않겠냐며 애절하게 목을 놓은 순천

댁의 청을 이기지 못하고 우선은 만갑을 거두어들이기로 하고 그날로 덕인당에 들렀다.

"어르신, 경옥고야 어찌 써도 괜찮지만 천남성은 매우 조심스럽게 써야 합니다."

우룡이 덕인당 한약방을 나와 이제 막 한길로 접어들 참이었다. 덕인당 한약종상이 한길까지 쫓아와 거듭 당부한 말이었다. 우룡은 손에 쥐고 있던 약제 첩을 잠시 물끄러미 바라볼 뿐 별말이 없다가 고개만 서너 번 흔들어 보일 뿐이었다.

만갑은 순천댁의 극진한 병간 덕분인지 달포도 지나지 않아서 훌훌 털고 일어났다. 그러고는 곧바로 소리 공부를 할 채비를 하고 있었다. 원래 목구성이 남다르고 성음도 하늘이 내린 터인 데다가 건강까지 돌아온 차이니 다시 소리 길로 나아가는 것이 그리 힘겨운 일은 아닐 것이었다. 예상대로 만갑은 끼니때를 제외하고는 줄곧 소리 채에 머물며 소리를 벼르고 있었다. 쇠망치로 내려치는 듯한 특유의 상청이 때때로 소리 채 밖을 뚫고 나와 안채로까지 파고들었다.

문제는 그때부터였다.

한동안 아슬아슬하게 줄을 타며 지내고 있었던 두 사람 간에 결국 사달이 났다.

"네가 소리를 좀 한다고 온 나라 소리꾼들을 헤집고 돌아다니더니 결국 소리를 잃어버렸구나."

우룡이 듣기에 만갑의 소리는 발성초부터 진중하지 못하고 끝마침을 되게 하지 않고 좀 길게 끌어 꽁지를 붙이니 영락없이 서편 소릿제를 닮아 있었다. 만갑의 소리는 가문의 대를 이어오며 만들어진 법통 소리에서 한참을 벗어나 있었다. 게다가 기호 지방을 삼 년이나 떠돌다 온 지금에는 어딘지 건들거리는 서울 소리까지 섞여 있었다.

"아버님께서 무엇을 걱정하시는지 저도 잘 알고 있습니다. 시김새나 부침새도 그렇거니와 발성은 물론 꼬리따기조차 우리 가문의 법제에서 엔간히 벗어난 것도 잘 알고 있습니다."

"그런 줄을 스스로 잘 알면서도 그런 소리를 하고 다니느냐."

사실 만갑은 소리를 놓고 아버지 우룡과의 갈등 이전에 도성 형과 먼저 동편 소리를 놓고 늘 다툼이 있어 왔다. 소리 지식에 해박한 도성 형은 결코 만갑의 소리를 동편 소릿제로 인정하려 들지 않았다. 송씨 가문의 동편 소리를 놓고 만갑과 도성 간의 다툼은 만갑이 기호 지방을 유랑하다 돌아온 후에도 여전히 이어졌고, 결국 올 것이 오고야 만 것이다.

우룡과 도성은 여러 해 동안이나 송씨 가문의 전통적인 소리 법제를 따르지 않은 만갑의 소리 행태를 크나큰 문제로 삼아 만갑을 논죄하고자 하였다.

"가을걷이로 한창 분주한데 이렇게 가문 제위 및 뭇 생도들을 초치할 수밖에 없는 불미스러운 일이 발생하여 무엇보다 송구하나이다. 그럼에도 불구하고 이번 일은 우리 소리 가문의 존망을 좌우할 수 있는 중차대한 일이어서 부득불 이런 흉측스러운 자리를 마련하게 되었나이다. 널리 양해를 구하고자 하나이다."

우룡은 벌써부터 만갑을 가문의 소리 법제를 허물어뜨린 죄로 단정하고 있었다.

"그럼, 본인의 소회부터 말하거라."

우룡이 만갑을 건너다보며 말을 이었다.

"무엇보다도 소인으로 인하여 이런 망측한 일이 발생하게 되어 송구하옵니다. 모든 것이 제 부족의 소치이니 가문의 어르신들과 우리 가문에서 소리를 수학하고 있는 동학 제현의 처분만은 달게 받겠나이다. 다만, 제가 한없이 불민하온지라 제 죄가 무엇이온지 훤히 알지는 못하겠나이다. 이에 소인의 죄를 감히 묻잡고자 하옵니다."

"어허! 쯧쯧쯧!"

만갑의 소회가 끝나기 무섭게 우룡의 장탄식과 더불어 여기저기에서 혀를 차는 소리가 터져 나왔다.

"좋소이다. 내 한 번 물어보겠소이다. 정말로 군의 소리가 우리 동편 소릿제의 전통적인 법제에서 벗어난 줄을 모른단 말이오!"

예상대로 소리 지식에 밝은 도성이 헛기침과 함께 좌중을 둘러보며 먼저 허두를 떼었다.

"제가 다른 유파의 소릿제, 특히 정창업 어르신의 계면조를 배워서 익힌 것은 부인하지 않겠나이다."

만갑이 정중하게 도성의 말을 받았다.

"그것뿐이오?"

도성이 단호하게 되물었다.

"계면조 말고 더 무엇을 말하는 것입니까?"

만갑이 의아한 눈으로 도성을 빤히 건너다보았다.

"내 다시 묻겠소. 군은 진정으로 서편 계면조 말고도 다른 유파의 소릿제를 군의 소리에 또 덧입히고 있는 것을 모른단 말이오? 군은 지난 삼 년 동안 기호 지방을 유람하며 소리를 하지 않았소?"

이미 주기라도 오른 사람처럼 불콰한 낯빛을 띠고 있던 도성이 볼멘소리로 대꾸했다. 수년 동안 켜켜이 쌓인 감정이 그예 터지고 만 것이었다.

"정 모르겠다면 내가 먼저 말하리다. 군의 그 '남원 오입쟁이' 소리를 눈 감아 듣고 있노라면 저절로 중고제 명창들이 즐겨 쓰는 경드름이 떠오른단 말이오. 게다가 '이별가'나 '어사 장모 상봉 대목'은 또 어떻단 말이오!"

도성이 꽤 톱상스레 되물었다.

"제 소리에 경조가 덧입혀 있단 말씀인 줄 아옵니다. 그러나 그 소리 또한 제 소리인 것을 부인하지 않겠습니다."

만갑은 이제 더 물러설 여지도 없고, 이제껏 만들어 온 자신의 소리를 군이 이 형단의 자리에서 부정한다는 것은 더더욱 소용없는 상황이 되었음도 잘 알고 있었다.

"저런! 저런! 군이 지금 내뱉는 언사는 모조리 염불에 불과하오!"

그동안 줄곧 말이 없이 지켜만 보던 기홍이 말을 받았다. 기홍은 한쪽 눈을 장애로 잃은 이후로 정춘풍 어른신의 문하로 들어가 동편 소리와 공부에 매진하여 도성 못지않게 동편 소릿제에 밝은 터였다.

"제 소리가 염불에 불과하다는 어른신의 말씀도 그대로 인정하겠나이다. 그러나 제 소리를 제 스스로 부인할 수는 없사옵나이다."

만갑도 이제는 두 사람의 말에 굴복하지 않고 맞대응으로 나서고 있었다. 그러자 기홍이 몹시 언짢은 표정을 지으며 말을 다시 받았다. 기홍이야말로 스승이 유학자인 터라 유학 지식은 말할 것도 없거니 소릿제 지식을 논하는 자리에서는 조금도 물러서기 싫어하는 인물이었다. 게다가 마음 결이 괄괄하고 화술까지 능란하여 정춘풍 어른신의 문하에 있을 때도 소릿제 논쟁이 벌어지면 그 누구한테도 물러서는 법이 없었다.

"군이 지금 우리 동편의 법제를 고사시키고 있다고 생각한 적은 없는가?"

기홍이 치켜뜬 한쪽 눈자위에는 여러 금의 핏줄이 서리기 시작했다.

"소인은 어른신의 문초를 달게 받겠나이다. 다만 내일 다시 지금보다 더한 어른신의 문초가 있더라도 제 소리를 제 스스로 부정하는 일은 없겠나이다."

만갑은 기홍의 매서운 문초에도 여전히 눈썹 하나 옴짝달싹하지 않았다.

"허허! 그럼, 군의 그 자기 소리란 무엇인가? 내 한번 듣잡고자 하네!"

도성이 잠시 긴 한숨을 지으며 깊이 탄식한 후 다시 끼어들었다.

"제 소리에 서편 소릿제나 경드름이 덧입혀져 있다는 말씀을 거듭 모두 받아들이겠나이다. 그렇지만 소인의 소리는 서편 소릿제나 경조 그대로가 아니라는 말씀을 감히 올리나이다."

"그게 무슨 말인지 더 첨언하거라."

그동안 세 사람의 다툼을 지켜만 보고 있던 우룡이 나서며 한 말이었다.

"소인은 제 소리를 듣기 위해 모인 사람들과 교감할 수 있는 소리만이 진정한 소리라고 생각하옵니다."

"더 첨언하거라!"

우룡이 만갑에게 심히 사늘한 눈빛을 던지며 이어간 말이었다.

"소자가 아버님을 따라 진주 소리판에 간 일이 있었습니다. 소리는 모두 좋았습니다. 그런데 그분들은 모두 진주에서만 활동한 소리꾼들이어서 탐호가 다른 청중들에게는 이분들의 소리가 그다지 먹혀들지 않았습니다. 그때부터 소인의 마음속에서는 '비단을 달라는 사람에게는 비단을 주고 무명을 달라는 사람에게는 무명을 주자'라는 생각이 자리를 잡기 시작했습니다. 그리하여 우리 동편과 다른 소릿제가 있다면 어디든지 기꺼이 찾아가 배우자는 생각을 늘 하고 있었습니다."

만갑의 말이 떨어지기 무섭게 여기저기에서 만갑을 힐문하는 소리가 터져 나왔다.

"어르신들, 송 군의 말을 한 번만 더 들어보시지요! 처분은 좀 있다가 내려도 늦지 않습니다."

도성이 술렁거리기 시작하는 장내를 가라앉힐 요량으로 던진 말이었다. 도성이 다시 한번 우정 장내를 둘러보자 수런거리던 분위기가 가라앉는 듯했다. 얼마 지나지 않아 장내는 다시 엄숙한 분위기로 되돌아갔다.

"어르신들, 제게 기회를 이리 주셔서 감읍하옵니다. 어리석지만 소인의 말씀을 더 이어보겠나이다."

만갑이 잠깐 심호흡을 한 번 크게 하고는 다시 말을 이었다.

"진주 소리판 이후 저는 우리 가문 고제의 고아한 소리를 더 깊이 터득할까 아니면 사람들에게 한 발 더 다가갈 다른 소리의 길을 모색해볼까 하는 문제로 늘 번민에 휩싸여 있곤 했습니다. 그러던 중에 정창업 어르신의 그 애절한 서편 계면조를 접하게 되었고, 구례 은천사에서 얼마 더 견디지를 못하고 나와 기호 지방을 떠돌다 경드름을 알게 된 것입니다."

"군은 더 이상 우리 동편 소릿제를 망령되이 조롱하지 말라. 군의 패륜을 듣고자 이 자리에 모인 것이 아니잖소!"

기홍이 분연히 눈을 곤추뜨고 역정을 냈다.

"어르신, 조금 전에 말씀드린 것처럼 소인은 그저 사람들이 즐거워하는 소리만을 하고 싶었을 뿐입니다."

"뭣이라!"

기홍은 더 말을 잇지 못하고 앙가조촘하다가 그만 털썩 주저앉았다. 기홍은 만갑의 대답을 들으면 들을수록 부아가 끓어올라서 더욱 견딜 수가 없었던 것이다. 만갑이 얼른 다가가서 기홍의 몸을 조심스럽게 추켜세우고는 황송하다는 듯이 연신 허리를 굽신거렸다. 갑작스럽게 일어난 사태에 네 사람은 물론이고 장내에 모여 있던 사람들도 거개가 질겁하여 어찌할 줄을 몰랐다.

"어르신, 사랑채로 잠시라도 좌정하시어 옥체를 보중하소서."

도성이 겹부축을 하고자 하나 기홍이 도성의 팔을 홱 뿌리치고는 곧장 장내에 모여 있던 사람 속을 헤집으며 저벅저벅 걸어서 사랑채 안으로 들어갔다. 만갑의 낯빛은 이미 새파랗게 질려 있었고 입술 역시 얼추 진보랏빛이 되어 떨고 있었다. 그동안 내내 기홍과 만갑의 대화를 지켜보던 우룡도 침울한 표정으로 두 사람을 바라보고 있었다.

"군과 이제 동편 소릿제를 논하는 것은 별 의미가 없는 듯하오. 다만, 마지막으로 한 번 더 묻겠소. 군은 송씨 소리 가문의 명문 후예로 전래의 법통을 지켜야 한다는 생각은 한 번도 해 본 적이 없소?"

도성이 덧없는 표정을 짓고는 잠깐 눈을 감아 보였다.

"제가 우리 소릿제의 우아함을 왜 모르겠나이까! 하나 관습에만 얽혀서 동편 소릿제에만 둘려 묶여 있는 소리만이 소리이겠나이까. 다른 지역의 사람들도 함께 감응할 수 있는 소리, 어쩌면 그들이 바라는 대로 순응하는 것이 합당하다고 저는 믿고 있나이다."

만갑의 목소리는 단호했다.

"그게 군이 우리 동편 고제(古制)의 고아함을 멸살하고서라도 끝내 구하고자 했던 군만의 소리 이치란 말이요?"

도성은 애써 되쳐 물었지만, 만갑과의 대거리로 마음은 밑 뿌리째 흔들리고 시간이 흐를수록 덜컥 무서운 느낌까지 일었다.

그 순간이었다.

"닥치거라. 네놈이야말로 그 요망한 소리와 말로 수많은 사람들을 현혹게 하니 그 공죄(公罪)가 실로 형언하기 어렵도다! 이제 네놈은 가문의 법통을 말살한 패려자손(悖戾子孫)이 되었으니 오늘로 파문에 처하겠노라. 한 달 안으로 속히 집을 떠나거라."

우룡이 더없이 슬프게 애열한 목소리로 만갑을 짓 부릅뜬 눈으로 쏘아보며 한 말이었다. 만갑은 고개만 지수굿이 수그린 체 별말이 없었다.

만갑은 아버지의 허리춤을 두르고 있는 남빛 세조대로 다시 눈길을 돌렸다. 삼 년 전 구례 은천사로 자신을 보낼 때나, 늦가을 세우를 맞으며 아버지 뒤를 따르는 지금이나 한결같이 만갑의 마음을 아리게 파고들며 시선을 잡아끈 것도 아버지의 저 남빛 세조대였다. 그리고 보면 지난 한 달 전에 있었던 송씨 가문의 소릿제 형단 이후 만갑은 당최 아버지를 뵐 면목이 없었다. 아버지는 어떤 식으로든 자식으로 인해 얼토당토않게 언걸을 당한 것만은 분명한 사실이었기 때문이었다. 그런데도 만갑은 끝끝내 자신의 뜻을 굽히지 않았다. 만갑은 가문의 전래 고제는 다른 소릿제와 습합을 거듭할 때만이 많은 청중들과 교감하는 소리로 탈바꿈할 수 있을 것이리라는 믿음을 확고하게 견지하고 있었다.

우룡이 황산 어귀로 접어들자 발걸음을 멈추고 잠시 깊은숨을 한번 내쉬고는 눈을 지그시 감았다 떴다. 만갑은 우룡의 뜻을 익히 알고 있었기에 달리 무엇을 여쭐 것도, 그렇다고 어쭙잖은 짓으로 심기나 살필라치면 낭패를 보기 십상일 것이리라는 사실도 훤히 알고 있었다. 우룡은 결단코 작정할 일이 있을 때이면 으레 가문의 묘역을 찾았다.

"내 허물이 자심하니라. 내 어찌 네 허물을 조상님들 앞에 부끄러이 발고하겠느냐! 이제 모두 종극에 이르렀니라. 너와 나만이 결단할 일만……."

우룡은 더 말을 잇지 못하고 그대로 조부 묘 앞에 무릎을 꿇고 고개를 힘없이 떨구었다. 만갑도 그저 참담하여 고개만 떨군 채 아무 말도 할 수가 없었다. 두 사람은 한참을 그렇게 묵언인 채로 가문 묘역 주변을 허망하게 둘러보거나 아니면 애써 조부의 봉분 한 곳만을 응망하며 우두망찰 서 있었다. 늦가을 세우는 이미 멎어 있었고, 다음 망자들이 들어갈 터를 판판하게 수놓고 있는 샛노란 금잔디는 가랑비를 맞고 더욱 처연해 보였다.

그렇게 얼마가 지났을까.

우룡이 낮게 가라앉은 목소리로 여짓여짓하다가 간신히 입을 떼었다.

"할아버지 그 옆으로 나와 네가 차례로 들어갈 자리니라. 나는 이미 작정한 몸이니, 너만 결단하면 된다."

애연히 호소하는 듯한 우룡의 목소리가 잠시 가늘게 떨리는 듯했다. 이어 우룡이 자신의 허리춤을 두르고 있던 세조대 왼컨 쪽에 오른손을 넣어 헐렁하게 틈을 냈다. 그러고는 곧바로 도포 안쪽으로 손을 집어넣어 흰 첩지에 쌓인 약재 한 첩을 끄집어냈다. 약재 첩을 든 우룡의 오른손이 사시나무 떨듯 부들부들 떨었다.

"천남성 줄기로 만든 사약이니라. 오늘로 우리 가문의 소리 법통은 멸살되었구나. 내 또한 더 살 뜻은 추호도 없지만, 이다지도 못나 그만 약을 끝내 털어 넣지 못하고 이리도 부끄럽게 조상님들 앞에서 흉행을 하게 되었구나."

우룡이 자신의 묏자리 쪽으로 걸어가더니 그대로 털썩 주저앉았다. 그러고는 손에 쥐고 있던 약재 첩의 실 끈을 풀었다.

"이리로 오거라."

우룡이 만갑을 향해 손짓했다.

"이 천남성을 반씩 나눠 내 묫자리와 네 묫자리에 함께 묻기로 하자. 내 소리의 길을 지키려고 네 소리의 길을 끊을 수는 없을 것 같구나. 내 죄는 내가 감당할 것이니, 너는 오늘로 우리 가문에 없느니라……."

우룡이 꺼억꺼억 흐느끼기 시작했고, 만갑도 늦가을 세우를 입어 더 처연한 금잔디 묫자리를 닭똥 같은 눈물로 어룽어룽 적시고 있었다.

6. 박태준 - 유시연

1

연주가 끝났다. 지휘봉을 내려놓은 태준의 손끝에 땀이 맺혔다. 청중의 박수 소리가 오래오래 이어지며 객석에 앉은 사람들의 얼굴이 환희로 빛 났고 태준의 가슴이 충만한 기쁨으로 가득 찼다. 헨델의 「메시아」 초연 창단 공연은 억눌리고 억압된 삶을 살아온 사람들의 아픔을 어루만졌다. 태준은 허공을 향해 시선을 오래 멈추었다. 사람들의 얼굴이 겹쳐 보이며 그들에게서 밝고 환한 빛이 쏟아지는 듯했다. 장방형의 단순한 내부 구조 를 꽉 채운 사람들이 길게 박수를 치고 있었다. 예배당 앞쪽에 놓인 파이 프오르간에서 금방이라도 소리의 열기가 뻗어나갈 듯 모든 것들이 뜨겁게 환호하고 있었다.

무대 뒤에서 단원들이 태준을 향해 각자 즐거운 목소리로 감사 인사를 했는데 그 소리들이 봄의 종달새처럼 귀에 꽂혔다. 태준은 첫 지휘를 맡았 던 그날의 기억을 떠올렸다. 대구에서 교회 혼성합창단을 지휘할 때 그는 열여덟 살이었다. 그때도 지금처럼 떨리지는 않았다. 태준은 온몸을 휘감 아 도는 열기를 식히려 밖으로 나왔다. 어두운 하늘에는 초저녁별이 깜박 였다. 교회 앞마당에 서서 심호흡을 했다. 어둑어둑한 대기를 배경으로 석 조 예배당의 첨탑 십자가가 우뚝 서 있는 정경은 마치 어둠을 지키는 수 호신처럼 위엄이 느껴졌다. 생소한 서양 음악에 대한 사람들의 관심은 폭 발적이었다. 태준은 나무 의자에 앉아 땀을 식히며 화강암으로 지어진 고 딕 건축양식을 바라보았다. 서양 선교사 알렌이 병원으로 세웠던 제중원 을 뿌리로 가난하고 어려운 민중들의 피난처가 되어준 장소였다.

태준은 어릴 적 아버지의 손을 잡고 교회에 나갔다가 오르간 소리를 처 음 듣고 황홀경에 빠졌던 기억을 떠올렸다. 포목상을 하며 일찍이 상인으 로서의 기질을 발휘했던 그의 부모는 어린 아들에게 서양 문물의 필요성 을 접목해 주었던 셈이었다. 주변의 환경과는 너무나 다른 교회의 풍경과 문화는 태준에게 다른 먼 세상을 꿈꾸게 했고 바라보게 했으며 그 이방의 세계를 동경하게 했다. 훗날 유학을 가게 되는 단초가 이미 그때 심어졌는지도 몰랐다. 태준은 목덜미에 선뜩한 바람이 으슬으슬 파고들자 감았던 눈을 떴다. 변함없이 어둠 속에 우뚝 서 있는 석조 건물의 견고함이 어떤 비바람에도 쓰러지지 않고 강인하게 견딜 것 같은 느낌에 마음이 편안해졌다. 서양 선교사 존 헤론 가족의 이야기가 그 순간 기억났다. 1890년 7월 무더운 여름, 선교사 가족들이 남한산성으로 피서 휴가를 떠났을 때, 헤론(John W. Heron) 선교사는 전염병 환자를 치료하다가 이질에 걸려 34세의 이른 나이에 별세했다. 그 사건은 많은 사람들 사이에 소문이 났고 그 후 공동체의 선을 위해 봉사하려는 사람들의 결의를 다지는 이야기로 회자되었다. 휴가를 반납한 채 남문 밖의 가난한 백성을 온몸으로 돌본 이방인의 헌신은 '남문밖정신'으로 세상에 알려지게 되었고 아주 어린 날 그 이야기를 들은 기억이 났다. 가진 것 없고 힘이 없었지만 그날 밤 태준은 자신이 뭔가 세상에서 할 수 있는 일이 있을 것만 같은 영감을 받았다. 고대부터 노래를 좋아한 민족이 아니던가. 힘겹고 외로운 길에서 음악이 세상에 조금이나마 위로가 된다면 그 인생은 의미가 있을 것이라고 태준은 막연히 생각했다.

　그는 집으로 가는 전차를 탔다. 밤의 거리는 희미한 불빛이 군데군데 떠다녔다. 해방 이후 서울의 거리는 조금씩 밝아지고 변화해가고 있었지만 사람들의 웅크린 마음은 펴지지 않았다. 미도파 백화점의 삼 층 건물이 환하게 전등을 밝히고 멀리 남산 타워가 어둠 속에 우뚝 솟아 있을 뿐 사위는 고즈넉했다. 아무리 정을 붙이려 해도 서울은 태준에게 낯설었다. 고향 청라(靑蘿) 언덕이 그리웠다. 붉은 담을 휘감았던 푸른 담쟁이덩굴, 까마득히 높은 구십 계단을 올라 집으로 가는 그 골목이 자꾸 기억의 언저리를 맴돌았다.

　아내 봉열은 잠옷 차림으로 태준을 맞이했다. 오늘 연주 공연 어땠어요? 그 표정이 묻고 있었다. 태준은 양복저고리를 벗어 봉열에게 주며 잘 끝났다고 간단히 말했다. 봉열은 더 이상 묻지 않았다. 봉열이 하품을 하며 안방 문을 열고 들어갔다. 문 닫는 소리가 유난히 크게 들렸다. 태준의 기분 탓일까. 언젠가부터 봉열이 아이들에게 악기를 가르치지 않는다는 사실을 알았다. 거실 한쪽에 놓인 피아노는 뚜껑이 닫힌 채로 방치되어 있었다. 봉열은 피아노를 쳤지만 결혼 후 태준이 활발한 활동을 하면서 그녀는 피아노를 연주하지 않았다. 이유는 알 수 없었다.

이날따라 태준은 잠을 이루지 못했다. 푸른 담쟁이덩굴이라 불린 청라 언덕이 내내 머릿속을 휘저어 놓았다. 특히 형이 더욱 생각났다. 형이 메시아 전곡 초연을 성황리에 마친 것을 알면 자기 일처럼 기뻐했을 것이었다. 모든 음악은 형으로부터 비롯되었다. 형은 음악적 소양이 있었고 일찍 선교사를 통해 서양 음악을 접했다. 선교사로부터 오르간을 배운 형이 '켄터키 옛집'이나 '클레멘타인'을 흥얼거리면 태준은 가르쳐달라고 졸랐다. 형은 태준을 위해 번역을 해주었고 그러면서 서양 음악에 서서히 발을 담갔다. 그랬던 형이 폐결핵에 걸려 일본 유학을 중도에 포기하고 돌아와 결국 저세상으로 갔을 때 태준은 하늘이 무너지는 줄 알았다. 태준은 동경에서의 며칠을 기억하며 가슴 아파했다. 형 태원을 떠올리자 어떤 형상이 따라왔다. 보라색 데이지였다. 아마도 형 태원이 일본 유학을 끝마치지 못하고 귀국한 이유에 데이지꽃 같은 그녀가 있었을 것이라 짐작되었다. 형을 만나러 일본에 갔을 때 태준은 형과 함께 마중 나온 그녀 메이를 만났다. 고운 이미지의 여자였다. 그녀를 두고 집에서는 걱정을 했고 적국의 여인을 만나서는 안 된다는 아버지의 엄명이 떨어진 터라 형 태원의 복잡한 심경이 얼굴에 고스란히 드러나 보였다. 태준은 몸이 아픈 형을 만나러 가면서 아버지의 당부를 전해야 하나 말아야 하나 고민했지만 형은 이미 알고 있었다. 아버지가 인편에 편지를 전달한 상태였다.

다음날 태준은 형을 따라 메이가 안내하는 가락국수집으로 갔다. 그날 그곳에서 태준은 메이의 조선인 유학생 친구인 그녀를 보고 너무 놀라 심장이 멎는 줄 알았다.

"오랜만이네예."

"어떻게 된 건지⋯⋯."

"메이랑 같은 학교 기숙사 룸메이트예요."

"아."

태준은 낮은 신음을 뱉어냈다. 그녀가 유학을 떠난 사실은 알고 있었다. 그런데 형과 함께 일본에서 갑자기 조우하게 될 줄은 몰라 어리둥절했다. 태준의 가슴속에 고이 간직해 둔 빨간 능금 한 개가 익어갔다. 청라 언덕을 지나 교회로 가던 그녀의 발걸음, 그 발걸음을 들으려 오르간 연습을 멈추곤 하던 그때의 시간이 어제 일처럼 살아났다. 그녀는 같은 교회를 다니던 여고생이었고 태준 또한 교회에서 오르간 반주를 하고 있어서 안면은 있었다. 그녀가 바구니 가득 담아온 능금을 합창부 학생들에게 나누어 줄 때 태준은 마음이 조마조마했다. 그녀의 능금을 받고 싶었는데 만약 부족하여 자신에게 차례가 오지 않는다면, 그 생각을 하자 견딜 수 없었다. 태준은 터질 것 같은 심경을 안고 복도로 뛰쳐나갔다. 잠시 후 태준이 돌아왔을 때 오르간 위에 올려진 빨간 능금 한 개가 그를 기다리고 있었다. 태준은 그 능금을 오래오래 바라보았다. 시들어 말라버릴 때까지 태준은 그 능금을 간직했다. 푸른 담쟁이덩굴이 붉은 담을 휘감은 청라 언덕의 건물들을 지나 교회로 향하는 그녀의 모습은 흰 백합이었다. 창밖으로 그녀의 모습이 보이면 태준은 숨을 죽였다. 그녀의 모습은 나풀나풀 나비가 날아가는 듯 가벼웠다. 그녀의 걸음은 빨랐다. 순식간에 지나가 버렸다. 흰 백합 향이 훅하고 날아온 듯했다. 어느 날 그녀가 일본으로 유학을 떠났다는 소식이 전해졌다. 태준은 가슴 속에 빨간 능금을 묻었다.

태준이 깊은 마음속 동굴에 묻혀 있던 빨간 능금을 꺼낸 건 마산 창신학교 이은상을 만나면서였다. 두 사람은 첫 만남에서 서로에 대한 호감을 느꼈다. 예민한 감성의 두 사람이 지는 저녁 해를 바라보며 암울한 조국의 현실을 고민하거나 막막한 미래에 대해 불안정한 시국을 고뇌할 적에 그들은 많은 말을 하지 않았어도 공감대를 이뤘다. 은상은 태준이 지은 동요를 좋아했다. 스물세 살의 태준과 세 살 위인 은상은 나이 차이가 있음에도 서로 공대하며 존중했다. 태준과 은상은 노비산 언덕에서 지는 저녁 해를 바라보며 가슴 속 이야기를 꺼내곤 했다. 국어 교사였던 은상은 태준에게 직접 쓴 시를 낭송했고 태준은 눈을 지그시 감고 은상의 시를 들었다. 멀리 지평선 너머로 고요히 해가 지고 있었다. 잔잔한 남해 바다의 정경이 태준이 가슴 속에 묻어둔 빨간 능금 이야기를 끄집어내게 했다. 태준의 이야기를 들으며 은상은 백지에 뭔가를 적었다.

"정말 아름다운 한 편의 이야기입니다. 제가 시를 적어봤으니 곡을 붙여보심이 어떠하겠습니까."

태준은 은상이 건넨 시를 눈으로 읽었다. 가슴이 요동치며 벅차오르기 시작했다. 태준은 깊은 어둠 속에서 한 줄기 빛을 발견한 듯 멜로디를 흥얼거렸다. 눈앞으로 붉은 담을 휘감은 청라 언덕의 푸른 담쟁이가 생생하게 살아났다. 순식간에 멜로디가 완성되고 그는 은상의 시에 곡을 붙였다.

봄의 교향악이 울려 퍼지는
청라 언덕 위에 백합 필 적에
나는 흰 나리꽃 향내 맡으며
너를 위해 노래, 노래 부른다
청라 언덕과 같은 내 맘에
백합 같은 내 동무야
네가 내게서 피어날 적에
모든 슬픔이 사라진다.

더운 백사장에 밀려드는
저녁 조수 위에 흰 새 뛸 적에
나는 멀리 산천 바라보면서
너를 위해 노래, 노래 부른다
저녁 조수와 같은 내 맘에
흰 새 같은 내 동무야
네가 내게서 떠돌 때에는
모든 슬픔이 사라진다.

소리 없이 오는 눈발 사이로
밤의 장안에서 가등 빛날 때
나는 높이 성궁 쳐다보면서
너를 위해 노래, 노래 부른다
밤의 장안과 같은 내 맘에
가등 같은 내 동무야
네가 내게서 빛날 때에는
모든 슬픔이 사라진다

서릿바람 부는 낙엽 동산 속
꽂진 연당에서 금어 뛸 적에
나는 깊이 물속 굽어보면서
너를 위해 노래, 노래 부른다
꽂진 연당과 같은 내 맘에
금어 같은 내 동무야
네가 내게서 뛰놀 때에는
모든 슬픔이 사라진다

태준은 스물네 살에 죽은 형과 그녀의 연인 메이와 능금 소녀를 떠올렸다. 새벽에 잠이 들었던 태준은 늦잠을 잤다. 아내는 시장에 갔는지 보이지 않고 식탁에는 아침상이 차려져 있었다. 태준은 이즈음 보성전문학교와 서울여자대학에 출강하고 있었다. 수업 시간은 많지 않았다. 남은 시간 틈틈이 작곡을 했다. 아침을 거르고 태준은 커피를 마셨다. 물밀듯이 서양 문물이 미군과 그 가족을 통해 들어오고 있었다. 시장에는 미군 부대에서 흘러나온 미제 물품들이 거래되었다. 아내는 밍크 담요를 사 온 날 안방에 펼쳐놓고 쓰다듬으며 콧노래를 불렀다. 그녀가 어쩌다 커피를 사 왔는데 태준은 그걸 즐겨 마셨다.

　태준은 적요한 집안에 혼자 있는 게 좋았다. 커피 향을 흠향하며 남해 바다의 추억을 소환했다. 요즘 태준은 섬에 고립된 운명 같다는 느낌에 자주 사로잡혔다. 서울 도심에서 그는 섬 안에 갇혀 있다는 강한 압박에 가슴이 답답했다. 번화한 도시 한복판에 있는 자신이 꼭 바다 한가운데에 갇힌 죽방멸치 같다는 의문이 들었다. 오백 년 동안 이어진 원시 어업으로 멸치를 잡는 방법에 대해 은상과 나눈 대화는 아직도 선명하게 남아 있었다.

　"바다 가운데에 갇힌 멸치 떼의 운명을 어떻게 생각하십니까."

　"글쎄요, 그걸 갇혔다고 표현할 수 있을까요."

　"그러게나 말입니다. 태준 선생은 대구 출신이라 어떻게 받아들일지 모르지만 난 어려서부터 저 죽방렴을 보고 자랐어요. 그때마다 멸치의 운명에 대해 생각해 봤습니다."

　"운명이라구요?"

　"그들은 자유로움을 느낄까, 바다 한가운데에서 너른 대양의 바람과 물결을 몸으로 느끼며 살아가는 데는 아무런 불편이 없지 않을까 싶었거든요."

　"문학가다운 발상입니다만 저는 그저 멸치 떼가 안 됐다는 생각이 듭니다."

　"지구상에서 어떤 생명체도 인간의 지능을 넘어설 수 없기에 빚어지는 비극도 많이 생겨나지요."

"선생님은 많은 사유를 통해 좋은 글을 남기나 봅니다."

"과찬입니다."

그의 일생을 통틀어 은상과의 만남은 예사롭지 않았다. 열어놓은 창밖으로 바람이 살랑 들어왔다. 악보집이 펄럭이며 날아가 책상 밑에 떨어졌다. 태준은 은상이 준 노래 제목 '사우(思友)'를 '동무생각'으로 바꾸었다. 아주 가끔 은상을 따라 낚시를 갔다. 태준은 낚시를 좋아하지 않았지만 은상이 갈 때 따라가서 그와 이야기를 나누었다. 잔잔히 흐르는 남해 바다와 통통배들, 섬과 섬 사이를 돌고 돌아 먼 대양을 향하는 바다는 태준에게 또 다른 영감을 불러일으켰다. 은상은 낚시에 적극적이지는 않았다. 담배를 피워 물고 바다를 주시하던 은상이 바다를 가리키며 말했다.

"바다가 꼭 호수 같지 않아요? 파도도 치지 않고."

"그러네요. 이토록 평온한 바다라니."

"아, 그거 좋네요. 평온한 바다라는 표현."

은상이 가방에 넣어온 종이를 꺼내 금세 시를 적었다. 제목은 '평온한 바다'였다. 시를 소리 내어 낭송하는 은상의 표정이 소년같이 순진해 보였다. 태준은 시를 들으며 마음속에 어떤 악상이 떠올랐다. 태준이 그 악상을 흥얼거리자 은상이 눈빛을 반짝였다.

"태준 선생, 우리는 아마도 전생에 특별한 관계였을 겁니다."

"전생까지 갈 게 무어 있겠습니까. 현생에서 특별한 관계이면 되지요."

"아, 그런가요."

은상이 호탕하게 웃었고 태준이 미소 지었다. 태준의 귀에 물결이 돌돌돌 흐르는 소리가 났다. 바람은 부드러웠고 갈대가 이리저리 쓸리며 몸을 흔들었다. 은상의 부친이 세운 창신학교 교정에서 태준과 은상은 나무 그늘에 앉아 교실 유리창 밖으로 흘러나오던 풍금 소리나 피아노 소리를 들었다. 가끔은 태준 홀로 나무 그늘에 앉아 교실을 바라보았다. 학생들이 떠드는 소리, 선생의 말소리, 바람 소리들을 귀에 담았다. 때때로 혼자 바닷가 갈대밭을 걸었다. 바람이 갈대를 스치며 지나갈 때 태준은 그 소리가 솔샵(음계 솔#)이나 라 음으로 분다고 생각했다. 음계 라음 높이로 라라라라 바람이 불었다. 우울한 날이면 플랫(p)이 여러 개 붙은 악보가 그려졌다. 혼자 걷다가 다리가 아프면 풀밭이나 너른 바위에 주저앉아 갈대숲에 몸을 낮췄다. 물새 소리가 들리거나 갈매기들이 기웃거리며 날아가는 정경이 잡혔다. 갈대밭에 드러누워 하늘을 바라볼 때도 있었다. 귓가에 미풍이 스쳤다. 은상이 준 '미풍'이라는 시가 간질간질 의식의 문을 두드렸다. 눈을 감고 미풍을 흥얼거렸다. 교실에서 혼자 멜로디를 흥얼거리면 학생들이 들려달라고 떼를 썼다. 태준은 피아노를 연주하며 본인이 작곡한 곡을 불렀다. 소란스럽던 교실이 조용해졌다. 학생들은 그 시간을 기다렸다. 음악 시간에 태준이 작곡한 곡을 가르치기도 하였다.

은상이 준 여덟 편의 시는 태준에게로 와서 음악이 되었다. 평온한 바다, 소낙비 천기, 고요한 삼림, 미풍, 광야, 순례자, 사우…… 하나 같이 빼어난 시였다. 태준은 은상의 시를 받고 마음속에 물결 무늬가 그려지며 흔들리는 경험을 했다. 저절로 어떤 악상이나 멜로디가 흘러나왔다. 그와는 영혼의 교감이 이루어지는 듯했다. 그날 고사리 언덕에 올라 작은 어촌을 바라볼 때 문득 은상이 물었다.

"사귀는 여인 있습니까."

"그건 왜 묻습니까."

"소개 좀 하려고 그럽니다. 참한 규수가 있는데 내 고종사촌입니다."

"글쎄요, 제 처지에."

"그러지 말고 자리를 마련할 테니 시간 좀 내보십시다."

"……."

며칠 후 찻집에서 은상은 사촌 여동생 김봉열을 데리고 나왔다. 첫인상이 서글서글하고 시원해 보였다. 인물도 그만하면 합격이었다. 태준은 떠밀리듯 봉열을 만나 군이 피할 이유가 없다 싶어 가끔 산책을 같이하거나 차를 마셨다. 봉열은 찻집이 부담스러운지 바구니에 먹을 빵과 음료를 담거나 주먹밥을 만들어서 식혜나 물김치를 병에 담아 야외로 나가자고 했다. 은상이 같이 만나다가 어느 사이 은상이 자리를 피해주고 두 사람만 만나게 되었다. 한참 시간이 흐른 뒤에 은상이 폭탄 발언을 했다.

"내 사촌이 여린 줄 알았는데 대찬 데가 있습디다."

"무슨 일이 있었습니까."

"약혼자와 파혼을 했습니다."

"네? 뭐라고요!"

"약혼자를 떨쳐냈다고요."

"봉열 씨에게 약혼자가 있었습니까?"

"그렇습니다. 이제는 뭐 염려하지 않으셔도 됩니다."

"어찌 그런 일이 있을 수 있습니까."

"사람 사는 세상에 이런 일이 뭐 대숩니까. 다 끝난 일입니다. 내 사촌이 태준 선생이 꽤나 맘에 들었나 봅니다."

"저는 봉열 씨보다 선생님이 도저히 이해가 가질 않습니다."

"인연은 따로 있는 법입니다. 약혼마저 파했으니 봉열이는 이제 선생님이 책임지셔야겠습니다."

"이런 법이 어디 있습니까."

"왜 싫으십니까."

"그런 것은 아니지만······."

"그럼 됐습니다. 이제 우리 사돈이 되었습니다. 허허."

태준은 마음이 복잡하고 아리송했다. 은상이 서둘렀다. 군이 결점을 찾을 필요는 없었다. 태준은 교회에서 봉열과 결혼식을 올렸다. 그의 나이 스물넷이었다. 결혼을 하고나니 당장 앞날이 걱정이었다. 은상과 아내 봉열의 지원을 업고 태준은 교원 자격증을 따기 위해 따로 시간을 내어 공부했다. 경상남도에서 실시하는 교원 자격증은 영어와 음악 두 개를 선택했고 무난히 합격했다. 태준은 창신학교를 떠나 모교인 계성으로 자리를 옮겼다. 다시 돌아온 모교에서 태준은 작곡을 하고 합창부를 지휘했다.

그날 해가 질 무렵 태준은 청라 언덕의 붉은 담 옆에 주저앉았다. 백합의 여인 능금 소녀는 어디로 갔을까. 그녀의 소식은 더 이상 들을 수 없다. 형이 죽은 후 메이와도 연락이 끊어졌으므로 능금 소녀는 영영 만나지 못할 운명인 듯했다. 아련한 슬픔 한 자락이 고요한 바다처럼 태준의 가슴을 적셨다. 세상의 모든 소중한 것들은 왜 사라지는 걸까. 왜 멀리 가버리는 걸까. 태준은 스스로에게 질문을 하며 하늘이 어두워질 때까지 그 자리에 앉아 있었다. 도시에 붉은 십자가 불빛이 켜졌다. 예배당의 차임벨 소리가 들려왔다. 태준은 예배당으로 발걸음을 옮겼다. 예배당 안에는 합창하는 사람들이 모여 불협화음을 내고 있었다. 귀가 간지러웠다. 태준은 소프라노와 알토, 베이스와 테너 음이 엉망으로 뒤엉켜 버린 것을 들으며 못마땅했다. 합창부는 다른 사람의 음을 듣지 않고 각자 자기 소리만 내고 있었다. 테너는 마냥 높았고 베이스는 제 기능을 못 하고 무작정 낮게 깔렸다. 알토 파트는 제소리를 내지 못하고 소프라노에 흡수되어 버렸다. 지휘자가 없이 어설픈 반주자가 4부 음을 짚어내느라 진땀을 흘리고 있었다. 그때 누군가 태준을 발견하고 반가워했다. 계성중·고등학교 시절의 동기생이었다. 동기생이 박수를 치며 주위 사람들의 시선을 모았다. 그러고는 태준을 소개했다.

"자자, 여러분, 훌륭한 작곡가 겸 지휘자를 소개합니다."

그러자 사람들의 시선이 일제히 태준에게 쏠렸다.

"박태준입니다. 예전에 이곳에서 반주하고 지휘를 한 적이 있습니다."

태준이 자기소개를 간단히 하고 고개를 까닥 움직여 인사를 하자 우레와 같은 박수가 쏟아졌다. 안 그래도 지휘자가 없어서 물색 중이었노라고

단장이 반색했다. 얼떨결에 태준은 그 자리에서 지휘를 맡았다. 잠깐 쉬는 중에 동기생이 태준의 안부를 물었다. 동기생은 은행에 근무하고 있는데 결혼해서 아이가 둘이었다. 태준이 평양에 있는 숭실대학으로 유학을 떠나면서 동창들의 소식은 끊어진 터였다. 동기생은 교회를 통해 태준의 소식을 간간이 듣고 있었다고 했다. 교회 주보에 태준의 연주회나 발표회가 간혹 실렸던 모양이었다.

"옆 사람의 소리를 귀로 들으며 노래해야 합니다. 합창은 혼자 아무리 잘해도 소용없어요. 옆 사람과 어우러져야 좋은 음을 낼 수가 있습니다."

태준은 가장 기본적인 것을 알려주고 몇몇 사람의 파트를 바꾸었다. 알토 소리를 내는 사람이 소프라노에 있는가 하면 베이스 음을 가진 사람이 테너에 있는 등 엉망이었다. 태준은 잠시 쉬는 틈을 타서 동요 '오빠생각'을 연주하며 가만가만 노래를 불렀다. 옆에 있던 반주자가 눈을 동그랗게 뜨고는 놀라워했다.

"지휘자님, 이 노랫말 어디서 구했어요?"

"어린이 신문에 실렸던데요."

"그때가 언제였죠."

"이 동시가 실리고 나서 육 년 뒤에 작곡을 했으니까 꽤 시간이 지났네요."

"그 노랫말 제가 쓴 시예요."

"네?"

"최순애 씨가 바로 그분입니까."

"네, 열두 살 때 제가 동경으로 유학 간 오빠를 기다리며 쓴 시예요."

"정말 우연치고는 기가 막힙니다. 그 시가 좋아서 제가 학생들에게도 소개하고 그랬어요."

"유학에서 돌아온 오빠가 기자를 하며 잡지 일을 했는데 그때 실어줬어요."

"뜸북새가 어떤 새입니까. 늘 궁금했어요."

"그 질문을 하도 많이 들어서…… 노란 부리에 닭벼슬 같이 생긴 붉은 벼슬을 달았고 검자줏빛이랄까, 검은색에 가까운 갈색 털에 윤기가 흘러요. 중국인은 뜸부기를 이활활, 이렇게 운다고 표현합니다."

태준은 수원 출신의 반주자 최순애가 외가가 있는 대구에 내려와 머물고 있다는 것을 알았다. '오빠생각'을 표본 삼아 합창부에서 박자에 관해 설명할 수 있었다. 팔분의 육박자로 이루어진 노래는 조금 빠르게 부르면 사분의 삼박자처럼 들렸다. 박자가 리듬을 탔고 노랫말이 자연 친화적이라서 음률이 살아 움직였다.

뜸북뜸북 뜸북새 논에서 울고, 뻐꾹뻐꾹 뻐꾹새 숲에서 울 제, 우리 오빠 말 타고 서울 가시면, 비단 구두 사 가지고 오신다더니, 기럭기럭 기러기 북에서 오고, 귀뚤귀뚤 귀뚜라미 슬피 울건만, 서울 가신 오빠는 소식도 없고 나뭇잎만 우수수 떨어집니다.

교회 합창부에 동요가 울려 퍼지자 사람들이 모두 흥겨워했다. 쉽고 빠른 박자를 타며 흥겨운 시간을 가질 수 있었다. 연말 성탄을 준비하는 특송을 연습하는 시간이 늘어났다. 크리스마스에 대비하여 태준은 사람들에게 지금까지 접해보지 못한 특별한 음악을 선물하고 싶었다. 가벼운 캐럴이 아닌 진정한 클래식 음악을 맛보게 해야겠다고 생각했다. 그때 떠올린 음악이 모차르트의 미사곡이었다. 그렇지만 곧 고민에 빠졌다. 모차르트의 레퀴엠이나 베토벤의 장엄 미사는 욕심을 내고 싶었지만 소규모 인원으로는 아무래도 무리였다. 또한 오페라 곡을 합창부에 도입하고 싶었으나 그것도 여의찮았다. 태준은 마음을 내려놓고 형이 즐겨 불렀던 포스터 곡 중에서 몇 개를 고르기로 했다. 포스터의 '꿈길에서'와 엘가의 '사랑의 인사'를 연습에 넣었다. 혼자 있을 때 태준은 푸치니의 나비부인 중에서 '어느 개인 날'이나 토스카의 '별은 빛나건만' 베르디의 오페라 합창곡 '히브리 노예들의 합창'을 들으며 고단함을 달랬다.

2

교회 합창부 지휘를 그만두고 미국 유학을 떠나는 태준을 아내 봉열은 붙잡지 않았다. 음악에 빠져 세상 물정을 모르는 태준이 공부를 마치고 귀국하기만을 바라며 아이들을 혼자 길렀다. 봉열은 혼자 지내는 동안 친정인 마산에 내려갔다. 자식들을 셋이나 데리고 마산에 내려간 봉열은 친정 부모에게 얹혀 지내는 것이 몹시 불편했다. 한창 커 가는 아이들은 먹성이 좋았다. 고구마와 감자를 삶아 내놓으면 순식간에 없어졌다. 어린 자식들을 데리고 봉열은 자주 바닷가로 나갔다. 조개를 잡거나 고둥을 한 바구니씩 잡아 삶아서 아이들에게 먹였다. 태준이 부재한 오년의 세월은 봉열에게 고독과 외로움의 나날이었다. 그녀는 처음으로 남편이 내 편이 아니라 남의 편이라고 생각했고 가끔 하느님을 원망하기도 했다. 음악을 위해 가족을 팽개친 사람, 남편은 섬세하고 예민한 감성의 소유자였지만 자기애가 강했다. 다른 것에 대한 욕심은 없었다. 세상 사람들이 모두 갖는 돈이라든가 물질이나 세속적 욕망은 없는 사람이었다. 오로지 음악만이 태준의 전부였다. 예술가로서는 이상적인 사람이지만 가장으로서는 빵점이었다. 봉열은 때때로 사촌 오라비 은상에게 달려가 넋두리를 해댔다.

"열아, 네가 이러면 그 사람은 얼마나 가슴이 아프겠노. 사나이가 세상에 태어났으면 족적을 남겨야 하느니, 그 앞길을 막으면 안 되는 기라."

봉열은 은상의 이상한 논리에 아무 말도 못 하고 집으로 돌아와야 했다. 몇 달에 걸쳐 태준으로부터 편지가 왔다. 태준은 테네시주 그린빌시에 있는 대학에서 문학 학사를 이수하고 다시 웨스트민스터 대학 종교 음악학으로 석사 과정을 하고 있었다. 공부 틈틈이 프린스턴시 합창 지휘자로서 활약했으며 그 시기 합창과 오르간, 지휘를 전공했다. 교포 사회에서 태준은 존중받는 인물이었다. 교포들이 다니는 교회에서 합창 지휘와 성가대 지휘를 맡았다고 자세한 내막을 써서 보내면 봉열은 아이들 앞에서 남편의 편지를 읽었다. 아이들은 멀리 태평양 바다 건너에서 보내온 아버지의 소식을 들으며 컸다. 아이들의 키는 여름의 옥수숫대만큼이나 쑥쑥 자랐다. 아이들이 있었기에 봉열은 혼자 그 시간을 이겨낼 수 있었다. 아이들이 있었기에 흔들리지 않고 쓰러지지 않으며 어려운 시기를 넘길 수 있었다. 기본적으로 봉열은 독립심이 강하고 인내심이 있었다. 부모를 도와 집안일을 하며 태준이 교육 과정을 잘 마치고 무사히 귀국하기를 기원했다. 친정어머니는 장독대에 정화수를 떠 놓고 사위인 태준의 무사 귀국을 위해 빌었다. 교회에 다니는 봉열은 어머니의 행위를 모른 척했다. 그렇게라도 어머니의 정성이 닿기를 바랄 뿐이었다.

태준의 미국행은 육이오 전쟁이 한창이던 52년도에 한 번 더 이루어졌다. 물론 그 기간에 봉열은 더 늘어난 식구들을 건사하며 집안을 꾸려갔다. 딸 다섯에 아들 셋, 하느님은 풍성하게도 자식들을 보내주셨다. 팔 남매를 먹이고 입히고 키우는 건 오로지 봉열의 몫이었다. 자주 집을 비우는 태준 대신 봉열은 아이들을 위해 태어난 사람처럼 지극정성으로 자식들을 뒷바라지했다.

학위를 마치고 귀국한 태준에게 여기저기서 일자리가 들어왔다. 태준은 평양 숭실대학에 출강하는가 하면 모교인 계성학교에 들어갔다. 두 번째 근무였다. 대구에서 종교가 아닌 일반합창단을 만든 것은 시대의 요청이었다. 태준의 역량이 발휘된 일반 합창단의 공연은 대구시 공회당에서 이루어졌다. 미국 유학을 다녀온 태준의 명성이 이미 알려져서 음악을 전공하는 학생들과 일반인들이 구름 떼 같이 몰려들었다. 그 시기 태준은 오래전 가곡집 발간에 이어 동요집 『물새 발자옥』을 교문사에서 발간했다. 일은 늘어나고 바빠졌지만 태준은 혼자만의 시간이 간절했다. 작곡에 매진하고 싶어도 시간이 나지 않았다. 그가 두 번째 사직을 하고 집으로 돌아오자 봉열이 일찍 귀가한 그를 의아하게 쳐다보았다.

"아직 퇴근 시간이 아닌데 어찌하여 이리 일찍 오셨습니까."

"사표 냈소."

"네?"

봉열은 어이가 없어 태준을 쳐다보았다. 또 방랑벽이 도졌나 싶어 기가 막힌다는 표정으로 태준을 노려보았다. 태준은 슬그머니 시선을 돌리며 커피 한 잔 달라고 청했다.

"당신은 이 상황이 장난입니까. 자식들은 커 가는데 무얼 먹고 살란 말인가요."

"여직 굶지 않고 죽지 않고 살아왔잖소."

태준의 대답에 봉열은 그만 입을 다물었다. 또 친정에 내려가야 하나, 하는 절망감이 몰려왔다. 커피고 뭐고 봉열은 안방으로 들어가 문을 쾅 닫아버렸다. 태준은 미동도 안 하고 앉아 있다가 거실 소파에 드러누워 잠이 들었다. 벌써 몇 번째인가. 사표를 냈다가 다시 취직하고 사표를 내고 또 취직하기를 몇 번째인지 몰랐다. 참으로 세상 무서운 줄 모르는 사람이었다. 어떻게 보면 배짱인지 믿는 구석이 있는지 모르겠다. 봉열은 태준의 그런 태도에서 한편으로는 안심하면서도 뿌듯한 경외감이 가슴 깊은 곳으로부터 뿌리내리듯 올라왔다. 자신도 이해하지 못할 반응이었다. 어떻게 보면 잘난 남편이었다. 일찍 서양 선교사로부터 영어를 배우고 오르간을 독학으로 익혀 평생의 업으로 살아오지 않았던가. 봉열은 음악적 소양이 뛰어난 태준의 형을 떠올렸다. 한 번도 본 적이 없었지만 사진으로 얼핏 본 그는 잘생긴 미남형 얼굴에 사내대장부다운 기백이 엿보였다. 태준이 늘 형을 그리워하고 형 이야기를 할 때면 봉열은 자신도 모르게 그 형을 한 번이라도 봤으면 하고 바랐다. 태준 보다 음악적 재능을 타고났다는 그의 형 이야기는 일본 여인 메이와 헤어지면서 가슴앓이한 이야기에 이르기까지 봉열에게도 애틋한 감성을 느끼게 했다. 봉열은 태준의 첫사랑 능금 소녀 이야기는 동무생각 곡을 통해 알았지만 묻지 않았다. 태준이 혼자 서재에 틀어박혀 있을 때 봉열이 불러도 대답하지 않을 때 문득 첫사랑 그녀를 떠올리곤 했다.

어느 날 태준이 좋은 시 한 편을 만났다면서 봉열에게 읽어주었다. 양주동이 쓴 시였는데 그 시를 듣자마자 평소 태준이 북한산 정릉 계곡을 자주 찾아가는 것을 떠올렸다.

"이 시는 내 마음을 다스려 준다오."

봉열은 태준이 산으로 자주 들어가 하루 종일 머물다가 내려오곤 하던 것을 기억했다. 자식들 빨래며 간식이며 학교생활을 챙기느라 지쳐 있던 봉열은 태준이 혼자 산을 찾을 때마다 울컥울컥 올라오는 감정을 삭이느라 힘들었다. 그러면서도 직장에서 무슨 일이 있어 또 사표를 낸다고 할까봐 꾹 참고 하고 싶은 말을 못 하고 참았다.

봉열의 감정과는 별개로 태준은 서울살이에 적응을 못 해 힘들어했다. 고향 대구의 청라(靑蘿) 언덕과 남해 바다가 눈에 아른거릴 때마다 외로웠다. 도시락을 싸 들고 산으로 들어가 숲과 바람과 하늘의 구름을 바라보고 있노라면 모든 시름이 사라졌다. 산새의 우짖음과 계곡물이 흐르는 소리, 폭포수가 바위벽을 치며 힘차게 떨어지는 소리, 벌레 소리, 야생 산양과 염소들의 소리가 태준의 귀에 합창으로 들리면 그는 연필을 잡고 종이에 악보를 그렸다. 혼자 고독한 산길을 걷고 있을 때 그 악상이 떠올랐다. 태준은 맨바닥에 그대로 주저앉아 악보를 그렸다. 시를 대입하여 혼자 노래를 불러보았다. 가슴 속 묵은 체증이 내려가듯 시원하게 속이 뚫리는 듯했다. 평양 숭실전문학교, 연세대와 인연이 겹치는 양주동의 시를 처음 보았을 때 태준은 숨이 멎는 줄 알았다. 양주동이 지은 시, '산길'은 태준을 단박에 사로잡았다. 양주동은 기꺼이 자신의 시, 산길을 내주었다. 그 시대 많은 시인들의 시를 갖다가 노래를 만들었는데 김계담, 김수향, 김동환, 김소월, 김안서, 김영일, 김희보, 박경일, 박경종, 박경호, 박남수, 박목월, 박영종, 박을송, 박태석, 박태준, 서덕출, 신고송, 양주동, 오석범,

윤복진, 윤석중, 이원수, 이은상, 이정구(이태선), 이호문, 장수철, 장효섭, 정열모, 정인보, 조병화, 조영암, 조지훈, 주요한, 최선령, 최순란, 한하운, 홍은순, 홍종달 …… 무려 기록에 남은 이름만 서른아홉 분이다. 이 중에는 한 사람이 여러 노랫말을 지은 것도 꽤 되었다. 아마도 기록에 없는 사람도 있을 것이었다.

> 길을 간다. 말없이
> 호올로 산길을 간다
> 해는 져서 새소리 그치고
> 짐승의 발자취 그윽이 들리는
> 산길을 간다 말없이
> 밤에 홀로 산길을 간다
>
> 고요한 밤
> 어두운 수풀
> 가도 가도 험한 수풀
> 별 안 보이는 어두운 수풀
> 산길은 험하다
> 산길은 멀다
>
> 꿈 같은 산길에
> 화톳불 하나
> 길 없는 산길은 언제나 언제나 끝나리
> 캄캄한 밤은 언제나 새리
> 바위 위에
> 화톳불 하나

산길 시를 읊조리며 숲 깊숙이 들어갔다. 여름의 숲은 온갖 벌레와 새와 꽃이 향연을 펼쳤다. 어디선가 찔레꽃 향기가 훅 콧속으로 들어왔다. 강렬했다. 태준은 주머니에서 연필과 수첩을 꺼내어 찔레꽃 악보를 써 내려갔다.

엄마 일 가는 길엔 하얀 찔레꽃
찔레꽃 하얀 잎은 맛도 좋지
배고픈 날 가만히 따 먹었다오
엄마, 엄마 부르며 따 먹었다오
밤 깊어 까만데 엄마 혼자서
하얀 발목 아프게 내려오시네
밤마다 꾸는 꿈은 하얀 엄마 꿈
산등성이 너머로 흔들리는 꿈

태준의 가슴 속에는 두 개의 고향이 있었다. 하나는 푸른 담쟁이덩굴의 청라 언덕과 또 하나는 남해의 잔잔한 물결을 끼고 사는 마산이었다. 남해 바닷가 길에는 가을이면 노랗게 유자가 열렸다. 저물녘이나 이른 새벽이면 꼭 등불 같았다. 남해 유자는 조선 시대에 임금에게 진상하던 열매였다. 봉열의 집에서는 노란 유자청을 만들어 놓고 추운 겨울 감기 기운이 있으면 뜨거운 물을 끓여 차로 마셨다. 처가댁에서 처음 맛본 유자차의 향기는 코로 가슴으로 먼저 들어왔다. 이후 마산 처가댁에 가면 태준을 위해 유자를 준비해 놓았다. 커다란 함지박에 가득 유자를 담아놓고 유자를 썰어 조청에 저며 항아리에 담았다. 집안 가득 유자차 향기가 떠돌았다. 태준은 그 유자 향기를 사랑했다. 유별난 태준의 유자 사랑에 봉열은 얼마 동안 작은 유리병에 유자청을 만들기도 했다. 도마에서 유자를 썰다가 조각이 떨어져 바닥에 나뒹굴면 봉열은 유자 조각을 주워 쓰레기통에

던졌다. 쓰레기통에 들어간 유자가 아까워 태준은 봉열을 쳐다보며 조심해서 다루라고 한 소리 했다. 봉열은 유자와 설탕을 반반씩 비율로 담갔는데 태준은 처가에서 맛본 조청에 담근 유자차를 더 선호했다. 아이들을 키우면서 봉열은 유자청 담그는 것을 포기했다. 서울살이하면서 때때로 태준은 봉열에게 유자차 이야기를 꺼냈다. 그녀는 만사가 귀찮다는 듯 유자차 이야기를 건성으로 들어 넘겼다. 태준과 봉열의 가슴에 미세한 균열이 생긴 것은 아마도 그때부터였을 것이다. 사소한 대화도 끊어지고 집안에서는 유자차의 향기도 사라졌다.

무슨 바람이 불었는지 산으로 숲으로 돌아다니던 태준이 대구 계성학교에 다시 출근했다. 봉열은 아이들을 데리고 서울 살림집에 그냥 눌러살았다. 태준을 따라다니다간 마음의 병이 도질 것 같았다. 금방 그만둘 줄 알았던 태준의 계성학교 근무는 무려 4년이나 이어졌다. 이제 한곳에 정착하려나 싶은 찰나 태준이 학교에 사표를 내고 서울로 상경했다. 봉열은 이제 태준과는 말을 섞지 않았다. 아이들에게는 악기를 가르치지 않고 다른 길을 가기를 원했다. 집안에는 적막이 흘렀다. 봉열의 태도가 심상치 않자 태준은 서재에 하루 종일 박혀 있거나 공원을 돌아다녔다. 그것도 싫증 나면 도서관에 박혀 살았다. 태준은 남모르는 고향 앓이를 했다.

어느 저녁 태준은 메모지 한 장 달랑 남기고 서울역에서 출발하는 기차를 탔다. 밤이 늦도록 돌아오지 않는 태준을 기다리다가 봉열은 서재에서 남편의 메모를 발견했다.

─대구에 며칠 다녀오겠소.

메모는 그게 다였다. 이유도 설명도 없었다. 봉열은 이번에는 또 무슨 일을 벌이려 하는지 알 수가 없어 한숨을 쉬었다. 태준이 탄 기차는 이른 밤에 출발하여 밤새도록 가다가 서기를 반복했다. 동이 부옇게 터올 무렵 태준은 안개 속에서 빨간 사과들이 한 개 두 개 보이다가 서서히 안개의 장막을 헤치고 하나의 커다란 나무 덩어리로 눈앞에 나타난 광경에 숨이 막혔다. 먼 능선에서 부연 빛줄기가 지상을 향해 부챗살처럼 빛을 뿌리기 직전이었다. 안개 속에 숨어 있던 빨간 열매가 조금씩 그 존재를 드러내다가 대량으로 보이자 천국의 정원을 보는 듯했다. 태준은 황홀한 표정으로 빨간 사과 더미를, 가지마다 주렁주렁 매달려 기차 창밖으로 나타나는 그 풍경을 가슴에 담았다. 지상에 오직 안개 속에 빨간 열매뿐인 것 같았다.

기차에서 내린 태준은 하늘을 향해 두 팔을 들어 올렸다. 그러고는 심호흡했다. 상큼한 공기, 시원한 바람, 비로소 고향에 왔다는 안도감이 몰려왔다. 아침의 공기는 서늘했다. 가을이 깊어져 가며 은행나무 가로수 잎이 노랗게 물들어서 도시는 온통 노란색이었다. 아침 해가 노란 도시에 밝은 빛을 선사했다. 태준은 아무에게도 연락하지 않고 홀로 어슬렁거리며 골목과 도시를 걸어 다녔다. 태준이 살았던 약전 골목 서편 사거리는 차들이 띄엄띄엄 지나가고 큰 소가 수레를 끌고 느리게 움직이기도 했다. 태준이 다녔던 소학교와 계성학교 교정을 거닐어 보고 교회 언덕을 천천히 고개를 숙인 채 걸었다.

태준은 계성학교 교정에 머물며 교실 유리창 밖으로 들리는 아이들의 합창 소리에 귀를 기울였다. 아마도 그간 지쳐 있었던 것 같았다. 여러 학교에 출강하거나 재직하면서 그가 만든 교가는 얼마나 많은지 셀 수가 없었다. 학교를 드러내기 위해 산을 배경에 깔거나 바다, 혹은 언덕을 바탕에 깔고 학생들의 기상을 북돋아 주는 내용을 넣고 미래의 희망과 비전을 담은 내용으로 마무리하는 교가를 작곡하기에도 그는 지쳤다. 교가는 어쩔 수 없이 태준이 받아들여야 했던 일이었다. 태준이 허탈한 표정으로 멍하니 회오리바람 부는 운동장을 바라보는데 어디선가 피아노 선율에 맑은 목소리로 부르는 노랫소리가 들려왔다. 태준은 숨을 죽이고 그 목소리를 들었다. 메조와 소프라노 사이 맑고 청량한 열여섯이나 열일곱 소녀가 부르는 소리 같았다. 태준은 눈을 감았다.

　산길을 간다 말없이 홀로 산길을 간다…….

　태준은 자신도 모르게 발걸음을 옮겼다. 음악실이 있는 곳이었다. 창밖에서 뒤꿈치를 든 채 목을 빼고 안을 들여다보았다. 스물서너 살 되었을까, 정장을 입은 한 숙녀가 피아노를 연주하며 노래를 부르고 있었다. 태준은 그녀의 옆모습을 훔쳐보았다. 목선이 길고 우아했다. 형의 여인인 메이와 비슷했다. 아니 메이가 아니라 청라언덕을 빠르게 걸어 지나가던 능금 소녀와 닮았다고 생각했다. 태준은 살아오면서 능금 소녀를 한 번도 잊은 적이 없음을 피아노 음률을 들으면서 깨달았다. 능금 소녀를 떠올리면 아련한 아픔이 가슴 밑바닥에서부터 올라왔다. 능금 소녀가 다니던 여고 교정에 핀 흰 백합화는 그녀를 닮았고 그녀가 좁은 계단을 빠른 걸음으로 걸어 올라가던 길은 천국으로 향하는 긴 다리와도 같았다. 태준은 능금 소녀의 환영을 떨쳐 내려고 하늘을 쳐다보았다. 하늘은 투명하게 맑았고 구름이 무심하게 흘러갔다.

　태준은 그녀의 피아노가 그치길 기다렸다. 다리가 아픈 것은 아무것도 아니었다. 그리고 보니 학생들이 보이지 않았다. 낌새가 이상했는지 피아노 소리가 멈추고 그녀가 돌아다보았다. 그녀가 빙긋 웃으며 어떻게 오셨어요, 물었다.

　"혹시 조금 전에 부른 그 곡, 어떻게 아셨어요?"

　"어머 아무도 없는 줄 알았는데 들으셨어요? 어쩌나 부끄러워서."

　그녀가 얼굴을 붉히며 수줍은 미소를 지어 보였다.

　"제 스승님에게 곡을 받았어요."

　"스승님이라면."

"양주동 선생님이세요. 대학에서 국어 국문학을 전공했거든요. 음악은 따로 공부한 적이 없구요."

"음악 전공이 아닌데도 피아노 연주를 잘하시는데요. 성악도 잘하시고요."

"칭찬을 들으니 쑥스러워요."

"혹시 실례가 안 된다면 그 곡을 다시 한번 불러주실 수 있으십니까."

여자가 의아한 눈빛으로 태준을 쳐다보았다. 여자는 태준의 부탁이 진심인지 놀리는 것인지 종잡을 수 없어 하는 눈빛이었다. 의혹이 가득한 그녀의 눈길을 피하며 태준은 작고 낮은 목소리로 말했다.

"제가 그 곡을 만들었거든요."

"어머, 그럴 수가. 스승님에게 어렵게 악보를 받을 때 선생님 존함은 들었습니다. 정말 영광이에요. 산길곡을 정말 좋아하거든요."

그녀가 피아노 앞에 앉았다. 태준은 교실 밖 벽에 기대어 '산길' 노래를 들었다. 맑고 청아한 그녀의 목소리가 허공에 흩어질 때 태준은 가슴이 먹먹해지며 눈물이 났다. 그동안 힘들고 어렵게 살아온 날들을 한꺼번에 보상받는 느낌이었다. 산길이 끝났음에도 그녀의 연주는 멈추지 않았다. 포스터의 '꿈길에서'가 천천히 울려 퍼졌다. 태준은 이게 무슨 상황인가 싶어 눈을 비볐다. 형이 즐겨 부르던 포스터의 곡, 꿈길에서는 태준이 은상과 함께 노비산 언덕에서 월포를 바라보며 부른 곡이기도 했다. 그때 은상이 감격에 겨워 태준의 어깨를 와락 잡아당겨 안아준 기억이 났다.

"박 선생님, 인생은 살아볼 만하지 않습니까. 특히 아름다운 음악을 들을 때면 살아있다는 게 감사할 따름이라오."

태준은 그때 은상이 감격에 겨워 인생 찬가를 읊어대던 순간을 똑같이 경험했다. 푸른 하늘과 그 하늘에 유유히 흘러가는 구름과 밝은 햇볕, 피아노 소리, 계성학교에 들렀다가 태준은 너무나 황홀한 경험을 하고는 오래오래 눈을 감고 그 순간을 음미했다.

"오늘은 휴교라 학교가 조용해서 좋아요."

피아노에서 일어나 창가로 다가오며 그녀가 말했다. 태준은 정신이 번쩍 들었다. 합창단의 노랫소리는 무엇이었을까. 환상이었을까. 아주 어린 날부터 교실 유리창으로 흘러나오던 동요와 가곡을 들은 기억이 환청처럼 들렸고 어느 날인가 그것이 환상이 아니라 현실임을 알게 되는 순간이 있었다. 서울에서 음대를 졸업하고 내려온 여교사가 음악실에서 혼자 피아노를 연주하며 부르던 곡들을 태준은 잊지 않고 있었다. 그 경험은 평생 태준을 따라다녔다.

자줏빛 비로드 커튼이 흔들렸다. 노란 나뭇잎이 교정 여기저기에 흩어져 나뒹굴고 어디선가 들려오는 피아노 소리. 그리고 곧 청아한 목소리로 부르는 세레나데가 흘러나왔다. 바람이 휙 지나가자 커튼이 흔들리며 허공에 기다란 자락이 나부꼈다. 그 목소리는 어디서도 들어본 적이 없는 목소리였다. 음악 시간에 그 목소리의 주인공을 만나게 된 순간 태준은 몸이 얼어붙었다. 첫날이라 일일이 이름을 부르고 확인하는 여교사의 출석부 확인에 태준은 제대로 대답하지 못하고 우물거렸다. 옆에서 친구가 옆구리를 툭 쳤다. 태준의 얼굴이 빨개졌다. 그날 태준은 마티니의 「사랑의 기쁨」과 슈베르트의 「세레나데」를 배웠고 음악에의 길을 소망했다. 길은 그렇게 정해졌다. 여교사는 눈이 동그랗고 긴 생머리를 가진 여자였다. 학생들은 그녀를 줄리엣이라 불렀다. 로미오와 줄리엣에 나오는 비련의 여주인공으로 빗대어 부른 것이었다. 그 별명이 운명이 되리라곤 그때에는 아무도 몰랐다.

"태준 학생, 방금 배운 곡 불러 봐요."

아이들의 시선이 일제히 태준에게 꽂혔다. 태준이 볼이 빨개지며 횃횃해졌다. 아이들이 박수를 쳤다. 더욱 가슴이 오그라들었다.

"자신 없는데요."

"그럼 아는 노래 불러봐요."

태준은 쭈뼛거리다가 '켄터키 옛집'을 불렀다. 줄리엣은 능숙하게 연주했다. 악보도 없는데 악보도 안 보고 그 곡을 연주하는 줄리엣이 대단해 보였다.

"포스터의 '켄터키 옛집'이라는 곡이에요. 이 노래는 어디서 배웠어요?"

"형이 가르쳐줬습니다."

"호오, 음악가적인 기질이 있는 집안이네요."

그날 줄리엣은 포스터에 대해 많은 이야기를 해주었다. 학생들은 미국 음악가의 이야기에 흠뻑 빠져들었다. 유복한 집안에서 성장했으나 이후 가난한 형편으로 고생했다는 것, 아내가 떠나고 홀로 방랑하다가 마지막 곡 뷰리풀 드리머(꿈길에서)를 남기고 서른여덟 살에 요절했다는 이야기에 학생들은 감동했다. 그 시절 책 속의 주인공이나 영화 주인공이 일찍 죽는 내용이 나오면 왜 그렇게 슬프고 가슴 아픈지 주인공들은 왜 모두 요절해야 하는지 이해할 수 없었다. 「즐거운 나의 집」은 밝고 명랑한 멜로디로 따스하고 정다운 내용이다. 포스터는 힘겨운 자신의 삶을 음악에 투영하여 행복한 가정을 꿈꾸었을 것이다. 태준은 포스터의 일생을 줄리엣으로부터 듣고 포스터를 추모했다. 그 무렵 줄리엣에 관한 소문이 퍼졌다. 줄리엣이 고시 공부를 하던 애인을 뒷바라지하느라 노처녀가 되었는데 고시생이 사법 고시에 합격한 후 노처녀인 그녀를 떠나갔다는 소문이었다. 소문이 돌고 얼마 후 줄리엣은 사표를 내고 떠나버렸다. 태준은 한쪽 가슴이 텅 빈 것처럼 공허했다. 의욕을 잃었다. 살맛이 나지 않아 친구가 학교 화장실에서 몰래 피우는 담배를 두어 모금 얻어 피우고 기침 사레에 들려 고생하기도 했다. 태준뿐만 아니라 대다수의 학생들, 특히 남자아이들이 줄리엣이 떠나간 사실에 대해 받아들이지 못해 줄리엣 앓이를 했다.

태준은 오래전 과거의 시간에서 깨어났다.

"정말 잘 들었습니다. 맥주 한 잔 대접하고 싶습니다."

여교사는 스스럼없이 동행했다. 시내 중심가 맥줏집에서 땅콩 안주로 맥주를 마시며 태준은 오랜만에 음악 이야기에 빠져들었다. 국문학을 전공한 사람답게 그녀는 막힘이 없이 세상사에 대해 노자와 공자 이야기 끝에 한때 키르케고르를 추종했노라고 작은 소리로 고백했다. 태준은 은상을 떠올렸다. 은상과 대화를 나누던 시절이 문득 가슴에 잔잔한 파동을 일으키며 그 시절이 그리웠다. 태준의 표정이 점점 어두워졌다. 봉열과의 대화는 단절된 지 오래였다. 아이들을 양육하느라 정신없는 그녀를 이해하지 못하는 것은 아니지만 봉열은 태준과의 대화를 아예 막아놓았다. 잠긴 봉열의 마음을 열기에는 너무 멀리 와있었다.

"아빠, 과자 사 올 거지?"

둘째 딸 은보의 목소리가 그 순간 귓전을 울렸다. 출장을 갈 때면 조르르 달려 나와 태준의 소맷자락을 붙잡고 선물 사 오라고 떼를 쓰던 그의 귀여운 아이들이 눈에 선했다. 태준은 기본적으로 마음이 약했다. 낯선 여자와 초저녁의 거리에서 맥주잔을 기울이며 마음이 편치 않았다. 태준은 화장실에 다녀온다고 일어섰다. 계산대에서 계산을 마친 그는 인사도 없이 가게를 나와 버렸다. 발걸음이 휘청거렸다. 태준은 오래전에 다녔던 언덕 위 교회로 발걸음을 옮겼다. 사위가 고즈넉했다. 교회 마당의 큰 느티나무 밑에 앉아 있으려니 추위가 으슬으슬 밀려왔다. 풀벌레 울음소리와 바람 소리, 기러기 떼가 하늘을 날아가는 소리가 멀리서 들렸다. 태준은 가을밤의 정취를 악보에 담았다. 머릿속으로 박자를 세며 허밍으로 곡을 흥얼거렸다.

가을밤 외로운 밤 벌레 우는 밤, 초가집 뒷산 길 어두워질 때, 엄마 품이 그리워 눈물 나오면 마루 끝에 나와 앉아 별만 셉니다. 가을

밤 고요한 밤 잠 안 오는 밤, 기러기 울음소리 높고 낮을 때, 엄마 품이 그리워 눈물 나오면 마루 끝에 나와 앉아 별만 셉니다.

태준은 서울행 밤 기차에 몸을 실었다. 기차에서 그는 잠이 들었다. 깊이 잠들지 못하고 뒤척이며 귓전에 철렁거리는 쇠바퀴의 마찰음이 일정한 간격으로 움직이는 것을 리듬처럼 귀에 감았다. 기차가 서고 문이 열리고 닫힐 때마다 밤바람이 들어와 목덜미를 헤집었다. 웅크리고 잔 탓에 목이 뻣뻣했다. 새벽 전차를 타고 집에 돌아오자 집안이 조용했다. 태준은 발소리를 죽이며 서재로 들어가 가을밤 악상을 오선지에 그리기 시작했다. 가을밤의 정경이 고스란히 그려졌다. 기러기 떼 날아가는 하늘, 풀벌레 울음소리, 잠 안 오는 밤, 별이 빛나는 밤…… 가을밤의 풍경이 한 폭의 그림처럼 악보에 담겼다. 날이 환하게 밝아와 유리창에 아침 햇살이 아른거렸다.

"여보, 봉열이 우리 남해 바다 보러 갑시다."

서재에서 나와 아내를 불렀다. 봉열이 아이들을 깨워 학교에 보낸 후 앞치마를 벗다가 깜짝 놀라 눈을 동그랗게 떴다. 봉열의 눈에 놀라는 빛이 가득했다.

"대구에 간다더니 어쩐 일이에요."

"꿈속에서 갔다 왔지. 여보 우리 마산 갑시다."

"마산은 왜요, 뜬금없이."

"이유가 있어야 가는 거요. 그냥 갑시다."

"아이들은 어쩌고요."

"은자에게 보살피라 하면 어떻소. 은보도 다 컸고. 은숙이도 제 앞가림을 하고. 사내아이들은 누나들이 보살펴주겠지."

봉열이 태준을 넌지시 바라보았다. 그러고는 이마를 짚었다.

"어디 아픈가 했더니 멀쩡하네요."

태준이 봉열의 태도에 빙긋 웃었다.

"꼭 우리 엄마 같소."

"에이, 징그럽게 그런 소리 마세요."

"당신은 내 엄마잖소. 여직 날 돌보고 먹이고 했으니."

"듣고 보니 그 말이 맞긴 맞네요. 당신이 내 큰아들 같으니 말이에요."

"우리가 이렇게 말을 튼 게 얼마 만인지 모르겠소."

태준의 말에 봉열이 돌연 훌쩍훌쩍 울었다. 그간 맺힌 게 많은지 봇물이 터지듯 한번 시작한 울음을 그치지 않았다. 태준은 봉열의 손을 잡았다.

"미안하오. 내가 당신 고생시켜서."

봉열이 울음을 그치고는 태준을 쳐다보며 가시 돋친 말로 다짐을 받았다.

"앞으로는 잘하세요. 직장도 꾸준히 다니고. 또 대책 없이 사표를 내면 아이들 데리고 가버릴 거예요."

"하하. 나도 철들었소. 내 약속을 하리다. 사표 쓰지 않겠다고."

"그럼 됐어요. 마산은 혼자 갔다 오세요."

"왜 나 혼자 가라는 거요."

"당신에게도 쉴 시간이 필요한 거 다 알아요. 갈대밭도 거닐고, 모교에도 다녀오세요."

"정말 그래도 될까."

"언제는 뭐 내 허락받고 떠났나요. 평생 멋대로 살아왔으면서."

태준은 봉열을 잡아당겨 끌어안았다. 그녀의 심장 뛰는 소리가 들렸다. 태준은 한참 봉열을 꼭 끌어안고 가만히 있었다. 조상님 무덤가에 기대앉은 듯 편안하고 따스하고 아늑했다. 활달하고 대범한 봉열이 태준의 품 안에서 숨을 가만가만 쉬다가 살그머니 떠다밀며 일어났다.

"오랜만에 마산에 가시는데 친척들에게 드릴 선물이라도 준비할게요."

봉열은 집 근처 시장으로 나가 지방에서는 맛보기 힘든 미제 과자를 한 아름 샀다. 젤리와 왕사탕, 반짝이를 뿌려놓은 듯 반짝거리는 도넛 모양의 과자, 설탕과 커피 봉지를 담았다. 서재 청소를 하다가 재떨이에 수북한 담배꽁초를 발견한 건 얼마 전이었다. 봉열은 태준이 힘겨워한다는 것을 알았지만 어떻게 할 수가 없었다. 술과 담배를 거의 안 하는 태준이 담배를 피울 정도로 스트레스를 받는 것은 창작열의 감퇴 때문이라고 생각했다. 대학을 갓 졸업한 스물 중반과 삼십 대에는 하룻밤에도 곡을 몇 개씩 썼다. 언젠가부터 태준은 작곡을 못 해 한숨지었다. 밤에 잠을 이루지 못해 거실에 나와 서성거렸다. 봉열은 알면서도 모르는 체할 수밖에 없었다.

3

아내 봉열이 싸준 보따리를 안고 태준은 서울역에서 출발하는 기차에 올라탔다. 보따리는 꽤 무거웠다. 함께 하지 못하는 대신에 봉열은 친정에 뭐라도 보내고 싶었을 것이다. 연세대에서 후학을 지도하며 보내는 사이 태준은 갑자기 부쩍 늙어버린 자신을 발견했다. 종교 음악과가 음대로 격상되면서 학장을 맡았다. 책임이 막중했다. 서울살이는 여러 가지 막중한 직책을 맡으면서 개인적으로 시간을 낼 수 없었다. 그는 호젓함을 찾아 북한산을 오르거나 인왕산을 갔다. 남대문교회 성가대는 태준이 지휘를 맡고부터 일취월장 발전했고 유학을 마치고 돌아온 젊은 지휘자가 태준의 후임으로 내정돼 있어서 일단 홀가분했다. 끊임없이 장로단에 후계자가 필요하다고 주장한 결과였다. 교회 성가대에는 동경이나 미국에서 공부를 마치고 돌아온 실력 있는 성악가들이 많았다. 그들이 합창단을 이어간다 생각하니 태준은 감개무량했다. 헨델의 「메시아」 전곡 창단 초연을 성공적으로 마친 지도 꽤 긴 세월이 흘렀다. 많은 상을 받았지만 태준은 창작 시간이 부족한 것이 아쉬웠다. 1세대 음악인으로서 동요를 작곡하고 동요집과 가곡집을 발간하여 후진들에게 도움이 되었으면 하고 바란 건 사실이었다. 개인의 명예나 욕심보다 자라나는 세대들에게 조금이라도 도움이 되었으면 하고 바란 게 진심이었다. 그는 혜택받은 인생이라고 느꼈다. 선구자로 산다는 것은 외롭고 고독한 길이었다. 아무도 가지 않은 길을 맨 처음 열어놓는 것, 그것은 모험이고 두려움이었다. 태준은 명동 성당에서의 모차르트와 베토벤의 미사 공연을 상기했다. 신자들이 빽빽하게 들어찬 명동 성당은 울림이 깊은 파이프 오르간이 그의 음악을 더욱 빛내주었다. 오르간에 대한 욕심은 커서 비싼 금액을 주고서라도 음대에 좋은 오르간을 비치하면 얼마나 좋을까. 생각하며 예산 마련을 골똘히 생각했다. 음악인의 삶이란 그랬다. 오래전 모차르트가 그랬고 베토벤이, 슈베르트와 포스터가 가난에 시달리며 예술 창작을 이어갔다. 비루하게 손을 내밀어 돈을 빌리던 모차르트를 생각하자 가슴이 미어졌다. 그 시대는 천재 모차르트를 알아보지 못한 무지한 사람들의 시대였다. 아니 알면서도 모른 채 외면했다. 모차르트의 공연장이 늘 만석으로 꽉 차 있었음에도 그는 가난에 시달려야 했다. 계급 사회였던 시대에 위대한 음악가를 대접할 줄 모르고 연애 중인 딸을 베토벤으로부터 격리시켰던 귀족들, 영주들은 그들의 거대한 성(城)안에서 오직 세속적인 욕망과 탐욕에 사로잡혀 진리에 눈감고 예술을 외면하고 고귀한 영혼에 흠집을 내며 살았다. 매번 불발되는 귀족 처녀와의 연애는 베토벤의 아프고 외로운 영혼을 예술 창작으로 승화시켜 불멸의 음악을 만들게 하였지만 그의 인생은 고독했다. 태준은 밤 기차에서 어두운 차창 밖을 내다보며 위대한 예술가, 음악가들의 영혼을 떠올렸다. 그들이 저세상에서라도 안식을 찾기 바라면서 어두운 밖을 무연히 내다보았다.

태준은 정신없이 곡을 썼고 좋은 시를 찾거나 시를 받아서 동요와 가곡과 종교 음악과 합창곡을 작곡했다. 헤아려 보니 삼십여 년을 쉬지 않고 작곡을 한 셈이었다. 서울특별시 교육 위원회가 주는 제1회 예술상, 서울시 문화상, 문화 훈장, 국민 훈장 무궁화장을 받았으나 태준은 기쁘다기보다는 인생이 서서히 쇠락해가고 있음을 뚜렷이 자각했다. 그것은 더 이상 아름다운 곡을 쓰지 못한다는 불안감, 더 이상 음악을 이어갈 수 없다는 절망감이 더 크게 다가왔다. 미국 뉴욕에 있는 대학에서 명예 음악 박사 학위를 받은 날 봉열은 와인을 꺼내 놓으며 당신은 성공한 인생이에요, 라고 했다. 그 말이 내내 걸렸다. 무엇이 성공한 인생이란 말인가. 태준은 원망스러운 눈으로 봉열을 빤히 쳐다보았다.

"무엇이 성공한 인생이란 말이요. 신의 눈으로 보면 헛되고 헛된 것을."

"제 눈에는 그렇게 보입니다. 당신이 대단해 보인다구요. 사람이 좀 겸손해 봐요."

"……."

태준은 봉열의 지적에 할 말이 없었다. 혜택받은 인생이고 남들이 부러워하는 인생인지 모른다. 그런데도 태준은 그런 표현이 싫었다. 세속적으로 훈장을 받고 음악가로 역사에 이름이 남고 그런 게 무슨 의미가 있다는 말인가. 평생 교회에 나가며 이웃을 위해 하느님을 위해 자신은 무엇을 하며 살았던가. 전쟁 중에는 도피하다시피 조국을 떠나 미국에 머무른 적도 있었다. 동족이 전쟁에 휘말려 신음할 때 그는 그의 능숙한 영어와 음악인으로서 해외에서 대접받았다. 전쟁 후 나라 전체, 민족 전체가 겪은 식량난과 어려움 속에서도 끼니를 이어가며 오늘에 이르렀으니 충분히 보상받은 삶이었다. 음대 학장으로서 가난한 학생의 학비를 감면해 주기 위해 선배나 미국 동포들에게 후원의 손길을 내민 것도 사실이었다. 남들이 몰라줘도 상관없었다. 다행히 동문 선배들이 많이 도와줘서 어려운 학생들이 음악 공부를 할 수 있게 되었을 때 그는 보람과 긍지를 느꼈다.

밤은 길었다. 기차의 바퀴가 철커덩거리며 어두운 밤길을 끝없이 달려갔다. 비스듬히 의자에 기대어 태준은 바퀴 소리에 리듬을 실어 박자를 맞췄다. 어두운 밤, 별들이 숨어버린 밤, 커다란 쇳덩이가 바람을 가르는 소리, 남빛 하늘에는 구름이 흘러가고 웅장한 포르테로 연주되는 합창곡이 연상되었다. 기차 역무원이 삶은 달걀과 카스텔라와 환타와 사이다를 카트에 싣고 지나갔다. 점점 여리게, 피아니시모로 시간이 흘렀다.

깜박 잠에서 깨어났다. 밤새 지휘봉을 휘두르며 어두운 밤의 정령들을 지휘한 듯 몸이 무거웠다. 육중한 몸을 끌고 화장실에 다녀왔다. 차창 밖으로 부옇게 동이 터오고 빈 나뭇가지가 흔들렸다. 태준은 눈을 껌벅이며 입김을 불어 흐린 차창을 닦아냈다. 불과 보름여 전에 안개 속으로 서서히 드러나던 빨간 사과의 흔적이 사라지고 빈 나뭇가지가 흔들리는 정경에 실망했다. 나뭇잎이 이리저리 날아다니는 풍경이 황량했다. 대구를 지나 삼랑진에서 마산 가는 기차로 갈아탔다. 아침이 환하게 밝아왔다. 일찍이 러시아와 일본은 마산항과 진해항의 중요도를 인식하고 두 곳에 조계지를 설정한 바 있었다. 구마산역에서 내린 태준은 주위를 휘둘러보았다. 많은 것들이 변해 있었다. 철로 변 주변으로 중국인들이 모여 살던 차이나타운 에는 잡초와 이름 모를 꽃이 피어 흔들렸다. 일본인 이민자들이 중국인들 을 밀어내고 그 자리를 차지해서 살았던 흔적은 모두 사라졌다. 철로 너머 로 관립 소학교가 보였다. 러시아, 일본 조계지와 마산포 사이에는 허허벌 판과 백사장이 있었다. 태준은 천천히 그 길을 걸었다. 남해 바다의 물결 이 찰랑찰랑 귓전에 부서지는 소리가 났다. 언제 보아도 고요하고 깊은 바다였다. 폭풍우와 회오리가 지나가도 변함없이 고요히 물결을 흔들며 자신의 자리를 지킬 남해였다. 태준이 마산에서 안정감을 느꼈던 건, 그래 서 많은 곡을 작곡할 수 있었던 것은 잔잔한 어머니의 바다 때문이었다. 비바람이 몰아쳐도 천둥과 번개가 쳐도 먼바다에서 밀고 오는 파도를 막 아내며 자신의 영지를 평온한 바다로 만드는 그 힘 때문이었다. 등대에 불이 깜박이듯이 방파제가 파도의 포효를 막아내듯이 남해 바다는 속을 알 수 없는 깊이로 세상의 파고를 잠재웠다. 그 잔잔한 물결을 바라보며 태준은 고향과도 같은 안온함과 신의 손길을 느낄 수 있었다. 젊은 날, 그 의 상상과 감성을 깨우던 그 시절, 머릿속 오선지에 악보가 자유자재로 그려지던 그 시절로 돌아가고 싶었다. 하늘에 별이 떠도 바람이 이마를 스쳐도 뜨거운 태양이 백사장에 쏟아져도 갈대가 흔들려도 악상이 떠오르며 멜로디가 불쑥불쑥 생겨나던 그 시절이 못 견디게 그리웠다. 태준은 메말라 버린 감성을 아쉬워하며 구두를 벗어들었다. 발바닥에 닿는 모래가 따끔거렸다.

청회색으로 펼쳐진 남해 바다에 가을밤 기러기 떼가 날아가는 형상으로 죽방렴이 세워져 있다. 대나무 말목을 세워 멸치를 유인하는 방법은 아주 오래전 조상들이 해 오던 원시적인 물고기잡이 방식이었다. 몇 세기를 걸쳐 아직도 이어진다는 사실이 놀라웠다. 태준은 감회에 젖었다. 대나무 울타리가 쳐진 함정의 바다로 한꺼번에 미끄러지듯 헤엄쳐 들어가는 멸치 떼가 보이는 듯했다. 태준은 살아오면서 인생의 바다에서 함정에 빠지지 않으려 발버둥 치던 시간들을 떠올려 보았다. 별로 기억이 없었다. 평온한 인생이었다. 다만 맏아들 용남을 잃었을 때가 그의 인생을 통틀어 가장 고통스러운 함정이었다. 운명을 거스르지 못하는 게 인간의 삶이라면 일찌감치 포기하고 순응하는 게 낫지 않을까. 상처도 덜 입고 비늘도 떨어져 나가지 않고 남은 생을 그저 평안하게 살다 갈 수 있지 싶었다. 청회색 바닷물결이 잔잔하게 흔들리며 뭍을 적셨다. 비릿한 내음이 콧속으로 물씬 들어왔다.

태준은 처제 집에 먼저 들러 보따리를 풀어놓았다. 처제의 기쁜 표정에서 삶의 찬가가 쏟아졌다. 어머 어머, 이 귀한 설탕을, 사탕이 먹음직스럽기도 하네요. 커피는 또 얼마 만인데요. 처제의 경탄과 기쁨의 찬가는 끊임없이 재생되었다. 태준은 봉열의 배려가 고마웠다. 사탕과 커피, 설탕 봉지를 각각 따로 골라 보따리를 새로 쌌다. 처남을 위한 배려였다. 처남에게 갈 보따리는 처제에게 맡기고 그는 무작정 걸었다.

창신학교 교정은 노란 은행잎이 흩날렸다. 화단가 귀퉁이에는 붉은 과꽃이 시들어 가고 국화 무더기가 계절의 한복판에서 더욱 짙은 향취로 바람을 타고 있었다. 음악실에서는 합창 소리가 울려 퍼졌다. 열린 유리창으로 학생들의 우렁차고도 거침없는 목소리가 운동장에 메아리쳤다. 한국 가곡과 민요를 연이어 노래하다가 잠시 멈춤을 하고 다시 합창을 하는 것으로 보아 교사의 지적을 받으며 연습하고 있다는 것을 알 수 있었다. 먼지가 날리는 운동장 한편 농구대에는 하얀 추리닝으로 단체복을 입은 학생들이 편을 갈라서 농구를 하고 있었다. 세월이 가도 달라지지 않은 풍경이었다. 교무실에는 아는 얼굴들이 몇몇은 있을 것이었다. 태준은 괜히 부담을 주기 싫어서 운동장 가 나무 의자에 앉아 활기찬 교정의 정경을 지켜보았다. 가슴이 설레는 장면들이었다. 태준은 눈을 감고 회오리바람 한 줄기에 날아오르는 은행잎과 부연 모래 먼지와 학생들의 합창 소리를 뒤로하고 창신학교를 나왔다.

노비산 언덕으로 향했다. 월포의 저녁노을을 볼 작정이었다. 택시를 타고 가면서 태준은 창신중고 교가를 흥얼거렸다. 태준이 만든 곡이었다. 모든 교가는 씩씩하고 웅장한 음을 배치했다. 미래를 향해 힘차게 나아가라는 뜻도 포함되어 있었다.

차창에 비치는 그림자를 쳐다보았다. 희끗희끗한 머리카락이 비쳤다. 나이가 지긋한 택시 기사가 전면 거울을 흘깃거리며 어디에서 오셨습니까, 하고 물었다. 태준은 자신이 낯선 외지인으로 비친다는 사실을 알고 택시 기사에게 되레 질문을 했다.

"기사님은 이곳에서 오래 일하셨습니까."

"고향입니다. 고향 밖으로 나가본 적이 없습니다."

"이곳이 먹고살 만한가 봅니다."

"배운 것도 기술도 없고 하여 젊어서부터 운전해서 아이들을 다 키웠지요."

"네에, 고생이 많으셨네요."

"손님은 이곳이 처음입니까."

"아니오, 오래전에 몇 년 살다가 서울로 갔는데 가끔 이곳이 생각납니다."

"마산이 살기야 좋지요."

"네에."

태준은 더 이상 할 말이 없었다. 차창 밖으로 스치는 단풍과 가을꽃들을 지나쳐 노비산 언덕에 오르니 바람이 차가웠다. 억새와 갈대가 쉼 없이 흔들렸다. 흔들리며 바람 소리를 냈다. 그 소리가 음악 소리처럼 들렸다. 태준은 눈을 감고 바람의 화음이 일으키는 음악 소리를 들었다. 마른 풀 냄새가 짙게 코끝에 스며들었다. 마가목 열매와 칠해목 열매가 빨갛게 익어가며 고혹적인 손짓을 했다.

저녁 해가 붉은빛을 뿌리며 바다 끝으로 서서히 꼬리를 내리고 있었다. 마음이 처연해졌다. 태준이 가사를 쓰고 곡을 창작할 때는 한창 젊음이 요동칠 때였다. 그 청춘의 시기를 고요한 바다와 보내면서 태준은 열정을 다스릴 수 있었다. 태준은 아무런 말을 할 수가 없었다. 침묵 속으로 바람소리, 새소리, 갈대가 흔들리며 스치는 소리가 들려왔다. 많은 말을 내포하고 있는 자연의 수런거림을 그는 가만히 들었다. 삼십 초·중반 때의 태준은 문학, 역사, 예술, 철학에 관심이 많았다. 이제 그는 누구를 만나도 할 말이 없었다. 그 많은 이야기들은 어디로 사라졌을까. 태준은 별이 빛을 내며 떠오르는 풍경과 먼 곳에서 들리는 파도 소리와 바다 내음, 풀잎, 나뭇잎, 꽃과 열매, 날아가는 새의 날갯짓을 느끼며 서쪽 하늘 가득 번져가는 붉은 노을을 바라보았다. 날이 으슬으슬 추워졌다. 태준은 천천히 언덕을 걸어 내려와 한갓진 식당에서 국밥을 사 먹었다. 홀로 여기저기 기웃거리며 잃어버린 뭔가를 찾으려 애를 썼다. 현실에 몸담은 지 오래되어 아름다운 자연의 소리를 귀 기울여 들으려 해도 이제는 잘 들리지 않았다. 자연스러운 현상이었지만 태준은 못내 아쉽고 안타까웠다.

검붉은 노을을 뒤로 하고 태준은 버스 정류장으로 걸어갔다. 밤이 늦어서야 태준은 처제 집으로 들어갔다. 다음날 처제 부부가 전어회를 사준다고 한적한 어촌으로 그를 데려갔다. 가을 전어회는 집 나간 며느리도 돌아오게 한다고 했던가. 태준은 바다 마을 사람들의 그런 상상과 은유가 좋았다. 맛있다는 표현을 직설법으로 하지 않고 에둘러서 문학적으로 표현하는 그런 것들이 감동스러웠다. 처제가 싸준 보따리를 들고 귀로에 오른 것은 사흘째 되는 날이었다. 멸치 액젓과 마른미역과 다시마, 말린 생선을 바리바리 싸준 처제는 눈물을 글썽이며 배웅했다. 돌아올 때 짐이 더 커져서 태준은 기차에 두고 내릴까 봐 신경을 썼다.

봉열은 보자기를 펼쳐놓고 좋아서 어쩔 줄 몰라 했다. 봉열이 그렇게 기뻐하는 모습을 본 적이 없는 터여서 태준은 어리둥절한 표정으로 아내의 행동거지를 지켜보았다. 굵은 멸치와 작은 멸치를 일일이 맛보며 음, 이 맛이야, 이게 고향의 맛이지, 그러고는 어린아이처럼 굴었다. 태준은 서재에 틀어박혀 지난 며칠 간의 일정을 되돌아보았다. 이제는 어느 정도 내려놓을 수 있었다. 아무리 원한다고 해도 태준의 감성은 이제 서서히 쇠락해 가는 고목이었다. 더 바란다면 그것은 욕심이라는 것을 그도 알았다. 태준은 미국에 있을 때 주머니를 털어 산 축음기를 틀었다. 베토벤의 합창 9번 '환희의 송가'가 실내에 울려 퍼지며 각 파트마다 연주되는 악기들이 하나같이 박자를 맞추어 화음으로 모이는 게 신비스러웠다. 태준은 의자를 뒤로 젖힌 채 눈을 감았다. 피아노, 바이올린, 첼로, 플루트, 체임벌린, 비올라, 콘트라베이스, 클라리넷의 협연이 뒤를 받쳐주고 소프라노와 테너 음이 앞으로 나오며 웅장한 오케스트라가 연주되는 정경이 눈앞에 펼쳐졌다. 무엇보다도 모든 악기 중에서 가장 아름다운 악기는 인간의 목소리였다. 신이 내린 악기라고 부르는 목소리는 아무리 뛰어난 연주가가 악기를 다룬다 해도 뛰어넘을 수 없는 한계가 있기 마련이었다.

학교에서 돌아온 여고생 딸 송자가 태준을 찾았다. 태준은 의자에서 일어나 거실로 나갔다. 언제 봐도 귀여운 막내딸 송자가 무슨 일인지 태준에게 친밀감을 드러내며 다가왔다.

"오늘 우리 학교 음악 선생님이 아빠 사인 받아다 달랬어요."

"아빠 사인을 왜?"

"아빠가 훌륭한 음악가래요."

태준은 얼굴이 빨개짐을 느꼈다. 평소 곁을 주지 않던 송자의 친근한 말투가 싫지 않았다. 송자 아래로 남식과 막내 문식 두 아들을 더 두었는데 아무래도 아들보다는 딸이 더 사랑스럽고 애교가 많았다. 태준은 꼬치꼬치 학교에서 있었던 일을 캐물었다. 부엌에서는 봉열이 오랜만에 생선조림을 하느라 매콤하고 달콤한 냄새가 집안에 가득했다. 마산 처제가 보내준 생선으로 저녁거리를 준비하는 봉열의 입에서 콧노래가 흘러나왔다.

"음악 시간에 선생님이 아빠 존함이 어떻게 되냐고 묻지 뭐예요."

"그 음악 선생님은 아빠를 어찌 알았을꼬."

"아마 다른 선생님에게 들었나 봐요. 거기다 내 친구가 말했어요. 송자 아빠가 작곡한 곡이 교과서에 실렸대요, 라고."

"넌 기분이 어땠는데."

"저야 뭐 좋았지요. 아빠가 자랑스러웠고. 그런데 막상 아빠 노래를 부르려니 부끄러웠어요."

"우리 송자 노래 한번 불러봐라."

"싫어요. 음치인 거 다 알면서."

태준은 너털웃음을 웃으며 유쾌한 기분이었다. 자식 여덟 명 중에서 노래하거나 악기를 다루거나 음악가의 길을 가겠다고 하는 녀석이 아무도 없는 걸 보면 음악가로서 실패한 인생인지 모른다고 생각했다. 하기야 역사를 놓고 볼 때 모든 영웅의 직계 후손이 제대로 부친의 업적을 이어받은 경우가 드물었다. 아이들이 올 때가 되었다고 봉열이 수저를 좀 놓으라고 부엌에서 소리쳤다. 송자가 일어나 제 방으로 쪼르르 달려가더니 앨범 같은 묵직한 묶음을 꺼내왔다.

"아빠, 이건 스크랩인데요, 아빠 관련 뉴스나 소식을 모아놓은 거예요."

"와, 우리 딸 대단하네."

앞치마에 젖은 손을 문지르며 부엌에서 나오던 봉열이 놀라 눈을 크게 뜨고는 탄성을 질렀다. 태준은 스크랩 묶음집과 송자의 얼굴을 번갈아 쳐다보았다. 언제 이렇게 커서 아빠를 챙겼을까 생각하니 감격스러웠다. 나의 소중한 아이들, 태준은 속으로 이름을 하나하나 불러보았다. 사고 없이 잘 커 준 자식들이 새삼스럽게 고마워서 콧등이 시큰했다. 마음 놓고 음악에 전념할 수 있도록 봉열이 자식들을 건사했기에 지금의 그가 있었다.

큰딸 은자는 은자대로 봉열을 도와 제 동생들을 챙겼다. 둘째 은실은 말없이 조용했고 셋째 은숙은 마냥 예뻤다. 장남이자 넷째로 태어난 용남은 누나들 밑에서 기를 못 펴긴 했으나 잘 자라다가 어느 날 태준의 곁을 떠났다. 다섯째 은숙과 여섯째 송자, 일곱째 신남과 막내 문식…… 태준은 새삼스럽게 아이들의 이름을 속으로 되뇌었다.

"아빠가 쓴 곡 중에서 어느 노래가 가장 좋니."

"음, 우리 음악 선생님이 손가락으로 꼽은 것 중에, 동무생각, 산길, 가을밤이 있는데 나두 그걸로 하지 요 뭐."

"뭐? 요 깍쟁이."

"사실은 좋아하는 노래가 있어요."

"그게 뭔데, 한 소절만 불러봐."

"햇볕은 쨍쨍 모래알은 반짝, 모래알로 떡 해놓고 조약돌로 소반 지어 언니 누나 모셔다가 맛있게도 얌얌."

"짝짝짝, 잘한다, 우리 딸."

봉열이 송자와 장난을 치느라 부엌에서 생선조림이 타들어 가는 것도 몰랐다. 매캐한 연기가 났다. 봉열이 놀라서 비명을 지르며 부엌으로 달려나갔다. 생선조림이 새카맣게 타서 숯이 되어버렸고 울상을 하고 나타난 봉열을 달래며 태준은 밖에서 외식을 하자고 말했다.

"자장면 먹으러 가요."

송자가 자장면 타령을 하며 노래를 불렀다. 언니들과 동생들을 기다려 온 식구가 오랜만에 자장면을 먹으러 중국집으로 갔다. 탕수육을 시키고 자장면을 각자 수대로 시키자 식당 주인이 만두를 한 접시 덤으로 갖다주며 다복한 집안이라고 말해주었다.

그날 밤 태준은 송자가 모아 둔 스크랩북을 본 김에 그동안 쓴 곡을 모아 분류했다. 동요, 가곡, 합창곡을 따로 분리하여 각각 책 한 권 분량으로 재발간할 심사였다. 모아보니 백오십여 곡이 되었다. 적지 않은 곡이었다. 미국 유학을 갔다 온 것도 봉열이 아이들을 건사하며 집안을 꾸려가 준 덕분이었는데 그간 고맙다는 말도 제대로 하지 못했다. 그렇다고 이제 와서 표현을 하려니 쑥스럽고 부끄러웠다.

서울로 상경하기 전에 쓴 곡은 동요가 많았고 그중에서 애착이 가는 곡은 푸른 담쟁이덩굴의 '청라 언덕'을 배경으로 만든 '동무생각'이었다. 그것이 최초의 가곡이라고 음악사에는 소개되었다. 최초의 기곡이 될지 알지 못한 채 고향인 대구를 담아 쓴 곡이었다. 은상이 태준의 젊은 시절 아련한 첫사랑 이야기를 듣고 시를 쓴 사우는 제목을 바꾸어 '동무생각'이 되었다. 빨간 능금과 풍금 소리, 형의 연인이었던 메이를 떠올렸다. 대구 서적 조합에서 만든 첫 가곡집과 대구 무영당 서점에서 펴낸 동요집 『중중떼떼중』, 두 번째 동요집 『양양범버궁』을 펴내고 나서 곧바로 미국으로 유학을 떠났기에 태준은 책들의 행방을 잘 몰랐다. 앞선 음악가들이 드문 환경이어서 책은 몇 쇄를 더 찍어냈고 교본처럼 음악사에 남았다. 송자가 스크랩한 신문 문화면에는 미국의 웨스트민스터 대학 주최 합창곡이 일등에 당선된 내용이 담겨 있었다. 「물새 발자옥」은 그의 음악 역사에 획기적인 변화를 가져온 곡이었다. 미국 유학을 마치고 돌아와 태준은 본격적인 교회 합창부 지휘와 더불어 종교음악에 빠져들었다. 합창과 오르간, 지휘를 전공했기에 그는 스스럼이 없었다.

모교인 숭실전문학교가 폐교되기 전까지 그는 모교에 출강하여 후배들에게 그의 모든 역량을 전수 했다. 교회 합창단뿐만 아니라 일반 합창단을 지휘하게 된 그는 본격적인 음악 예술을 극대화시켰다. 작곡을 하고 합창부를 지휘하고 각 학교의 교가를 지어내며 그는 눈코 뜰 새 없이 바빠졌다. 봉열과 오붓하게 마주 앉아 밥 먹는 시간도 부족했다. 그 시기 봉열은 태준을 포기했노라고 말 한 적이 있었다. 자식들이 눈에 밟혀 차마 외면하지 못해 자식들만 바라보고 살자고 다짐했다던 봉열이 심경을 태준은 미처 헤아리지 못했다. 지금에 와서 미안하다는 말조차 차마 나오지 않았다. 태준은 참 미련스럽게 살았다 싶었다. 창문을 열었다. 어두운 밤, 하늘에 길게 꼬리를 끌며 지나가는 별이 보였다. 태준은 그 밤 하염없이 밤하늘을 쳐다보았다.

4

서양 음악이 본격적으로 한국에 들어온 건 일제강점기와 그 이후의 일이었다. 악보도 책도 부족했다. 태준은 교회 선교사에게서 악보를 얻었다. 미국 유학 시절에는 도서관에서 영어로 번역된 독일 음악가 책을 읽었다. 학생들을 가르치기 시작하면서 태준은 음악책과 서양 악보가 아쉬웠다. 미국에서 함께 공부한 친구에게 부탁하여 악보를 구하거나 책을 도움받았다.

태준은 황무지를 개간하는 심정으로 음악 관련 이론서를 연구했다. 태준의 기억 속으로 젊은 날의 영화 같은 순간이 지나갔다. 아무것도 몰랐지만 열의 하나만으로 충만했던 시간이었다. 특히 계성학교를 졸업하고 평양 숭실대학에 재학하던 그때 '영남4중창단'을 조직하여 불모지에 음악의 숲을 조성한 것은 의미가 있었다. 무모하였으나 돌이켜보면 그때 그렇게라도 하지 않았으면 아무도 할 수 없었고 누구도 첫발을 내디딜 수 없는 환경이었다. 현제명, 김태술, 권영화, 박태준…… 네 사람의 4중창단 창단은 획기적인 사건이었다. 현제명은 태준 보다 두세 살이 많았는데 계성학교 동문임에도 영남4중창단 이후 별로 교류가 없었다. 현제명은 태준과 비슷한 행로를 걸었는데 작곡뿐만 아니라 테너 성악가로서도 활동했고 작사 및 편곡, 번역, 평론 등을 하며 교육자로서 활발한 활동을 했음에도 불구하고 왕래가 뜸했다. 그 점이 아쉬움으로 남았다.

태준은 대구 시내에서 포목점을 운영했던 부친 박순조와 어머니 오환이 사이에서 사랑과 관심을 듬뿍 받고 자랐으므로 어릴 적부터 그의 예술적 감수성을 키울 수 있었다. 골목길에서 또래 아이들과 뛰어놀던 태준은 부모를 따라 교회에 첫발을 디뎠던 날을 선명히 기억했다. 웅장한 파이프 오르간 소리에 태준의 가슴이 벌렁거렸고 심장 박동이 빨라졌다. 처음 들어보는 찬송가 합창은 태준의 혼을 쏙 빼놓았다. 교회에서 태준은 서양 악기와 서양 음악을 만났고 그 이후 그는 신앙이 뭔지도 모른 체 오르간 소리에 이끌려 교회를 다녔다. 서양 선교사에게서 영어를 배웠고 오르간 악기를 만져보며 태준은 막연히 자신의 앞날을 예감했다. 음악은 떼려야 뗄 수 없는 관계가 되어버렸다. 태준의 귀는 예민했다. 부드러운 바람 소리를 귀에 담았고 추운 겨울, 골짜기를 휘돌아 나오는 매서운 바람의 소리를 포착해 내고 오선지에 그 느낌을 그렸다. 이른 아침 두부 장수가 방울 소리를 울리며 두부 사려, 를 외치는 소리, 수레가 바퀴를 굴리며 도심지를 달리는 소리, 물건을 파는 시장 사람들의 여러 목소리, 시냇물 소리, 나뭇잎이 팔랑이며 떨어지는 소리에 민감하게 반응했다. 때때로 귀가 아팠다. 그럴 때면 태준은 서양 합창곡이나 오케스트라 음악을 들음으로써 귀를 씻어냈다. 아버지가 사준 트랜지스터라디오에서는 건전가요가 흘러나왔고 꿈길에서와 사의 찬미, 서양의 가곡이 흘러나왔다. 제목도 작곡자도 모른 체 태준은 그 낯선 음악을 들었다. 그 음악은 거름이 되고 자양분이 되어 훗날의 태준에게 등대 같은 길잡이가 되었다.

기러기 떼가 하늘 높이 줄을 맞춰 날아갔다. 맨 앞에 대장 기러기가 앞장서고 맨 뒤에는 어미 기러기가 따랐다. 상강을 지나 추분에 접어들면서 가을이 깊어졌다. 태준은 배재고보 때 이 세상을 떠난 맏아들 용남을 그리며 눈물지었다. 모차르트의 레퀴엠 한 자락이 머릿속으로 지나갔다. 죽은 이를 위한 미사곡인 레퀴엠은 특히 태준이 애청하는 곡이기도 했고 직접 오라토리오 합창곡으로 지휘하기도 하였다. 바람이 서늘해지면 태준은 늘 모차르트의 미완성곡 레퀴엠을 떠올렸다. 모차르트는 유럽의 추운 초겨울 자정 무렵 갑자기 죽었다. 레퀴엠은 그의 마지막 곡이자 미완성곡이 되었는데 태준은 자신의 인생 마지막을 그의 음악을 들으며 그려보곤 하였다. 한국 오라토리오 합창단에서 지휘한 헨델의 「메시아」를 시작으로 그는 하이든의 「D단조 미사」, 베토벤의 「C장조 미사」, 바흐의 「B단조 미사」, 베토벤의 「장엄미사」, 모차르트의 「대관식 미사, C장조 미사」, 하이든의 「사계」, 멘델스존의 「성 바울」, 하이든의 「천지창조」의 가사를 직접 번역하여 지휘하였으며 출판하였다. 모두 가을에 이루어진 공연이었다. 바람이 서늘해지면 자연은 단풍이 들고 이어 낙엽이 졌으며 사람들의 마음은 감성적이 되었다.

태준은 죽는 그 순간까지 작곡하고 지휘를 하고 싶었다. 모차르트가 죽어가면서까지 레퀴엠을 작곡했듯이 그렇게 살다 가고 싶었다. 어느 백작이 죽은 젊은 아내를 위해 의뢰한 곡이기는 하나 모차르트는 자신을 위한 진혼곡을 쓰고 있었던 셈이었다. 태준은 자신을 위한 곡을 쓰기보다는 아들 용남을 위해 영혼의 안식을 기원하는 곡을 만들고 싶었다. 그것도 욕심은 아닌지 그는 곧 고개를 저었다.

가톨릭에서는, 11월은 죽은 이들을 위한 기도를 바치는 계절이었다. 레퀴엠은 키리에, 크레도, 글로리아, 베네딕투스 등으로 구성되어 있는데 그 중에서 키리에(Kyrie)는 주여, 불쌍히 여기소서를 끊임없이 반복하며 영혼의 안식을 기원했다.

키리에 엘 에이 송, 키리에 엘 에이 송, 키리에 엘 에이 송……

"주여 자비를 베푸소서."

태준은 맏아들 용남을 위해 영혼의 안식을 기원하며 같은 구절을 되풀이해서 불렀다. 진혼곡의 중간쯤 봉헌 미사 예절에서 성악 파트와 저음 파트가 배경에 등장하며 태준은 오래전 어려움 속에서 한국 오라토리움 합창 공연을 무사히 이끌었던 시절을 회고했다. 음악인들은 모두 주머니가 가벼웠다. 비용을 지불하고 연주를 들으러 오는 문화가 조성되지 않았으므로 무료 초대장을 돌렸다. 공연장 대관료와 현수막이 문제였다. 태준의 친구가 도움을 주어 겨우 현수막을 걸었다. 서울시 공관에서의 연주는 성공리에 끝났다. 그런데 대관료를 낼 돈이 없었다. 태준은 스스로 인질을 자원하여 며칠 동안 공관에 붙잡혀 있었다. 이경희와 채동선, 박경호 등 음악인들이 주머니를 털고 돈을 빌려 대관료를 지불하고 풀려날 수 있었다.

태준은 어려웠던 공연 초기를 떠올리며 문화 수준이 높아져 제대로 된 공연료를 받는 환경이 꿈만 같았다. 클래식은 대중들이 소화하기에 무리가 따랐으나 그래도 학생들과 음악인들 일반인을 중심으로 꾸준히 애호층이 늘었다. 비싼 공연료를 지불하고 음악을 들으러 오는 사람들이 있는 한 외롭지 않을 거라고 태준은 미래를 낙관했다.

레퀘엠의 도입부는 소프라노 알토 테너 베이스가 등장하고 남성 합창단과 여성 합창단이 어우러져 관현악단과 조화를 이루는 연주였다. 장엄하고 장중하면서도 엄숙한 곡이었다. 마음을 모아 죽은 영혼을 위해 간절히 염원하는 그 곡을 들으면 태준은 눈물이 났다. 모차르트는 천재였고 위대했다. 비록 미완성으로 끝마치지 못한 작품이지만 그는 충분히 신에게 그의 영혼을 위한 미사를 봉헌했다. 계속되는 노래들, 「눈물과 한탄의 날」 여덟째 마디를 끝으로 그는 이 세상에서의 활동을 접고 고요한 안식에 들었다.

길가에 노란 은행잎이 나뒹굴었다. 붉은 단풍잎도 뒤섞여 바람에 굴러 다녔다. 마른 잎 냄새에 코끝이 찡해지며 콧물이 나왔다. 누렇게 말라가는 잔디밭에 떨어진 붉은 단풍잎과 노란 은행잎을 주워 이리저리 살펴보았다. 노란색에 숨어 있는 갖가지 다양한 색상들, 붉은 단풍잎에 섞여 있는 찬란한 색깔이 보였다. 풀벌레 소리가 귀에 감미롭게 들려왔다. 태준은 소리에 민감해서 차의 엔진 소리나 기계음에는 쉽게 피로를 느꼈다. 반면에 새소리나 강물 소리, 바람 소리 같은 자연의 소리에는 안정감을 느꼈다. 소리에 예민한 태준은 도시 생활이 불편할 때가 많았다. 모든 게 현대문명이 가져다준 기계음이 온통 세상을 점령한 것만 같아 피곤했다.

그가 지휘를 맡은 합창단 연습 때 소프라노나 알토 파트에서 누군가 반음만 올리거나 내려도 귀에 거슬렸다. 여러 파트가 어우러진 그 많은 소리 속에서 유독 튀는 소리를 못 견뎌 했다. 멀쩡히 파 소리를 내다가도 컨디션에 따라 파에 샾(#)을 붙이는 소프라노가 있으면 태준은 예민해져서 지휘를 멈추고 콕 집어내어 지적했다. 당사자는 얼마나 무안했을지 생각을 안 하고 그의 기분만 생각한 처사가 후회되었다.

가을이 깊어 가면서 연주회 일정이 줄줄이 잡혀 있었다. 태준은 조금 예민해진 상태였다. 특히 십일월의 공연은 낙엽 지는 계절과 함께 시작되므로 스산한 거리의 풍경과 엄숙하고 웅장한 모차르트의 「레퀴엠」이나 베토벤의 「장엄 미사」 같은 곡이 태준의 마음을 위로해 주었다. 그 곡들은 계절과 더불어 태준의 고통스러운 마음에 위안을 주었다. 맏아들 용남이 죽은 후 태준은 종교 음악에 더욱 심취했고 빠져들었다. 비탄에 잠긴 '피에타의 성모'를 이해할 것 같았다. 죽은 예수를 끌어안고 비탄에 잠긴 성모의 모습은 인류의 모든 고통을 대변하는 것이었다. 미켈란젤로가 조각한 비탄의 성모 표정은 예술가의 섬세한 감수성이 포착해 낸 결과였다.

아내 봉열은 용남을 잃은 후 의기소침해서 모든 일에 의욕을 잃었고 가끔 태준에게 던지던 힐난하는 듯한 농담도 사라졌다. 태준과 봉열 부부에게 있어서 첫아들을 잃고 나서 세속적인 욕망이 사라졌고 그 사건은 인생의 절정이던 태준과 봉열에게 내리막을 향해 가는 서곡이었다. 기쁨이나 즐거움이 사라진 인생은 슬펐다. 그나마 남은 자식들을 보아 감정을 추슬러야 했다. 곁에 있는 아흔아홉 마리 양보다 잃어버린 양 한 마리가 더 애틋한 법이었다.

잠이 오지 않는 밤이면 태준은 서재에 촛불을 밝힌 채 망연히 앉아 새벽을 기다렸다. 포도주를 마시고 겨우 잠이 들면 다음 날 아침에 머리가 띵하고 무거웠다. 불면에 시달리는 밤이 깊어지면 태준은 벽에 걸린 십자가를 쳐다보며 혼자 주절주절 중얼거렸다. 그건 신에게 향하는 태준의 항의와 푸념이었다. 포도주에 취해 신을 향한 넋두리를 하다가 날이 부옇게 밝아 올 무렵 겨우 잠이 들었다.

"여보, 용남 아버지, 나 좀 봅시다."

어느 날 봉열이 태준을 불렀다. 봉열의 태도가 진지해서 태준은 내심 무슨 말을 하려나 하고 불안해졌다. 봉열이 커피를 끓여 쿠키와 함께 다과상을 내왔다.

"우리 남은 자식들을 위해서라도 힘내야 하지 않겠어예."

"그건 무슨 말이오."

"당신이 잠 못 자고 서재에서 밤새 촛불 밝히고 있는 모습, 보기 싫습디다."

"원 사람두. 그게 어디 내 맘대루 되나요."

"우리가 감사를 잊어서 그런 거죠."

"……."

"많은 사람들이 어렵게 살아가는데 우리는 그래도 혜택받은 삶이에요. 당신은 유학도 다녀왔고 직장도 몇 번이나 새로 구했고, 끼니를 굶은 적은 없잖아요."

"……."

"당신은 하고 싶은 일을 하며 살고 있고, 하느님이 우리에게 자식을 여덟이나 주셨잖아요. 그중 하나를 데려가셨지만 일곱 자식은 남아 있잖아요."

"……."

"일제 강점기 때 식민지국 백성으로 온갖 고초를 겪었고 해방이 되어 남과 북으로 갈리는 상처를 안고 전쟁을 겪었고 모두 상처와 고통 속에 살아가는 거잖아요. 이제 주어진 삶에 감사하며 살아야 하지 않겠어요."

"여보."

태준은 봉열의 손을 두 손으로 덥석 잡았다. 구구절절 옳은 말이었다. 봉열의 심지 깊은 말과 태도에 태준은 감동했다. 그녀에게 이런 면이 있었나 싶어 새삼스럽게 봉열의 얼굴을 쳐다보았다. 흰 머리가 희끗희끗한 봉열은 눈가와 입가에 잔주름이 늘어났고 목이나 팔목에 주근깨가 듬성듬성 보였다. 못난 자신을 만나 고생했다 생각하니 미안한 마음이 가득했다. 마음의 갈피를 못 잡고 흔들리는 태준의 마음을 붙잡아주는 봉열의 넓은 마음이 고마웠다.

커피는 식어버렸으나 태준의 마음은 뜨겁게 달아올랐다. 태준은 가슴속에서 삶의 찬가가 샘물처럼 바위를 뚫고 나오는 환영을 보았다. 연말 공연을 부지휘자에게 일임하다시피 하고 칩거하고 있던 태준은 봉열의 말에 힘을 얻었다. 죽은 이를 위한 기도는 살아 있는 자의 특권임을 예전에는 미처 몰랐다. 죽은 이를 위한 기도를 만들어야겠다고 다짐했다. 물론 아들 용남을 포함하여 모든 죽은 영혼들을 위한 레퀴엠 같은 곡을 만들고 싶었다.

십일월의 대자연은 화려했던 잎들을 떨구고 고요히 무위로 돌아갔다. 태준은 마치 우주가 정지한 듯한 고요한 대기의 순간을 명상하며 계절의 변화를 온몸으로 느꼈다. 차갑고 명징한 늦가을의 공기는 클래식의 고음처럼 날카롭게 태준의 머릿속으로 들어왔다. 태준은 팔을 들어 지휘하는 동작을 취하며 모차르트나 베토벤의 음률을 노래했다. 그러다 문득 태준이 작곡한 교가의 힘차고 우렁찬 음률이 베토벤의 멜로디 사이로 치고 들어왔다. 그는 지휘 동작을 멈추고 창밖을 내다보았다. 학생들의 목소리 때문이었다. 교가를 합창하는 어린 학생들의 엉망으로 뒤섞인 박자와 울퉁불퉁한 목소리가 어우러진 함성 같은 합창 소리가 못 견디게 그리웠다. 땀 냄새가 섞인 학생들의 투박한 목소리에서 젊음의 약동과 밝은 미래가 꿈틀거리는 게 보였다. 태준은 혼자 빙긋이 미소 지었다. 돌이켜보니 교가의 곡을 쓴 게 열여덟 편이나 되었다. 어쩌면 기억나지 않는 곡이 더 있을지도 몰랐다. 태준은 교가 목록을 정리하다가 곡을 지어낸 상황을 회상했다. 그때는 태준이 젊을 때였는데 하나같이 비슷비슷했다. 아마도 씩씩한 기상과 어린 학생들을 연상하며 그렇게 해야만 할 것 같은 강박에 시달렸던 듯했다. 태준은 작사가와 가사를 대비하여 나란히 목록을 작성해 보았다.

경복고 / 이병기 작사, 박태준 작곡 / 대은암 도화동 이름난 이곳 (하략)

경혜여중 / 조지훈 작사, 박태준 작곡 / 저 푸른 하늘에 고운 꿈이 서리고(하략)

경북여고 / 조지훈 작사, 박태준 작곡 / 저 높은 하늘에 새들이 지저귀고(하략)

경희대 / 조영식 작사, 박태준 작곡 / 온오한 학술연구 온갖 노력 바치고(하략)

계성초 · 중 · 고 / 박태준 작사 / The Mermaid 선율 / (1) 앞에 섰는 것 비슬산이요 뒤에는 팔공산 둘렀다 푸른 언덕에 계성학교는 (2) 배움에 주려 울고 있는 자 여기와 배부름 얻어라 어둠에서 방황하는 자 너희의 찾는 길 예 있다 / (3) 진리로 터를 세운 이 학교 새 생명 사해에 흐른다 천지는 비록 변할지라도 계성의 정신은 영원히

(하략)

　대구 남산초교 / 이효상 작사, 박태준 작곡 / 남산 위에 높이 솟은 사랑의 곳집(하략)

　대구 달성초교 / 이응창 작사, 박태준 작곡 / 아침에 팔공산을 우러러보며(하략)

　대구제일중-대구제일여자상업고 / 이봉수 작사, 박태준 작곡 / 수려한 비슬산이 안개에 열려(하략)

　대구중 / 이은상 작사, 박태준 작곡 / 신라의 옛 터전에 밝은 새 아침(하략)

　목포북초교 / 이은상 작사 / 박태준 작곡 / 유달산 기슭에 터를 잡고(하략)

　성광중·고 / 손봉호 작사 / 박태준 작곡 / 금호강 감도는 곳 팔공산 기슭(하략)

　성명여중-신명고 / 이은상 작사, 박태준 작곡 / 보아라 우뚝 솟은 팔공산(하략)

　순천고 / 이은상 작사, 박태준 작곡 / 삼산은 높이 솟았고 이수감 돌아 흐르는 곳(하략)

　신명여중-남산고 / 오덕환 작사, 박태준 작곡 / 달구벌 열리고 먼 동이 터서(하략)

　연세의 노래 / 백낙준 작사, 박태준 작곡 / 관악산 바라보며 무악에 들러 유유히 굽이치는 한강을 안고(하략)

　원화여중·고 / 이응창 작사, 박태준 작곡 / 푸른 송백 서기 어린 달성산 아래(하략)

　창신중·고 / 이은상 작사, 박태준 작곡 / 합포는 오랜 역사 서려 있는 곳(하략)

다시 한번 땀내 물씬 나는 학생들의 울퉁불퉁한 목소리, 그러면서도 우렁우렁한 함성 소리가 들려오는 듯했다. 세련되고 섬세한 모차르트나 베토벤의 곡이 아니라 불협화음 가득한 학생들의 우렁찬 목소리가 귀에 쟁쟁 울렸다. 힘이 있고 활기차며 먼 창공을 향해 어디로든 뚫고 나갈 듯한 합창 소리가 우리의 희망이며 다가올 미래였다. 태준은 교가 목록을 따로 챙겨놓고 이번에는 동요와 가곡 목록을 분류했다. 꽤 많은 분량이었다. 뿌듯함이 차올랐다. 그렇지만 십일월의 차가운 대기 속에서 죽은 영혼들을 위한 미사곡을 만들고 싶다는 소망이 깊은 심중에서 꿈틀거렸다. 살아있다는 것이 무엇인가. 신을 위한 찬미가를 만드는 것이 그의 겸손이며 혜택받은 날들의 답가라는 생각이 강하게 들었다. 태준은 오선지를 펼쳐놓고 깊게 숨을 들이마셨다가 뱉어냈다. 먼 곳에서 가느다란 어떤 목소리가 들려왔다. 바람 소리인 듯 천둥소리인 듯 새소리인 듯 영혼의 소리인 듯한 어떤 소리였다. 악보를 그려나가기 시작했다.

5

태준은 은백색의 나뭇가지가 흔들리며 휘파람 소리를 내는 백양로 그 길을 좋아했다. 한쪽에는 연둣빛 잎사귀가 뒷면에는 흰 솜털이 보송보송한 은백색의 나무 이파리가 흔들리는 정경은 이 세상이 아닌 먼 다른 세상을 꿈꾸게 했다. 여름이면 양쪽 길가에 붉은 샐비어가 피어 있는 것도 좋았다. 흰 저고리에 반 치마 한복을 입었거나 투피스 양장을 입은 여학생의 또각거리는 구둣발 소리의 음향도 좋았다. 웃음소리와 도란거리는 말소리, 나뭇잎이 흔들리는 소리, 멀리서 친구를 부르는 테너 음성의 청년이 내지르는 소리, 그 모든 소리들은 젊고 밝고 꾸밈이 없는 자연의 소리와 어우러졌다.

태준이 연세대에 발을 딛었던 해 봄날, 거리에는 모래 먼지가 흩날렸고 구호 소리가 어지러웠다. 흰 저고리에 검정 치마를 입은 여학생들이 태극기 네 귀퉁이를 붙잡고 시가행진을 했는데 -학생 총궐기대회-라는 현수막이 그들 뒤에서 나부꼈다. 큰길 양편에는 흰 두루마기를 입은 남자들이 학생들의 행진을 호기심 어린 표정으로 혹은 걱정스러운 표정으로 지켜보고 있었다. 태극기를 든 여학생들의 뒤로 남녀 학생들이 뒤따르는 풍경은 시국의 어지러움을 보여주고 있었다. 태준의 가슴이 먹구름이 낀 것처럼 무거웠다. 해방 정국의 남한 사회는 이념으로 갈리어 서로 싸우고 있었다. 그런 정국에서 음악은 단지 곁가지에 불과한 아무 힘도 쓸 수 없는 장신구로 흐를 염려가 있었다. 팍팍한 삶이었다. 언더우드 동상 너머 풀포기 우거진 언덕을 바라보았다. 뿌연 먼지가 회오리를 일으키며 시야를 가렸다. 전차에서 내린 사람들이 학생들의 시위를 구경하느라 거리가 복잡해졌다. 태준은 논과 밭이 보이는 길을 따라 문과대 뒷동산을 쳐다보며 중앙로 길을 걸어가던 그날 문득, 계단을 맞닥뜨린 후 걸음을 멈추었다. 그 계단은 어디에서 본 듯한 익숙하고도 낯익은 풍경으로 다가왔기 때문이었다. 태준의 가슴 깊은 곳에서 아릿한 통증이 비어져 나왔다. 긴 계단 끝으로 이어진 언덕과 선교사 사택이 있던 붉은 벽돌 담장의 담쟁이덩굴과 그 길을 따라 발자국을 남기며 걷던 소녀의 환상이 아릿하게 다가왔다. 때로는 급하게 타박거리며 뛰어올라 가쁜 숨을 참던 모습과 날렵한 걸음걸이로 학교와 예배당을 향해 가던 그 소녀, 태준의 가슴 안에 능금 소녀로 각인된 그녀의 환영이 불현듯 기억의 언저리를 맴돌다가 불쑥 튀어나왔다. 태준은 마음을 가다듬었다. 백합처럼 흰 피부와 검은 머리카락과 총명해 보이는 까만 눈동자 뒤로 아름다운 자태를 수줍게 숨기던 그녀를 생각하자 잔잔한 기쁨이 가슴 안에 넘실거렸다. 우울하거나 힘겨울 때 태준은 그 소녀를 떠올리는 것만으로도 기운을 되찾았다. 가슴 속에 한 가닥 희망을 간직하고 산다는 건 삶의 위로였다. 소문도 없이 능금 소녀가 일본 유학을 떠났을 때의 절망감은 세상의 끝에 서 있는 것처럼 암울했다. 한평생 가느다란 희망과도 같은 빛을 안고 살아간다는 것, 그것은 태준만의 은밀한 기쁨이자 위안이었다. 훗날 태준은 능금 소녀가 죽었다는 소문을 들었고 그 순간 눈앞이 캄캄했고 스스로 그 사실을 부정했다. 뜬소문일 뿐이라고 세차게 고개를 가로저었다. 능금 소녀에 대한 또 다른 소문도 있었다. 법조인과 결혼하여 살다가 일찍 저세상으로 갔다는 소문이었다. 태준은 그 소문도 믿지 않았다. 환한 미소와 맑은 그 소녀의 환영은 태준의 일평생 내내 아득한 존재로 살아 있었다. 그녀가 죽었다거나 그녀가 이 세상 사람이 아니었다거나 그 모든 소문에 대하여 태준은 더 이상 생각하지 않기로 했다. 태준의 가슴 속에 그 능금 소녀는 예쁜 모습으로 살아있기 때문이었다.

음악당이 있는 곳은 호젓한 장소였다. 다른 학과 건물과 동떨어져 있어서 학생들이 악기를 다루거나 마음 놓고 소리 연습을 할 수 있었다. 긴 언덕을 오르내릴 때마다 태준은 마음 깊은 곳에 둥지를 튼 소녀를 기억했다. 옆구리에 참고서나 노트를 낀 학생들이 간간이 지나가고 멀리 광장에서 들리는 함성 소리를 끝으로 태준은 환영에서 깨어나 연구실로 바쁘게 걸어갔다. 물 한 잔을 마시고 나서 태준은 양복저고리를 벗어 의자에 걸쳐 놓고 심호흡했다. 연구실 구석에 마련된 자리에는 피아노가 놓여 있고 피아노를 덮은 레이스 천 위로 화병이 놓여 있었다.

자신이 작곡한 동요 곡 가을밤을 피아노로 연주하고 있을 때 문 열리는 소리와 함께 먼지 냄새가 훅 끼쳐왔다. 거친 숨소리에 태준의 귀가 간지러웠다. 태준의 연주가 흔들렸다.

"무슨 일이지?"

"교수님은 이 시국에 피아노가 웬 말입니까."

"그럼, 이 시국에 나는 뭘 해야 됩니까."

태준이 피아노 뚜껑을 닫고 돌아앉았다. 음대 이학년생으로 성악을 전공하는 여학생이었다. 그녀는 재킷을 벗어들고 흰 티셔츠에 모직 바지를 입은 채 숨을 헐떡이며 태준을 노려보았다. 태준의 질문에 여학생은 아무 말도 못 하고 한동안 씩씩거리다가 문을 소리 나게 닫고 나가버렸다. 태준은 갑자기 우울함이 몰려왔다. 힘이 쭉 빠지며 기력이 쇠해짐을 느꼈다. 어린 학생들이 정치 구호를 외치며 교내에서나 광장에서 데모를 할 때 태준은 무기력한 자신을 돌아보았다. 학생들은 사회현실을 부정하고 비판하며 거리로 나섰지만 그로서는 할 일이 없었다. 학생들 앞에서 학교로 돌아오라고 말하는 태준의 말에는 이미 힘이 빠져 있었다. 여학생이 나간 자리에 먼지 냄새가 풀썩 올라오며 봄꽃에 대한 어떤 이미지가 그 여학생과 중첩되었다.

"시험 끝나니까 벚꽃이 져버렸지 뭐야. 에구 시험 끝나고 봐야지 했는데."

"누가 아니래."

벚꽃이 흐드러진 봄날이면 과별로 시험을 치르느라 도서관이 북적거렸다. 태준은 복도를 지나가다가 그 여학생의 목소리를 듣고 돌아본 적이 있었다. 몹시 아쉬워하는 여학생의 볼이 발그레 물들어 있었는데 그 표정에는 자부심과 설레는 감정이 녹아 있었다. 백양로 길 양편에 연녹색 가로수 잎이 흔들리고 벚꽃 향기 날리는 봄이면 학생들은 이성에 대한 관심과 삶에 대한 열정, 인생에 대한 막연한 기대감으로 조금은 들떠 있었다. 그들은 선택받았다는 자존감과 사회적 책임감, 동료에 대한 신뢰로 가득 차 있었다. 지방에서 올라온 학생들과 수도권의 학생들이 모여 있다 보면 괴상한 행동을 하거나 웃기는 아이들, 조금은 이상한 행동을 해도 일단 어느 정도의 성적을 바탕에 깔고 입학했다고 보므로 믿고 존중해 주는 풍토가 있었다. 풋풋한 학생들 곁에서 태준은 설렘과 들뜬 감정에 사로잡히기도 했는데 그건 교정에서 계절이 지나가는 변화를 몸으로 체험하면서였다. 봄이면 꽃과 나무들의 생동을 여름이면 무성한 활엽수의 축제를 가을이면

물들어 가는 나무들의 변화를 보면서 삶에 대한 애착이랄까, 책임감 같은 것, 음악도들을 사회인으로 길러내야 한다는 의무감 같은 것에 사로잡혔다. 언덕에 자리한 음악실에서는 악기 소리와 성악을 전공하는 학생들이 연습하는 소리로 가득했다. 태준은 그들의 노래를 들으면서 충만한 기쁨이 몸속 깊은 곳에서 솟아 나와 전신을 덮는 경험을 했다.

벚꽃을 예찬하고 싶어 하는 어린 여학생이 투사가 되어가는 모습에 태준은 가슴이 아팠다. 태준은 강의실을 나와 언더우드관 쪽으로 걸었다. 호젓하고 고즈넉한 곳이었다. 초기 석조 건물이 세 동 삼면으로 세워져 있는 그곳에서 태준은 처음 학교를 세웠던 이방인들을 떠올렸다. 석조 건물 외벽을 타고 오르는 짙은 녹색의 담쟁이덩굴은 계절이 지나가면서 붉고 노란빛깔을 드러내거나 마른 줄기만 남은 채로 인동(忍冬)의 세월을 건너기도 하였다. 계절이 지나가는 변화는 태준에게 예술적 영감을 불러일으켜 음악 세계에 빠져들게 하였다. 태준은 낮은 소리로 노래를 불렀다. 그가 작곡한 곡들, 포스터의 곡들과 서양 가곡을 부르며 복잡한 심경을 다스렸다. 계단 아래로 정문까지 길게 이어진 백양로로 많은 학생들이 삼삼오오 모여 떠들거나 지나가고 있었다. 간간이 강한 억양의 사투리가 들렸다. 다양성이 숨 쉬는 공간, 친구와의 우의와 이상과 이념을 키우는 곳에서 젊음이 무르익어 가고 있었다. 그 과정은 아프고 상처 입고 거칠었지만 인생을 통틀어 절정의 시기를 가로질러 가는 가장 명민하고 예민한 시간이 될 터였다.

그즈음 태준은 지각생 용하로 인해 불편한 심기에 젖어 들었다. 지방에서 올라온 용하는 자취를 하며 성악을 전공으로 택했는데 지각을 밥 먹듯이 하는 것도 모자라 목소리가 엉망이었다. 깊고 넓게 올라가던 그의 목소리가 갈라지고 힘이 없어지더니 아예 소리가 나오지 않았다. 태준은 연구실로 용하를 불렀다.

"자네, 요즘 연애하나."

"그, 그런 건 아니지만……."

"술 마시고 담배 피우나."

"아닙니다."

"무슨 문제가 있는 건가."

"……."

용하는 대답 대신 눈물을 뚝뚝 흘렸다. 태준은 한참 그런 그를 바라보며 침묵했다. 두 사람의 침묵이 한동안 이어졌다. 지방에서 올라온 학생 중 부모가 농사를 짓거나 고기를 잡으며 집안 형편이 어려운 학생들이 있었다. 교내에는 빈부 격차가 드러나게 마련이었다. 아주 풍족한 집안의 자식들은 아르바이트를 안 했다. 일부 학생들은 과외를 하여 받은 돈으로 청바지를 쉽게 사 입거나 명품 가방을 사서 둘러메고 다녔다. 가난한 학생은 본인이 먹고사는 것 외에 집안을 건사하느라 학점이 엉망이었고 휴학을 빈번하게 했다. 음악을 전공하는 학생들은 비교적 유복했다. 좋은 악기를 외국에서 들여와 실습에 임하면 음질 좋은 악기에서 울리는 소리에 점수가 갈렸다. 태준은 공정해지려 애썼다. 용하는 타고난 바리톤 음정이었다. 태준은 용하의 처지가 대충 짐작이 되어 물었다.

"자네, 아르바이트 얼마나 하는가."

"우유 배달과 새벽 신문 돌리기, 과외를 합니다."

"그걸로 부족한가."

"부모님에게 부쳐줍니다."

"식구가 많은가 보구먼."

태준은 더 이상 묻지 않았다. 대신에 독수리에 대한 이야기를 하기 시작했다.

"독수리는 사십 년의 기대 수명을 사는 맹금류지. 노쇠해지면 부리가 안으로 꼬부라지고 발톱이 굽어지지. 지혜로운 독수리는 바위벽이나 나무 둥치에 부리를 쫀다네. 부리가 닳아 날카로워지면 그 부리로 발톱을 뽑아

낸다네. 발톱이 뽑혀 속살이 드러나고 피가 철철 흐르지만 고통을 감내하지. 발톱을 뽑아낸 자리에 새살이 돋을 때까지 굶어야 한다네. 하루 이틀, 사흘… 열흘이 지나고 스무날쯤 되면 새살이 돋고 딱딱하게 딱지가 앉기 시작한다네. 이렇게 부리와 발톱이 날카로워지면 사십 년을 더 살 수 있다네. 그뿐인가. 몽골고원에서 삼천 킬로를 날아와 우리나라에서 겨울을 보내고 이듬해 봄에 다시 몽골로 돌아가기까지 행로가 만만치 않다네. 겨울 추위에 먹이 구하기도 쉽지가 않아. 잘못 했다간 농약에 중독된 새나 낱알을 먹게 되지. 삶의 조건이 독수리나 인간이나 만만치 않지."

"그런 이야기가 있는 줄 몰랐습니다."

"백양로를 걸어 들어오며 항상 내 고개가 왼쪽으로 돌아가곤 하는데 독수리 동상을 볼 때마다 그 이야기가 생각나곤 했네."

"독수리 동상이 거기 있구나 하고 무심코 지나쳤어요."

"누구나 그러지."

"교수님 말씀 잘 들었습니다."

"다음 학기 등록금은 걱정하지 말고 연습에 임하게나. 천장을 뚫을 정도로 해야 할 걸세."

"장학금을 주시는 겁니까."

용하의 물음에 태준은 대답하지 않고 양복저고리를 집어 들었다. 연구실을 나오려던 태준은 책상 위에 펼쳐져 있던 연세춘추를 집어 용하에게 건넸다. 정문에 들어서서 백양로를 걸어오다 보면 한쪽에 연세춘추 회보가 놓여 있었고 가끔 그 회보를 집어 들고 와서 펼쳐보곤 했다. 선배들이 쓴 에세이나 칼럼 중에는 가난을 딛고 어렵게 공부한 내용이 있었으므로 용하에게 어떻게든 힘이 되었으면 하고 바랐다.

"시간 내어 노천극장 예배에도 참여해 보게."

"……."

용하는 대답하지 않았다. 무슨 뜬금없는 소리인가 싶은 표정이었다. 어쩌면 신의 존재가 용하 같은 학생을 위해 있는 것인지도 모른다고 생각했다. 인간적인 위로가 필요할 때 아무도 없다고 느낄 때 한 가닥 빛처럼 용하의 인생을 움직여 줄 수 있다면 태준으로서도 의미가 있을 터였다. 태준은 백양로 입구 시인의 언덕에 자리 잡은 오래된 석조 건축물인 기숙사를 떠올렸다. 핀슨 홀이라 불리는 건물은 고색창연했다. 학교 측에서는 지방에서 상경한 학생들을 위해 기숙사를 운영했는데 주로 일 학년이거나 이 학년을 받았다. 용하를 추천할 생각이었다. 수업에 지각하고 빠지고 하여 용하가 장학금을 타는 일은 없었다. 태준은 벌써 몇 번째인가 어려운 학생의 등록금을 대주고 있었다. 실력이 있는데 가정 형편이 어려워 휴학을 반복하다가 낙마하는 제자를 보는 일은 고통이었다.

음악실에서는 연습이 한창이었다. 초여름이 성큼 다가온 교정은 연둣빛 활엽수 이파리가 짙은 녹빛을 띠어 갔다. 유월의 태양은 작열하고 바람은 눅눅한 수분을 머금었다. 중간고사 실기 시험을 위해 연습실마다 학생들이 질러대는 거친 음정과 삐거덕거리는 악기 소리가 불협화음을 냈다. 방음을 신경 썼다 하더라도 태준의 귀에 익지 않은 음들이 날것으로 들어와 박혔다.

피아노과 학생과 성악과 학생이 함께 수업을 받는 강의실은 조금은 긴장이 흘렀다. 이날 시험 곡목에 대해 발표를 할 참이었다. 오페라 아리아는 좀 어렵다는 선입견이 있어서 삼사 학년이 되어야 실전에 들어갔다. 음악도라 해서 음악만 할 수는 없었다. 일반교양과 전공 교양, 각자 전공별로 음악사와 작곡, 화성학을 했으므로 그야말로 빠듯한 일정이었다.

실기 시험은 작곡과 학생에게는 자작곡을, 성악은 지정곡과 자유곡을 부르도록 했다. 투사 여학생이 끝내 실기 시험에 불참하자 태준은 한숨을 내쉬었다. 그녀의 타고 난 목소리는 마리아 칼라스의 깊고 풍부한 음정과는 다른, 동양적인 맑고 고요한 음색을 띠어 독특했는데 아쉽기도 하고 안타까워 연락을 취했으나 잘되지 않았다. 실기 시험이 끝나고 연구실에서 채점을 하고 있는데 용하가 찾아왔다. 용하 뒤에 고개를 푹 숙인 여학생이 비칠비칠 마지못한 듯 들어서고 있었다. 용하의 손아귀에 손목을 잡힌 채였다. 태준은 놀라서 두 눈을 크게 떴다. 투사 여학생이 용하 뒤에 서 있기 때문이었다.

"교수님."

용하는 다소곳한 태도로 두 손을 모아 잡았다.

"죄송합니다."

여학생이 고개를 숙이고 눈을 아래로 내리깐 채 기어들어 가는 목소리로 말을 했는데 그 소리가 너무 작아 들릴락 말락 했다.

"무슨 일인가."

"죄송합니다. 이 친구에게 기회를 주십시오."

"본인은 가만있는데 왜 자네가 나서지."

"야, 뭐 해! 사과드려."

"죄송합니다."

여학생이 주눅이 든 목소리로 겨우 말을 했다.

"사유가 명확하면 기회를 주겠네."

"그게……."

용하가 말을 하려는 것을 태준이 손짓으로 가로막았다. 그러고는 여학생에게 눈길을 주었다.

"부모님이 유학을 가라고 해서……."

"내 추천서가 필요한 거로군."

"아니에요. 추천서는 필요 없어요. 유학을 가고 싶지 않아서……."

"이유가 뭔가."

"이유는 없습니다. 그냥 집을 떠나 혼자 나가기가……."

"혹시 두 사람 사귀는 건가."

용하의 얼굴이 빨개졌다. 태준은 짐작이 갔다. 유학을 가기 싫은 게 아니라 남자 친구와 헤어지기가 싫은 것이었다. 태준은 한숨을 깊게 내쉬며 두 사람을 쳐다보았다. 연구실로 찾아와 기세등등하게 태준을 향해 소리치던 그 여학생의 면모는 어디로 갔는가. 꼬리 내린 강아지처럼 풀이 죽어 눈치를 보는 투사 여학생의 모습을 보며 태준은 속으로 씁쓸했다. 태준은 일단 생각을 좀 해보기로 하고 두 사람을 돌려보냈다. 평소 허름한 재킷에 낡은 바지를 아무렇게나 입고 다니는 여학생이라서 집안 형편이 어렵거나 지방에서 올라온 학생이겠거니 짐작했다. 유학을 보낼 정도면 꽤 여유가 있는 집안이라고 할 수 있었다. 태준 역시 유학생 신분이지만 선교사의 도움을 받거나 미국 대학 교수회의 장학금을 받아 공부했다. 음악인으로 성장하려면 특히 서양 음악을 하려면 서양 음악의 본고장인 이태리나 독일에서 공부를 하면 훨씬 더 폭넓은 음악 세계를 확장할 수 있었다. 음대생들 대부분 유학에의 로망을 갖고 있었지만 아무나 갈 수 있는 것은 아니었다. 며칠 후 전공 수업이 끝난 후 태준은 작은 연습실로 용하를 불렀다.

"……."

"……."

태준은 물끄러미 용하를 바라보았다. 두 사람은 한동안 침묵의 시간 속으로 침잠했다.

"한 사람의 인생을 책임질 수 있다고 생각하나."

"……."

"그녀가 진정 원하는 행복이 무엇인지 잘 생각해 보게."

태준은 투사 여학생이 지지난 학기 홀 강당에서 불렀던 가곡 「못잊어」를 떠올렸다. 청아한 그녀의 목소리가 허공을 휘돌아 천장의 둥근 유리창을 향해 날아갈 때 장내에는 숨소리 하나 없이 고요가 지배하던 것을 생각했다. 타고난 목소리였다. 한 학기에 한 번 꼭 통과해야 하는 위클리였다. 대여섯 분의 교수가 집중하여 듣고 있었고 일 학년부터 사 학년까지의 재학생들이 심취하듯 그녀의 목소리에 빨려 들어갔다. 우레와 같은 박수를 받은 그녀에 대해 동료 교수가 중간과 기말고사에서는 어떤 곡을 부를지 궁금하다고 말할 정도였다.

십여 개의 연습실에서 나는 소리가 복도를 가득 메웠다. 악기를 조율하는 소리, 음정을 맞춰보는 소리, 첼로나, 비올라, 혹은 바이올린과 피아노의 음률이 각양각색의 모양을 띤 채 좁은 공간을 휘돌아 유리창 밖으로 튀어나왔다. 일 학년 때였던가. 투사 여학생이 이태리 가곡 일바초(입맞춤)를 불러 기억에 남아 있었다. 또 한 곡은 오페라 파우스트에 나오는 '보석의 노래'였다. 많이 알려진 곡은 아니었지만 그녀는 자신의 타고난 악기를 최대치로 끌어올려 불렀다. 음대에서 가까운 세브란스 병원에 찬양 봉사를 하는 재학생들 틈에 그 여학생이 끼어 있어서 참 성실하고 열정적으로 산다고 생각했었다. 영하도 찬양봉사단에 속해 있었다. 지각을 밥 먹듯이 하면서 몇 개인가의 아르바이트를 하면서 찬양 봉사를 하는 용하의 열정에 탄복했다.

"이번 시험 곡은 이태리나 독일 가곡 혹은 영미나 프랑스 가곡 중에서 2개나 3개의 곡을 스스로 선택해서 연습해 오세요."

"어떡해. 좀 어렵지 않아."

여기저기서 비명 소리가 흘러나왔다. 구석진 자리에 투사 여학생이 창밖을 응시하며 멍한 표정으로 앉아 있는 게 보였다. 용하가 결단을 내린 모양이라고 태준은 속으로 생각했다. 강의실 구석에 덩그러니 놓인 피아노가 붙박인 가구처럼 놓여 있었다. 태준은 피아노를 본 게 예닐곱 살 무렵이었다. 어머니의 손에 이끌려 간 교회에서 서양 선교사가 연주하던 피아노 음은 어린 태준의 귀에 물방울처럼 들어와 박혔다. 토란 잎에 굴러가는 이슬방울처럼 공기 중에 떠다니는 비눗방울처럼 동글동글 굴러가는 투명한 액체 같았다. 그 후 어린 시절의 추억이 피아노와 함께 겹치면 귀가 간지러웠다. 자주 그런 것은 아니었지만 피아노 소리는 태준에게 그렇게 왔다. 물방울처럼, 비눗방울처럼.

태준은 피아노 보다 오르간의 웅장한 소리에 매료되었는데 교회에서 본 파이프 오르간은 이 세상이 아닌 저세상의 음악이라는 생각이 들었다. 선교사가 연주하던 파이프오르간은 비 오는 날의 숲처럼 깊고 무겁고 장엄했다. 그때부터 태준은 어떻게든 빌미를 만들어 교회에서 오르간을 만졌다. 다소 서투른 접근이었으나 시간이 가면서 그는 스스로 소리를 낼 줄 알았다. 태준의 오르간 연주를 들은 선교사가 깜짝 놀라서 대뜸 교회 성가대 지휘를 맡겼는데 태준의 나이 열여섯 살이었다. 중간고사나 기말고사 실기 시험은 대강당에서 전교생이 보는 앞에 치러졌다. 강당 홀에는 심사를 맡은 교수 대여섯 분이 무대 아래 측면에 앉아 그동안 갈고 닦은 학생의 솜씨를 보고 들었다.

투사 여학생이 무대에 올랐다. 목이 파인 흰 드레스를 입은 그녀는 얼굴이 희다 못해 창백했다. 그녀의 긴 목이 추워 보였다. 옆에 동료 교수가 그녀의 이름과 무대를 비교하며 쳐다보았다. 그녀가 두 손을 모아 잡았다.

카타리, 그대는 내게 왜 그리 모진 말을 하나요.
왜 그대는 내 맘에 고통만을 안겨 주나요.
카타리, 내가 얼마나 사랑했는지 알아요?
카타리, 그대는 왜 내게 상처만 주는 말을 하나요.
그대는 내 고통도 모르고 또한 관심도 없잖아요.
무정한 사람이여, 그대는 내 삶을 앗아갔어요.
그대가 나를 잊었기에 모두가 끝나버렸군요.
그대가 나를 잊었기에 모두가 끝나버렸군요.

투사 여학생의 노래가 끝나자 장내는 숨 죽은 듯 고요가 찾아왔다. 찰나의 시간이 흐르고 곧이어 우레와 같은 박수가 터져 나왔다. 투사 여학생이 무대 위에서 휘청거리더니 그대로 쓰러졌다. 옆의 동료 교수가 진심

어린 박수를 쳤다. 그녀의 목소리에는 간절함과 갈 수 없는 길에 대한 목마름, 이루어질 수 없는 사랑의 슬픔에 대한 감정이 실려 있었다. 몇몇 여학생이 앉아 있는 객석에서 한숨 소리가 새어 나왔다. 무대가 정돈되자 다음에는 테너 학생이 나와 푸치니의 오페라 아리아 중에서 '별은 빛나건만'을 불렀고 그다음이 용하 차례였다. 용하가 부를 곡은 헨델의 라르고 세르세 중에서 옴 브라 마이 푸, 즉 그리운 나무 그늘이여, 였다.

옴브라 마이 푸 디 베제따빌레
까라 에드아 아마빌레 소아베삐유
옴 브라 마이 푸 디베제 따빌레 삐유
까라 에드아 마빌레 소아베 삐유
디베제 따빌레 까라 에드아 마빌레 소아 베 삐유
까라 에드아 마빌레 쏘아 베 삐유 옴 브라 마이 푸
디베제 따아빌레 까-라 에드 아마빌레 쏘아 베 삐유
쏘아 베 삐유

사랑스런 나무 그늘이여
나에게 감동을 주는 나무 그늘이여
그리운 사랑스럽고 다정한 나무 그늘이여
예전에 이렇게 아늑하지 않았지
그리운 사랑스런 나무 그늘이여
예전엔 이렇게 사랑스럽고 다정하지 않았지

용하의 노래는 마치 투사 여학생의 답가 같았다. 박수 소리가 그치고 이어서 두 번째 곡을 연거푸 불렀다. 루치오 달라가 작곡한 카루소였다.

Qui dove il mare luccica   여기 빛나는 바다에

E tira forte il vento   거센 바람이 일어나

Su una vecchia tarrazza   테라스를 불어대면,

Davanti al golfo di Surriento   소렌토 만 정면에서

Un uomo abbraccia una ragazza   한 남자가 한 아가씨를 포옹하고

Dopo che aveva pianto   그리고 그녀는 눈물을 흘리네

Poi si schiarisce la voce   그러면 그는 목을 가다듬고

E ricomincia il canto   다시 노래하기 시작하네

(중략)

Senti il dolore nella musica   음악 속에서 환희를 느낄 때면

Si alzo dal pianoforte   피아노 소리는 고조되는데

Ma quando vide la luna uscire da una nuvola   구름 속에서 비췬 불빛들을 바라보는 순간

Gli sembro piu dolce anche la morte   죽음조차 달콤해 보였다네

Guardo negli occhi la ragazza   나는 당신의 눈을 바라보았네

Quegli occhi verdi come il mare   바다와 같은 푸른 초록색 눈동자

Poi all'improvisso usci una lacrima   그러자 갑자기 왈칵 눈물이 나서

E lui credette d'affogare   당신의 깊은 눈동자에 익사할 뻔했다네

Te voglio bene assai   당신을 무척 사랑하오

Ma tanto tanto bene, sai   정말 많이, 많이 사랑한다오, 알고 있소?

(하략)

　태준은 이태리 가곡 카루소의 노래를 속으로 가만히 읊조렸다. 천장을 뚫을 듯한 용하의 바리톤이 힘차게 혹은 장중하고 깊게 강당 홀에 울려 퍼졌다. 그의 목소리에는 비장미가 숨겨져 있었다. 무대 뒤에서 투사 여학생이 물을 마시고 정신을 차린 후 다음 무대를 준비하고 있었다. 기본으로 두세 곡을 부르는 자리였다. 오전과 오후로 나뉘어 진행했다. 태준은 파바로티가 테너 음정으로 불렀던 카루소를 좋아했지만 바리톤 용하의 목소리가 장중함이 있어 훨씬 좋았다.

　　꾸이 도브 일 마레 루치까
　　에치라 뽀르떼 일 벤또
　　쑤우나 베끼아 떼라짜
　　다반띠아 골뽀디 쑤리엔또
　　우노모라 아브라짜 우나 라가짜
　　도보깨 아바차 삐엔또
　　보이씨 스끼아리쉐 라 보체
　　에 리꼬민차 엘깐또
　　…
　　센 띠 일 돌로레 넬라 뮤지카
　　씨 알 쪼 달 피아노 포르떼
　　마 콴두 비델 다 루나 우시레 다 우나 누볼라
　　젤 셈브라 삐유 돌체 앙꼘라 모르떼
　　구아르도 넬기 오끼 루 라가짜
　　꾸일 오체 베르디 꼬 메일 마레
　　뽀이 알 임쁘로보시오 우씨 우나 라끄리마

엘 루이 끄레데떼 디 아포가레

저녁 해가 기울 무렵 실기 발표가 끝났다. 그때까지 용하는 돌아가지 않고 기다렸다가 연구실로 태준을 찾아왔다. 입술이 말라 껍질이 일어난 몰골의 용하는 지쳐 보였다.

"고생했네. 연습을 많이 했더군."

"말씀드릴 게 있어서 찾아뵈었습니다."

태준은 용하를 물끄러미 바라보았다. 용하의 깊고 맑은 눈이 움푹 들어가 있고 고뇌에 찬 모습이었다.

"그래, 할 말이 뭔가."

"이번 학기를 끝내고 해병대에 자원입대하게 되었습니다."

"……."

"그동안 감사했습니다."

"대한민국 건강한 청년이라면 한 번은 겪어야 할 일이네만, 뜻밖이구먼."

"……."

"그 여학생 때문인가."

"아닙니다. 어차피 군 복무를 할 생각이었습니다."

"건강하게 다녀오게. 그때 다시 만나세."

태준은 손을 내밀어 악수를 청했다. 맞잡은 용하의 손이 뜨거웠다. 졸업하고 늦은 나이에 군 복무 의무를 마치는 것보다 낫겠다 싶어 태준은 더 이상 아무런 말을 할 수 없었다. 여름이 깊어져 가는 교정에 비가 내렸다. 활엽수 잎사귀가 비에 흔들리며 떨었다. 청아한 여학생의 비브라토 목소리처럼 떠는 나뭇잎에 시선을 주며 태준은 커피를 한 잔 마셨다. 연세대에 오랫동안 머물러 있는 동안 몇 개인가의 계절이 지나갔다.

봉열은 유자로 설탕을 넣어 차를 만들었다. 조청에 담근 차를 선호했지만 그것까지 요구할 수는 없었다. 설탕을 넣어 유자청을 유리병에 담가

놓은 것만으로도 태준은 봉열의 마음이 봄눈이 녹듯 서서히 녹고 있다고 믿었다.

"요새 젊은 학생들이랑 지내서인가요. 당신 얼굴이 확 폈수."

"그럴 리가 있소."

봉열은 농담을 하며 태준에게 다가왔다. 서먹서먹하던 사이가 부드러워진 것 같아 태준은 오랜만에 마산 이야기를 꺼냈다.

"마산이 그립지 않소?"

"그립기야 하지만 부모님도 다 돌아가셨는데 어쩌겠어요."

"처제도 있고 남동생도 거기 있지 않소."

"부모만 하나요. 아무리 친 남매간이라도 손님이고 신세만 질 뿐이죠."

태준은 봉열이 적극적으로 마산행을 밀어붙였으면 동행하려 했다. 부모가 모두 돌아가신 친정은 봉열에게 남보다 못한 친정, 남보다 못한 고향이 되어 정이 떠난 듯해서 태준도 더 이상 마산 이야기를 꺼내지 않았다. 그렇지만 봉열은 친정 이야기에 조금은 마음이 풀어져서 유자차를 더 드릴까요, 어쩌고 하며 평소 하지 않던 친근감을 표현해서 어리둥절했다. 부부로서 그간 소원했던 점이 마음에 걸렸다. 아내 봉열의 말대로 대학이 있는 신촌으로 출퇴근할 때마다 매번 그 거리에 떠다니는 생동감과 젊음의 열기가 좋았다. 복잡한 시내버스나 길에서 어깨를 부딪치거나 스치면서도 풋풋하고 발랄한 학생들이 내 뿜는 건강한 체취와 하루가 다르게 변화하는 골목과 그 골목에 기대어 살아가는 사람들의 모습이 젊은 시절의 자신을 돌아보는 것 같아 만감이 교체했다.

"유자는 역시 남해 바닷가에서 자란 게 제맛이야."

"그게 그렇게 입에 당겨요?"

봉열이 눈을 흘겼다. 정말 오랜만에 호젓한 둘만의 시간이었다.

6

　기말고사가 끝나고 방학에 들어간 교정은 삭막했다. 간간이 도서관을 찾는 학생들을 제외하곤 적막이 돌았다. 연구실은 가끔 나갔다. 작곡을 하거나 혼자 있고 싶을 때 태준은 아주 천천히 백양로를 걸었다. 그 길에 서서 하늘을 쳐다보면 멀리 길이 끝나는 곳에 계단을 받침대 삼아 고즈넉하게 웅크린 석조 건물의 풍광마저도 침묵하는 겨울의 잔해 같아 위안이 될 지경이었다. 매콤한 겨울바람의 냄새, 마른 잎과 보도블록에서 풍기는 차가운 냉기마저도 정겨웠다. 잎을 떨군 은행나무 가로수가 빈 나뭇가지를 흔들며 서 있는 그 길을 걸어 음악대학 본관에 들어서면 복도 양편에 늘어선 연습실에서 금방이라도 악기 소리, 성악을 하는 학생의 서툰 음정이 튀어나올 것만 같았다. 악기들이 제자리를 찾지 못하고 삐끗거리거나 음정이 제대로 나오지 않아 뱅뱅 돌 때면 태준은 낯을 찡그렸다. 찬바람이 문틈으로 파고들어 와 실내는 썰렁했다. 유리창 밖으로 푸른 하늘에 걸린 구름과 그 구름을 배경으로 높이 나는 새와 낙엽이 허공을 휘돌아 날아가는 게 보였다. 태준은 티백 차를 한 모금 마시고 유리창 밖을 내다보았다. 희끗희끗한 눈이 나무 밑동에 쌓여 있거나 낙엽이 한데 모여 떨고 있는 정경, 벌거벗은 나뭇가지들의 옹송그림에 태준은 자신이 저 풍경을 마음에 담아두었음을 알았다. 학생들의 열정과 아름다운 교정의 풍경에 자신의 인생이 지나가는 줄도 모르고 매진했음을 알았다. 음악 대학으로 승격한 음악과도 이제 내려놓을 때가 되었다고 생각했다. 첫 음악 대학장을 맡았을 때는 그 무게가 압박하는 것 같아 마음이 무거웠다. 지방에서 올라온 학생들, 가난한 학생의 장학금을 모금하는 일도 과제였다. 뛰어난 학생을 발굴하여 세계가 인정하는 음악인으로 키우는 것도 그의 몫이었다. 개인의 안위는 안중에 없었다. 가까운 남산 케이블카를 타거나 동대문에 있는 동물원에도 한 번 못 데려간 아이들, 봉열과의 결혼기념일이나 두 사람만의 오붓한 시간을 가질 여유도 시간도 돈도 없었던 세월이었다. 가정에는 소홀한 가장이었다. 태준은 서울시 문화상과 대한민국 예술원상, 국민훈장을 받았을 때 아내 봉열에게 공을 돌렸다.

고요한 시간이면 태준은 어린 시절 부모님의 손을 잡고 교회에 가던 일을 떠올렸다. 교회에서 듣던 피아노 선율과 오르간 음향을 추억했다. 모든 동식물이 깊은 잠이든 겨울 뜰에서 태준은 어린 날 여린 가슴 속을 파고들던 피아노 소리, 오르간 소리를 떠올리곤 미소 지었다. 그의 인생이 여름날 밤하늘을 가로질러 가는 유성처럼 찰나에 진로가 결정되는 순간이었다. 돛도 없이 넓은 대양을 항해하는 느낌이었다. 일제 강점기에 태어나 내전과 민족의 분열을 겪으며 불안정한 시국을 배경으로 예술의 길을 가야 했던 그는 외로웠다. 그 외로움을 견디기 힘들 때면 음악실에 틀어박혀 침묵의 시간을 가졌다. 긴 겨울잠에서 깨어나 활동에 들어간 봄의 생명체처럼 이제 그가 길러낸 음악도들이 그의 뒤를 이어갈 것이었다.

제자들이 태준을 찾아왔다. 졸업한 지 꽤 여러 해가 지났음에도 잊지 않고 태준을 기억하는 그들이 고마워서 태준은 가슴이 뭉클했다. 제자들이 넙죽 엎드려 태준에게 큰절을 올리자 거실이 꽉 찼다. 그들이 찾아온 용건을 말했다. 태준이 배출한 종교 음악과 음대 제자들이 사은회(謝恩會) 음악회를 연다는 말에 찻상을 들여오던 봉열이 먼저 놀라움의 반응을 보였고 태준은 잠시 침묵하더니 번거롭게 그런 걸 왜 하느냐고 점잖게 한마디 했다. 제자들은 태준의 성격을 잘 알기에 그날 멋지게 성장(盛裝)을 하고 사모님과 모교로 나오시면 된다고 말하고는 유쾌한 대화를 이어갔다.

"사모님을 뵈니 그때가 생각납니다. 사모님이 해준 밥을 먹으려고 학교가 끝나고 친구들과의 모임도 마다하고 선생님 댁으로 달려갔거든요."

먼 과거를 회상하는 도정삼의 목소리가 떨려 나왔다. 그러자 여기저기서 도정삼이 제일 부러웠다고 이구동성으로 떠들어댔다. 태준은 그 시절 가난하여 등록금을 내지 못하는 제자들 여럿의 학비를 대준 적이 있었다. 도정삼은 태준의 집에서 육 개월가량 머물며 봉열이 해주는 밥을 얻어먹고 다녔다. 친구들이 옛 기억을 환기시키자 태준은 도정삼이 졸업 후 설날이면 항상 세배를 온다고 대견해했다. 그러고는 김명엽을 돌아보며 지휘하는 데 어려움은 없냐고 물었다. 태준의 뒤를 이어 남대문교회 지휘를 맡은 김명엽은 스승이 자신을 믿고 추천해 준 터여서 교회 성가를 지휘할 때는 손이 올라가도 안되고 내려와도 안 되며 요란한 몸짓을 해서도 안 된다는 가르침을 늘 가슴에 새겼다.

"선생님은 합창곡의 대부십니다. 합창 음악의 기본을 세우셨거든요."

나인용이 말했다.

"브람스의 레퀴엠 「복이 있도다」를 연주하시면서 선생님이 눈물을 흘리자 학생들이 모두 울어버린 일은 두고두고 잊히지 않는 사건이었잖아요."

신갑순이 과거에 있었던 그때 일을 떠올리자 모두들 어린 학생으로 돌아간 듯 볼이 발그레해졌다. 분위기는 훈훈했다.

"교회 음악가, 합창 지휘자, 가곡, 동요 작곡가, 교과서 집필…… 더구나 제1회 서울국제음악제 운영 위원장까지 맡으셨으니 보통 사람으로서는 이루지 못할 일을 한 세대에 다 이루셨어요. 대단하세요."

"자네들이 이러면 내가 몸 둘 바를 모르지 않나. 그만들 하시게."

태준의 다소 엄숙한 목소리에 다들 입을 다물었다. 예민하고 섬세하며 따뜻한 성정의 태준은 교회 장로직마저 마다하고 음악에만 매달렸다. 제자들은 그의 이런 처신을 존중하였고 스승을 어려워하였다. 장성한 제자들이 찾아와 한바탕 유쾌하고 훈훈한 분위기에 휩싸였던 태준은 소파에 기대어 눈을 감고 지난날을 회고했다. 열정으로 보낸 시간이었다. 노랗게 물든 단풍잎이 유리창에 부딪혀 바닥에 떨어지는 것을 내다보며 태준은 자신의 인생이 저물어 간다고 생각했다.

강당 홀에는 음대생들이 단복을 갖춰 입고 합창을 했다, 태준이 작곡한 '가을밤'이 베이스로 바탕에 깔리고 은은한 4부 합창이 울려 퍼졌다. 1절은 합창부가 부르고 2절은 졸업생과 동문들이 함께 불렀다. 따스한 풍경이었다. 한복을 곱게 차려입은 봉열이 옆에서 눈물을 찍어냈다. 태준의 콧잔등이 시큰해졌다.

산에나 올라서서 바다를 보라 사면에 백열리 창파중에 객선만 둥둥 떠나간다…… 졸업생 김선애가 소프라노로 '집생각'을 불렀다. 김소월의 시에 태준이 곡을 붙인 노래였다. 이어서 김동환이 쓴 '참대밭'을 연거푸 부르자 우레와 같은 박수가 쏟아졌다. 태준은 벅차오르는 감정으로 강당을 둘러보았다. 재학생과 졸업생, 동문들이 모여 태준이 작곡한 음악을 합창하는 이날이야말로 천상의 시간이었다. 이곳이 바로 천국이었다. 미움도 질시도 슬픔도 없는 지상의 가장 순수한 아름다움을 모아 함께 나누는 자리였다.

마지막으로 연세 교가를 다 같이 불렀다. 이날 태준은 연세대 음악 대학 동문들이 후원하여 만든 『박태준 작곡집』을 선물로 받았다. 〈세광음악출판사〉에서 발간한 작곡집이었다. 태준은 책을 펼쳐 들고 자신이 직접 쓴 서문을 눈으로 읽었다.

— 음악을 정식으로 공부하지 못하던 때인 1920년대 작품들은 기교면에서 볼 때 매우 유치하고 평할 가치가 없는 것일지 모르지만, 과거 일제 강점기에 우리나라 어린이들에게 많은 기쁨과 위안을 주었다는 사실에서 볼 때에 그 의의가 큰 줄 생각하면서 한국 음악 역사의 한 페이지를 일으켰으리라 나는 자부해 본다.

태준은 젊고 능력 있는 후학들이 음악의 길을 이어 나가고 자신은 이제

조용히 사라져야 할 때가 왔음을 알았다. 평생 걸어온 음악의 길이었다. 태준은 눈을 들어 하늘을 쳐다보았다. 어두워지는 하늘에는 구름이 점점이 흩어져 있고 별이 하나씩 떠오르고 있었다. 태준은 하늘을 향해 고개를 들고 벅찬 마음으로 두 손을 모아 잡았다. 한순간에 지나간 인생이었다. 어디선가 백합 향이 풍겨오는 듯했다. 태준은 푸른 담쟁이덩굴의 청라 언덕을 떠올리며 걸음을 내디뎠다.

7. 김순남 – 마린

순남은 마당에 굴러다니는 낙엽들을 정성스레 싸리비로 쓸어 모은 후 굽은 허리를 폈다. 금방 숨이 차올라 길게 들숨과 날숨을 내쉬었다. 며칠 동안 때 이른 추위가 찾아와 꼼짝없이 방 안에서 감옥살이를 해야 했다. 날씨가 제자리를 찾은 듯 푸근해지자 그는 이른 아침부터 마당에 나와 맨손체조를 하고 비질을 했다. 그의 아침 일과였다. 새털구름이 융단처럼 깔린 하늘을 고개를 한껏 뒤로 젖히고 올려다보았다. 구름 사이로 보이는 하늘이 심해처럼 푸르렀다. 그는 홀린 듯 바라보다 그만 현기증이 몰려와 마당 가에 주저앉았다. 이번엔 꽃밭에 무리 지어 핀 가을꽃에 눈길을 떨어뜨렸다.

"인생, 참 잔인하구나."

순남은 나직한 목소리로 툭 내뱉었다. 말의 내용에 비해 그의 표정은 평온했다. 사실 그는 참, 예쁘구나, 혹은 멋지구나, 라고 말하려 했는데 의도와는 다른 말이 흘러나오고 말았다. 그는 꽃이나 하늘에 눈길을 주고 일일이 감상을 표현하는 부류의 남자는 아니었지만 이날 아침에는 어쩐 일인지 늙고 흐려진 그의 눈에 꽃과 하늘이 각별하게 들어온 것이다. 말갛게 씻긴 아기 얼굴을 닮은 구절초, 오묘한 붉은 빛으로 치장한 맨드라미, 요양소 뒷산으로 이어지는 둔덕에 무리 지어 핀 억새풀, 이 모든 게 사무치도록 아름답게만 보였다. 낯선 감정이었다. 너무 오래 투병해 온 탓인지도 몰랐다. 몸과 마음이 약해져서 일수도, 단지 나이가 들어서 인지도 몰랐다. 파란만장이란 말이 과하지 않았던 그의 인생의 황혼기에 찾아온 이 감정은 낯설고 생경했다. 이토록 사소한 것들에게 일일이 눈길을 주고 작은 기쁨들을 찾아내며 살지 못했다는 사실이 새삼 뼈아프게 의식되었다.

새벽녘에 잠이 깨면 그의 앞에는 여지없이 견뎌내야 할 하루가 기다리고 있었다. 건강이 나빠진 후 끔찍하게 민감해졌다. 작은 일도 시작할 만한 의욕이 거의 남아 있지 않았다. 아직 하루를 시작하지도 않았는데 이미 탈진한 느낌이랄까. 살아있는 건 오직 통증에 대한 감각과 마음 깊은 곳에 앙금처럼 가라앉아 있는 불안뿐이었다. 오직 불확실만이 확실했다. 체온과 혈압을 재고 산소 포화도를 측정한 후 한 줌의 알약을 먹고 정기적으로 반복되는 검사들을 하고 그 수치가 나타내는 의미들을 생각하다 보면 가라앉아 있던 불안이란 감정이 새삼 또렷해졌다. 끝이 가까운 건지도 모른다는 생각이 서서히 자리를 넓혀가는 중이었다. 십여 년 투병해 왔지만 끝일 거라고 생각한 적은 없었다. 그는 비록 내일이 인생의 마지막 날일지라도 오늘 할 수 있는 일들을 하겠노라고 다짐하듯 생각하곤 했다.

이른 새벽, 잠결에 가까스로 매달려 있던 어금니 한 개를 혀로 좀 밀었을 뿐인데 맥없이 빠져버렸다. 진작 제 역할을 못 하던 것이어서 아쉬울 것은 없었는데도 마음이 좀 스산해졌다. 듬성듬성 빈 곳이 늘어나는 잇몸을 그는 하릴없이 몇 번이고 혀로 쓸어보았다. 1982년, 그는 올해로 예순여섯이었다. 완강하게 들러붙은 폐결핵을 앓으며 함경남도의 요양소를 전전한 지도 수년째였다. 땀으로 흠뻑 젖은 채 아침에 잠이 깨곤 했다. 불쾌한 오한과 함께 약해지려는 마음을 추스르는 것으로부터 하루가 시작되었다. 온종일 고된 노동의 뒤끝처럼 노곤했다. 좀처럼 차도가 없었고 이즈음은 더 나빠지는 듯했다. 몸이 약해질수록 자꾸만 지나간 일들이 복기하듯 떠올랐다. 오늘보다 나은 내일에 대한 희망과 설계로 들뜨곤 했던 청년 시절, 개인의 행복보다는 나라와 민족의 장래가 더 소중했던 젊은 날의 열정은 시나브로 꺼져가는 불길처럼 사그라졌다. 한 번도 가보지 않은 길이 눈앞에 놓여 있었다. 그건 노년이라는 길이었다.

꼬리를 높이 치켜든 얼룩 고양이 한 마리가 구절초꽃 무더기를 헤치며 나타났다. 녀석은 몹시 말라서 허리가 더 가늘고 길어 보였다. 누런빛에 흰색이 섞인 털은 윤기를 잃고 듬성듬성 탈모 증세마저 보였다. 초라한 몰골 탓에 더 마음이 쓰이는 녀석이었다. 순남은 주머니에서 찐 고구마 반쪽을 꺼내 적당히 으깨어 돌덩이 위에 올려놓고는 다른 데를 쳐다보며 무심한 척을 했다. 녀석은 순남에게 음식을 받아먹기 시작한 지 서너 달이 지났는데도 여전히 조심스러워했다. 고양이는 야옹, 짧은 울음을 뱉더니 고구마를 차근차근 먹어 치웠다.

"아이고, 이놈, 목멜라. 천천히 먹어라."

그는 장독 뚜껑에 물을 받아 고구마 옆에 가져다 놓았다. 고양이는 고구마를 부스러기까지 깔끔히 핥아먹고 혀를 날름대며 물도 양껏 마셨다. 순남은 대견스러운 눈빛으로 고양이를 바라보았다. 이따금 나타나는 녀석이 어디에서 오는지 알 수 없었다. 인가가 몇 킬로는 떨어져 있는데 녀석은 잊을만하면 나타나곤 했다. 그는 녀석을 기다렸다. 녀석이 나타나면 어쩐지 안심이 되었다.

돌개바람이 한차례 휘돌 듯 지나가자 억새풀이 서걱거렸다. 순남은 돌덩이 위에 앉아 눈을 감고 주변에서 들려오는 소리에 귀를 기울였다. 뒷산에서 산새 소리가 산발적으로 들렸다. 새들은 그들만의 신호를 주고받는 것 같았다. 계곡의 물소리도 아스라하게 끼어들었다. 이따금 뚝, 쿵, 딱하는 근원을 알 수 없는 소리들이 둔중하게 얹혔다. 멀리서 뱃고동 소리이거나 기차가 덜커덕거리며 지나가는 듯한 소리가 뒤섞이기도 했다. 자연의 오케스트라는 어떤 음악보다 아름답고 어떤 소리보다 마음을 위안해 주었다. 불안하게 뛰던 심장 박동이 차분해지는 것 같았다.

당의 사상검토에서 부르주아 작곡가라는 비판을 받고 숙청되었을 때도 그는 결코 음악을 포기하지 않았다. 함경남도 신포 조선소에서 주물 노동자로 일하면서도 틈틈이 지방 민요 수집 작업을 이어 나갔다. 「김매는 소리」, 「나무 베는 소리」, 「망치질 소리」, 「베틀 소리」 등 일하는 사람들의 노래를 채보하여 『조선민요곡집』을 발표했다. 민중들의 고된 삶 속에 녹아들어 있는 소리들을 그는 무엇보다 가치 있게 여겼다. 민족과 음악은 하나라고 생각했다. 지금 그는 유배와 다를 바 없는 자신의 삶 속에서 만날 수 있는 음악을 듣고 있었다.

그때 뭔가 그의 아침 의식을 방해하는 이질적인 소리가 끼어들었다. 그는 반사적으로 눈을 뜨고 주변을 둘러보았다. 어린 아기가 마당 저편에서 넘어질 듯 말듯 위태로운 걸음걸이로 마당을 가로질러 그가 있는 쪽으로 다가오고 있었다. 뒤뚱거리긴 해도 용케 넘어지지는 않았다. 그는 침침한 두 눈을 손등으로 거듭 문지르며 느닷없이 소리쳤다.

"아이고, 아가야, 너로구나. 내 딸이로구나."

순남은 아기를 발견한 순간 누군가 뒤통수를 세게 내리치기라도 한 듯 충격을 받았다. 마구 가슴이 뛰었다. 그는 가슴팍을 쓸어안고 심호흡했다. 딸일 리가 없었다. 그런데도 너무나 그의 딸 같았다. 그는 아기가 넘어질까 걱정스러운 눈길로 바라보며 침을 삼켰다. 아기는 곧장 그에게로 다가와 그의 바짓가랑이를 잡고 숨을 돌리더니 이번엔 장독대 쪽으로 방향을 잡아 전진했다.

"아가야, 넌 어디서 왔니?"

그는 아기에게 말을 걸어 보았다. 아기는 들은 체도 않고 꽃밭에서 붕붕거리는 날벌레들을 향해 손을 휘저어 댔다. 그는 혹시 아기가 벌에라도 쏘일까 마음이 쓰여 아기 뒤를 따라다녔다. 주위를 둘러봐도 아이의 보호자임직한 사람은 보이지 않았다. 하늘에서 뚝 떨어진 듯 어울리지 않는 장소에 나타난 아이가 신기하기만 했다.

"아가야, 넌 어디서 왔니?"

그는 또 물었다. 아기는 그의 질문에는 관심도 없어 보였다. 아무리 궁리해 봐도 아이에게 줄 만한 것이 없었다. 그는 구절초 한 송이를 꺾어서 아기 손에 들려주었다. 아기는 꽃송이를 쳐다보더니 흥미가 없는 듯 바로 손에서 떨어뜨리고 이번엔 장독대로 올라가려고 애를 썼다. 야트막한 장독대도 아이의 짧막한 다리로는 어림없어 보였다.

순남은 마지막으로 보았던 딸아이를 떠올렸다. 이 아기처럼 뒤뚱거리며 걸음마를 배우던 때였다. 아무리 애를 써도 딸아이 얼굴은 생각나지 않았다. 아이 사진 한 장 챙겨 나오지 않은 걸 두고두고 후회했다. 해방되던 해에 태어난 아이였다. 바깥일로 바빠서 변변히 아이와 함께한 시간은 많지 않았다. 조만간 아이와 놀아줄 시간이 생길 거라고만 생각했다. '나, 내일 이북 간다.' 쪽지 한 장 전해 주고 떠날 때는 이렇게 긴 이별은 생각조차 하지 않았다. 딸아이를 다시는 보지 못할 거라고는 상상조차 못했다. 왜 아니겠는가? 그럴 줄 알았다면 누구라도 그런 식으로 떠나지는 못했을 터였다. 아이에게도 아내에게도 그리고 어머니께도 몹쓸 짓을 하고 말았다. 체포령이 떨어지고 몇 달째 계속되는 피신 생활에 지친 데다 남과 북은 완전히 다른 길을 향해 나아가고 있던 시점이었다.

일제로부터 해방만 되면 모든 것이 제 자리를 찾아갈 줄 알았다. 기대와 달리 남과 북은 각각 미국과 소련의 지배하에 놓이고 미군정은 그가 속한 조선 음악가 동맹을 불법 단체로 규정했다. 단체가 한 일은 파업 노동자들을 위한 위문 공연을 한다든가 일본 제국주의의 잔재를 생활 속에서 걷어내는 활동이었다. 음악가 동맹답게 음악 속에 스며든 왜색을 몰아내고 고유한 민족 문화를 키우자는 논의를 활발하게 펼쳐나갔다. 음악을 하는 사람들로서 당연한 일이었다. 미군정은 그들에게 무지한 백성들을 선동한다는 죄명을 씌웠다. 친일파를 좌장으로 하는 그들만의 음악가 단체를 만들어 서로 대립하게 만들었다. 나중에는 좌익 색출이라는 슬로건을 내걸고 숨통을 조여 왔다.

> 원수와 더불어 싸워서 죽는 우리의 주검을 슬퍼말아라
> 깃발을 덮어다오 붉은 깃발을
> 그렇게 죽엄을 맹서한 깃발을
> 임화 시, 김순남 작곡, 「인민 항쟁가」 첫 소절

미군정이 친일 관리를 고용해 강압적으로 식량을 공출한 것이 '대구

10월 항쟁'의 배경이 되었다. 그는 지금도 또렷이 생각나는 인민 항쟁가의 첫 소절을 나직이 읊조렸다. 해방이 되었는데도 여전히 친일파가 득세하는 부조리한 상황을 두고 볼 수는 없었다. 그래서 항쟁의 노래를 만들었고 그 노래는 뜻을 같이하는 사람들을 모으고 의지를 북돋우는 역할을 했다.

그 무렵부터 미행이 시작되었다. 언제부터인가 어떤 눈길이 일거수일투족을 감시한다는 자각이 들었다. 돌아보면 등을 돌린 사람들뿐인데 돌아서 걸으면 발소리가 뒤를 밟았다. 딱히 자신의 존재를 숨기려고 애쓰는 것 같지도 않았다. 단지 압박하려는 목적이었을 지도 모른다. 단체에서 주최하는 종합 예술제를 앞두고서였다. 애면글면 자금을 모아 몇 달 동안 준비한 예술제는 불발되고 말았다. 깡패들이 공연장에 난입하고 연막탄이 터지는 등 아수라장이 된 때문이었다. 그런 일을 당하고도 어디에도 변변히 항의할 수 없었다.

그즈음 순남은 미군정의 문화 담당자로부터 미국 유학을 권유받았다. 문화 담당 관리와의 일문일답이 어제인 듯 떠올랐다.

"남이니 북이니, 좌니 우니 따지지 않겠다. 오직 당신의 재능이 아까워서 하는 제안이다. 예술가에게는 예술이 우선이다. 당신에게 기회를 주고 싶다. 미국의 음악 대학을 알선해 주고 학비도 지원하겠다."

파격적인 제안이었다. 그의 재능을 높이 사고 기회를 주려 한 진심을 의심하지는 않았지만 일종의 회유책이기도 했다. 그의 정치적 신념은 북에 기울어져 있었고 이제껏 함께하던 동지들이 곁에 있었다. 친일파들이 죗값을 치르기는커녕 여전히 세도가의 자리에서 호령하는 세상을 나 몰라라 할 수는 없었다. 그는 고민 끝에 이 제안을 거절했다. 그 후 오랫동안 이 선택에 대해 곱씹고는 했다. 그때 그 미국 관리의 제안을 받아들여 미국으로 유학을 갔더라면 어땠을까? 가족들과 헤어지는 일은 없었겠지. 미국에서 서양 음악을 배우고 돌아와 우리 음악의 새 길을 개척하는 선구자

역할을 해냈을 거야. 그 대신 동지들을 배신하고 자신의 신념을 저버려야 했겠지. 또 다른 제3의 길이 있었을까? 이제 와서 이 모든 생각들은 소용이 없었다. 그는 선택했고 그 선택을 살았고 다른 무언가를 얻는 대신 소중한 것들을 잃어야 했다. 단 한 번의 선택은 되돌릴 수 없는 것이어서 후회는 부질없는 것이 되었다. 수많은 '만약에'는 의미 없었다. 인생의 모든 순간은 크고 작은 선택이고 어떤 선택은 크나큰 대가를 치르며, 다시는 되돌릴 수 없게 하니 그 선택은 그 자체로 운명이었다.

그는 고통스러운 기억에 절로 얼굴이 일그러졌다. 딸아이의 얼굴을 떠올려 보려 거듭 노력했지만 그건 아무래도 불가능했다. 그 아이는 지금 삼십 대의 어엿한 여인네가 되어 있을 터였다. 삼십 년이 넘는 시간이 지났는데 여전히 만나야 할 사람들이 만나지 못하는 것은 비극이었다. 무언가 뭉텅이째로 도둑맞은 기분이 들었다. 그는 비관적으로 치닫는 생각들을 떨쳐내려 고개를 저었다. 뜻 모를 눈물이 눈가에 맺혔다. 순남은 기억을 되살리듯 느리게 노래했다. 그가 딸아이를 위해 만든 노래였다.

잘 자거라 우리 아기 귀여운 아기
엄마 품은 꿈나라의 꽃밭이란다
바람아 불지 마라 물결도 잠자거라 아기 잠든다
우리 아기 꿈나라 고개 넘으면
엄마 가슴 위에 눈이 나린다
잘 자거라 우리 아기 착한 아기야
뒷동산에 별 하나 반짝여 준다

김순남, 「자장가 1」

그의 나이 스물아홉에 딸아이가 태어났다. 아이를 사랑하는 만큼 조국의 미래가 중요하다고 믿었다. 외세에 흔들리지 않고, 이념에 함몰되지 않으려면 민족이 바로 서야 했고 자주적인 힘을 길러야 한다고 믿었다. 민족과 음악은 하나라고 믿었기에 새로운 가곡을 만드는 등 음악 운동을 주도했다. 그는 도돌이표처럼 떠오르는 생각들을 떨쳐 내려고 더욱 노래에 집중했다. 오직 아이를 생각하며 정성스레 노래했다. 학창 시절 그는 타고난 미성에 피아노를 잘 쳐서 학교행사의 주인공이 되곤 했다. 지금은 피아노도 없고 그의 목소리는 탁해져 있었다.

"아이고, 아기 동무 날래기도 하구나."

요양소에서 빨래며 청소며 온갖 허드렛일을 하는 아주머니가 아이를 낚아채듯 안아 올리며 말했다. 순남은 노래를 멈추고 궁금증이 담긴 얼굴로 아주머니를 바라보았다.

"환자 면회 온 가족이 데려온 아이랍니다. 안에 들일 수가 없어서 제가 잠시 맡고 있었는데 순식간에 사라졌지 뭡니까? 아유, 없어진 걸 알고 얼마나 놀랐던지. 선생님이 이렇게 데리고 계셨구먼요. 그나저나 김 선생님은 오늘 좋아 보이십니다."

여자가 인사치레했다. 순남은 그녀가 단지 격려하기 위해 하는 말임을 알고 있었다. 이들은 이곳에서 자질구레한 뒷수발을 들고 있지만 의료진만큼이나 모든 걸 눈치채고 있었다. 오래도록 같은 병을 앓고 있는 환자들을 여럿 보다 보면 전문지식이 없어도 절로 알게 되는 것들이 있는 법이다. 그는 오늘 아침 조금도 좋지 않았다. 아니 오히려 더 나빴다. 단지 나빠진 것처럼 보이지 않게 하려는 그의 노력이 좀 더 더해졌을 뿐이다.

"네. 좋습니다. 다 여기 계신 분들이 살펴주신 덕분이지요."

그는 예의 바르게 대꾸했다.

"아침 바람이 찬데 어서 들어가세요. 괜히 감기 듭니다."

여자가 품 안에서 놓여나려 버둥대는 아기를 내려놓으며 말했다.

"아, 네. 그래야지요. 속옷을 단단히 입어서 괜찮습니다. 아드님은 잘하고 있지요?"

순남은 딱히 궁금하지도 않은 질문을 꺼냈다. 누군가와 그저 일상적인 대화를 좀 더 나눠보고 싶어서였다. 환자들끼리 나누는 병세에 대한 대화들은 넌더리가 났다. 그나마 오 분을 넘기기도 어려웠다. 그녀는 금세 낯빛이 환해졌다.

　"네. 뭘 좀 알수록 점점 어렵다고 하데요. 그래도 견뎌야지요. 암요. 그놈은 나처럼 살지 말아야지요."

　그녀의 아들은 올봄 평양음악전문학교에 들어갔다. 떡을 해다가 요양소 사람들과 나눠 먹을 만큼 아들 자랑이 대단했더랬다. 어디선가 순남이 한때 그 학교에서 학생들을 가르쳤다는 얘기를 전해 듣고는 일부러 아들을 데려와 인사를 시키고 학업에 대한 조언을 구하기도 했다. 그 후 그녀는 늘 그를 깍듯이 김 선생님이라고 불렀다.

　"아주머니가 어때서요? 귀한 일 하는 겁니다. 아주머니 덕분에 저희 같은 사람들이 도움을 받지 않습니까?"

　"아무리 그래도 자식 놈이 저같이 사는 건 싫습니다. 거기 무사히 졸업해서 음악선생이 되면 참 좋겠습니다."

　"예. 그러시지요. 그리될 겁니다. 제가 한때 조선소에서 주물 노동자로 일했더랬지요. 힘들었지요. 고되더라고요. 하지만 그 일도 음악과 똑같이 중요한 일입니다. 내가 부모를 잘 만나 큰 고생 안 하고 음악 공부만 하면서 청소년기를 보냈어요. 음악이 세상 전부인 줄 알고 컸거든요. 나이 마흔이 넘어서 처음으로 노동이란 걸 해본 겁니다. 노동자를 위한 세상을 꿈꾼다고 했으면서 말이죠. 인생을 배웠지요. 인간은 죽을 때까지 배우는 겁니다. 더 귀한 일은 없어요. 다 귀합니다. 다 소중한 사람이고요."

　삶이란 게 예측한 대로, 혹은 계획한 대로는 절대로 흘러가지 않는다는 걸 아직 젊은 이 여자는 모른다고 순남은 생각했다. 그 역시 그랬으니까. 사범학교에 입학할 때는 어머니처럼 교사가 되어야지, 했다. 학교에 다니면서 음악에 눈을 떴고 몇 안 되는 조선인 선생 중 하나인 박두봉 선생의 격려로 일본 유학을 결심했다. 도쿄고등음악학원에 다니면서 하라 다로 선생을 만났고 떠돌이처럼 보이던 선생의 삶을 통해 노동 계급에 대해 인식하게 되었다. 귀국 후에는 자연스럽게 좌익 활동을 하는 인물들과 뜻이 통하게 되었다. 옳다고 믿는 일들을 했는데 그 행동의 결과가 월북을 감행할 수밖에 없는 상황까지 이르게 했다. 그 어떤 것도 미리 계획한 것들이 아니었다.

"선생님이 노동자였다고요? 험한 일은 한 번도 안 하셨을 것 같은데 어쩌다가요?"

여자는 처음 듣는 소리인 듯 놀라는 시늉을 했다. 순남은 별일 아니라는 듯 몇 마디 덧붙였다.

"저는 그대로 그 사람인데 세상이 저를 두고 이거다, 저거다, 하더라고요. 다 지난 일이지요."

배척당한 경험은 한 번이 아니었다. 남에서 배척하니 북으로 왔는데 처음엔 영웅이라 칭송하던 사람들이 난데없이 부르주아 기법의 음악을 한다며 그를 단죄했다. 제자를 양성하고 새로운 곡을 만들고 소련에 유학하는 등 활발했던 사회 활동은 하루아침에 중단되었다. 그의 음악은 잘못이 없었다. 단지 그가 교류하던 남쪽 출신 인사들이 정치적 이유로 숙청되면서 그에게도 불똥이 튀었을 뿐이다.

1952년, 그는 소련의 차이콥스키 음악원에 유학 중이었다. 그의 음악에 감명을 받은 소련 작곡가 동맹 부위원장인 하차투리안의 초청이 계기가 된 거였다. 미군정에서의 관리가 그랬던 것처럼 하차투리안 역시 그의 재능을 알아보고 유학을 권유했을 뿐만 아니라 북의 소환 명령이 떨어지자 망명을 권유하기까지 했다. 음악적 동료인 그를 잃고 싶지 않다고 했다. 순남은 이번에도 선택해야 했다. 소중한 것을 모두 남겨두고 떠나는 경험은 한 번으로 족했다. 그는 북의 소환에 순순히 응하는 쪽을 택했다.

남쪽에서 그의 음악적 자취가 사라진 것처럼 북에서도 1950년대 후반부터 그의 음악은 금지되었고 많은 사람들이 아꼈던 음악가는 주물 노동자가 되어야 했다. 순식간에 손발을 모두 잘라낸 것과 다를 바가 없었다. 그는 노동을 가치 있게 여기고 노동자가 주인 되는 세상을 꿈꾸었지만 위대한 음악가가 노동자가 되어 자신의 재능을 펼칠 수 없는 현실은 분명비극이었다. 1964년이 되어서야 그는 복권되었다. 이 모든 일들이 일어나는 동안에도 그는 여전히 그가 할 수 있는 일들을 했고 그의 인생을 살았다. 후회는 하지 않았다. 다만 최악을 상상하는 버릇이 생겼다. 상처를덜 받으려는 일종의 보호 본능 같은 거였다.

순남은 방으로 돌아와 이불을 둘러쓰고 누웠다. 동향으로 난 창에 아침볕이 가득 들어차 방안은 티끌도 보일 만큼 밝았다. 아침 밥상에 곁들이로나온 홍시 한 알이 탁자에 놓여 있었다. 저걸 먹어야겠구나, 그는 의무인듯 중얼거렸다. 햇빛이 가득한 방안은 훈훈한 열기에 감싸인 듯 따뜻했다. 방은 작고 가구는 단출했다. 야트막한 일인용 침상과 작은 다탁과 의자한 개, 사물함 한 개가 다인 방이었다. 벽에 못을 박아 옷걸이로 썼고 그옆에 한 장씩 떼어내는 일력이 걸려있었다. 탁자 위에는 작은 물병과 물컵이 놓여 있었고 언젠가부터 들춰보지도 않은 오선지가 그려진 노트 한 권과 연필이 있었다. 벽면 쪽으로 러시아 인형 마트료시카, 작은 북처럼 생긴 오르골이 나란히 놓여 있었다. 러시아에 갔을 때 딸아이를 생각하며구입한 기념품들이었다. 여러 곳을 옮겨 다니면서도 챙기는 일에 소홀하지 않아 이제껏 간직할 수 있었다. 오르골은 이제 수명이 다했는지 더 이상 소리를 재생하지 못했다.

그의 고향 집 마루에도 이렇게 아침이면 볕이 가득했었다. 마루 끝에그의 방이 있었다. 어머니가 사주신 피아노가 떡하니 차지하고 있던 방이었다. 그 피아노는 지금쯤 어찌 되었을까? 그는 느닷없는 궁금증에 고개를 갸웃했다. 어머니에게 처음으로 피아노를 배우던 날이 떠올랐다. 고사리손으로 건반을 눌렀을 때 쏟아져 나오던 그 맑은소리들에 매료되었던 순간이었다. 보통학교를 다니는 동안 어머니는 더 이상 그에게 가르쳐줄 것이 없어서 피아노 선생을 따로 주선해 주었다. 그는 눈앞에 건반이 보이기라도 하는 듯 열 손가락으로 피아노 치는 시늉을 했다.

> 저녁노을이 옛 언덕을 안았다
> 이슬 나린 풀밭에 누워
> 옛 노래를 부르자
>
> 최석두 시, 김순남 곡, 「저녁노을」

　사범학교 다니던 시절 처음으로 만든 노래였다. 이 노래는 순남이 작곡가의 길을 가는데 첫 단추가 된 노래였다. 가난한 시인 지망생이었던 석두란 녀석은 어찌 되었을까? 그는 소리 내어 중얼거렸다. 지겹도록 눈이 내리는 겨울날이었는데 석두가 며칠 동안 학교에 나오지 않았다. 걱정되어 그의 집을 찾아 길을 나선 적이 있었다. 물어물어 외진 산길을 몇 시간이고 걸어 그를 만나러 갔다. 움막 같은 집에 대가족이 모여 살고 있었다. 그가 한 번도 가까이 해본 적 없는 가난한 집이었다. 대접할 것이 아무것도 없다고 난처해하던 석두의 얼굴이 또렷이 떠올랐다. 석두는 옹색한 살림 걱정에 학교를 그만둘까 고민하는 중이었다. 대부분이 가난했던 시절이었다. 가난한 사람들에게 계절 따라 산과 들에 나는 것들은 죄다 양식이었다. 칡뿌리를 씹어 먹고 아카시아꽃을 따먹고 소나무 속껍질이나 찔레나무 순도 먹을거리가 되었더랬다. 그는 운이 좋아 따뜻한 밥을 먹고 자랐지만 좀 철이 들고는 그것을 당연하게 여기지는 않았다. 석두와 주거니 받거니 나누었던 대화들이 수십 년이 지난 지금도 또렷이 떠올라 그는 더 마음이 아팠다.

　"넌 꼭 시인이 되어야 해. 일제 치하에 고통받는 백성들에게 등불이 되어주는 시를 써야 해. 나는 꼭 작곡가가 될 거야. 너의 시에 내가 곡을 붙여서 누구나 부르는 겨레의 노래를 만들 테야. 그러니 넌 절대 포기해선 안 돼."

사범학교 정원이 100명이었는데 그중 조선인은 20명이었다. 조회 시간마다 일본에 충성을 맹세하는 황국 신민 서사를 외워야 했고 일본 선생들에게 배웠다. 조국의 땅이었지만 조선인을 위한 학교가 아니었다. 일본 학생들 눈치를 볼 수밖에 없는 분위기였는데 순남은 피아노 하나로 학교에서 독보적인 학생이 되었다. 그를 능가할 학생이 없었다. 그에겐 재능과 열정이 있었고 그를 응원하고 지원하는 어머니가 있었다.

　순남은 어느새 혼곤한 잠 속으로 빠져들었다. 꿈속에서라도 어머니와 친구들을 만날 수 있기를 소망했다. 꿈이 아니라 어쩌면 선잠 속에서 뒤적이는 옛 기억들이었다. 스물한 살, 1937년 겨울이었다. 그는 짐을 꾸려서 일본으로 떠났다. 엔카가 민족의 노래에 스며드는 현실이 안타깝고 속상했다. 조국의 노래를 찾아야 한다고 생각했다. 선진의 음악을 배우기 위해 일본으로 가야 한다는 아이러니에 한숨이 나왔지만 그걸 뛰어넘어야만 했다. 그의 나이 열일곱에 아버지가 돌아가시고 홀몸으로 네 아이들을 건사하던 어머니에게 유학이란 말을 꺼내는 건 염치없는 짓이었다. 사범학교를 나왔으니 선생의 길을 가면서 가족을 건사하는 게 맞지 않느냐며 스스로를 다그치기도 했다. 마침내 어머니에게 뜻을 표현했을 때 어머니는 한순간도 망설이지 않고 네 뜻대로 해라, 하셨다.

　"어머니, 어머니."

　그는 선잠 속에서 애타게 부르짖었다. 그때 이웃 병실 어디선가 여러 사람의 탄식과 울부짖음이 방문을 넘어 들려왔다. 복도 이리저리로 바쁜 발걸음이 흩어졌다 모이곤 했다. 순남은 이른 아침부터 면회 온 가족들을 떠올렸다. 누군가 유명을 달리하는가? 그는 담담하게 중얼거렸다. 여기서는 보기 드문 일이 아니었다. 그런데도 잠기운은 순식간에 사라졌다. 떠나는 사람에겐 아무 문제가 없다. 아니, 더 이상 문제 될 게 없다는 말이다. 그의 생은 제 몫을 다하고 대단원의 막을 내렸으니까. 죽음은 오직 남겨진 사람들의 숙제일 뿐이다.

순남은 자리를 털고 일어나 밖으로 나왔다. 마당에는 아기도 아주머니도 보이지 않았다. 한낮의 가을볕이 화롯불 곁에 앉은 것처럼 따스했다. 그는 목적 없이 억새 잎이 바람에 나부끼는 뒷산으로 터벅거리며 걸어갔다. 해발 200미터를 넘기지 않는 야트막한 산인데 엉성하나마 등산로가 나 있어서 옆 마을 사람들이나 요양소 환자들도 이따금 오르곤 하는 곳이었다. 그는 이곳에 온 지 해를 넘겼지만 아직 한 번도 꼭대기까지 올라간 적은 없었다. 산길은 완만했지만 크고 작은 돌덩이가 많았고 쌓인 낙엽 밑으로 옹이진 나무뿌리가 돌출된 곳이 많아서 정신을 집중하지 않으면 낙상이라도 할 것 같았다. 그는 이따금 찾아오는 현기증에 혹시나 몸의 중심을 잃을까 봐 약간 긴장하며 한 걸음씩 옮겨 디뎠다. 삼십 분쯤 걸었을 때 몸에 열기가 오르는 게 느껴졌다. 그는 비스듬히 드러누운 나무둥치에 상체를 기대고 가쁜 숨을 몰아쉬었다. 산은 정적에 싸여있었다. 이따금 멀지 않은 곳에서 까마귀가 까악 거렸다. 그는 잠시 망설이다 좀 더 오르기로 마음을 먹었다. 아까보다 더 천천히 걸었다. 이제까지 와는 달리 가팔라진 산길을 나뭇가지나 바위 모서리를 의지 삼아 기듯이 올라갔다. 얼마 못 가 누군가 다듬어 놓은 듯 평평한 정상에 닿았다. 옹색한 공간에 돌덩이 몇 개가 뒹굴고 있었다. 표지판 하나 보이지 않았다. 그는 천천히 그 좁은 공간을 거닐었다. 오른쪽으로는 끝 간데없는 산들이 포개고 겹치듯 펼쳐져 있었다. 인가하나 보이지 않고 오직 산뿐이었다. 그는 그의 시력이 닿는 곳까지 오래 눈길을 주었다. 반대편으로 몸을 돌리자 이번엔 작은 마을들이 잇따라 늘어서 있었고 그 너머로 바다가 펼쳐져 있었다. 그는 뒹구는 돌덩이 중 넓적한 돌덩이에 엉덩이를 내려놓고 생각에 잠겨 바다를 바라보았다.

순남은 34년 전 서울을 떠나 경기도를 거쳐 황해도 해주에 첫 거처를 정했다. 그 후 평양으로 옮겨갔고 말년에는 함경남도에 오래 살았다. 함경북도를 거쳐 러시아까지 다녀온 일도 있었다. 함남에서 조금만 내려가면

강원도가 나오고 그다음엔 서울이었다. 지도에서 보면 한 뼘도 안 되는 길을 긴 세월 동안 두 번 다시 가지 못하고 있었다.

"왜?"

그는 소리쳤다. 밖으로 쏟아낸 소리보다 더 큰 아우성이 가슴 속에서 들끓었다.

"바다에는 장벽이 없구나."

신음하듯 중얼거렸다.

순남이 요양소로 돌아왔을 때 요양소에는 아무 일도 없었던 듯 익숙한 정적만이 감돌았다. 그는 누구와도 맞닥뜨리지 않고 제 방으로 돌아왔다. 그는 오선지가 그려진 공책을 펼치고 탁자 앞에 앉았다. 가만히 앉아 죽음을 기다리지도, 아무 일도 없는 척 회피하지도 않겠다고 거듭 다짐했다. 그는 격정에 휩싸여 연필을 들었다. 연필이 긋는 획보다 그의 마음이 더 앞서나갔다.

어머니, 그리운 내 어머니,

오늘 저는 어머니가 몹시도 보고 싶습니다. 살다 보면 마음이 한없이 약해지는 그런 날이 있잖아요. 그런 날에 제가 부를 이름은 오직 어머니뿐입니다. 그러니 저는 염치없지만 어머니를 불러봅니다. 기쁜 날에도 어머니 생각이 나지 않은 건 아니지만, 그런 날에는 주변에 사람이 많거든요.

어머니, 사랑하는 내 어머니,

오늘은 어머니를 아무리 불러도 마음이 가라앉질 않습니다. 스러져 가는 계절 탓일까요? 어머니, 전 지금 어머니가 세상을 떠나시던 날의 나이보다 훨씬 더 나이를 먹었어요. 예순여섯이라고요. 지금은 마당을 쓸고, 텃밭에 물을 주며 가까스로 쓸모를 찾는 노인이 되었지요. 실은 제 한 몸 건사하기에도 힘겨운 병약한 늙은이가 되었답니다.

어머니, 전 기독교인도, 어떤 종교도 가지지 않았지만 지금은 천국을 믿고 싶어요. 그 천국에 어머니가 계실 거라고 믿거든요. 아니, 그러셔야만 해요. 저는 천국에 갈 자격이 없을지도 모르지만 어머니의 공덕으로 발 한 짝쯤 들여놓을 수 있다면 좋겠어요.

　어머니, 자랑스러운 내 어머니,

　저는 언제나 어머니가 자랑스러웠어요. 어머니가 신식교육을 받은 신여성인 데다 보통학교 선생님이어서 만은 아니에요. 어머니는 넓은 마음과 깊은 마음의 눈을 가진 진짜 어른이셨으니까요. 전 어머니가 곁에 계셔서 정말이지 아무 걱정 없이 살았어요. 제 나이 열일곱에 아버지가 돌아가셨지만 큰 타격을 입진 않았어요. 그건 어머니가 계셨기 때문이었어요. 화장품 사업을 크게 하셨던 아버지가 살아계신 동안에는 분명 훨씬 풍족한 생활을 할 수 있었지만요. 아버지가 갑자기 세상을 떠나시고 두 이복동생까지 네 남매가 어머니의 책임으로 남겨졌을 때, 어머니는 어떠셨어요? 어떻게 견디셨어요?

　어머니, 전 어머니의 힘이 되어드리지 못했어요. 어머니는 늘 큰아들인 저를 자랑스럽다 하셨지만 저는 모든 짐을 어머니께 남겨두고 유학 갈 생각을 했으니까요. 제가 일본 유학 얘기를 꺼냈을 때 어머니는 단 한 순간도 망설이지 않고 네 뜻대로 하라고 하셨지요. 사범학교를 졸업하고 교사가 되어 어머니 곁에 남았더라면 어땠을까요? 그러면 이런 생이별은 없었을까요?

　어머니, 저는 어머니와 함께 살았던 초년 시절이 가장 행복했어요. 어머니가 계신 그곳이 제 고향, 영원한 제 마음의 고향이어요. 낙원동 집이 너무도 그리워요. 학교 친구들이 제 피아노 연주를 들으려고 날마다 들끓었지요. 어머니는 또 그 아이들을 귀찮다 하지 않으시고 늘 먹을 걸 챙겨 나눠주시곤 하셨고요. 일본인이 훨씬 많았던 사범학교 시절에도 저는 피아노 연주에서만은 아무에게도 지지 않았어요.

오만한 일본인들도 그 부분에서만은 저를 인정해 줬거든요. 음악 하나로 그들을 이길 수 있다는 걸 알았죠. 전 자긍심을 잃지 않고 살수 있었어요. 이 모든 게 어머니 덕분인 걸 알았고요.

제 나이 스물여섯이 되던 1942년에 저는 오 년여의 유학 생활을 마치고 귀국했지요. 어머니가 얼마나 기뻐하셨던지요? 성북보통학교에서 음악 교사를 하다가 경성 여자의학전문학교에서 음악 강사를 했지요. 스물여덟에 결혼하고 그간 작곡한 곡들을 모아 처음으로 '김순남 작곡 발표회'를 열었어요. 「피아노 3중주」, 「피아노 소나타」 외에 가곡들을 발표했어요. 분에 넘치는 칭송을 받았지요. 작곡가로서의 탄탄한 앞날이 펼쳐져 있었어요. 게다가 그 이듬해 해방이 되었고요. 제 딸이 태어났지요. 좋은 일만 생기는 것 같았어요. 기쁨으로벅차서 「건국 행진곡」을 작곡했고요. 조선 음악가 동맹을 결성했지요. 거칠 것이 없다고 생각했는데, 전 어느새 색출해야 하는 좌익으로 낙인이 찍혀있었고 1947년에는 체포령마저 떨어져 피신 생활을 해야 했어요.

딸아이와 놀아주는 대신 아이를 위한 자장가를 만들었어요. 그게제가 할 수 있는 일이었지요. 피신 생활 중에도 근근이 어머니와 연락은 취할 수 있었어요. 어머니는 가진 모든 것을 제게 내주셨지요. 아무 걱정 말고 오직 네 몸만 보전하라, 하셨어요. 어떻게든 상황이나아지길 소망했지만 나라는 두 동강이 나고 말았어요. 더는 이남에서의 피신 생활을 지속할 수가 없었어요. 체포되어 옥살이하던가, 이북으로 떠나는 길밖에는 없어 보였어요. 어머니는 그때도 제게 떠나라 하셨지요.

어머니, 가여운 내 어머니,

이 불효자를 용서하지 마세요. 남과 북이 총부리를 겨누고 피를흘리는 와중에 어머니가 돌아가셨다는 소식을 전해 들었어요. 자식들이 월북했다는 이유로 총살을 당하셨다는 소식을요. 저는 지옥을 겪었어요. 어머니가 겪으셨을 고통과 공포를 생각하면 지금도 몸속의 피가 모두 빠져나가는 느낌이에요. 산 채로 말라 죽는 느낌이랄까. 화나고 슬프고 미안하고 억울하고, 인간이 느끼는 오만가지 감정들이 저를 휩쓸고 지나갔어요. 하늘이 무너지고, 땅이 꺼지는 혼돈의 시간이었지요. 한민족이 서로에게 복수의 총칼을 번갈아 들이대는 야만의 역사가 이 땅에서 벌어졌지요. 저는 순진하게도 해방이 되면 우리 민족에게 새날이 올 줄 알았어요. 우리의 문화를 꽃피울 줄 알았거든요. 그런데 도대체 이 세월이 다 뭡니까? 삼십 년이 지났는데도 서로 편지 한 장 보낼 수 없는 세상이라니요? 인간이 인간에게 이렇게 잔인해도 되는 겁니까?

어머니, 사랑하는 내 어머니,

아무리 불러도 더 부르고 싶은 어머니, 이제 제가 어머니를 만나게 될 날도 그리 멀지 않은 듯해요. 그러니 조금만 기다려 주세요. 어머니, 우리가 보지 못한 세상을 제 딸, 또 그 딸의 딸은 보게 되기를 바라요. 우리의 모든 억울함과 애타는 기도들이 조금은 가벼워지기를 바라요, 어머니.

순남은 공책을 덮고 눈물로 얼룩진 얼굴을 손바닥으로 문질렀다. 그는 조용히 방을 나와 어둠이 들어찬 마당으로 나섰다. 머리카락이 쭈뼛 설만큼 밤공기가 차가웠다. 입김이 눈앞에서 하얗게 흩어졌다. 그는 어린 시절의 동무들과 청년 시절의 동지들과 부모님과 동생들, 아내와 딸아이까지, 모든 그리운 얼굴들을 차례로 떠올렸다. 그는 밤하늘의 별들을 그리운 얼굴들 인양 올려다보며 가만히 미소 지었다. 그는 그렇게 그의 어둠을 기꺼이 끌어안았다.

8. 윤이상 - 박선욱

리허설이 진행되는 연주회장에는 팽팽한 긴장감이 감돌았다. 지휘자는 오케스트라를 이끌며 능숙하게 음표의 숲을 헤쳐 나갔다. 새로운 곡들이 연주될 때마다 객석에 앉은 사람들은 저마다 미간을 찌푸리며 무대를 뚫어져라 쳐다보았다. 윤이상도 객석 중간쯤에 앉아서 리허설을 지켜보고 있었다.

'얼마나 이 무대를 갈망했던가.'

윤이상은 속으로 중얼거렸다.

이 연주회장을 찾는 청중은 현대음악에 대한 식견이 높았다. 그들은 연주되는 음악이 마음에 들지 않으면 야유를 보내거나 휘파람을 불었다. 자신들을 매혹시키는 음악에 대해서는 열광적으로 환호하고 오래도록 박수를 쳐주었다. 호불호가 분명한 관중들이었다.

무명의 작곡가일지라도 권위 있는 음악가들에게서 좋은 평가를 받으면 곧 떠오르는 샛별이 될 수 있었다. 이 무대가 갖는 진정한 매력이었다. 안목 높은 기자들은 이 무대에서 발군의 실력을 발휘한 음악가가 눈에 띄면 호평 기사를 다투어 썼다. 그들이 신문에 쓴 기사는 이 음악제의 주인공을 구름 위로 띄워 올려 주는 마법을 부렸다. 이 무대에서 실력을 인정받은 작곡가는 신진 음악가로서 탄탄한 입지를 굳히는 결과로 이어지는 것이다. 그러나, 형편없는 작품에 대해 가혹한 평가를 날리는 것은 다반사이니, 이 점을 각별히 유념해야 했다.

윤이상은 며칠 전 신문에 난 기사를 떠올려 보았다.

"오는 9월 4일 다름슈타트에서 국제 현대 음악제 하기 강습회가 열릴 예정이다. 이 음악제는 유럽의 신진 음악도들의 등용문 역할을 하는 꿈의 무대로 불리고 있다. 그동안 이 음악제에서 배출된 뛰어난 인재들이 음악계를 빛내고 있다는 것은 우리의 자랑거리이다. 다름슈타트 국제 현대 음악제 하기 강습회에 참여하게 될 수많은 젊은 음악가들이 1959년의 가을을 멋지게 수놓게 되기를 고대하는 바이다."

다행스럽게도, 아직은 리허설 중이라 객석에는 작곡가와 연주자들만 있었다. 까다로운 청중도, 엄격한 비평가들도, 노련한 음악 기자들도 오지 않았다. 하지만, 한 시간쯤 후에는 그들 모두가 객석을 가득 메울 것이다.

'막상 음악제가 시작되었을 때, 이 자리에서 청중들의 비웃음을 산다면 어떡하나?'

윤이상은 내심 초조해졌다. 만약 그와 같은 일이 생긴다면 견디기 힘들 것 같았다. 평론가들이 자신의 작품에 대한 평가를 심하게 한다면 마음의 내상을 입을지도 몰랐다. 비난을 받고 그로 인해 좌절하게 된다면 어떻게 될 것인가. 윤이상은 최악의 상황이 닥치기 전에 서둘러 짐을 싸서 고국으로 돌아갈 생각을 몇 번이고 한 터였다.

'어차피 화살은 활시위를 떠났다. 하는 데까지는 해 보자.'

짐을 싸지 않고 여기까지 온 것은 마음 한편에서 솟구쳐 오르는 알 수 없는 다짐 때문이었다. 파리를 거쳐 서베를린으로 건너와 작곡을 배울 때 가장 든든한 격려의 말을 남긴 사람은 학장인 보리스 블라허 교수였다. 그의 조언과 격려는 윤이상을 크게 고무시켰다. 윤이상은 동아시아의 음악 전통과 도교적인 세계관을 서양 음악의 기법과 절묘하게 조화시키는 데 온 힘을 기울였다. 그렇게 해서 탄생시킨 곡을 오늘 무대에서 펼쳐 보이게 된 것이다. 내내 불안감에 시달리면서도 끝끝내 마음을 다잡은 것은 그동안의 도전과 열정을 허물어뜨리고 싶지 않은 까닭이었다.

리허설이 진행되는 동안 다른 작곡가들의 연주가 유난히 귀에 파고들었다. 혹시 있을지도 모를 혹평 때문에 전전긍긍하는 자신의 모습은 스스로가 생각해도 몹시 궁색해 보였다. 연주를 취소하고 지금이라도 고국으로 되돌아갈까 하는 생각을 몇 번이나 했다는 게 창피한 일이기도 했다. 생각의 실타래는 너울너울 풀어지며 오락가락했다. 손에 땀이 나기 시작했다. 마음을 한곳으로 모으기가 힘들었다.

"자, 다음 곡 준비하세요!"

저녁 무대에 올릴 레퍼토리가 많아서 하나의 곡마다에 주어진 리허설 시간은 짧은 편이었다. 곡이 바뀔 때마다 그 곡에 배정된 지휘자와 연주자들이 교체되었다. 지휘자와 연주자들은 각 악장의 중요한 부분들 위주로 빠르게 맞춰 보느라 분주했다. 그 모습을 지켜보는 내내 또다시 심장이 조여 오는 듯한 압박감을 느꼈다. 긴장감도 조금씩 고조되었다. 손목시계를 보니, 공연이 시작되려면 아직 시간이 남아 있었다. 윤이상은 자리에서 일어나 공연장 밖으로 나갔다. 시원한 바람을 쐬니 좀 살 것 같았다. 뜰을 거닐면서 심호흡을 했다. 마음이 차분해지자 다시금 공연장으로 들어갔다.

"선생님! 이번 작품이 무척 기대됩니다."

통로를 걸어갈 때 누군가가 윤이상에게 격려의 말을 해주었다.

"고맙습니다."

윤이상도 가볍게 묵례를 한 뒤 자신의 자리에 가 앉았다.

무대 앞쪽에는 여러 방송사들의 영상 촬영 장비들이 가득했다. 그중에서도 프랑크푸르트 방송국의 카메라가 눈에 띄었다. 이들 방송국은 〈일곱 악기를 위한 음악〉을 유럽 전 지역에 실황 중계할 예정이었다. 객석 앞줄 좌석에는 유명한 일간지 음악 담당 기자들, 저명한 평론가와 음악학자들이 자리 잡고 있었다.

저녁 8시 30분, 드디어 음악제의 막이 올랐다.

연주회장에는 이미 청중이 가득 들어차 있었다. 공연 시작을 알리는 은은한 종소리가 울리자, 술렁이던 장내가 조용해졌다.

사회자가 무대로 나와서 음악제의 시작을 알렸다.

"여러분! 다름슈타트 국제 현대 음악제 하기 강습회는 내일 폐막식을 하게 됩니다. 하지만, '현대 음악의 날'로 정한 오늘은 이 음악제에서 가장

뜻깊은 연주회가 열리는 날입니다. 이제부터 독일을 비롯한 프랑스, 이탈리아, 네덜란드 등 유럽 곳곳에서 온 젊은 작곡가들의 노력과 열정이 얼마나 뜨겁고 치열한지, 얼마나 새롭고 독창적인지 마음껏 감상하시기를 바랍니다. 첫 번째로 무대에 오를 작품은 이상 윤(Isang Yun) 작곡의 「일곱 악기를 위한 음악」입니다."

"윤? 처음 들어본 이름인데?"

객석에 앉은 사람들은 낯선 작곡가에 대해 궁금증을 나타내며 소곤댔다.

"다름슈타트 국제 현대 음악제 주최 측이 젊은 작곡가 윤에 대한 예우를 각별히 해주는 것 같지 않나? 윤의 작품을 '현대 음악의 날' 오프닝 곡으로 배정한 것을 보니."

"하긴 그래. 함부르크 실내악단의 쟁쟁한 독주자들에게 들도 보도 못한 작곡가가 작곡한 곡의 연주를 맡긴 걸 보면 말이야."

"프랜시스 트래비스는 또 어떻고? 그는 독일 현대 음악 분야의 뛰어난 지휘자로서 유럽 세계에 명성을 쌓아 가고 있잖은가? 그런 그가 지휘봉을 잡을 만큼 윤의 음악에 뭔가 특별한 것이 있다는 뜻이 아닐까? 오늘의 공연이 궁금해지는군."

객석 중간쯤에서 금발 머리의 세 사내가 낮은 목소리로 소곤거리다가 주위 사람들의 눈총을 받고는 곧 입을 다물었다.

사회자의 소개가 끝난 뒤 함부르크 실내악단의 연주자 일곱 명이 무대로 걸어 나왔다. 그들은 플루트, 오보에, 클라리넷, 파곳, 호른, 바이올린, 첼로의 연주 대형으로 의자에 앉았다. 청중이 호기심 가득한 시선으로 그들을 지켜볼 때, 미국 출신의 프랜시스 트래비스가 지휘대에 섰다.

연주자들을 지그시 바라보던 프랜시스 트래비스가 지휘봉을 높이 들었다가 천천히 내렸다. 지휘 사인을 받은 연주자들이 음악을 연주하기 시작했다. 1악장은 쇤베르크가 창안한 12음 음악의 짜임새를 고루 갖추고 있었다. 2악장과 3악장에서는 분위기가 사뭇 달라졌다. 첼로의 급격히 미끄러지는 글리산도가 곡의 흐름을 바꾸어 나갔다. 오보에 연주자가 가야금과 거문고의 농현과 같은 기법을 연주하면서 비브라토와 글리산도를 자유자재로 표현했다. 음의 폭과 깊이가 더해지는 가운데 조선 궁중 음악의 색채가 입혀졌다. 깊은 사색을 품은 음들이 교차되며 유장한 분위기가 무르익어 가자, 청중의 몰입도는 깊어만 갔다. 주제를 나타내는 음들을 에워싸고 장식적인 떨림음이 생명력을 부여해 주었다. 이 같은 음의 흐름들이 반복되며 여러 겹의 씨줄과 날줄로 얽혀들었다. 클라리넷과 호른이 호응하는 음의 무리가 연주회장을 부드럽게 감싸 안았다. 플루트와 파곳의 높고 낮은 음들이 서로 밀고 당기는 가운데 바이올린과 첼로가 빚어내는 가락이 듣는 이의 귀와 심장을 사로잡았다. 낯설고 오묘한 음의 무리들이 장내를 가득 채우다가 짧은 여운을 남기며 음악이 마무리되었다. 청중은 깊은 감동에서 헤어 나오지 못하는 듯 잠시 침묵하다가 이윽고, 우렁찬 박수갈채와 함께 커다란 환호를 보냈다.

"브라보!"

프랜시스 트래비스가 청중에게 인사를 한 뒤 입을 열었다.

"방금 감상하신 곡은 작곡가 이상 윤의 「일곱 악기를 위한 음악」입니다. 미스터 윤은 극동 아시아의 한국에서 온 유학생이며, 올해 서베를린 음악 대학을 졸업한 유망주입니다."

그는 이렇게 말한 다음 작곡가를 무대로 불러올렸다. 무대 위로 올라간 윤이상은 지휘자와 악수를 나누었다. 연주자들에게도 일일이 인사를 했다. 돌아서서 객석을 향해 고개 숙여 인사할 때 객석에서 또다시 우레같은 박수가 터져 나왔다. 연달아 이어진 커튼콜에 윤이상은 거듭 인사를 한 뒤 무대 뒤쪽으로 걸어갔다. 그가 사라진 뒤에도 여전히 환호와 박수가 계속되었다. 윤이상은 다시 무대에 올라 관객들에게 정중히 고개 숙여 답례했다. 그의 표정에 감동한 빛이 떠올랐다.

"놀랍기 그지없군. 여기에 모인 청중은 내가 생각하기에도 까칠하기 짝이 없는데."

"뭐가 그리 놀랍다는 건가?"

"무명 작곡가의 음악을 듣고 이토록 환호하며 세 번이나 커튼콜을 보내다니! 흔치 않은 일이라서 놀라울 따름이야."

"자네도 방금 듣지 않았나? 곡이 무척 새롭고 경이로웠으니 그럴 수밖에."

"그건 그래. 오늘 밤 윤의 음악이 보여준 독창성에 대해 우리 모두 깊은 감명을 받은 건 분명하지. 하하."

금발 머리의 남자들은 공연 시작 전처럼 또다시 속닥였다. 이번에는 아무도 그들에게 눈총을 주지 않았다. 다들 비슷한 감정을 느꼈기 때문이다.

음악회가 끝난 뒤, 다름슈타트 국제현대음악제의 주최자인 볼프강 슈타이네케네 박사가 환한 얼굴로 윤이상에게 다가와 두 손을 맞잡고 흔들며 축하 인사를 건넸다.

"미스터 윤! 정말 멋진 음악이었소. 성공적인 데뷔작 발표를 진심으로 축하합니다."

옆에 서 있던 다름슈타트 음악학교의 작곡과 교수 헤르만 하이스도 손을 내밀었다. 그가 두툼하고 따스한 손으로 윤이상의 손을 맞잡으며 몇 번이고 칭찬했다.

"오늘 밤 연주된 작품 가운데 당신의 작품이 가장 인상적이었습니다. 지금껏 발표된 외국인 작품 가운데서 「일곱 악기를 위한 음악」이 가장 완벽했어요."

그때, 객석에서 낯익은 한 청년이 다가와 인사했다.

"윤이상 선생님! 성공적인 데뷔를 진심으로 축하드립니다."

한 해 전 이맘때쯤 다름슈타트 국제 음악제에서 존 케이지 등과 함께 만났던 청년 백남준이었다. 독일 뮌헨대에서 철학과 음악 두 분야의 석사

학위를 취득한 그는 일찍이 쇤베르크에게 감명을 받아 현대 음악에 심취한 전위파 예술가였다. 미술에도 조예가 깊었던 그는 기발한 행위 예술가로서의 특출한 면모를 지니고 있었다.

"고맙소, 백 선생!"

스물일곱 살의 백남준과 마흔셋의 윤이상은 활짝 웃으며 악수하고 포옹했다. 동포애와 예술가로서의 동질감이 깃든 포옹이었다. 그와 포옹하는 동안 지난해의 일들이 주마등처럼 스쳐 지나갔다.

다름슈타트 국제 음악제 하기 강습회 기간의 어느 날이었다. 점심시간이 되자, 윤이상은 그곳에 참석한 음악인들과 더불어 다름슈타트 교육 대학의 학생 식당으로 갔다. 그때, 한 독일인 여학생이 윤이상에게 말을 걸었다.

"선생님은 어디서 오셨습니까?"

동양인인 윤이상에 대한 호기심 때문이었을 것이다. 윤이상은 주저 없이 답했다.

"코리아입니다."

"남쪽인가요, 북쪽인가요?"

"남한입니다."

"오! 저는 동독에 거주하고 있는 대학생입니다. 우리 학교에도 북한에서 온 학생들이 많습니다. 저는 북한 유학생들하고도 친하게 지냅니다."

"아, 그렇다면…… 제 친구가 북한에 거주 중인데, 북한 유학생을 통해서 제 친구의 근황을 좀 알 수 있을까요?"

윤이상은 조심스럽게 그 여학생에게 부탁했다.

"물론이죠. 제가 북한 유학생에게 한번 물어봐 드리겠어요."

윤이상은 노트에 친구 최상한의 이름과 자신의 이름, 연락처를 적은 뒤그 여학생에게 건네주었다.

"혹시 북쪽에서 연락이 오거든 저에게 알려주시겠습니까?"

"네, 그럴게요."

통영 출신의 최상한과 윤이상은 오사카음악학원에 함께 다니며 음악을 공부했던 절친한 친구였다. 사회주의자였던 그는 이승만 정부 때 좌익 탄압이 극심해지자 월북, 오랫동안 소식을 모르고 지내던 터였다. 그런데, 천만뜻밖에도 동독 출신 여학생과 북한 유학생에 관한 이야기를 나누다 보니 불현듯 오래 못 보았던 친구 최상한이 떠올랐던 것이다.

한 해 전의 하기 강습회에서 윤이상은 슈톡하우젠과 존 케이지, 불레즈, 루이지 노노, 마데르나 등 전위적인 음악가들에게서 매우 큰 도전을 받았다. 그들의 강렬한 실험 정신은 충격적이었다. 기존의 음악 질서를 파괴하고 새로운 세계를 열어젖히려는 의지로 충만한 전위파 예술인들이었다. 새로운 음악에 도전하는 자세에 대해서는 말로 표현하기 어려운 존경심마저 들었다. 하지만, 그럴수록 윤이상은 자신만의 독창적인 음악을 창출하려는 의지에 불탔다. 그들이 오히려 윤이상의 창작열에 불쏘시개가 된 느낌이었다.

9월 5일, 독일의 여러 신문에 다음과 같은 기사가 실렸다.

"9월 4일은 다름슈타트 국제 현대 음악제의 하이라이트인 '현대 음악의 날'이었다. 이날 첫 번째 순서로 발표된 한국인 이상 윤의 「일곱 악기를 위한 음악」은 매우 신선했다. 그의 작품은 12음 기법을 어떻게 운용하느냐에 따라 훨씬 풍성해질 수 있다는 가능성을 제시해 주었다. 이 같은 가능성이 음악제 기간뿐만 아니라 하기 강습회의 실기 강의실에서도 이어진다면 현대 음악은 더욱 향상될 것이다."

그로부터 열흘 후인 9월 16일, 네덜란드로 건너간 윤이상은 가우데아무스 음악제에서 「피아노를 위한 다섯 개의 소품」을 발표했다. 음악제가 끝난 뒤, 평론가와 음악 전문 기자들은 이 곡에 대해 무척 호의적인 반응을 보여주었다. 서독의 한 신문에서는 「피아노를 위한 다섯 개의 소품」을 언급하면서 "비교할 수 없을 만큼 강렬한 대담성과 독창적인 음향의 환상으로 이루어진 작품"이라고 극찬했다.

1959년 가을, 윤이상은 두 개의 권위 있는 음악제에서 호평을 받은 뒤 신예 작곡가로서 두각을 나타내는 기염을 토했다. 유럽 데뷔 무대를 성공적으로 통과한 뒤, 수많은 음악 전문 잡지와 신문들이 윤이상에 관한 기사를 앞다투어 실었다. 독일의 주요 일간지 십여 곳을 비롯해 네덜란드의 영향력 있는 여러 일간지들이 윤이상의 성공적인 데뷔 무대에 관한 기사를 실었다. 영국과 프랑스, 미국, 스위스, 이탈리아, 터키, 스웨덴, 일본 등의 매체에서도 비중 있는 기사를 썼다. 가장 눈길을 사로잡은 기사는 『디 벨트』의 하인츠 요아힘이 쓴 글이었다.

"올해 다름슈타트에서 발표된 여러 작품들은 다분히 실험적이었다. 이들 중에서도 한국의 윤이상과 프랑스의 발리프, 폴란드의 코톤스키 등 3인의 음악이 특히 눈길을 끌었다. 그들이 쓴 곡은 12음 음악 자체의 목적을 충실하게 반영한 작품일 뿐만 아니라 음악의 본바탕에서 부여된 기법적인 가능성을 발휘함으로써 관객들의 감탄을 자아냈다."

그즈음, 뜻밖에도 두어 군데 출판사에서 연락이 왔다.

"선생님의 악보를 출판하고자 합니다."

윤이상은 그 제안을 흔쾌히 받아들였다. 그중에서 마음에 드는 출판사 담당자와 미팅을 했고, 출판계약서에 서명을 했다. 유학을 떠나 온 지 3년 만에 윤이상은 전도가 양양한 신진 음악가로 우뚝 섰다는 것을 스스로 증명해 보였다. 모든 것이 새로웠다. 모든 것이 달라졌다. 자신의 앞길에 서광이 비친다는 생각을 하자 가슴이 벅차올랐다. 윤이상은 비로소 안도의 한숨을 내쉬었다. 이제는 짐 가방을 싸 들고 고국으로 떠나지 않아도 되었기 때문이다.

'나는 당분간 서독에 머물며 나만의 음악을 꽃피워 보리라.'

윤이상은 속으로 굳은 다짐을 했다.

1963년의 어느 날, 윤이상은 창밖에 내리는 눈송이를 지켜보고 있었다. 그때, 한 통의 전화가 걸려 왔다. 동베를린의 북한 대사관에서 온 전화였다.

"윤이상 선생님, 저는 북에서 최상한 선생과 친하게 지냈던 사람입네다. 얼마 전, 윤 선생님께서 동독 출신의 여학생한테 최 선생의 안부를 물었다는 걸 들었습네다. 그래서리, 최 선생과 상봉도 하실 겸 윤 선생님을 평양으로 한번 모시겠습네다."

뜻밖의 초대장이었다. 윤이상은 아내에게 자초지종을 털어놓은 뒤 북한 방문의 뜻을 내비쳤다.

"남도 북도 내 나라 내 땅이오. 고향 친구를 만나러 가는 게 무슨 큰 문제겠소?"

"그래요. 당신은 이날 이때껏 한반도의 분단을 인정하지 않았지요. 친구를 만나러 가는 일이니, 누가 뭐라 하겠어요?"

아내 이수자는 처음에는 주저하다가, 남편의 뜻에 따르기로 했다. 남편이 친구 최상한의 안부를 늘 궁금해하는 것을 알고 있었기 때문이었다. 윤이상은 실은 강서대묘의 사신도를 보고자 하는 열망이 더 강렬했다. 분단과 전쟁을 거치면서 변화를 거쳤을 북한의 실제 모습도 보고 싶었다.

그해 겨울, 윤이상은 아내 이수자와 더불어 비행기에 올랐다. 북한은 전쟁의 생채기가 곳곳에 남아 있어 어수선했다. 일제강점기 때 통영에서 신의주까지 걸어서 국토를 여행했을 때의 정겨움은 찾아볼 수가 없었다. 파괴된 건물 잔해와 새로 지은 건물의 대비도 뚜렷해서 살풍경했다.

북한의 안내원은 윤이상 부부를 위해 평양에 숙소를 정해 주었다. 그들은 며칠 동안 여러 곳을 데리고 다니면서 두루 구경을 시켜 주었다. 한번은 북한 지도층 인사들과 점심을 먹을 때였다. 그들 중 한 사람이 윤이상에게 조선노동당 당원이 될 생각이 있느냐고 넌지시 물었다. 윤이상은 단호히 고개를 저었다.

"저는 단지 음악가일 뿐입니다."

이후, 고위층을 포함해 누구도 같은 질문을 던지지 않았다. 북한 측에서는 최상한과 만날 약속을 쉽사리 잡아주지 않았다. 시간이 아까웠다. 윤이상은 숙소에 머무는 동안 관현악곡인 「영상」의 작곡을 시작했다.

며칠이 지난 어느 날, 북한 안내원이 숙소로 찾아왔다.

"오늘은 강서대묘 가는 날입네다."

그 소리를 듣자 심장이 요동쳤다. 안내원이 운전하는 차는 허허벌판을 지나 평안남도 강서군 강서면 삼묘리의 강서대묘 앞에 도착했다.

"평소에는 일반인의 출입이 금지된 곳이디요. 그치만 오늘만큼은 선생님을 위해 특별히 문을 열었수다레."

안내원이 빙긋 웃으며 문을 열어주었다. 어둑신한 무덤 안으로 들어갔다. 널방 벽화의 모습이 차츰 뚜렷하게 보이기 시작했다. 동쪽 벽의 승천하는 쌍뿔 청룡, 서쪽 벽의 바람처럼 내달리는 백호가 눈을 사로잡았다. 강철같은 날개와 꼬리를 흔들며 불을 토할 듯한 남쪽 벽의 주작, 뱀과 거북이 한 덩어리로 엉켜 묘한 일체감을 이루는 현무가 온몸을 휘감을 듯했다. 고개를 드니 네 마리의 방위신을 관장하는 천장 덮개돌의 황룡이 비늘로 뒤덮인 누런 몸을 뒤트는 듯했다. 1,300여 년 전의 프레스코화가 무덤을 박차고 금방이라도 뛰쳐나올 것처럼 생생하기 그지없었다.

오사카 음악 학원 시절 백호도를 책상 앞에 붙여 놓고 날마다 교감했던 날들이 떠올랐다. 가슴이 주체할 수 없이 떨리고 흥분되었다. 젊은 날 예술적인 상상력과 영감을 제공해 주었던 실체를 눈앞에 마주하고 있다는 게 믿어지지 않았다. 윤이상은 고구려 무덤 벽화의 황홀한 광경을 오래오래 쳐다보며 가슴 속 깊은 곳에 담아두었다.

3주일간의 체류 일정이 거의 끝나갈 무렵, 안내원이 최상한을 데리고 왔다.

"이상이 왔나?"

최상한은 통영과 평양의 억양이 절반씩 섞인 어조로 물었다. 그러나, 어딘지 모르게 무뚝뚝한 표정이었다.

"아, 상한이!"

윤이상은 뚜벅뚜벅 걸어가 친구를 끌어안으려 했다. 최상한은 가볍게 몸을 떼며 악수만 했다. 할 말이 산처럼 쌓여 있었지만, 정작 두서없는 얘기만 오갔다. 통영의 옛 친구들 이야기를 한참 나누던 끝에, 최상한이 툭 던지듯이 물었다.

"자네가 여전히 유럽에 머물게 있는 게 안타깝네."

"무슨 뜻인가? 유럽은 나처럼 젊은 음악가가 일하기에 좋은 조건을 갖추고 있다네."

"자네 음악은 자본주의 사회를 추켜세우는 나팔 소리에 지나지 않아. 대다수 인민에게는 아무런 쓸모가 없단 말일세."

말문이 막혔다. 친구와 다정한 얘기로 밤을 새우리라던 꿈은 무너졌다. 화제를 돌려야 했다.

"상한이. 자네 부인과 아이들은 다 잘 있다네."

"다행이군. 이것을…… 우리 식구에게 좀 전해 주겠나?"

그가 봉투 하나를 건네주었다. 생활비와 아이들 학비가 조금 들어 있네, 라고 덧붙이는 최상한의 눈이 잠시 흔들렸다. 윤이상은 허전함과 공허함만 가득 안고서 친구와 작별 인사를 했다.

1964년, 서베를린시는 예술가들에게 창작 지원을 하겠다는 내용을 발표했다. 막대한 창작 지원금은 포드 재단이 후원하기로 했다. 신문을 통해 이 사실을 알게 된 윤이상은 곧 지원 서류를 보냈다. 작품 총보와 연주 실황을 담은 녹음테이프, 음악 평론가와 음악전문 기자들이 자신의 작품에 대해 쓴 비평문 등도 등봉했다. 마음 졸이며 기다린 끝에 합격 통지서를 받았다. 살림살이가 넉넉지 않던 윤이상 부부에게는 가뭄 끝에 내리는 단비처럼 기쁜 소식이었다.

포드 재단으로부터 받은 두둑한 장학금으로 한적한 주택가의 방을 얻었다. 단간 셋방살이를 벗어나고 보니 감회가 새로웠다. 보테 운트 보크 출판사에서 작품 출판 계약도 추가로 맺었다. 모든 것이 예전과는 비교할 수 없이 좋아졌다. 7월에는 부산 친척 집에 머물던 딸과 아들도 독일로 데려왔다.

그해 12월에는 박정희 대통령이 차관을 얻기 위한 목적으로 서독을 방문했다. 쿠데타로 집권한 박 대통령에 대한 서독 사회의 여론은 차갑기 짝이 없었다. 하지만, 뤼프케 대통령은 외국의 국가 원수에 대한 예우를 소홀히 하지 않았다. 저녁 시간의 환영연에서는 윤이상이 도교 철학을 바탕에 깔고 작곡한 실내악곡 「로양」을 한스 젠터의 지휘로 본 시립교향악단이 연주했다. 재독 한인회 회장을 맡고 있던 윤이상은 뤼프케 대통령의 초대를 받아 환영연에서 처음으로 박 대통령과 만났다. 그는 차갑고 음울한 얼굴로 악수를 했다. 뤼프케 대통령은 박 대통령을 가운데 두고 주로 윤이상과 문화와 예술에 관해 이야기를 나누었다. 두 사람이 즐겁게 대화하는 동안 박 대통령은 아무런 말도 없이 듣기만 했다.

윤이상은 머지않아 슈타이거발트가(街) 13번지에 있는 아파트 11층으로 또 한 번 이사를 했다. 네 식구가 살기에 넉넉한 둥지를 마련한 뒤부터 열정적으로 곡을 쓰기 시작했다. 관현악을 위한 「유동」, 오라토리움 「오, 연꽃 속의 진주여!」, 오페라 「류퉁의 꿈」, 대관현악을 위한 「예악」 등이 이때 터져 나왔다.

1966년 10월 23일, 도나우에싱겐 음악제에서 「예악」이 초연되었다. 에르네스트 부어의 지휘와 남서독일 방송국 교향악단의 연주로 발표된 이 곡은 유례없는 대성공을 거두었다. 작곡가 윤이상은 이 곡의 성공 이후 중진 음악가로서 칭송을 받게 되었다. 윤이상은 이 곡에서 자신만의 고유한 창작 방법인 주요음 기법을 적용해 독창성의 영역을 개척했다. 이것은 개별적인 음 혹은 음의 무리들이 그 주변의 음들과 더불어 떨림음 혹은 끌어내림 등의 복합 음향을 변주함으로써 작품의 뼈대를 세워나가게 하는 기법이다. 이 같은 방식으로 작성된 「예악」은 어느 날 갑자기 출현한 것이 아니었다. 다름슈타트 국제 현대 음악제에 도전할 때부터였으니 사실상 꽤 오랜 숙성의 기간이 담겨 있는 셈이었다. 이 곡은 발표 이후 유럽의 음악가들과 비평가들로부터 대단한 찬사를 받게 되었다. 이로 인해 윤이상의 음악가적 위상과 명성 또한 한층 높아지는 계기가 되었다.

이때부터 윤이상이 작곡한 모든 곡들마다 적용된 주요음 혹은 주요음향 기법은 유럽 현대음악의 새롭고 독창적인 영역을 열어젖히게 되었다. 비평계는 「예악」의 발표 이후 윤이상을 국제적인 음악가로 존중해 주었다. 그뿐만 아니라 윤이상의 이름을 현대 음악의 역사적 반열에 오른 인물로 추앙했다. 이 무렵 독일의 음악학자 크리스티안 마틴 슈미트는 이렇게 말했다.

"윤이상이 1956년에 유럽으로 건너온 것은 세계 음악사적 행운이었다."

결코 과장이 아닌 진솔한 칭송이었다. 가장 한국적인 것이 가장 세계적인 것이라는 말을 일찍이 증명한 셈이었다. 일제 강점기를 살던 청년 시절에는 항일 운동을 했고, 해방 후에는 고아원 원장과 같은 사회사업에 뛰어들었던 윤이상이었다. 하지만, 유럽에 와서는 늦깎이 유학생으로서 오로지 작곡 공부에만 몰두해 왔다. 그런 그에게도 알 수 없는 검은 그림자가 서서히 다가오고 있었다.

어느 날 아침이었다. 윤이상은 약속된 연주회 장소로 가기 위해 넥타이를 매고 있었다. 가방을 들고 막 현관으로 나가려던 차에 전화벨이 울렸다.

"윤이상 선생님, 안녕하십니까? 저는 박정희 대통령 각하의 개인 비서입니다. 지금 사보이 호텔로 와 주셨으면 합니다."

"이거 어쩐다? 내일이나 모레쯤 만나면 어떻겠소?"

윤이상은 오전에는 킬 시에서 오페라 극장장과 만나 「류퉁의 꿈」 공연에 대해 논의하기로 돼 있었다. 오후에는 레코드 취입을 위해 암스테르담과 쾰른으로 이동해야 했다. 누구를 만날 시간조차 없었다.

"죄송하지만, 각하의 친서를 오늘 중으로 직접 전달해야 합니다. 지금 빨리 오십시오."

남자는 서두르는 기색으로 말했다. 정중하지만 어딘지 위압감이 느껴지는 목소리였다.

"알겠소. 곧 가리다."

"누구예요?"

아까부터 거실에서 남편이 전화하는 것을 지켜보던 이수자가 물었다.

"박 대통령 비서라는 사람이 나를 만나자는 구려."

"박 대통령 비서가요? 별일이군요."

"대통령 친서를 전달하겠다며 급히 오라는 거요. 잠깐만 보고 곧 나오면 되겠지. 여보, 다녀오겠소."

"그래요. 조심히 다녀오세요."

사보이 호텔에는 어깨가 딱 벌어진 두 명의 사내가 기다리고 있었다. 윤이상은 그 길로 공식 석상에서 사라졌다. 1967년 6월 17일 이른 아침의 일이었다. 며칠 후 그는 서울에 나타났다. 밝은 대낮에 중앙정보부 요원들에게 납치된 것이다. 김포 공항에 내린 그를 맞이한 것은 실탄을 장전한 군인들이었다. 그들은 포로가 된 윤이상을 짐짝처럼 끌고 가 영창에 처넣었다.

남산 중앙정보부 고문실로 끌려간 사람들은 윤이상 이외에도 프랑스 파리에서 붙잡혀 온 재불 화가 이응로를 비롯해 그 수가 200여 명에 이르렀다. 예술가, 교수, 해외 유학생들, 회사원 등 직종도 다양했다. 해외에서 교포들을 국내로 납치해 온 것은 해당 국가의 주권을 무시하는 행위였다.

특히 서독이나 프랑스 정부와의 외교 마찰을 초래하는 빌미가 되었다. 나아가 국제 사회에서 한국에 대한 이미지를 실추시키는 오점으로 기록되기도 했다.

김형욱 중앙정보부장은 기자회견을 통해 동백림 간첩단 사건이라는 무시무시한 이름의 대공 수사물에 대한 중간발표를 했다. 윤이상에게 붙여진 죄목은 간첩죄였다. 중앙정보부 요원들은 여권을 소지하지도 않은 윤이상을 비행기에 강제로 태웠다. 일본을 거쳐 한국으로 들어올 때도 무슨 수를 썼는지 아무런 저지도 받지 않고 그냥 통과했다.

중정 요원들은 베를린에서 윤이상을 억류하고 있을 때 라디오를 온종일 틀어놓는 소음 고문을 가했다. 며칠 동안 잠을 안 재우는 고문은 일제 강점기 때 항일 운동을 하다 잡혀 온 윤이상에게 일제 경찰이 저지른 짓과 비슷했다.

윤이상은 박정희 정부에 의해 하루아침에 이른바 동백림 사건의 주범이 되었다. 남산에 위치한 중앙정보부 대공분실의 지하실에 갇힌 윤이상은 군복 차림의 남자들에게 날마다 구타를 당했다. 발가벗긴 채 거꾸로 매달려 몽둥이찜질을 당했다. 물고문을 당하다 기절하면 의사가 와서 주사를 놓고 갔다. 가까스로 정신을 차리면 또다시 발길질과 물고문이 반복되었다.

'차라리 깨어나지 말았으면……'

가물가물 의식을 잃어 가는 와중에도, 이렇게 매질을 당하느니 차라리 지금 당장 죽어 버리는 게 낫겠다는 생각이 들었다. 구타와 물고문을 이어 가던 어느 날, 군복 차림의 남자들은 흰 종이와 볼펜을 윤이상에게 던져 주었다.

"네가 공산주의자라는 자술서를 써라!"

윤이상은 자기 귀를 의심했다. 없는 일을 있는 일로 만들려 하다니, 그것은 있을 수 없는 일이었다.

"나는 공산주의자가 아니오!"

"너는 간첩이다. 그러니 너는 공산주의자다. 빨리 써라!"

"나는 간첩이 아니오!"

"이 빨갱이 놈! 너는 평양을 다녀온 간첩이고 공산주의자다. 여기에, 그 것을 쓰란 말이다!"

군복 차림의 남자는 자신의 말을 듣지 않는 윤이상을 노려보며 마구 발길질을 했다. 그래도 분이 풀리지 않는지 물고문을 더 심하게 했다. 죽음의 문턱이 있다면 바로 여기인가 싶을, 그런 순간들이 끝도 없이 밀려왔다. 윤이상은 마침내 항복했다. 그들이 원하는 것을 써주었다. 흰 종이에 쓰인 글자를 읽던 군복 차림의 남자가 입을 쩍 벌리고 행복한 표정을 지었다. 악마의 미소가 있다면 바로 저런 모습일 것이다, 라고 윤이상은 속으로 생각했다. 군복 차림의 남자는 마치 전리품을 손에 쥔 것처럼 의기양양한 모습으로 문을 박차고 뛰어나갔다. 상부에 보고하러 간 것이다. 그가 나간 지하 고문실의 침침한 방에 우두커니 서 있던 윤이상은 자괴감에 몸을 떨었다. 조선어로 된 악보가 발각되어 일경에 체포된 뒤 장승포 경찰서로 끌려갔던 때의 일이 불현듯 떠올랐다. 밤새도록 막대기로 쿡쿡 찌르고 때리며 잠을 못 자도록 괴롭히던 일경의 사악한 미소가 군복 차림의 남자와 겹쳐 보였다.

탁자 위의 유리 재떨이가 눈에 띄었다. 손에 쥐었다. 묵직했다. 그래, 이걸로 치욕을 끝장내자. 윤이상은 오른손에 쥔 재떨이로 자신의 머리를 힘껏 내려쳤다. 뒷머리에 지독한 통증이 느껴졌다. 다시 한번, 두 번, 세 번…… 내려칠 때마다 피가 흥건하게 흘러내렸다. 그는 손에 핏물을 묻혀 벽에 썼다.

아이들아. 나는 공산주의자가 아니다.

혈서를 쓴 그의 의식이 가물가물했다. 그는 땅 밑으로 꺼져 가고 있었다.

시간이 얼마나 흘렀을까. 그는 어느 병실에서 힘겹게 눈을 떴다. 죽음의 문턱에서 간신히 살아난 그는 서대문 형무소에 수감되었다. 독방에 갇힌 그는 맨 처음 사형수에서 무기징역형으로, 또다시 15년형으로 감형을 받은 기결수가 되었다. 그리고, 그와 유사한 방식으로 독일에서 납치된 아내 이수자 또한 서대문 형무소에 갇혀 있다는 것도 나중에 알게 되었다. 그는 간수에게 부탁해 가까스로 오선지와 연필을 손에 넣을 수 있었다. 간수들은 윤이상이 지인을 통해 독일에서 공수해 온 오선지와 연필마저 철저히 조사했다. 혹시 무슨 암호라도 찾을 요량으로 이리 보고 저리 보면서 꼼꼼히 살펴봤으나 아무것도 찾지 못했다. 그러는 동안 봄과 여름이 속절없이 지나가고 늦가을이 되었다. 악보를 그리면서부터 윤이상의 핏기 없는 얼굴에 희미한 생명의 기운이 돋아났다. 그는 독일에 있을 때부터 주문받은 곡을 쓰기 시작했다. 「나비의 꿈」이라 제목을 붙인 곡의 종류는 오페라부파, 희극 오페라였다. 장자의 호접몽을 모티브로 삼은 이 곡에는 인간사의 욕망이 한갓 나비의 꿈처럼 덧없음을 나타내는 도교적 세계관을 담고 있었다.

겨울이 찾아왔다. 무악재에서부터 불어오는 북풍은 차갑고 매서웠다. 머리맡에 둔 물그릇이 꽁꽁 얼어붙는 칼바람, 옥창에 갇힌 자를 괴롭게 하는 배고픔과 헛헛함이 무시로 찾아왔다. 손이 곱아서 악보를 그리기 힘들 때는 입김을 불어 녹인 뒤 음표를 그려 나갔다. 악보를 그리는 것만이 살아 있음을 증명하는 행위인 것처럼, 밤이나 낮이나 무릎 꿇고 엎드려서 한 소절, 한 소절씩 채워나갔다. 그의 얼굴이 수척해질수록 악보는 무수한 음표들로 숲을 이루어 갔다. 그의 악보는 젊을 때부터 난해하기로 이름이 높은 만큼, 음표들 또한 수많은 협곡과 산봉우리로 형성돼 있었다. 그 속에는 인간 세상의 욕망이 헛되고 헛됨을 질타하는 메타포가 유려한 음률마다마다 숨어 있었다. 주요음과 그 주변부를 꾸미는 음군(音群)의 변화무쌍한 음의 변조를 통해 몽매한 껍질을 깨고 현실을 직시할 수 있는 혜안을 갈무리해 두고 있었다. 혹독한 추위 속에서 매만지던 곡은 이듬해 2월에야 완성되었다. 윤이상은 비록 영어의 몸이었지만 정신만은 옥방을 뚫고 훨훨 날아가고 있었다.

윤이상이 천신만고 끝에 오페라 곡을 완성할 무렵, 해외에서는 윤이상 석방 운동이 대대적으로 벌어지고 있었다. 두 달 후인 1968년 5월, 윤이상에게는 독일 함부르크 자유 예술원의 정식 회원이 되는 영예가 주어졌다. 함부르크 자유 예술원은 회원인 윤이상의 석방 운동을 주도했다. 이에 발맞춰 국제 사회도 한국 정부에 대해 윤이상을 석방하라고 목소리를 높였다.

우선 함부르크 자유 예술원의 회장인 빌헬름 말러가 대표 자격으로 박정희 대통령 앞으로 항의 서한을 보냈다. 이 서한에는 헤르베르트 폰 카라얀, 칼하인츠 슈톡하우젠, 한스 베르너 헨체, 게오르기 리게티, 에르네스크 크셰네크, 볼프강 포르트너, 마우리치오 카겔, 얼 브라운, 롤프 리베르만, 에드워드 스템플리, 오토 클렘페러 등의 연대 서명이 포함돼 있었다.

"작곡가 윤이상은 독일은 물론 전 유럽에서도 없어서는 안 될 귀중한 예술가입니다. 그의 조속한 석방을 요청하는 바입니다."

서한의 내용은 정중하면서도 강력한 호소를 담고 있었다.

이와 때를 같이해 서독 정부는 중대 발표를 함으로써 박 정권에 대해 마지막 압박을 가했다.

"만약 음악가 윤이상을 석방하지 않는다면 한국에 대한 차관 지원을 즉시 중단할 것입니다."

서독 정부의 발표문에는 윤이상이 중앙정보부 요원들에 의해 납치된 사실을 상기시키는 문구가 들어 있었다. 이 발표는 박정희 정부를 압박했다. 윤이상의 조속한 석방이 이루어지지 않는다면 서독 정부가 약속한 차관 5억 마르크가 공중 분해될 것이 뻔한 상황이었다. 1967년에 이루어진 사상 초유의 부정 선거, 그로 인해 흉흉해진 민심을 무마시키기 위해 동백림 간첩단 사건을 조작해 낸 박 정권의 자충수는 서독 정부의 차관 중단이라는 파국으로 이어질 조짐이 보였다. 결국 백기를 든 박 정권은 윤이상 석방을 전격적으로 단행했다. 자신의 정권 야욕을 충족시키기 위해 없는 사건마저 만들어 내며 철권을 휘두르던 유신 정권의 무도한 칼질이었다. 수많은 무고한 사람들의 피눈물을 자아내며 산천초목을 공포에 떨게 했던, 여전히 서슬 퍼런 그 칼날은 훗날 어이없게도 자신의 가슴을 겨누는 흉기로 돌변하고야 말았다. 하지만 아직은 그날이 아니라서, 당장 살을 에는 동장군이 더욱더 기승을 부리고 기고만장할 뿐이었다.

몸이 무너져 서울대 병원에서 치료를 받던 윤이상은 곧 석방되었다.

"여기서 있었던 일을 발설치 말라. 만약 입을 열면 너와 너의 가족, 통영에 있는 네 친인척들도 무사하지 못할 줄 알라."

중앙정보부장 김형욱의 협박을 받으며 풀려난 그는 한동안 작곡에만 몰두했다. 잠을 자면 악몽을 꾸었고, 꿈속에서 벌거벗긴 채 통닭구이를 당하는 장면이 계속되었다. 끝없는 구타와 물고문, 자술서 쓰기를 강요하는 군복 차림 남자의 낄낄거리는 웃음소리가 폐부 깊숙이 파고들었다. 비명을 지르며 악몽에서 깨어나면 온몸과 베개가 땀으로 흥건히 젖어 있었다.

그렇게 몇 해 동안 음악에만 집중하던 그의 눈을 번쩍 뜨이게 하는 사건이 터졌다. 1973년 8월 8일, 도쿄 그랜드 팰레스 호텔에서 한국의 야당 지도자 김대중이 납치된 것이다. 중앙정보부 요원들에 의해 끌려간 그는 바다에서 수장될 운명에 처했으나, 미국 정보부의 개입에 극적으로 생환되어 고국으로 돌아갔다. 그 사실을 접한 윤이상은 아내 이수자와 더불어 도쿄로 날아가 기자 회견을 열었다. 그는 이 자리에서 몇 해 동안 금지된 봉인을 풀고 자신이 동백림 사건의 피해자임을 만천하에 알렸다. 물론, 외신에 의해 동백림 사건은 이미 국제 사회에 널리 알려져 있었다. 하지만, 피해자인 윤이상의 입을 통해 직접 진술된 일은 처음이었다. 박 정권이 정치적인 수세에 몰리자 그것을 돌파하기 위해 대규모 간첩단 사건을 조작했던 사실을 재확인했다. 재판을 거듭할 때마다 동백림 사건 연루자 모두에게 씌워진 간첩죄 혐의가 하루아침에 사라졌다는 사실도 밝혔다.

"저는 전 세계의 음악인들에게 큰 은혜를 입었습니다. 그들이 저를 위해 석방 운동을 해주지 않았다면, 아마도 저는 지금 이 순간까지도 감옥 안에 있을지도 모릅니다. 이제 저는 그분들께 받은 은혜를 갚고자 합니다. 그런 의미에서, 죄 없이 죽임을 당할 뻔한 김대중 씨를 온몸으로 지지하며, 그에게 가해진 가택 연금의 형벌을 없애 달라고 박정희 정권에게 강력히 요구하는 바이며, 국제 사회에 간절히 호소합니다."

윤이상은 한 해 전인 1972년 뮌헨 올림픽 개막 오페라 「심청전」 초연을 성공시킴으로써 전 세계인의 극찬을 받은 명망 높은 음악가로 굳건한 입지를 세우고 있었다. 그런 그가 기자 회견을 자청하여 한국 사회에서 횡행하는 유신 독재의 공포 정치와 전횡을 고발하자, 국제 사회의 이목이 집중되었다. 그는 이제 중량감 있는 음악가일 뿐만 아니라 해외 민주화운동의 선봉에 서게 된 것이다. 소설가 루이제 린저는 윤이상과의 대담을 통해 이렇게 말했다.

"당신은 동백림 사건을 통해 새롭게 각성했군요."

윤이상의 오페라 「나비의 꿈」은 「나비의 미망인」으로 제목이 바뀐 뒤 유럽 음악 애호가들의 절찬을 받으며 거듭 상연되고 있었다. 윤이상은 도쿄에서의 기자회견 이후 시야를 더욱더 넓혀 서양 고전 음악의 뿌리를 더듬어 더욱 근원적이고 더욱 깊은 음악 세계를 확장하고 있었다. 그는 차디찬 서대문 형무소의 깊은 옥창을 뚫고 바야흐로 유럽 현대 음악의 독자적인 유파를 창조하는 세계적인 음악가로 우뚝 섰을 뿐 아니라, 자유와 민족 통일의 지평을 열어젖히는 경계인으로 우화등선하고 있었다.

9. 황병기 - 정수남

1

가야금 소리였다. 짙은 안개 탓에 어디에서 들려오는 것인지는 알 수 없었으나 힘 있는 가야금 소리가 온 누리를 덮고 있는 것만큼은 분명했다. 병기는 움직일 수가 없었다. 조금 움직이면 금방 그 선율이 사라져 버릴 것 같았기 때문이다. 다앙 다앙, 둥둥 두웅, 다당, 둥둥, 더덩, 덩, 둥, 다앙 다앙……. 천상에서 흘러나오는 것 같은 그 소리에 병기는 자신도 모르게 빠져들었다. 이윽고 안개가 사라지자 병기는 그 소리가 어디에서 흘러나오는지 알 수 있었다. 아, 김영제 선생님. 가야금을 무릎에 올려놓고 연주하는 사람은 다름 아닌 김영제 선생님이었다. 가야금을 제대로 연주하려거든 부드러운 소리보다는 현침에 가까운 줄을 뜯어 단단하고 힘 있는 소리를 내야 한다. 그게 어디 가야금뿐이겠냐. 시도 마찬가지야. 시도 부드러움 속에 힘이 있어야 비로소 독자의 심금을 울릴 수 있는 거야. 어릴 적에 만났던 선생님은 여전히 눈빛이 불을 뿜듯 살아 있었다.

꿈이었다. 눈을 뜬 병기는 자리에 누운 채 잠시 생전의 김영제 선생님 모습을 머릿속으로 그려보았다. 조선 왕조 아악부에서 아악 사장을 역임한 선생님은 가야금을 연주하는 사람들이 부드러운 소리를 쓰는 것을 좋아하지만 그런 소리일수록 가볍고 비었다는 것을 경계해야 한다고 늘 가르치던 분이었다. 그런데 선생님이 왜 꿈에 나타났을까. 병기는 그때까지도 그 이유를 알 수가 없었다.

어느새 창밖이 희뿌옇게 밝아 오고 있었다. 자리에서 일어난 병기는 벽에 걸려 있는 가야금을 내렸다. 어디에서부터 시작할까. 그는 그즈음 시대에 맞는 새로운 음악을 창작해야 한다는 생각에 몰두해 있었다. 10여 년 동안 하루도 거르지 않고 가야금을 연주하고, 이제는 또 강단에서 학생들을 가르치고 있으나 전통음악을 연주하는 것만으로는 만족할 수가 없었다. 미술이나 문학은 전통적이면서도 현대적인 창작이 활발히 이루어지고 있는데 왜 국악은 옛 음악만을 고집하고 있을까. 옛것을 있는 그대로 보전만 한다면 그것은 골동품에 지나지 않을 것이다. 그렇다면 방법은 현대음악을 접목하되 전통을 살리는 그 무엇을 찾아야 하는데 스물여섯 살의 그로서는 그 방법을 쉽게 찾을 수가 없었다. 얼마나 지났을까. 한동안 가야금을 쓰다듬던 병기가 마침내 탁, 무릎을 쳤다. 그랬다. 시였다. 그것도 전통적으로 내려오는 정형화된 시조가 아니라 행과 연, 글자 수가 자유로운 현대 시. 그는 비로소 김영제 선생님이 왜 자신의 꿈에 나타났는지 그 이유를 알 것 같았다.

어디선가 닭 우는 소리가 들렸다. 날이 밝자 결혼한 지 얼마 되지 않는 그의 아내가 찻잔을 들고 왔으나 그는 손에 잡고 있던 '국화 옆에서'란 시를 놓지 않았다. 시가 의미하는 힘을 찾고 있었다.

"뭘 그렇게 읽고 있어요?"

"시, 미당의……."

병기는 아내를 올려다보았다. 소설가인 아내는 자신보다 나이가 5살이 위였으나 언제 보아도 해맑은 소녀 같았다. 아직도 감추어진 시 속의 의미를 찾지 못하고 있는 병기에게 아내가 한마디 건넸다.

"시는 겉을 읽지 말고, 그 속을 음미하세요."

아내의 말을 가슴에 새기며 병기는 시를 다시 읊었다. 한 송이 국화꽃을 피우기 위해 봄부터 소쩍새는 그렇게 울었나보다……. 얼마나 지났을까. 그는 자신도 모르게 손뼉을 쳤다. 힘은 밖으로 드러나 있는 게 아니었다. 아, 이것이었구나. 병기는 지금까지 자신이 추구하던 힘을 빼고 그것을 가곡으로 만들 작정이었다. 가곡은 남창의 달인인 김경배에게 맡기고, 반주는 거문고와 대금, 장구 등 전통 악기를 사용할 생각이었다. 음계는 대학교 3학년 때 친구의 소개로 알게 된 안과의사 나원화 선생으로부터 배운 오선보를 사용한 것은 물론이었다. 전통적으로 내려오는 정간보가 아니라 오선보를 사용한 것 역시 그가 처음이었다.

그렇게 탄생한 것이 그가 첫 번째 작곡한 '국화 옆에서'였다.

몇 번의 수정을 거쳐 이윽고 작곡이 완성된 날, 그는 아내를 불러 앉혔다.

"이 곡 한번 들어볼래요?"

"기어이 완성하셨군요?"

국립 국악원에서 가야금을 배우던 중에 만나 결혼까지 하게 된 아내는 누구보다 가야금에 대해서 잘 알고 있었다. 더구나 그녀는 소설이라는 언어 예술을 하는 사람이 아닌가.

아내는 대만족이었다. 아내의 칭찬과 격려에 고무된 병기는 다시 새로운 곡을 작곡하기 위해 몰두했다. 그러나 이번엔 '국화 옆에서'와 다른, 새로운 곡을 그는 원했다. 그는 박두진의 '청산도'라는 시를 꺼내 들었다. 그리고 그는 마침내 가야금 역사상 최초의 현대 가야금 곡인 '숲'을 작곡하기에 이르렀다. 그러나 그는 거기에 그치지 않았다. 두 번째 가야금 곡인 '가을'을 작곡하기 위해 몰두했다.

그래, 국악도 이제는 현대인의 마음을 사로잡을 수 있는 곡을 만들어야 해. 언제까지 옛날 곡만 고집하고 있을 것인가. 현대인의 심금은 물론이고 세계인의 심금까지 사로잡을 수 있어야 해. 병기는 혼잣말을 내뱉으며 어금니를 깨물었다. 따지고 보면 전통 음악이라고는 하지만 사실 우리가 지금 연주하는 것은 모두가 조선 시대 음악에 지나지 않았다. 처음 가야금을 만든 우륵이 신라에서 꽃을 피운 곡이 전래 되어 내려오는 것은 한 곡도 없었다. 신라의 예술, 즉 자유분방하고 관능적이며 감각적이면서 종교적인 것은 찾아볼 수가 없고, 남녀칠세부동석을 주장하던 경직된 시대의 것들만이 내려오고 있었다. 병기가 깨고자 하는 것은 바로 그것이었다. 그것을 답습하는 인식을 깨뜨려야 비로소 가야금이 현대인들에게 사랑받을 것은 물론, 세계로도 뻗어나갈 수 있다고 믿었다.

병기가 처음으로 작곡의 필요성을 결심한 것은 1961년 어느 날, 서양 음악을 듣고 난 뒤부터였다. 우연히 듣게 된 스트라빈스키의 '봄의 제전'이 바로 그것이었다. 그는 그것을 들으면서 놀라움과 함께 음악의 새로운 세계에 눈을 뜰 수 있었다. 흔들리지 않는 확고한 맥박의 힘도 대단했으며, 자유분방한 리듬도 충격적이었다. 한 마디로 건강한 느낌이었다. 그는 그 음악이 마음에 들었다. 내가 꿈꾸던 음악은 바로 이런 것이야. 음악을 들으면서 그는 연신 감탄사를 터트렸다. 그러나 그뿐, 그는 작곡할 때 그것을 모방하지는 않았다. 다만, 참고했을 따름이었다.

작곡은 혼자 시작하고 혼자 끝을 내야 하는 고독한 작업이다. 더구나 그는 그것을 전문적으로 배운 적도 없을뿐더러 또 가르칠 수 있는 스승을 만난 적도 없었으므로 어려움이 더 컸다. 하긴, 그때까지의 전통 음악이란 대개 스승에게서 제자에게 악보 없이 전승되었고, 그런 가운데 핵심 가락은 유지된 채 잔가락을 임의로 조금씩 덜고 더하며 변한 게 전부였다. 그러니까 지금까지 현대 음악에 맞추어 작곡하려고 시도한 작곡가가 없었다는 건 당연했다. 그러나 병기는 실망하지 않았다. 혼자 배우고 깨우치면서 열정적으로 주옥같은 작품을 발표했다.

하루도 가야금을 손에서 놓지 않은 것처럼 어디를 가든지 그의 머릿속에는 늘 작곡을 향한 동기와 배경, 음계 등이 떠나지 않았다. 이따금 작곡이 막힐 때면 그는 처음 가야금을 손에 잡았던 시절을 회상하며 공자의 논어를 떠올리곤 했다. '아는 것이 중요하지만, 아는 것보다 더 좋은 것은 좋아하는 것이고, 좋아하는 것보다 더 좋은 것은 즐기는 것이다.' 그 말을 떠올리면 어려움이 어느새 안개 걷히듯 사라지곤 하였다.

작곡할 때마다 그는 전통 음악과 현대 음악을 조화롭게 이루겠다는 초심을 잃은 적이 없었다. 그러자 사람들도 그의 노고를 알아주기 시작했다. 찬사와 격려가 쏟아졌다. 우리나라 국민뿐만 아니라 세계 각국의 음악애호가들이 모두 하나같이 찬사를 보냈다. 그 가운데에서도 특히 사랑이 담긴 아내의 격려는 언제나 그에게 큰 힘이 되었다.

"너무 멋져요!"

그 후로 그가 작곡한 곡은 대략 다음과 같았다.

가을, 석류집, 봄, 가라도, 만삭만환입, 풍요, 중창대련(청산도, 강강수월래), 침향무, 미궁, 고향의 봄, 만대엽해탄, 놀부전, 박연폭포, 아이보개, 비단길, 자시, 영목, 전설, 산운, 하림성, 저녁 송주, 운학, 밤의 소리, 남도환상곡, 소엽산방, 통일의 길, 우리는 하나, 새봄, 춘설, 공자, 차향 이제, 대주, 시계탑, 하마단, 즐거운 편지, 추천사, 낙도음, 가을, 일편향, 평온한 저녁을 위하여 등등……. 이처럼 많은 이름을 가진 곡들이 모두 그의 손에 의해서 탄생되었다.

이 가운데 특히 향기가 난다는 인도의 나무를 제목으로 삼아 1974년에 작곡한 '침향무'는 신라풍 범패의 음계를 등장시킨 것은 물론, 지금은 사라진 중국 및 서역 악기인 공후의 소리까지 염두에 두고 작곡했으며, 1977년 작곡한 '비단길'은 신라 고분에서 발견된 페르시아 유리그릇에서 영감을 얻어 만든 독창적인 곡이었다. 또한 1982년 대금 독주로 작곡한 '하림성'은 우륵이 신라 진흥왕을 위해 연주했다는 지역의 이름을 그대로 따왔다. 이처럼 그는 천년이 넘는 세월 동안 잠자던 신라 음악을 깨워 다시 이 시대에서 숨 쉬게 하였고, 그 역할을 스스로 감당한 것이었다.

그의 작곡이 특히 청중들로부터 사랑받은 것은 그가 오랫동안 국악의 정악과 산조를 공부한 연주자이자 학자로서의 경험을 통해 이미 터득하고 있는 각 악기의 고유한 어법과 개성을 마음껏 드러낼 수 있는 작품을 작곡하려고 노력한 덕분이었다. 다시 말하면 전통을 서양 음악의 어법으로 대체하는 게 아니라 그와 같은 접근법을 오히려 멀리하고, 국악 자체를 다양한 방법으로 확장 시켜야 한다는 그의 철학이 확고했기 때문이다. 이 같은 그의 작곡 의도가 성취될 수 있었던 것을 두고 혹자는 이렇게 평했다.

"한국과 같은 개발 국가에서는 종종 토착적인 생활 양식과 시대 정신 사이에서 가치 충돌이 일어나기 마련인데, 그는 외래에서 들어오는 문화를 선호하던 부류를 따르지 않고 토착적이면서도 시대가 요구하는 현대적인 표현 양식, 다시 말하면 가장 전통적이면서도 현대적인 음악을 만들기 위해 고집스럽게 고군분투했기 때문이다."

그리고 그는 덧붙여서 병기를 가리켜 예술가라면 흔히 갖게 마련인 독선적 아집보다 오히려 객관적 사고와 부드러운 인성을 갖췄다는 것을 덕목으로 꼽으면서 그런 까닭에 그 방면의 많은 사람과 폭넓은 교류를 할 수 있었던 것도 장점으로 꼽았다.

2

1965년 4월 초순 어느 날 오후, 병기는 뜻밖에도 미국의 소인이 찍힌 한 통의 우편물을 받았다. 그것은 미국 하와이 '동서 문화센터'에서 보내온 초청장이었다. '20세기 음악 예술제'에서 그가 작곡한 '숲', '가을'을 연주해 달라는 것이었다. 그는 그것을 받아들고 한동안 어리둥절했다. 그도 그럴 것이 가야금을 배우기 시작한 지 14년 만이며, 작곡을 시작해서는 3년 만의 첫 해외 연주인 까닭이었다. 그는 곧장 아내에게 달려갔다. 그의 아내도 그것을 보고는 놀라는 얼굴이었다.

"여보, 여기를 한 번 더 읽어보세요. '숲'은 현대 무용으로 만들어 함께 공연하겠다네요?"

"그러니까 말이요."

"난, 정말 당신이 자랑스러워요."

아내는 기뻐서 팔짝팔짝 뛰었다.

"그런데, 이번에도 초청은 나 혼자예요."

병기는 아내에게 아이들을 맡기고 혼자 가야 한다는 게 마음에 걸렸다.

"미안하지만 너무 섭섭해하지는 말아요. 다음에는 꼭 당신과 함께 갈 테니까."

"괜찮아요. 마음 쓰지 마세요. 연주 기간이 며칠이래요?"

"열흘……."

하긴 이번이 처음은 아니었다. 작년 일본 요미우리 신문사 초청으로 열렸던 국립 국악원의 순회공연에서도 혼자 가야금 독주자로 참석한 적이 있었다.

4월 22일 마침내 병기는 흥분과 설레는 마음으로 가야금을 안고 비행기 트랩에 올랐다. 1,500여 년 동안 우리 조상들의 숨결이 살아 있는 가야금, 그러나 서양 문물에 밀려 기억에서 사라져가던 그것을 서양 사람들에게 보여줄 기회가 왔다는 게 그는 무엇보다 기뻤다.

하와이로 가는 동안 그의 머릿속에는 그동안 가야금을 배우면서 만났던 사람들의 얼굴이 떠올랐다. 피난 시절 까까머리 중학생이 교복을 입은 채 처음 가야금을 배우겠다고 찾아갔을 때마다 하지 않고 반겨준 김철옥 선생님으로부터 자신에게 정악이 무엇인가를 가르쳐준 김영윤 선생님, 또 열정을 다해 산조를 가르쳐준 김윤덕 선생님 등의 얼굴이 스쳐 지나갔다. 그는 늘 자신이 자신 됨은 스스로가 이룬 게 아니라고 생각했다. 그에 대한 공로를 언제나 자신이 자신 되게 만들어 준 스승들의 덕이라고 여기며, 그분들의 얼굴에 먹칠하는 일이 없도록 해야 한다고 다짐하곤 하였다.

1957년부터 매년 하와이의 호놀룰루에서 열리는 '음악 예술제'는 아시아와 서양의 작곡가들이 한자리에 모여 자신들의 들려주고 서로 음악에 대한 의견을 교환하는 축제의 자리였다. 그러니까 그 축제의 자리에 동양인으로서는 유일하게 그가 초청된 것이었다. 그는 공연장에서 '숲'과 '가을'은 물론이고 새로이 작곡한 '석류집'까지 선보였다. 그의 연주에 좌석을 가득 메운 청중들은 숨소리까지 죽이며 귀를 기울였다.

"이건 마치 한 폭의 동양화를 감상하는 것 같아."

"나는 마치 하늘나라에서 들려오는 음악 소리 같았어."

"어쩜 저런 악기가 있을까?"

연주가 끝나자 청중들은 우레와 같은 박수를 보냈다. 그들은 모두 처음 듣는 신비로운 가야금 소리에 놀라움을 금치 못했다.

하와이 '동서 문화 센터'에서 가진 병기의 가야금 연주는 대성공이었다. 이는 무엇보다 그 뒤에 쇄도한 일련의 초청이 잘 증명해 주고 있었다.

두 번째 연주를 마쳤을 때였다. '동서 문화 센터'에서 뜻밖의 제의가 들어왔다. 음반을 내자는 것이었다. 병기는 마다할 이유가 없었다. 문제는 반주할 장구 연주자였는데, 병기는 그것도 자신이 맡았다. 그는 먼저 가야금으로 녹음을 한 다음, 그 소리를 이어폰으로 들으며 장구로 반주를 덧입히는, 더빙 방법으로 처리했다. 19분짜리 산조와 가야금 작품 3곡을 실은 이 앨범은 병기의 첫 음반인 것은 물론이고, 해외에서 발매된 한국 음악가 최초의 음반이었다. 그뿐만이 아니었다. 연주 일정이 끝나자 이번엔 워싱턴대학교에서 하계 학기인 6월부터 8월까지 한국 음악을 강의해달라는 초청을 받기에 이르렀다.

병기는 한국의 전통 음악이 세계와 소통하는 현장 중심에 자신이 서 있다는 게 꿈만 같았다. 그러나 29살의 그는 열정적이면서도 신중했으며 겸손했다. 비록 아내와의 약속을 뒤로 미루어야 하는 게 미안했지만, 아내도 그 점은 충분히 이해했다. 아니, 그 소식을 들은 아내는 오히려 힘내라고, 격려를 아끼지 않았다.

"이제 당신은 한국 음악을 전파하는 전도사예요."

그러나 그 뒤에도 그는 아내를 쉽게 만날 수가 없었다. 로스앤젤레스, 샌프란시스코, 시애틀, 그리고 워싱턴 D.C에서도 연주해 달라는 초청이 잇달았기 때문이었다. 특히 샌프란시스코 하계음악제 참석 후에는 '미국의 소리' 방송에도 출연했다.

병기는 해외에서 연주만 한 게 아니었다. 그동안 접하지 못했던 또 다른 세계에 눈을 뜨게 되었다. 특히 음악을 전문으로 하는 사람들과 교류하면서 세계 음악의 흐름을 새롭게 깨우칠 수 있었다.

구태여 구분하자면 병기의 2차 해외 연주 여행은 그로부터 10여 년이 흐른 뒤에 이루어졌다고 볼 수 있다. 물론 그 이전에도 백남준과 친분을 맺은 뉴욕과 동남아 등을 다니며 연주하지 않은 것은 아니었으나 여러 나라를 순회하며 장기간 연주한 것으로 치자면 그렇게 봐야 옳을 것 같다.

1974년 황병기는 네덜란드 에두아르트 판 베이눔 재단에서 주최한 심포지엄에 초청되어 주제를 발표한 이후 10월에서 11월까지 암스테르담, 베를린, 뮌헨, 빈, 베네치아, 파리, 본 쾰른 등, 유럽을 순회하며 가야금 연주회를 열었다. 작곡가 윤이상을 만난 것도 그때였는데 "대단하십니다. 황 선생 덕분에 조국의 위상이 한층 높아졌습니다."라는 그의 격려가 그에게는 큰 힘이 되었다.

그의 연주 여행은 그 뒤에도 계속되었다. 1977년과 1980년 사이에는 대만, 홍콩, 독일, 영국, 핀란드 등에서 연주했다. 또 1986년에는 뉴욕 카네기홀에서 한국인으로는 최초로 가야금 독주회를 열기도 했다. 당시 연주된 곡은 자신이 작곡한 작품이 대부분이었는데, 이를 통해 그의 작품은 국제적으로 더욱 명성을 얻게 되었다.

가야금 연주자로서, 또 작곡가로서 그의 명성은 날로 높아가고 있었으나 그의 마음은 변함이 없었다. 가야금을 안고 비행기로, 또는 자동차로 유럽과 미국, 동남아시아를 다니면서도 세계와 소통하는 한국 음악을 만들어야 한다는 사명감만큼은 잊지 않았다. 어디를 가든지 마음속에는 가야금 음계가 숨을 쉬고 있었다. 그는 늘 한 자리에 머물지 않았다. 작곡할 적에도 늘 새로운 기법을 추구했다. 그러나 한국의 전통적인 것만큼은 버리지 않았다. 그런 까닭에 그의 음악은 정신적인 면에서 다른 국악 작곡가

들보다 더 한국적인 것으로 인식되었다. 혹자는 이를 두고, 그의 음악의 특징이 명상적인 데 있기 때문이라고 했다. 침묵, 고독, 그리고 부동을 통한 불교적 선의 암시와 같은 것, 그것은 분명 그가 만들어 낸 그만의 개성 짙은 음악성이라는 것이었다.

그가 아내와의 약속을 지킨 것은 80년대가 되었을 무렵이었다. 아내는 주최 측에서 부부 동반으로 초청했다는 그의 제의를 듣고도 한사코 사양했다. 아직 손봐줘야 할 아이가 네 명이라는 게 이유였다. 그러나 그의 끈질긴 제의에 그녀도 결국은 머리를 끄덕이고 말았다.

"정말 저까지 초청한 거예요?"

"그렇다니까요."

"고맙기도 해라."

아내는 병기를 자랑스러워했다. 한국 음악을 대표한다는 게 꿈만 같았다.

3

병기는 가야금을 처음 대하는 학생들에게 옛날에 자신이 물었을 때 선생님이 대답해 주던 것과 똑같이 가르쳤다. 잘 봐요, 이 바닥, 즉 울림통은 오동나무이고, 줄은 열두 줄, 명주실을 꼬아 만들었고, 여기 왼쪽은 좌단이라고 부르는데 가야금을 연주할 때 오른손이 놓이는 곳이에요. '현침'은 '담괘'라고도 부르는데 가야금 머리 쪽에서 줄을 받치고, 줄과 바탕 사이에 기러기의 발을 닮은 이것을 '안족'이라고 하는데, 이것은 음높이를 조절하는 것이고, 오른쪽으로 갈수록 더 높은 소리가 나요. 또 여기, 이 '부들'은 가야금 줄을 고정하는 것으로, 줄의 세기를 조절해 주지요. 그리고 가야금 줄과 부들이 이어진 부분, 이곳은 '학슬'이라고 불러요. 마지막으로 '양이두'는 가야금 열두 줄을 묶는 역할을 한답니다. 그래도 학생들의 대부분은 가야금을 신기한 눈빛으로 바라보았다.

병기는 스승님으로부터 배운 것을 갚는 길이란 자신 또한 스승님들처럼 올곧게 가르치는 것뿐이라고 생각했다. 그것이 또한 한국 음악의 맥을 잇고 발전시키는 길이라고 여겼다.

"자, 여기를 잘 보세요. 이렇게 튕기는 소리와 이렇게 뜯는 소리는 다르지요?"

둥둥 당 다앙, 둥둥, 당당, 다앙 다앙, 두둥 둥……. 학생들은 그래도 낯선 얼굴이었다. 하지만 병기는 실망하지 않았다. 첫 강의 시간 아닌가. 자신도 처음 배울 때는 그런 얼굴을 하지 않았는가.

그가 처음 학생들을 가르치기 시작한 것은 서울법대를 졸업한 해부터였다. 서울대학교 음악 대학에 국악과가 새로 창설되면서 당시 학장이었던 현제명 교수가 그를 강사로 초빙한 것이었다. 그것은 1957년 대학교 3학년 재학 중에 KBS가 주최한 전국 국악 경연 대회에서 일등으로 수상한 것이 계기가 되었다. 물론 그의 음악적 재능이 비단 그때만 두각을 나타낸 것은 아니다. 따지고 보면 그는 초등학교 시절부터, 경기고 재학시절에도 그와 같은 재능을 인정받아 유수의 단체가 주최한 경연 대회에서 수상한 적이 있었다.

"시간이 문제라면 일주일에 한 시간만 나오시오. 나는 황 군이 우리 대학에 적만 걸어놓아도 영광으로 알겠소."

현제명 학장의 권고는 간곡했다.

그래도 그는 망설였다. 23살 새파란 나이에 역시 새파란 학생들을 가르칠 수 있을까……. 몇 번 사양하던 그는 결국 신입생들이 졸업하는 4년 동안만 가르치겠다고, 자신과 굳게 약속하고 강단에 섰다. 그리고 그는 그 약속을 지켜 1963년 강단에서 스스로 내려왔다.

그러나 세상은 그를 가만히 놓아두지 않았다.

결혼한 이듬해에는 국립 국악원 부설 국악사 양성소에서 강사로 다시 재직하게 되어 제자들을 양성했다. 그때 그에게서 배운 제자들이 뒷날 한국 음악계를 이끌어간 것은 물론이다.

그런 가운데 그는 몇 년 동안 실업계에 몸을 담기도 했다. 즉, 그의 아버지가 경영하던 '대흥화학'에서 일하기도 하였으며, '보림영화사'의 홍보직을 맡기도 하였고, 또 직접 색소폰의 마우스피스를 생산하는 작은 공장을 운영하기도 하였다. 또 '문조사'라는 출판사를 경영하고, 주식회사 '협신물산'의 상무 이사로 명동 극장을 운영하기도 하였다. 이는 단지 가정을 꾸린 뒤 살림을 위한 방편이었다. 가야금은 돈벌이 수단이 되어주지 못했다. 그러나 그가 가는 곳이면 어디든 가야금이 따라다녔다. 음악 활동도 멈추지 않았다. 해외 공연과 국내 공연 등에 참가한 것은 물론이고, 두 편의 국내 영화에서 음악을 담당하기도 했는데, 이것 때문에 1973년에는 한국일보가 시상하는 영화 음악상을 받기도 했다. 이를 보면서 그의 아내는 몹시 안타까워했다. 예술의 길을 누구보다 잘 알고 있는 그녀는 그래서 더욱 조언을 아끼지 않았다.

"한 우물을 파셔야지요."

"뭐를 말이요?"

"가야금이요."

"언제 내가 가야금을 놓은 적 있소?"

"두 마리 토끼를 잡으려고 하니까, 드리는 말씀이지요."

그러나 그의 아내는 자신의 걱정이 기우였다는 것을 얼마 지나지 않아 곧 깨닫게 되었다. 이화여자대학교 음악 대학에 국악과가 신설되면서 그를 학과장 교수로 초빙한 것이었다. 그 소식을 들은 그의 아내는 몹시 기뻤다. 더구나 그 제안을 받아들이면서 그가 그동안 몸담고 있던 실업계에서 완전히 손을 떼고 가야금 하나에만 매달리겠다고 결심한 탓이었다.

"당신 말이 맞소. 가야금을 빼놓는다면 나라는 존재는 존재할 가치조차 없다는 것을 이번에 절실하게 느꼈소."

"고마워요. 저는 당신이 그럴 줄 알았어요."

"자, 모두 여기를 보세요. 가야금 연주에는 두 가지가 있다고 했지요? 정악과 산조가 그것인데, 모두가 가야금을 타는 것은 같지만, 여러 가지 면에서 볼 때 서로 다릅니다. 즉, 정악은 줄을 옆으로 밀면서 소리를 단단하게 내고 감정을 쉽게 드러내지 않습니다. 잔재주도 될 수 있는 대로 절제하고 부려서는 안 돼요. 한 번 들어 보실래요? 어떤 소리가 났나요? 평화롭고 명상적인 가락이 마치 영혼이 목욕하는 것 같은 신비로운 소리로 들리지 않습니까? 그래서 주로 정악은 엄격한 궁중의 연회 같은 데에서 자주 사용했습니다. 그렇다면 산조는 어떨까요? 자, 이번엔 산조를 들어 보실까요? 산조는 주로 이렇게 줄을 위로 뜯습니다. 어떤 소리가 나지요? 부드럽고, 다양한 소리가 나지요? 이처럼 산조는 풍부한 감정 표현을 위해서 여러 가지 재주를 부리며 화려한 기교로 연주합니다. 따라서 자유분방한 연주를 통해 민족적인 흥과 한이 한껏 서린 가락들로 일반 연회나 규방에서 약동하는 희열을 느끼게 했습니다."

그의 친절한 설명을 듣자 학생들이 비로소 머리를 끄덕거렸다. 학생들의 초롱초롱한 눈빛을 보면서 병기는 마침내 길게 안도의 한숨을 토해내었다. 그들에게 한국 음악의 미래를 맡겨도 충분히 이끌고 갈 수 있을 것 같다는 자신감이 들었다.

그들을 가르치면서 병기는 문득 그들의 모습이 어릴 적 자신과 조금도 다르지 않다는 것을 느꼈다. 피난 시절 동급생과 함께 찾아갔을 때 처음 눈으로 보게 된 가야금이라는 낯선 악기. 그리고 손가락으로 뜯고 퉁길 적마다 마치 잠에서 깨어나듯 울려 나오던 신비스러운 소리. 따지고 보면 이름조차 낯선 그 악기에서 울려 나오던 그 소리에 반해서 불혹에 이르는 지금까지 가야금을 붙들고 살지 않는가. 문득 처음 김윤덕 선생님을 만났을 때 "이 세상에는 별의별 악기가 다 있는데 왜 하필이면 가야금을 배우겠다고 하느냐? 또 세상에는 가야금을 가르치는 선생도 많을 텐데 하필이면 나한테 와서 그걸 배우려고 하느냐?" 하던 말씀이 스쳐 지나갔다. 그러면서도 선생님은 항상 다른 사람에게 제자들을 지칭할 때는 '님'자를 붙였다. 그만큼 자신에게 가야금을 배운다는 사실을 소중하게 여기던 분이었다. 병기는 그것 또한 이제는 자신이 제자들에게 베풀 점이라고 여겼다.

가야금을 배우기 시작한 젊은 학생들의 열기는 대단했다. 하나를 가르치면 둘, 셋을 알고자 했다. 병기는 신바람이 났다. 그는 학생들에게 가야금은 소리 예술이라는 것과 연주할 때는 감정을 빼라는 것을 가르쳤다. 대개 연주할 때는 감정을 넣어야 하는 것으로 알고 있지만, 오히려 감정을 빼야 했다. 그는 자신의 가르침을 의아한 눈빛으로 바라보는 학생들에게 옛날 자신을 가르친 선생님처럼 이렇게 설명했다.

"코미디를 잘하는 사람들은 코미디를 할 때 웃지 않죠? 왜 그럴까요? 자기가 먼저 웃으면 남이 웃지 않으니까요. 그것하고 같은 이치예요. 그러니까 우리 국악을 연주하는 사람들은 그 모습이 그림같이 조용하고 다소곳해야 해요. 다만 손끝에서만 불꽃이 튕겨 나와야 합니다."

그는 우리의 전통 음악이 서양 음악과 다른 점이 그것이라고 강조했다.

교수가 된 뒤에도 그는 가르치는 것과 작곡, 연주 활동 등, 음악에 관한 것이면 전력을 다했다. 그러자 그의 아내도 덩달아 신바람이 났다. 남편의 음악 활동에 조금이라도 지장을 주지 않기 위해 노력했다. 아이들의 양육과 교육은 온전히 자신의 몫이었으나 그녀는 눈살 한 번 찌푸리지 않았다. 당연한 것으로 받아들였다. 그가 간혹 눈길을 돌리라치면 오히려 음악에 전념하라고 등을 떠밀었다.

그의 음악 활동은 국내에만 머물지 않았다. 해외로까지 그 명성을 떨쳤다. 1985년부터 일 년 동안 하버드대학교의 객원 교수로 초빙받아 재직한 그는 일리노이대학교, 인디애나대학교, 미시간대학교, 조지워싱턴대학교, 피츠버그대학교, 뉴욕대학교 강단에서 특강과 가야금 연주를 병행하였다. 이 같은 그의 연주와 강연은 나이 칠십이 다 되어가도 그치지 않았다. 눈코 뜰 새 없이 바쁜 와중에도 자신을 필요로 하는 곳이라면 그는 국내는 물론, 해외도 몸을 아끼지 않고 찾아갔다. 2003년에는 자신이 작곡한 가야금 협주곡 '새봄'을 호놀룰루 심포니와 협연했으며, 하와이대학교에서는 특강과 함께 가야금 독주회를, 또 같은 해 3월에도 역시 멜버른의 모나쉬대학교에서 특강 및 연주회를 열었다. 또 9월에는 뉴질랜드 오클랜드 축제에 초청받아 연주회를 열었고, 10월엔 미국 미네소타의 맥컬레스터대학교의 음악 축제에서 특강 및 가야금을 연주했다.

그뿐만이 아니었다. 그는 또 '가야금 작곡법에 대한 연구', '전통 음악과 현대 음악' 등 여러 편의 논문과 '깊은 밤, 그 가야금 소리' 같은 저서도 남겼다. 또 20여 년 동안 문화재 전문 위원을 역임한 그는 1990년 10월엔 평양에서 열린 범민족 음악회에 '서울전통음악연주단' 단장으로 참가하기도 하였고, 또 같은 해 12월엔 서울에 평양민족음악단을 초청하여 열린 '90서울통일음악회' 집행 위원장을 맡았으며, 말년에는 국립국악관현악단의 예술 감독을 맡기도 했다. 그런 만큼 그가 2000년 대한민국 예술원 회원이 된 것과 '백상예술대상'이나 '은관문화훈장' '방일영국악상' 등을 수상한 것은 어쩌면 당연한 일이라고 할 수 있었다.

20년이 넘도록 이화여자대학교에서 교수로 재직하다가 정년 퇴임한 그는 이후 그 대학교의 명예 교수로 취임한 뒤 개교 이래 남자로는 처음으로 '자랑스러운 이화인상'까지 수상하였다. 이는 그가 한국 전통 음악의 현대화, 세계화, 대중화를 위해 이바지한 공로를 높이 평가했기 때문이었다.

그날 밤, 그는 늦은 시각에 혼자 가야금 연습실로 들어갔다. 서재 옆에 마련한 연습실에는 그동안 그가 친구처럼 여기던 가야금 스물다섯 대가 벽에 나란히 기대어 있었다. 모두가 그의 손때가 묻은 것들이며, 그 가운데 또 몇몇은 해외나 국내에서 연주회를 가질 때마다 함께 했던 것이었다. 그는 가야금 하나하나를 쓰다듬으며 고마움을 느꼈다. 그와 함께 고마워해야 할 사람들의 얼굴도 스쳐 지나갔다.

"지금 내가 여기까지 올 수 있었던 건 내가 잘났고, 똑똑해서가 아니야. 그동안 나를 믿어준 부모님과 가르쳐준 선생님들, 그리고 내 음악에 박수를 보내준 사람들이 있었기 때문이야. 평생 그것을 잊어서는 안 돼."

그는 손이 가는 대로 가야금 한 대를 내려 무릎 위에 올려놓았다. 가야금에서는 온기가 느껴졌다.

4

1990년은 한민족이 음악으로 하나가 되었던 해였다. 병기에게는 더욱 그랬다. 왜냐하면 분단 이후 음악인으로는 최초로 판문점을 넘어 10월 18일부터 23일까지 평양에서 열린 '범민족통일음악회' 행사에 '서울전통음악연주단' 단장으로 참가하여 가야금 연주와 작곡 발표를 하였기 때문이다.

그날 아침 그는 일찍 일어나 떠날 채비를 서둘렀다. 세계 여러 나라로 연주 여행을 다녔으나 그곳과는 또 다른 느낌이었다. 회색 헝겊으로 된 긴 가방에 가야금을 넣던 그는 자신도 모르게 긴장과 걱정이 온몸을 감싸는 것을 느낄 수 있었다. 아내도 자못 비장한 얼굴이었다.

"다녀오리다."

"잘 다녀오세요."

그는 아내와 동행하지 못하는 게 또 못내 아쉬웠다.

"같이 가지 못해 미안해요."

"아니에요. 거기가 어딘데 제가 따라나서요?"

배웅하기 위해 북아현동 집 대문 앞까지 따라 나온 아내는 그래도 미소를 잃지 않았다. 아내와 작별 인사를 나눈 병기는 판문점을 거쳐 평양으로 가기로 한 집합 장소로 향했다.

이번 연주에는 남측에서 총 18개의 단체가 참가하는 범민족적인 행사였다. 남북은 물론이고, 북미, 독일, 중국, 일본, 소련(당시) 각지에 사는 한국인 교포 단체도 참가하였다. 따라서 음악회 대부분이 서양 음악을 연주하게 되어 있었다. 병기를 남측 대표로 추대한 사람은 다름 아닌 윤이상이었다. 그는 특별히 병기에게 옛 전통 음악을 연주해달라고 부탁했다. 왜냐하면 분단 이후 북한은 우리 음악의 전통을 보전 유지하지 못하고, 그들의 필요에 따라 개조와 개량을 거듭해 왔기 때문이었다. 이와 같은 이질감은 1985년 남북이 문화 교류를 위해 공연단을 파견했을 때 이미 드러난 현상이었다. 우리의 전통 음악이 그때까지 민족의 정체성이나 전통을 고수하였다면 북측은 국가적 차원에서 이를 개량, 개조시켰다고 볼 수 있었다. 그가 우려하는 점은 바로 그것이었다.

병기는 우리나라 각 분야에서 활동하는 최고 수준의 음악인 14명을 선발, 그중에는 무형 문화재 보유자 3명과 김덕수 사물놀이패도 참여시켰다. 또 자신이 연주할 작품으로는 가야금 독주곡 '비단길'과 망향의 그리움을 달래는 내용의 '고향의 달', 그리고 이번 음악회를 위해 특별히 작곡한 '우리는 하나'라는 제목의 작품이었다. 이 곡은 '우리는 하나'라는 가사를 가사 없는 악구와 교대로 반복하는 게 전부인데, 여기서 우리라는 말은 '한민족'을 뜻하는 것으로 갈라진 남북이 '하나'가 되어야 한다는 것을 의미했다. 작곡하는 동안 병기는 그것을 늘 머릿속에서 잊은 적이 없었다. 그리고 또한 그것은 지구촌에 사는 인류를 뜻하기도 했다. 전쟁 없는 평화 속에서 모두 하나가 되어 손잡고 살아가는 것……. 그래서 노래도 지금까지 자신이 해왔던 것과 다르게 이번 작품에는 연주단 가운데 유일한 서양음악인 소프라노 윤인숙을 세워 부르게 할 예정이었다.

공연은 성공을 거두었다. 매회 공연장은 만원을 이루었으며 연주가 끝날 때는 절도 있는 박수 소리가 우렁차게 터져 나왔다. 그러나 병기는 기쁘지 않았다. 한민족은 분명한데 뭔가 색깔이 다른 옷을 입은 듯한 이질감을 끝내 떨쳐버릴 수가 없었다.

"황 선생, 보셨지요? 이 인민들의 환호성……."

"예에, 저도 들었습니다."

공연이 끝나자 윤이상이 그를 찾아왔다. 그는 병기의 손을 잡고 연신 고맙다는 인사를 아끼지 않았다. 그가 특히 병기에게 고맙다고 하는 것은 우리의 전통음악을 잊어버린 북한 사람들에게 다시 옛 기억을 일깨워 주었다는 점이었다. 더구나 '우리는 하나'에 대한 칭찬을 그는 침이 마르도록 길게 이었다.

"그런데 왜 북쪽 사람들의 악기는 전통과 다를까요?"

병기는 그들이 연주하던 가야금과 연주자들의 음색이 왜 다른지 물었다. 그들의 가야금은 모두가 17현, 21현 등으로 개량이 되어 있었으며, 모양도 전통적인 것과는 달리 서구화되어 있었다. 음색 또한 우리 국악의 특색인 거친 음색이 아니라 하나같이 정선된 깨끗하고 높은 고음이었다. 물론 그것을 모르던 것은 아니었다. 평양에 오기 전부터 그도 익히 알고는 있었다. 하지만 실제로 가까이에서 보고 들으니까 그 생소함이란 더했다.

그러자 윤이상은 큰 소리로 웃었다.

"왜, 이상하게 들렸습니까. 황 선생도 알고 계시지 않습니까. 일본에서는 17현 고토를 만들었고, 심지어는 80현짜리 대형 고토도 개발하지 않았습니까. 또 중국은 어떻습니까. 전통적으로 13에서 16현이었던 고쟁을 21현으로 바꾸지 않았습니까. 물론 사회주의 특성상 획일적이고 공동창작적인 부분은 있지만 저는 그것이 그렇게 나쁘다고는 생각하지 않는데요? 악기란 시대와 목적에 따라 변할 수 있는 것 아니겠습니까?"

그는 그러한 변화가 북한에서는 이미 오래전부터 진행되어 왔다고 전했다.

병기는 머리를 끄덕거렸다. 그렇다면 한국 음악이 세계로 뻗어가기 위해서는 우리도 전통만을 고수할 게 아니라 개량이 필요하지 않을까. 특히 12현 가야금은 관현악단의 악기로는 부적합한 게 사실이었다. 병기는 문득 골동품을 또 떠올렸다. 그랬다. 전통만 붙들고 고집을 부리는 것은 박물관에 진열된 골동품에 지나지 않으며, 결국은 우물 안 개구리가 되고 말 것이었다. 그러나 그는 악기는 개량하되 국적 없는 '퓨전 음악'과는 엄격히 구분되어야 한다는 생각엔 변함이 없었다.

병기가 평양의 행사를 위해 작곡한 또 하나의 작품은 '통일의 길'이라는 성악곡이었다. 이 곡은 북한의 작곡가 성동훈과 공동으로 작곡한 것이었다. 그러나 두 사람은 그 곡이 완성될 때까지 서로 얼굴조차 볼 수 없었다. 그 과정은 북측에서 제공한 여러 시들 가운데 하나를 병기에게 고르게 한 것으로 출발했다. 그는 비교적 정치적 색깔과 홍보성이 약한 '통일의 길'이란 시를 택했다. 그러고는 초안을 작곡한 뒤 성동춘에게 보내었다. 그 뒤 두 사람은 작품이 완성될 때까지 전화로 의견을 나누었다. 두 사람이 실제로 얼굴을 마주할 수 있었던 것은 완성된 악보에 서명할 때였다.

우리 겨레 대대로 오고 가던 길
산이 높아 오가지 못하는가?
네가 오고 내가 갈 통일의 길을
우리 서로 손잡고 열어나가자.

남북 음악 교류는 한 번으로 그치지 않았다. 이번엔 남측에서 그해 12월 '평양민족음악단'을 초청하여 예술의 전당에서 '90서울통일음악회'를 열었다. 바쁜 중에도 집행 위원장을 맡은 그는 다시 최선을 다해 그 행사를 기획하고 준비하였다. 또 가야금을 들고 연주자로 무대에 섰다. 이 행사가 분단 조국이 정치적 현실을 초월하여 하나의 민족으로 나아갈 기회라고 본 그는 평양에서처럼 서울 행사에서도 마무리 연주곡으로는 출연진들이 모두 나와 '우리의 소원은 통일'을 부르는 것으로 정했다.

그에게 평양 행사와 다른 점이 있다면 이번엔 그의 아내도 참석할 수 있다는 점이었다. 세밑 추위가 불어닥쳤으나 그의 아내는 추운 줄도 몰랐다. 남북이 한 무대에 서서 연주하는 행사를 눈으로 목격할 수 있다는 것만으로도 어린아이처럼 가슴이 뛰었다. 문득 그와 함께 살아온 세월이 눈앞을 스쳐 지나갔다. 어찌 보면 그는 자신보다도 가야금을 더 사랑한 남편이었다. 그런데 이상한 것은 국립 국악원에 들어섰을 때 벌써 그런 사람인 줄 번연히 알면서도 그와 결혼한 자신이라고 할 수 있었다. 그러나 그녀는 가야금에 빼앗긴 그 세월이 조금도 아깝지 않았다. 오히려 더 뒤를 좀 더 밀어주지 못한 게 안타깝고 미안했다.

이윽고 막이 오르고 그가 무대 중앙에 나타났다. 그는 집에서나 어디서나 늘 침착했다. 조명을 받은 탓일까, 가야금을 무릎에 올려놓고 느리게 앉는 모습이 문득 다른 사람처럼 느껴졌다. 당 다앙, 둥둥, 다앙 당, 덩, 덩, 더엉, 덩, 당……. 드디어 연주가 시작되자 장내는 물을 끼얹은 듯 조용해졌다. 그녀는 눈을 감았다. 그가 뜯고 튕기는 가야금 연주가 그녀의 귀에는 마치 하늘에 사는 신선이 내려와 노니는 소리처럼 들렸다.

잠시 뒤 그가 연주를 끝내고 일어서자 예술의 전당을 가득 채운 사람들은 너나없이 모두 일어나 박수갈채를 보냈다. 그녀도 일어났다. 일어나 같이 박수를 보내던 그녀는 자신도 모르게 눈물이 흘러내리는 것을 깨달았다. 그때 비로소 그녀는 알았다. 저 남자는 내 남편만이 아니야. 이미 가야금과 평생 살아온 연주자이며, 우리나라 전통 음악 작곡가이며, 세상이 열광하는 음악인이야. 그녀는 흐르는 눈물을 연신 손등으로 닦으며 무대에 서서 인사하는 그를 올려다보았다.

"정말 대단하지 않아?"

"그래, 정말 대단해."

"명인이란 저런 분을 두고 하는 말 아니겠어?"

뒷사람들이 나누는 대화를 엿듣던 그녀는 저 사람이 제 남편이에요, 외쳐주고 싶었으나 얼굴 가득 웃음꽃만 피웠다. 그때까지도 눈물은 그치지 않고 흘러내리고 있었다. 손수건으로 닦아도 소용이 없었다.

그녀가 그의 연주를 목전에서 듣고 본 것은 비단 그날이 처음은 아니었다. 국내, 또는 해외 연주회에서도 여러 번 듣고 보았다. 또 집에 마련한 연습실에서 종일 곡을 쓰고 매만지며 연습할 적에도 귀가 아프도록 들어 어느 정도는 자신도 익히 알고 있었다. 그러나 이번 연주는 달랐다. 그 소리를 들으면서 그녀는 마치 꿈을 꾸는 것 같았다. 무엇 때문일까. 그녀는 이어진 북녘 사람들의 연주를 들으며 골똘히 생각해 보았다. 결국 그녀가 얻어낸 답은 하나였다. 남편은 지금까지 금전이나 명예에 연연해 연주한 적이 없다는 것이었다. 그는 결혼했을 때부터 지금까지 줄곧 그녀와 평범하고 조촐한 가정을 꾸리고 사는 것이 꿈이었다. 가야금도 어떤 목적을 가지고 배운 게 아니었다. 순수하게 좋아서, 미친 듯 시작한 일이었다. 그러나 이제는 숙명적으로 가야금이 그의 목적이 되었으며, 가야금이 바로 그가 되었다는 것을, 그녀는 비로소 실감했다.

5

가야금에 대한 병기의 열기는 나이가 들어도 식을 줄을 몰랐다. 증기기관차처럼 오히려 더 뜨겁게 타올랐다. 환갑을 맞은 1996년에는 '황병기 초청 연주회'를 광주에서 시작하여 대전, 부산, 전주, 대구, 인천, 등 전국을 순회하며 펼쳤고, 마지막에는 11월 17일 서울 '예술의 전당' 콘서트홀에서 음악인분만 아니라 무용가와 행위예술가 등, 30여 명이 참여한 '황병기 창작 음악 35주년'이라는 대음악회를 열었다. 그 외로도 그는 이화여대와 서울대 등 각 대학교가 개교를 기념한 음악회에 초청되어 가야금을 연주하였다. 또 독일까지 건너가 다름슈타트 현대 음악 제50주년 기념 연주회에서 가야금을 연주했다. 그만큼 그의 일상은 쉴 틈이 없었다.

그러나 운명은 쉬지 않고 달려가던 그를 그냥 놓아두지 않았다. 1999년 1월 그는 뜻밖에도 대장암이란 판정을 받고 수술받기에 이르렀다. 그러나 그는 병상에 그냥 쓰러져 있지 않았다. 그를 아는 모든 사람이 절망에 빠져 있을 때도 그는 가야금이 생명인 양 붙들고 있었다. 수술한 몸을 이끌고 어둠이 깃든 병실 밖을 내다보던 그는 그 급박한 상황, 거기에서도 '시계탑'이란 작품을 작곡했다. 그 작품은 그의 작품 가운데에서 가장 명상적이라고 정평을 듣는 명곡이었다.

그러나 노익장을 과시하듯 펼치던 그의 활발한 연주 활동도 2017년을 마지막으로 종막을 고하게 되었다. 그해 가을까지도 인천 '엘림 아트센터 엘림홀'에서 가곡 콘서트 '황병기 가곡의 밤'을 열었고, 또 같은 달 '롯데 콘서트홀'에서 '국악 시리즈II-국립국악관현악단'을 펼치는 등 활발한 연주 활동을 펼치던 그는 그해를 넘기지 못하고 이번엔 뇌졸중으로 쓰러지고 말았다. 그리고 한 달이 넘도록 중환자실에서 꿈을 꾸던 그는 마침내 다음 해 1월 31일 향년 81세로 다른 세상을 향해 길을 떠났다. 대장암을 떨쳐버릴 때처럼 다시 일어설 것을 기대하던 사람들의 소망을 절망으로 바꾼 채……

중환자실에서 그는 오랫동안 흰 두루마기를 입은 신선과 함께 가야금을 타고 놀았다. 자신이 한 곡을 연주하면 신선은 다른 곡을 연주했는데, 그 곡은 이 세상에서 한 번도 들어본 적이 없는, 고요하면서 명상적인, 그런가 하면 흐느끼듯 여운이 남는, 그러다가도 흥에 겨운 듯 빠르고 경쾌한, 정적이면서도 동적인 낯선 곡들이었다. 두 사람은 지칠 줄 모르고 종일토록 연주하고 또 연주했다. 그래도 병기는 시간이 가는 줄도, 배가 고픈 줄도 몰랐다. 시간이 지날수록 신선의 연주 솜씨에 함몰되어 갔다. 얼마나 지났을까, 병기가 그만 가쁜 숨을 내쉴 무렵, 신선이 말했다. 이젠 그만 나를 따라오시게. 나와 함께 내가 사는 세상에 올라가서 날마다 우리 가야금이나 타면서 살아가세…… 병기는 귀가 번쩍 틔었다. 그랬다. 가야금은 평생 배우는 거라는, 그 옛날 가야금을 처음 가르쳐준 선생님 말씀이 떠올랐다. 그렇게 보면 그것은 그가 내심 바라던 것인지도 몰랐다. 병기는 이윽고 신선이 손을 내밀자 망설이지 않고 그의 손을 잡았다. 그의 손은 따뜻했다.

병원으로부터 새벽에 남편이 타계했다는 소식을 들은 그의 아내는 전화기를 든 채 한동안 말을 잃었다. 대장암도 이긴 사람인데…… 그녀는 아직도 어둠이 가시지 않은 창밖을 내다보며 혼자 가고 있을 남편의 그 길을 잠시 머릿속으로 그려보았다. 하긴, 그가 지금까지 걸어온 길이란 누가 함부로 범접하거나 간섭할 수 없는, 외롭고 고독한 길이었으니까 이번 길도 마찬가지일 거라고 생각되었다. 가야금이 있어 외롭지는 않겠다는……

잘 가요. 당신은 정말 훌륭한 남편이었어요.

그만 이별할 때가 되었다는 것을 통감한 그녀는 혼자 가만히 속삭였다.

당신과 함께 사는 동안 정말 행복했어요.

그러나 그녀는 눈물을 흘리지는 않았다.

어둠이 물러간 창밖은 어느새 밝아 오고 있었다.

그날 저녁 언론 매체들은 일제히 그의 서거 소식을 크게 보도했다.

거기에는 비평가들의 평도 여러 편 나열되어 있었다. 대부분이 그의 죽음을 애석하게 여긴다는 것과 함께 한국 전통 음악을 위해 평생을 바쳤다는 업적에 대한 평가, 그리고 앞으로도 그가 이룩한 음악적 영향은 한동안 지속될 것이라는 전망이었다. 그 가운데 특히 주목할 만한 비평은 다음과 같은 것이었다.

지난 세월 동안 황병기는 각종 현대 음악 단체와 페스티벌, 방송 매체, 영화 음악 전문가, 서울 올림픽 위원회, 각종 가야금 단체, 그리고 개인 연주 등의 의뢰를 끊임없이 받아 왔으며, 그러한 다양한 요구에 부응하여 여러 상황에 맞는 다양한 음악들을 제공함과 동시에 자신의 영감에도 민감하게 반응하며 자신만의 작품 세계를 구축해 왔다. 그가 산조를 위해 이 장르에 가능한 모든 매력적인 것들을 포용하려고 했던 것같이, 자신의 곡들에서도 가야금과 다른 전통 악기들을 위한 새로운 음악의 창조를 위해 가능성을 폭넓게 모색하며 시도해 왔다. 하지만 그러한 다양성에도 불구하고 황병기의 개인적, 민족적 정체성이 흐려지는 일은 절대 없었으며, 그 결과 그만의 개성적인 작품, 그리고 이국적인 주제의 곡을 쓸 때도 '한국적인 소리'를 계속 추구하였다는 점에서는 많은 음악 비평가들의 의견이 일치하고 있다.

한국음악사 연표

서기전 2333년 단군왕검. 고조선을 건국. 제천 의식에 음악과 가무를 사용함.

서기전 4세기경 한반도 남부에 진국(辰國) 성립. 해마다 씨를 뿌리고 난 뒤인 5월의 수릿날과 추수가 끝난 뒤의 10월에 추수 감사제를 열어 하늘에 제사를 지냈음. 이러한 제천 행사(祭天行事) 때에는 온 나라 사람들이 모두 모여서 음식과 술을 마련하여 노래를 부르고 춤을 추며 술을 마시는데 밤낮으로 쉬지 않았음.

서기전 238년경 부여 건국. 부여에서는 추수를 감사하여 음력 12월 하늘에 제사를 지내는 국중대회에서 연일 먹고 마시며 노래하고 춤추는데, 이를 영고(迎鼓)라고 함.

서기전 194년 위만이 왕검성을 공격해 준왕을 몰아내고 정권을 탈취해 위만조선을 성립시킴.

서기전 108년 니계상(尼谿相) 삼(參), 우거왕을 죽이고 한(漢)에 항복. 위만조선 멸망.

서기전 82년 동예 성립. 해마다 10월이면 무천(舞天)이라 하여 하늘에 제사 지내고 밤낮으로 술을 마시고 노래하며 춤추고 놀았음.

서기전 69년 신라의 시조 혁거세(赫居世) 태어남.

서기전 59년 북부여 건국.

서기전 57년 신라 혁거세거서간 즉위. 국호를 서라벌이라 하고 왕호를 거서간이라 함.

서기전 37년 졸본에서 동명성왕 주몽 고구려 건국. 고구려 백성들은 노래와 춤을 즐겼음. 나라의 고을과 마을에서 밤에 남녀가 서로 어울려 노래와 유희를 했다. 10월 하늘에 제사를 지내는 국중대회를 이름하여 동맹(東盟)이라 함.

서기전 18년 위례성에서 온조왕이 백제 건국.

28년	신라, 우리나라 가악의 시초인 「도솔가(兜率歌)」 지어짐.
32년	신라, 유리왕 9년 팔 월 보름 6부의 여자들이 가위(嘉俳)놀이를 하며 「회소곡(會蘇曲)」을 부름.
42년	수로왕, 김해 지역에 가락국(금관가야)을 건국. 구간이 영도하는 가락 9촌 백성들이 수로왕을 맞기 위해 구지봉에 모여 흙을 파며 「구지가(龜旨歌)」를 부름. 변진(弁辰)에는 슬(瑟)이라는 악기가 있는데, 그 모양은 축(筑)과 비슷하고, 그 악기로 타는 악곡이 있었음.
56년	고구려, 동옥저를 정벌하여 고구려의 성읍(城邑)으로 삼음.
194년	고구려, 을파소에 의해 진대법(賑貸法) 실시.
209년	고구려, 도성(都城)을 환도성으로 옮김.
212년	내해니사금 때 포상팔국 전쟁과 갈화성 전투에 참전한 장수인 물계자가 지은 노래로 가사는 전해지지 않는 「물계자가」는 개인 작가의 기록이 처음 등장함. 개인적·서정적인 내용으로 지어진 금곡(琴曲)의 가락에 맞추어 불리어진 노래로 신라의 시가 문학 사상에 있어서 중요한 위치를 차지하는 노래라고 볼 수 있음.
244년	위나라, 관구검을 시켜 고구려를 침공하여 환도성(丸都城)을 점령.
303년	신라, 기림니사금, 우두주(牛頭州)에 이르러 태백산을 바라보며 제사 지냄.
313년	고구려, 낙랑을 공격하여 멸망시키고 남녀 2천 명을 포로로 잡음.
314년	고구려, 대방군을 공격하여 점령함.
342년	모용황, 고구려 환도성 함락. 미천왕릉 도굴. 왕모(王母) 및 왕비를 포로로 잡아감.

371년	백제, 근초고왕, 고구려 평양성을 공격, 고구려 고국원왕 전사, 소수림왕 즉위.
4세기	『수서(隋書)』「동이전」에 "(백제 음악에) 고(鼓)·각(角)·공후(箜篌)·쟁(箏)·우(竽)·지(篪)·적(笛) 등의 악기들이 있다"는 기록이 있음. 백제의 노래로『고려사』권71 '삼국속악 백제'조에 전하며, 나주의 속현인 장성의 방등산에 근거를 둔 도적으로부터 구해주지 않는 남편을 원망하는 노래인「방등산」, 백제속악의 하나로 장사 사람이 정역(征役)에 나갔는데 기한이 지나도 돌아오지 않으므로, 그 아내가 선운산에 올라 바라보며 부른 노래인「선운산」,『고려사』권71 '삼국속악 백제'조에 전하며, 무등산에 성을 쌓아 편안하게 살 수 있음을 기뻐한 노래인「무등산」,『고려사』권71 '삼국속악 백제'조에 전하며, 자색이 있는 구례현의 가난하나 정절을 지킨 여인의 노래로 도미처와 연관된 노래로 추정되는「지리산」등이 있음.
4세기경	『삼국사기』「악지」에 다음과 같은 기록이 있음. 〈처음에 진(晉)나라 사람이 칠현금(七絃琴)을 고구려에 보내니 고구려 사람들이 비록 그것이 악기인 줄은 알았으나 그 성음과 연주하는 법을 몰랐다. 나라 사람 중에 능히 그 음을 알아 연주하는 사람에게 두둑하게 상을 준다 하였다. 그때 제2상(第二相) 왕산악(王山岳)이 그 본래의 모양을 두고 자못 그 법제를 고치고 겸하여 백여 곡을 만들어 연주했다. 이때 검은 학[玄鶴]이 와서 춤추었으므로 드디어 현학금(玄鶴琴)이라고 이름하였다. 후에는 다만 거문고(玄琴)라고 하였다〉『수서(隋書)』「동이전」에 "(고구려 음악에) 오현·금·쟁·피리·횡취·소·고가 있다"는 기록이 있음.『고려사』「악지」에 고구려 속악으로「내원성」·「연양」·「명주」같은 노래 이름이 기록되어 있음. 그리고 고

구려의 노래로 작품의 제목과 그 유래만이 『고려사』 권71 삼국속악 고구려조에 전하며, 고구려 정주(靜州, 지금의 평안북도 양주 부근)의 물 가운데 있는 땅을 공간적 배경으로 한 「내원성」, 『고려사』 권71 '삼국 속악 고구려'조에 전하며, 고구려 연양(지금의 평안북도 영변)에 살던 어떤 사람이 남의 밑에서 죽기를 무릅쓰고 일을 하며 자기 신세를 나무에 비유해 노래한 「연양」 등이 있음.

372년   고구려, 태학을 설치, 불교 공인. 백제, 왜왕에게 칠지도(七支刀)를 하사.

400년   광개토왕, 신라를 침공한 백제·가락국·왜국의 연합군을 격퇴.

410년   고구려, 동부여를 멸망시킴.

417~457년   눌지마립간이 지었다고 전해지는 「우식악」은 고구려와 일본에 볼모로 간 두 아우 복호(卜好)와 미사흔(未斯欣)이 박제상의 수완으로 돌아오자, 그 기쁨을 나누는 잔치에서 불렀다 함. 신라의 노래로 문헌상에 이름만 나타나고 가사가 전하지 않는 노래로는 왜국에서 피살된 박제상(김제상)이 피살된 지도 모르고 귀국하기만을 통곡하며 기다리다가 죽어간 그의 아내의 슬픈 사정을 노래한 「치술령곡」, 세밑이 되어 이웃집에서 떡방아 찧는 소리가 나자 가난하여 떡을 하지 못하는 상심한 아내를 위로하기 위해 영계기의 사람됨을 사모하여 거문고를 가지고 다니며 기쁨·노여움·슬픔·즐거움과 불평사(不平事)를 거문고로 풀었던 백결선생이 '거문고'를 타서 떡방아 찧는 소리를 흉내 내어 지은 노래인 「대악(碓樂, 방아 타령이라고도 불림)」, 신라 진평왕(재위 579~632년) 때 경주의 천관사에 머물고 있던 기녀 천관이 김유신이 타고 온 말의 머리를 베고 집으로 돌

아가자, 그 원망스러움을 하소연하여 지은 노래인 「원사(怨詞)」, "가잠성의 역전과 해론 부자(父子)의 용지(勇志) 및 영절(英節)과 효심을 기린 서사적 장가(長歌)라는 점에 주목되지만 구체적으로 어떠하였는지는 알 수 없고, 그 노래를 지은 경위만이 『삼국사기』「열전」'해론'조에 기록되어 있는 「해론가」, 왕에 대한 충정에 변화가 없다는 것과 간사하고 아첨하는 신하에 대한 지탄으로 내용을 이루어졌을 것으로 추측되는 「실혜가」는 655년(태종무열왕 2년) 양산 전장(陽山戰場)에서 백제군과 싸우다 낭당대감(郎幢大監) 김흠운, 대감 예파, 소감(少監) 적득, 보기당주(步騎幢主) 보용나 등이 장렬히 산화(散華)하자, 당시 사람들이 이를 애도하여 지었다고 하는 「양산가」 등이 있음. 『고려사』「악지」에 신라 속악으로 「동경」·「목주」·「여나산」·「장한성」·「이견대」 같은 노래가 기록되어 있음. 신라의 향토 음악에 대한 기록은 『삼국사기』「악지」에 다음과 같은 기록이 보임. 〈「회악(會樂)」과 「신열악(辛熱樂)」은 유리왕(재위 24~57년) 때 지었다. 「돌아악(突阿樂)」은 탈해왕(재위 57~80년) 때 지었다. 「지아악(枝兒樂)」은 파사왕(재위 80~112년) 때 지었다. 「사내악(思內樂)」[혹은 시뇌악(詩惱樂)라고 한다.] 나해왕(재위 196~230년) 때 지었다. 「가무(笳舞)」는 나밀왕(내물왕, 재위 356~402년) 때 지었다. 「우식악(憂息樂曲)」은 눌지왕(재위 417~458년) 때 지었다. 「대악(碓樂)」은 자비왕(재위 458~479년) 때의 사람인 백결(百結) 선생이 지었다. 「우인(竽引)」은 지대로왕(지증왕, 재위 500~514년) 때의 사람인 천상욱개자(川上郁皆子)가 지었다. 「미지악(美知樂)」은 법흥왕(재위 514~540년) 때 지었다. 「도령가(徒領歌)」는 진흥왕(재위 540~576년) 때 지었다. 「날현인(捺絃引)」은 진평왕(재위 579~632년) 때의

사람인 담수(淡水)가 지었다. 「사내 기물악(思內奇物樂)」은 원랑
도(原郎徒)가 지었다. 「내지(內知)」는 일상군(日上郡)의 음악이
다. 「백실(白實)」은 압량군(押梁郡)의 음악이다. 「덕사내(德思
內)」는 하서군(河西郡)의 음악이다. 「석남 사내(石南思內)」는 도
동벌군(道同伐郡)의 음악이다. 「사중(祀中)」은 북외군(北隈郡)의
음악이다. 이는 모두 우리 사람들이 기쁘고 즐거운 까닭으로
지은 것이다. 그러나 악기의 수와 가무의 모습은 후세에 전하
지 않는다).

427년   고구려, 평양성으로 천도.

433년   신라와 백제, 나제동맹을 체결.

452년   가락국 질지왕, 수로왕과 허왕후의 명복을 빌기 위해 왕후사를
            창건.

463년   백제 화공 인사라아(因斯羅我), 왜국에 건너가 일본 회화의 종
            조(宗祖)가 됨.

475년   백제 도성이 고구려군에 함락되고 개로왕이 피살됨. 문주왕이
            즉위하고 웅진으로 천도.

493년   백제 동성왕이 청혼하자, 신라 소지 마립간이 이벌찬 비지(比
            智)의 딸을 보냄. 나제 결혼동맹.

494년   부여, 물길(勿吉)의 공격으로 멸망. 부여 왕실, 고구려에 항복.

503년   신라, 지증왕, 국호를 '신라(新羅)' 왕호를 '왕(王)'으로 정함.

509년   신라, 도성에 동시(東市)를 설치.

512년   신라, 이사부(異斯夫), 우산국(于山國)을 정벌.

513년   백제, 오경박사(五經博士) 단양이(段楊爾)를 왜국에 파견.

516년   백제, 오경박사(五經博士) 고안무(高安茂)를 왜국에 파견.

520년   신라, 율령(律令) 반포, 백관(百官) 공복(公服) 제정.

527년   신라, 이차돈 순교, 불교 공인.

530년	가야 소국의 하나인 사이기국 출신 우륵(于勒), 530년대 가라국 가실왕의 명으로 쟁을 개량해서 가야 소국들의 이름을 본따 12현금(絃琴)을 만들고, 이 12현금으로 연주곡 12곡(우륵 12곡)을 작곡함. 12곡명 중 첫째는 「하가라도(下加羅都)」, 둘째는 「상가라도(上加羅都)」, 셋째는 「보기(寶伎)」, 넷째는 「달이(達已)」, 다섯째는 「사물(思勿)」, 여섯째는 「물혜(勿慧)」, 일곱째는 「하기물(下奇物)」, 여덟째는 「사자기(師子伎)」, 아홉째는 「거열(居烈)」, 열 번째는 「사팔혜(沙八兮)」, 열한 번째는 「이사(爾赦)」, 열두 번째는 「상기물(上奇物)」임.
532년	가락국, 구형왕, 신라 법흥왕에게 항복.
538년	백제, 남부여로 개명, 사비성으로 도성을 옮김.
545년	신라, 『국사(國史)』 편찬.
551년	백제와 신라 연합군이 고구려를 공격하여, 백제는 한강 하류 지역을 차지하고, 신라는 죽령 이북 10개 군을 점령함. 우륵, 가라국을 떠나 신라에 투항. 진흥왕이 우륵과 그 제자 니문(泥文)을 하림궁으로 불러 12현금으로 만든 연주곡 12곡을 들음.
552년	우륵, 대내마 계고·법지, 대사 만덕 등 세 사람에게 각각 가야금, 노래, 춤을 가르침. 우륵에게 전수받은 12곡을 계고·법지·만덕 등 세 사람이 5곡으로 고쳐 어전에서 연주하고, 그로부터 신라의 대악(碓樂)으로 삼음. 니문은 오(烏)·서(鼠)·순(鶉) 3곡을 지음. 진흥왕에 의해 가야금 곡이 궁중 음악이 되었음.
554년	백제와 신라의 관산성 전투에서 백제 성왕이 전사하고, 나제동맹이 결렬, 백제 위덕왕이 즉위. 백제, 담혜(曇惠) 등 승려 9명이 왜로 건너감. 왜국에 의박사(醫博士) 오경박사 의학박사를 보냄. 백제는 음악인 시덕 삼근·계덕 기마차·계덕 진노·대

덕 진타를 파견함. 모두가 대체시켜 달라는 요청에 의거한 것임.

562년 　신라, 대가야를 병합. 왜국의 화약사주(和藥使主)가 백제에 와서 내외전·약서·명당도·불상·기약조도 등을 가져감.

579~632년 　신라 진평왕(재위 579~632년) 때 김무월랑이 지은 가요인 「명주가」는 원가(原歌)는 전하지 않고 작품 이름과 전승 설화가 『고려사』「악지(樂志)」 '삼국 속악(三國俗樂)'조, 『증보문헌비고』 권106 악고(樂考)17 속악부(俗樂部), 『강릉김씨파보』, 『강릉김씨세계』 등에 전함. 승려인 융천사, 10구체 형식의 향가로 주술적인 노래인 「혜성가」 지음.

581년 　신라, 위화부(位和府) 설치.

584년 　백제, 왜인(倭人)들이 와서 녹심신(鹿深臣)이 미륵석상(彌勒石像)을, 좌백련(佐伯連)이 불상(佛像)을 가지고 감.

589년 　신라, 원광(圓光), 진(陳)에 가서 불법(佛法)을 구함.

589~600년 　고구려, 고구려 음악이 중국 수(隋)나라의 궁정에서 7부기(七部伎)의 하나로 연주됨.

592년 　백제 기술자들, 왜국의 법흥사의 불당(佛堂)·보랑(步廊) 완성.

598년 　수(隨)나라, 30만 군대로 고구려를 침입함. 여·수 전쟁이 시작됨.

600년 　고구려, 이문진이 『유기(留記)』 100권을 편집하여 『신집(新集)』 5권을 편찬. 백제 법왕 죽음. 무왕 즉위. 신라, 원광 수나라에서 돌아옴.

600~641년 　무왕, 신라 진평왕의 딸 선화 공주를 사모한 끝에, 이 노래를 지어 아이들에게 부르게 한 4구체의 향가로, 향가 중 유일한 동요라고 볼 수 있는 「서동요(薯童謠)」 지음.

605~617년 　수(隨), 구부기(九部伎)에 고구려악이 참여함.

610년	고구려, 승려 담징 정법을 일본에 보내 종이 먹 수레 맷돌 등의 기술을 전함.
612년	중국 오(吳)나라에 건너가 음악이 곁들여진 탈춤인 기악무(伎樂舞)를 배우고 귀국한 미마지(味摩之)는 612년(무왕 13년) 일본에 건너가 사쿠라이(櫻井)에 살면서 현지 어린이들에게 기악무를 가르쳤다고 함.
618년	고구려, 도교를 받아들임. 『구당서(舊唐書)』「음악지」에 〈(고구려) 음악에 쓰인 악기는 탄쟁(彈箏) 하나, 추쟁(搊箏) 하나, 와공후(臥箜篌) 하나, 수공후(竪箜篌) 하나, 비파(琵琶) 하나, 의취적(義嘴笛) 하나, 생(笙) 하나, 소(簫) 하나, 소피리(小篳篥) 하나, 대피리(大篳篥) 하나, 도피피리(桃皮篳篥) 하나, 장고(腰鼓) 하나, 제고(齊鼓) 하나, 담고(檐鼓) 하나, 패(貝) 하나였다〉라는 기록이 있음.
624년	당(唐)의 도사(道士)가 천존상과 도법을 가지고 고구려에 와서 『노자(老子)』를 강의.
642년	고구려, 연개소문이 정변을 일으켜 영류왕을 죽이고, 보장왕을 즉위시킴. 백제, 신라를 공격하여 대야성 등 40여 성을 점령.
645년	당나라, 고구려를 침공. 양만춘이 안시성 전투에서 당 태종의 군대를 대파. 김유신, 매리포성(買利浦城)을 침공한 백제군을 대파(大破).
648년	신라와 당나라, 나당동맹을 체결.
650년	고구려 승려 보덕, 도교 숭상에 반발하여 백제로 이주.
651년	신라, 진덕왕 5년 음성서에 대사(大舍) 2인을 둠. 음성서는 기악 성악 무용을 궁중 행사 때마다 연주했을 악공의 연주와 교육을 관장하던 부서였다. 원효, 「무애가(無㝵歌)」 창작. '무애'란 『화엄경』의 "일체무애인 일도출생사(一切無㝵人一道出生

死)"에서 유래한 말.

658년	능안, 15세에 가야지무(伽耶之舞)를 춤.
660년	백제 멸망.
661~681년	광덕, 신라시대 기원 노래의 한 전형을 보여주는 10구체 향가 「원왕생가(願往生歌)」지음.
662년	고구려 연개소문, 사수(蛇水)에서 당의 군대 대파(大破).
663년	나당연합군과 백제·왜국 연합군 사이에서 백강전투가 일어남.
664년	신라, 문무왕 4년 성천·구일 등 28인을 부성(府城)에 보내어 당악을 배우게 함.
668년	고구려 멸망.
673년	신라, 김유신이 79세로 사망하자, 문무왕이 장례 때 쓰도록 군악고취(軍樂鼓吹) 100여 명을 보냄.
676년	신라가 당나라의 군대를 축출하고, 대동강 이남 통일.
681~691년	신문왕 때 동해상에 떠오른 작은 산에서 대를 베어 대금(大笒)을 만들고 이를 만파식적(萬波息笛)이라 명명. 만파식적은 문무왕이 죽어서 된 해룡(海龍)과 김유신이 죽어서 된 천신(天神)이 합심하여 용을 시켜서 보냈다는 대나무로 만든 전설상의 대금(피리)으로 불면 온갖 소원이 성취되어 국보로 삼았다고 함.
682년	통일신라, 국학(國學)을 세움. 문무왕이 죽어서 된 해룡(海龍)과 김유신이 죽어서 된 천신(天神)이 합심하여 용을 시켜서 보냈다는 대나무로 피리[笛]를 만들어 만파식적(萬波息笛)이라 이름하고, 월성 천존고에 간직함.
684년	통일신라 신문왕, 전정(殿庭)에서 소간전무(小懇田舞)를 비롯하여 고구려·백제·신라의 삼국악을 아룀.

685년	통일신라, 9주 5소경 설치. 문무 관료전 지급.
687년	통일신라, 신문왕, 음성서의 장(長)을 경(卿)으로 고침.
689년	통일신라, 녹읍 폐지. 『삼국사기』「악지」에 〈신문왕 9년(689년)에 왕이 신촌(新村)에 행차하여 잔치를 베풀고 음악을 연주케 함. 가무(笳舞)에 감(監)이 6명, 가척(笳尺)이 2명, 무척(舞尺)이 1명 연주함. 하신열무(下辛熱舞)에 감이 4명, 금척(琴尺)이 1명, 무척이 2명이, 가척(歌尺)이 3명 연주했다. (중략)〉라는 기록이 보임. 신라 때에는 악공(樂工)을 모두 척(尺)이라고 불렀음.
693년	통일신라 신문왕, 만파식적을 만만파파식적(萬萬波波息笛)이라 이름을 고침.
698년	대조영, 동모산에서 발해 건국.
702년	김대문, 『화랑세기』와 『고승전』 저술.
702~737년	바다용에 끌려간 수로부인을 구출하기 위해 불렀다는 「해가(海歌)」가 『삼국유사』에 노래의 내력과 함께 전함. 4구체의 서정적 향가로 '소를 몰고 가던 노인(牽牛老翁)'이 수로 부인에게 벼랑에 핀 꽃을 꺾어 바친다는 설화를 배경으로 하는 향가인 「헌화가(獻花歌)」, 지어짐.
727년	혜초, 『왕오천축국전(往五天竺國傳)』을 지은 듯함.
737년	통일신라, 「헌화가」 지어짐. 발해 문왕 즉위.
737~742년	신충, 주술적 성격을 가진 향가인 「원가」 지음.
742~765년	악인(樂人)인 옥보고(玉寶高)가 거문고 곡을 짓고, 제자들에게 거문고를 가르쳐 신라에 거문고 음악이 널리 퍼지게 됨. 8세기경 『삼국사기』「악지」에 다음과 같은 기록이 보임. 〈신라 사람 사찬(沙飡) 공영(恭永)의 아들 옥보고(玉寶高)가 지리산 운상원(雲上院)에 들어가 거문고를 배운 지 50년에 스스로 신조(新調)

30곡을 창작하였다. 그는 속명득(續命得)에게 전하였다. 속명득이 그것을 귀금선생(貴金先生)에게 전했다. 귀금선생 또한 지리산에 들어가 나오지 않았다. 신라왕이 거문고의 이치와 연주하는 법[琴道]이 끊어질까 염려하여 이찬(伊湌) 윤흥(允興)에게 '방편을 써서라도 그 음을 전할 수 있게 하라'라고 말했다〉『삼국사기』「악지」에 다음과 같은 기록도 보임.〈거문고 악곡에는 두 가지 음조가 있다. 첫째는 평조(平調)이고, 둘째는 우조(羽調)이며, 악곡은 모두 187곡이다. 그 밖의 악곡 가운데 지금까지 전해져서 기록할 만한 것은 몇 가지 없으며, 나머지는 모두 흩어지고 없어져서 제대로 갖추어 싣지 못한다. 옥보고가 지은 30곡은 「상원곡(上院曲)」1·「중원곡(中院曲)」1·「하원곡(下院曲)」1·「남해곡(南海曲)」1·「기암곡(倚嵒曲)」1·「노인곡(老人曲)」7·「죽암곡(竹庵曲)」2·「현합곡(玄合曲)」1·「춘조곡(春朝曲)」2·「추석곡(秋夕曲)」1·「오사식곡(吾沙息曲)」1·「원앙곡(鴛鴦曲)」1·「원호곡(遠岵曲)」6·「비목곡(比目曲)」1·「입실상곡(入實相曲)」1·「유곡청성곡(幽谷淸聲曲)」1·「강천성곡(降天聲曲)」1이다〉충담사, 유교 사상이 짙게 드러나 있는 10구체 향가로 통일신라 시대의 민(民)의 지위에 대해 알 수 있는 향가인 「안민가」지음. 월명사, 정제되고 세련된 표현 기교와 서정성이 뛰어난 노래로 승려인 작가의 의식 세계를 탁월하게 표현하고 있는 10구체 향가 「제망매가」지음. 충담사, 10구체 향가 중 최고의 경지를 보여주는 작품이며 유일한 문답 형식의 희곡적 체제를 갖춘 향가로 표현 기교가 뛰어난 작품으로 평가받고 있는 「찬기파랑가」지음. 희명, 천 개의 손과 그 손바닥마다 박혀 있는 천 개의 눈을 가진 천수관음(千手觀音)에게 자식이 눈 낫기를 간절히 기원하는 어머니의 종교적 신심(信心)을 바탕으로 한 종교적 서정시로 10구체 향가인 「도천수관음가(禱千手觀音歌)」지음.

756년	발해, 돈화(敦化) 동모산(東牟山)에서 상경 용천부로 천도. 신라의 가야금, 백제의 관악기 등을 일본 동대사(東大寺)에 보냄.
8세기경	통일신라, 경덕왕(재위 742~765년) 때의 악인(樂人)인 옥보고(玉寶高)가 거문고 곡을 짓고, 제자들에게 거문고를 가르쳐 신라에 거문고 음악이 널리 퍼지게 됨. 8세기경『삼국사기』「악지」에 다음과 같은 기록이 보임. 〈신라 사람 사찬(沙湌) 공영(恭永)의 아들 옥보고(玉寶高)가 지리산 운상원(雲上院)에 들어가 거문고를 배운 지 50년에 스스로 신조(新調) 30곡을 창작하였다. 그는 속명득(續命得)에게 전하였다. 속명득이 그것을 귀금선생(貴金先生)에게 전했다. 귀금선생 또한 지리산에 들어가 나오지 않았다. 신라왕이 거문고의 이치와 연주하는 법[琴道]이 끊어질까 염려하여 이찬(伊湌) 윤흥(允興)에게 '방편을 써서라도 그 음을 전할 수 있게 하라'라고 말했다〉『삼국사기』「악지」에 다음과 같은 기록도 보임. 〈거문고 악곡에는 두 가지 음조가 있다. 첫째는 평조(平調)이고, 둘째는 우조(羽調)이며, 악곡은 모두 187곡이다. 그 밖의 악곡 가운데 지금까지 전해져서 기록할 만한 것은 몇 가지 없으며, 나머지는 모두 흩어지고 없어져서 제대로 갖추어 싣지 못한다. 옥보고가 지은 30곡은 「상원곡(上院曲)」1·「중원곡(中院曲)」1·「하원곡(下院曲)」1·「남해곡(南海曲)」 1·「기암곡(倚嵒曲)」 1·「노인곡(老人曲)」7·「죽암곡(竹庵曲)」2·「현합곡(玄合曲)」1·「춘조곡(春朝曲)」2·「추석곡(秋夕曲)」1·「오사식곡(吾沙息曲)」1·「원앙곡(鴛鴦曲)」1·「원호곡(遠岵曲)」6·「비목곡(比目曲)」1·「입실상곡(入實相曲)」1·「유곡청성곡(幽谷淸聲曲)」1·「강천성곡(降

天聲曲)」1이다〉

756년   발해, 돈화(敦化) 동모산(東牟山)에서 상경 용천부로 천도. 신
                 라의 가야금, 백제의 관악기 등을 일본 동대사(東大寺)에 보냄.

759년   통일신라, 음성서를 대악감(大樂監)으로 바꿈.

760년   통일신라, 월명사(月明師), 하늘에 두 개의 태양이 나타난 괴변
                 (怪變)을 물리치기 위한 의식에서 불린 향가인 「도솔가」를 지
                 음.

765년   통일신라, 「도천수관음가(禱千手觀音歌)」·「산화가(散花歌)」 지
                 어짐. 『삼국사기』 「악지」에 다음과 같은 기록이 있음. 〈신라
                 음악은 삼죽(三竹)·삼현(三絃)·박판(拍板·대고(大鼓)·가무
                 (歌舞)였다. (중략) 삼현은 첫째는 거문고, 둘째는 가야금, 셋째
                 는 비파였다. 삼죽은 첫째는 대금(大笒), 둘째는 중금(中笒),
                 셋째는 소금(小笒)이었다〉

785~798년 승려 영재, 10구체 향가인 「우적가(遇賊歌)」 지음.

788년   통일신라, 독서삼품과 설치.

807년   통일신라, 사내금(思內琴)을 아뢸 때 무척(舞尺)은 청의(靑衣),
                 가척(歌尺)은 채의를 입음.

818년   통일신라 흥덕왕, 당에 사신을 보내어 악공(樂工)을 올림.

822년   통일신라, 웅천주 도독 김헌창이 반란을 일으킴. 국호를 장안
                 이라고 하고, 연호를 경운이라고 함.

830년   통일신라, 진감대사가 당나라에서 귀국하여 하동의 쌍계사에
                 서 불교 관련 의식에서 사용되는 의식용 음악인 범패(梵唄)를
                 가르침.

846년   통일신라, 청해진대사 장보고 반란을 일으킴. 염장에 의해 피
                 살됨.

875~886년 처용, 「구지가」에서 「해가」로 이어지는 주술적인 시가의 맥을

계승하고 있고, 벽사진경(辟邪進慶)의 내용을 담은 8구체 향가인 「처용가」 지음.

888년	통일신라, 대야주 은사(隱士) 왕거인(王巨人)을 국왕 비난 혐의로 투옥. 상대등 위홍, 왕명을 받아 대구화상과 함께 향가집 『삼대목(三代目)』 편찬.
894년	통일신라, 최치원 시무 10조를 올림. 최치원 아찬에 임명됨. 최치원, 894년 이후로 추정되는 시기에 민간에서 연행되던 놀이 다섯 가지를 주제로 향악잡영오수(鄕樂雜詠五首)—「금환(金丸)」·「산예(狻猊)」·「월전(月顚)」·「속독(束毒)」·「대면(大面)」—를 지음.
900년	후백제의 견훤, 왕을 칭하고 완산주에서 건국.
901년	후고구려의 궁예, 왕을 칭하고 송악에서 건국.
904년	후고구려가 마진으로 개명하고, 도성을 철원(鐵圓)으로 옮김.
911년	마진의 국왕 궁예, 국호를 태봉, 연호를 수덕만세(水德萬歲)로 정함.
918년	왕건, 궁예를 몰아내고 송악에서 왕위에 오름. 국호를 고려라 하고 연호를 천수(天授)라 함. 중경(中京)과 서경(西京)에서 토속신에게 제사 지내던 의식인 팔관회를 개최.
926년	발해, 거란의 침공으로 멸망. 거란이 발해를 동단국(東丹國)으로 바꿈.
935년	후백제 견훤, 나주로 도망하여 고려에 항복함. 신라 경순왕이 고려에 항복. 신라 멸망.
936년	고려, 후백제를 병합하여 후삼국을 통일함.
943년	고려 태조, 박술희를 불러 훈요십조를 친수(親授)함.
945년	왕규가 반란을 일으키자 서경의 대광(大匡) 왕식렴이 개경으로 와서 그를 죽임.

950년   광덕(光德)이라 건원(建元)함. 광종 『정관정요(貞觀政要)』를 읽음. 당악(唐樂)이 고려에 처음 소개됨. 『고려사』「악지」에 송나라에서 들어온 사악(詞樂) 43곡—「석노교곡파(惜奴嬌曲破)」·「만년환만(萬年歡慢)」·「억취소만(憶吹簫慢)」·「낙양춘(洛陽春)」·「월화청만(月華淸慢)」·「전화지령(轉花枝令)」·「감황은령(感皇恩令)」·「취태평(醉太平)」·「하운봉만(夏雲峯慢)」·「취봉래만(醉蓬萊慢)」·「황하청만(黃河淸慢)」·「환궁악(還宮樂)」·「청평악(淸平樂)」·「예자단(荔子丹)」·「수룡음만(水龍吟慢)」·「경배악(傾杯樂)」·「태평년만(太平年慢)」·「금전악만(金殿樂慢)」·「안평악(安平樂)」·「애월야면지만(愛月夜眠遲慢)」·「석화춘조기만(惜花春早起慢)」·「제대춘만(帝臺春慢)」·「천추세령(千秋歲令)」·「풍중류령(風中柳令)」·「한궁춘만(漢宮春慢)」·「화심동만(花心動慢)」·「우림령만(雨淋鈴慢)」·「행향자만(行香子慢)」·「우중화만(雨中花慢)」·「영춘악령(迎春樂令)」·「낭도사령(浪淘沙令)」·「어가행령(御街行令)」·「서강월만(西江月慢)」·「유월궁령(遊月宮令)」·「소년유(少年遊)」·「계지향만(桂枝香慢)」·「경금지영(慶金枝令)」·「백보장(百寶粧)」·「만조환령(滿朝歡令)」·「천하악령(天下樂令)」·「감은다령(感恩多令)」·「임강선만(臨江仙慢)」·「해패령(解佩令)」—의 곡 이름이 실려 있음.

956년   고려, 광종, 노비안검법(奴婢按檢法)을 실시.

958년   고려, 광종, 후주의 쌍기(雙冀)의 건의에 따라 과거 제도를 실시. 쌍기를 지공거(知貢擧)로 함.

981년   팔관회의 잡기 폐지.

990년   송(宋)의 무악(舞樂) 전래.

992년   국자감(國子監) 설치. 공전(公田)의 수조액(收租額) 정함.

993년	거란이 고려를 침공, 서희가 거란의 소손녕과 담판하여 군사를 철수케 하고 강동 6주를 양도받음. 비색청자(翡色靑瓷) 제작 시작.
996년	건원중보(乾元重寶) 주조.
998년	개정전시과(改定田柴科) 설치. 『고려사』 권77에 목종(재위 997~1009년) 때 대악서령이 있었다는 기록이 보임. 이 기록에 의거하여 고려의 왕립 음악 기관 가운데 대악서(大樂署)가 제일 먼저 설립된 것이라고 추정함. 전악서(典樂署) · 대악관현방이라 고도 불리는 대악서에는 서긍(徐兢)의 견문록인 『고려도경(高麗 圖經)』 권40의 기록에 의하면, 대악서에 속한 악공들은 260인 이었으며, 당시 관현방 소속의 공인 170인, 경시서(京市署) 소 속의 공인 300인과 더불어 궁중의 잔치나 예식에 참여함.
1009년	강조의 정변이 일어남. 강조, 목종을 폐하고 현종을 즉위시킴. 음악교습소인 교방(教坊)을 폐지.
1010년	거란(요나라)가 강조의 정변을 구실로 고려 침략을 기도. 중단 하였던 연등회를 다시 개최. 팔관회 개최.
1011년	거란군 개경 침입. 탐라를 주군(州郡)으로 인정하는 증명서를 지급함. 초조대장경(初雕大藏經) 간행 시작(~1086년).
1116년	송나라에서 아악기, 아악보, 의물 등을 보내와 최초로 아악을 연주하기 시작함.
1018년	거란의 소손녕(蕭遜寧), 10만 대군을 이끌고 고려를 다시 침 공.
1019년	강감찬, 귀주에서 거란을 대파(귀주대첩).
1039년	정종, 연등회 때 왕이 봉은사에 감.
1044년	천리장성 완공.
1045년	오역(五逆) · 오천(五賤) · 불충(不忠) · 불효(不孝) · 향부곡(鄕部

曲)·악공(樂工)·잡류(雜類)의 자손은 과거를 허락하지 않음.

| 1053년 | 흥국사에서 팔관회를 개최. 궁정 악공 중에 자제 3~4인이 있을 경우 그중 한 사람은 악공의 업(業)을 잇게 함. |

1053년 흥국사에서 팔관회를 개최. 궁정 악공 중에 자제 3~4인이 있을 경우 그중 한 사람은 악공의 업(業)을 잇게 함.

1061년 종묘에서 고삭(告朔) 의식 베풂.

1073년 문종이 참석하여 연등회를 특별히 열고, 새로 만든 불상을 찬송. 교방여제자(敎坊女弟子) 진경(眞卿)이 연등회에서 당악정재인 「답사행가무(踏沙行歌舞)」를 연주할 것을 청하여 허락을 받음. 팔관회를 문종이 참관했을 때는 교방여제자 초영(楚英)이 「포구락(抛毬樂)」·「구장기별기(九張機別伎)」)를 연주함. 송나라 교방악에 맞추어 연주되는 궁중 무용의 총칭인 당악정재는 『고려사』「악지(樂志)」에 헌선도(獻仙桃)·수연장(壽延長)·오양선(五羊仙)·포구락·연화대(蓮花臺) 등의 무보(舞譜)가 전함.

1076년 전시과 재개정, 관제 개혁. 대악서의 설립 이후에 두 번째로 설립한 음악 기관인 관현방(管絃坊)을 최초로 예부 아래 설치함. 관현방은 대악서(大樂署)와 함께 궁중 음악을 관장했던 기관으로, 대악관현방(大樂管絃坊)이라고 불리기도 함. 대악서는 왕의 전용으로 설립되었던 음악 기관이었으나, 관현방은 다른 목적의 궁중 연향이나 의식에 사용하기 위해 세운 음악 기관이었음. 관현방의 악공들을 가르치는 악사들은 모두 14인이었음. 관현방의 공인들은 나라의 큰 잔치 때 대악서의 공인들과 함께 활동함. 서긍(徐兢)의 견문록인 『선화봉사고려도경(宣和奉使高麗圖經)』에 의하면, 그 당시 170인의 악공이 관현방에 속해 있었음.

1078년 송나라 사신이 고려에 오면서 박판·적·피리 등을 예물로 가져옴.

1083년	송(宋)에서 보내온 『대장경』을 개국사에서 보관하게 함. 팔관회 개최.
1086년	의천, 송(宋)에서 돌아와 불경 천여 권을 바침. 흥왕사에 교정도감(教定都監)을 두고, 『속장경(續藏經)』 간행 시작.
1097년	주전도감(鑄錢都監) 설치.
1098년	해인사에서 『대방광불화엄경(大方廣佛華嚴經)』 펴냄.
1099년	윤관, 송(宋)에서 『자치통감(資治通鑑)』을 가져옴. 대흥왕사에서 『대반열반경소(大般涅槃經疏)』 등 조조. 주부군현(州府郡縣)에 둔전(屯田) 5결의 경작을 허락함.
1101년	서적포(書籍鋪) 설치. 『금자묘법연화경(金字妙法蓮華經)』 완성. 송(宋)에서 『신의보구방(神醫普救方)』을 가져옴. 송(宋)에서 『태평어람(太平御覽)』 1천 권을 보냄.
1102년	고주법(鼓鑄法) 제정. 해동통보(海東通寶) 1만 5천 관을 주조. 남경(南京)의 경계 확정.
1104년	윤관을 동북면행영병마사(東北面行營兵馬使)로 임명. 임간, 여진 1차 정벌 실패. 윤관, 별무반(신기군·신보군·항마군) 설립.
1107년	윤관, 여진 촌락 135곳 격파(여진 정벌). 함주(咸州) 등 6성을 쌓음. 요(遼)에서 『대장경(大藏經)』을 보냄. 각도에 안무사(安撫使) 파견. 수렵(狩獵)과 화전(火田) 개간을 금지.
1108년	윤관 등, 여진 평정. 북계(北界)에 9성을 쌓음.
1113년	『시정책요(時政策要)』 편찬. 예의상정소(禮儀詳定所) 설치.
1114년	송나라에서 새로 제정한 연향악(大晟新樂)의 악기, 악보 등을 보내와 송악(宋樂)을 연주함.
1116년	예의상정소에서 의복 제도를 개정. 왕자지(王字之)·문공미(文公美), 송(宋)에서 대성아악(大晟雅樂) 등을 가져옴(고려악 정

비). 보문각(寶文閣) 설치. 김록(金綠) 등에게 『정관정요(貞觀政要)』를 주해하여 올리도록 명함.

1120년   예종, 「수성명사(壽星明詞)」를 지어 악공에게 부르게 함. 예종, 팔관회에서 「도이장가(悼二將歌)」를 지음.

1122년   박승중·정극영·김부식 등, 『예종실록』 편찬. 서국(書局)을 둠. 「벌곡조(伐谷鳥)」를 지음.

1124년   서긍(徐兢), 송(宋)에서 『선화봉사고려도경(宣和奉使高麗圖經)』 40권을 출간.

1126년   이자겸의 난이 일어남.

1129년   인종, 서경 행차. 서경 대화궁 낙성. 묘청 등이 칭제건원(稱帝建元)을 청함.

1134년   김부식, 서경 천도를 반대. 처음으로 적전제(籍田祭)에 대성악(大晟樂)을 사용.

1135년   묘청, 서경 천도를 주장하였으나 실패. 묘청 등, 서경에서 반란을 일으킴(묘청의 난).
           공상악인(工商樂人)의 자손은 공이 있어도 벼슬을 못 하게 함.

1137년   윤보, 『정관정요(貞觀政要)』를 주진(注進).

1145년   김부식, 『삼국사기』 50권을 편찬하여 바침.

1146년   윤보, 『법화경(法華經)』을 수사(手寫)함. 대평광기촬요기(大平廣記撮要記) 100수를 찬진함. 이녕(李寧), 「예성강도(禮成江圖)」·「천수원남문도(天壽院南門圖)」 그림.

1151년   정서(鄭敍), 「정과정곡(鄭瓜亭曲)」을 지음.

1161년   『국조예악의문(國朝禮樂學儀文)』 상정, 「상정예악(詳定禮樂)」 가르침.

1170년   정중부·이의방 등이 무신정변을 일으켜 문신(文臣)들을 살해하고 정권 장악. 무신 정권 수립. 고려 국왕 의종 거제현으로 피신. 명종 즉위.

1173년	김보당, 의종을 복위시키려 반무신란(反武臣亂)을 일으킴(김보당의 난). 김보당 처형. 이의방, 문신들을 살육.
1174년	조위총의 난.
1176년	공주 명학소 망이·망소이의 난. 팔관회 개최.
1188년	태묘에서 대성악 사용.
1193년	운문(지금의 청도)에 근거지를 두고 있던 김사미와 초전(지금의 밀양)에 근거지를 두고 있던 효심이 주동이 된 농민들이 항쟁을 일으킴. 이규보, 서사시 「동명왕편」 지음.
1196년	최충헌, 정권을 장악, 최씨 무신 정권 수립.
1198년	만적, 난을 일으킴(만적의 난).
1231년	몽골군, 제1차 고려 침공. 몽골군, 부인사의 『대장경』 불사름. 김경손이 쌍소금(雙小笒)을 붊.
1232년	고려, 강화도로 도성을 옮김. 몽골, 제2차 고려 침공.
1235년	몽골군, 안변도호부 침공(제2차 고려 침공). 팔관회 개최.
1236년	강도(江都)에 대장도감을 두고 대장경 조판(재조대장경) 시작(~1251년). 내전(內殿) 곡연(曲宴) 때에 박경연이 처용희(處容戲)를 함.
1237년	이규보, 『동국이상국집』·『백운집』 지음.
1246년	단오 때 그네뛰기 및 고취(鼓吹) 놀이 금지. 고려의 향악기는 『고려사』「악지」'속악조'에 다음과 같이 기록되어 있다. 〈여섯 줄의 거문고(玄琴), 열두 줄의 가야금, 열세 구명의 대금(大笒), 장고(杖鼓), 여섯 매의 아박(牙拍), 장식이 있는 무애(無㝵), 무고(舞鼓), 두 줄의 해금(奚琴), 일곱 구명의 피리(觱篥), 열세 구명의 중금(中笒), 일곱 구명의 소금(小琴), 여섯 매로 된 박(拍)〉『고려사』「악지」'속악조'에 32곡의 향악곡―「정읍(井邑)」

·「동동(動動)」·「무애(無㝵)」·「서경(西京)」·「대동강(大同
江)」·「오관산(五冠山)」·「양주(楊洲)」·「월정화(月精花)」·「장
단(長湍)」·「정산(定山)」·「벌곡조(伐谷鳥)」·「원흥(元興)」·
「금강성(金剛城)」·「장생포(長生浦)」·「총석정(叢石亭)」·「거사
연(居士戀)」·「처용(處容)」·「사리원(沙里院)」·「장암(長巖)」·
「제위보(濟危寶)」·「안동자청(安東紫靑)」·「송산(松山)·「예성
강(禮城江)」·「동백목(冬栢木)」·「한송정(寒松亭)」·「정과정(鄭
瓜亭)」·「풍입송(風入松)」·「야심사(夜深祠)」·「한림별곡(翰林
別曲)」·「삼장(三藏)」·「사룡(蛇龍)」·「자하동(紫霞洞)」—의 이
름이 수록되어 있다. 그 밖의 고려의 향악으로는 「도이장가(悼
二將歌)·「쌍연곡(雙鷰曲)·「태평곡(太平曲)」·「후전진작(後殿
眞勺)」·「죽계별곡(竹契別曲)」 등이 있었음.

1251년	팔만대장경 완성. 팔관회 개최.
1259년	고려, 몽골에 항복.
1260년	이인로의 『파한집』 간행.
1270년	고려, 개경으로 환도, 삼별초의 대몽 항쟁.
1270년	몽골, 서경에 통치기관인 동녕부(東寧府)를 설치함.
1272년	삼별초, 탐라 주둔.
1273년	몽골, 탐라에 탐라총관부 설치.
1274년	결혼도감(結婚都監)을 둠. 고려군 8천 명, 몽한군(蒙漢軍) 2만 5천여 명이 연합하여 일본 정벌을 시도. 태풍으로 실패.
1278년	원제(元帝)가 송(宋)의 보기(寶器)인 봉병(鳳瓶)·옥적(玉笛) 등 90가지를 보내줌.
1280년	몽골, 일본 원정을 위한 전방사령부로서 정동행성(征東行省)을 고려에 설치함.
1282년	몽골, 정동중서성(征東中書省) 폐지.

1283년	몽골의 남녀 창우(倡優)들이 와서 공연함.
1285년	일연, 『삼국유사』 완성.
1288년	전민변정도감(田民辨整都監) 설치. 향각(香閣)에서 상화연(賞花宴)을 베풀고, 따로 여악(女樂)을 크게 벌임.
1290년	몽골, 동녕부 폐지.
1294년	「만수산요(萬壽山謠)」 지어짐.
1297년	몽골, 고려에 탐라 반환.
1296년	김원상, 「태평곡(太平曲)」 지음.
1304년	국학의 대성전이 완성됨.
1306년	연등회에 최이가 결채붕(結彩棚)하고 기악백희(伎樂百戲)를 베품.
1308년	몽골, 탐라에 다루가치(達魯花赤)를 파견.
1353년	원에서 금슬(琴瑟) 등 향악기(鄕樂器)를 가져옴.
1356년	기철 등을 제거. 정동행중서성이문소(征東行中書省理門所) 폐지. 쌍성총관부를 수복.
1359년	홍건적, 고려를 침입(~1361년).
1360년	이승휴, 『제왕운기(帝王韻紀)』 발간.
1363년	문익점, 원(元)에서 목면(木棉) 씨를 들여옴. 태묘악장(太廟樂章)을 신찬(新撰)함.
1370년	명나라에서 편종(編鐘)·편경(編磬)·생(笙)·소(簫)·금(琴)·슬(瑟)·배소(排簫) 등의 아악기(雅樂器)를 들여옴.
1371년	태묘(太廟) 친향(親享)에 악장을 신찬(新撰)함.
1372년	구정(毬庭)에서 태묘악(太廟樂)을 익히게 함. 왕이 승도(僧徒)로 하여금 무상가(無常歌)를 부르게 함.
1376년	최영, 홍산(鴻山)에서 왜구 정벌(홍산대첩).
1377년	이성계, 해주에서 왜구 격파. 최무선, 화통도감(火熥都監)이 설

치되면서 그 제조로 임명되어 화약을 이용한 무기 제조.

1380년	최무선, 진포에서 화통(火㷁)을 사용하여 왜구 격파. 이성계, 황산에서 왜구 격파(황산대첩).
1388년	이성계, 위화도 회군을 통해 정권을 장악.
1389년	박위, 대마도(對馬島)를 정벌. 악학(樂學)을 설립. 예조가 조회(朝會)에 용악(用樂)을 할 것을 청함.
1391년	과전법(科田法) 제정. 상복제도(喪服制度) 제정. 관현방을 폐지하고, 종묘의 악가를 익히기 위한 목적으로 아악서(雅樂署)를 설립.
1392년	고려 멸망, 태조 이성계, 배극렴 등의 추대로 즉위. 조선 건국. 도첩제(度牒制) 실시하여 승려가 되려는 사람에게 포(布)를 받고, 허가증을 발급. 종묘 제향에 관한 일을 관장했던 기관인 봉상시(奉常寺) 설립. 고려로부터 전승했던 아악서와 전악서가 조선 초기의 궁중 음악 활동의 중추적인 역할을 함. 아악서는 종묘 제례악의 연주 중에서 악기로 연주된 아악만을 관장하고, 전악서는 향악과 당악의 연주를 관장함.
1393년	조선 태조가 국호를 조선(朝鮮)으로 개칭. 정도전, 태조를 칭송하는 악사(樂詞) 6편—「몽금척(夢金尺)」·「궁수분곡(窮獸奔曲)」·「정동방곡」·「개언로(開言路)」·「수보록(受寶籙)」·「납씨가(納氏歌)」—을 찬진(撰進).
1393년	무악(武樂) 연습 기관인 무공방(武工房)을 설치함. 악공과 관현맹인(管絃盲人)의 관현반주와 여기(女妓)의 노래 등의 습악(習樂)에 관한 일을 맡았던 관습도감(慣習都監) 설치.
1394년	한양으로 천도. 공양왕과 두 아들을 교살함.
1395년	종묘 악장 및 사직(社稷)·원구(圓丘)·문선왕(文宣王) 등 제(祭)의 악장을 개작(改作)하기로 함.

1401년	가묘제(家廟制) 시행을 엄히 함. 노비변정도감(奴婢辨定都監) 혁파. 신문고 설치. 적전(籍田)·선농(先農)·우제(雨祭)에 악장(樂章)이 없음은 불가(不可)하다 하여 유사(攸司)로 하여금 제작하게 함.
1402년	처음으로 무과 실시. 호패법(號牌法)실시. 예조와 의례상정소에서 연례에 사용되는 음악을 제정. 예조(禮曹)와 의례상정소(儀禮詳定所)가 조회연향지악(朝會宴享之樂)과 신서통행지악(臣庶通行之樂) 등의 악조(樂調)를 진(進)함.
1403년	주자소(鑄字所) 설치.
1405년	무대(舞隊) 관복(冠服)을 예조에 명하여 상정(詳定)하도록 함.
1406년	하윤(河崙)의 건의로 십학(十學)―유학(儒學)·무학(武學)·이학(吏學)·역학(譯學)·음양 풍수학(陰陽風水學)·의학(醫學)·자학(字學)·율학(律學)·산학(算學)·악학(樂學)―을 설치함. '십학'은 10가지 교육기관임. 명나라에서 아악기를 구해옴.
1408년	전악(典樂)·아악(雅樂)의 공인취재(工人取才)를 구제(舊制)에 의해 열악(閱樂)을 시행하기로 함.
1409년	아악(雅樂)·전악(典樂)의 천전법(遷轉法)을 정함. 아악서(雅樂署)·전악서(典樂署)의 관품 정함.
1412년	군신동연(君臣同宴)에 수정부지곡(受貞符之曲)을 먼저 연주하고, 다음에 보동방(保東方)을 관현(管絃)에 올리고 여악(女樂)을 섞지 말도록 함.
1413년	8도 지방행정조직 완성.『태조실록(太祖實錄)』완성.
1419년	이종무, 대마도 정벌. 변계량, 「하황은곡(賀皇恩曲)」을 찬(撰)함.
1420년	집현전(集賢殿) 설치. 상왕 태종, 농부 10인을 누전(樓前)에 불러 농가(農歌)를 부르게 하고 사주(賜酒)함.

1421년	광효전(廣孝殿) 제향 주악(奏樂)의 친향(親享) 때, 출재궁(出齋宮)에는 성수무강(聖壽無彊), 승강작헌(升降酌獻)에는 태평년(太平年), 환재궁(還齋宮)에는 보허자, 섭행작헌(攝行酌獻)에는 태평년(太平年)을 연주하기로 함.
1423년	『고려사』 편찬. 수령고과지법(守令考課之法)을 개정. 금·슬·대쟁·생·봉소 등 악기를 악공들이 항시 이습(肄習)하게 함.
1425년	악학별좌(樂學別坐) 박연에게 수본(手本)에 의하여 악서(樂書) 찬집(撰集) 및 향악(鄉樂)·아악(雅樂)·율조(律調)·악기(樂器)·보법(譜法)을 기술한 도서를 성책하도록 함. 변계량이 「화산별곡(華山別曲)」을 제진(製進)하여 연향악으로 사용함. 경기도 남양(지금의 경기도 화성시 남양읍)에서 경석(磬石)을 발견함.
1426년	연향(宴享)의 파연곡(罷宴曲)에 「응천곡(應天曲)」과 「화산별곡(華山別曲)」을 쓰지 말고, 「정동방곡(靖東方曲)」·「천권곡(天眷曲)」·「성덕가(成德歌)」를 쓰기로 함.
1427년	아악 제정작업을 주관하고 있던 박연, 아악기 제작사업의 하나로 몇 번의 시험을 거듭한 끝에 석경(石磬) 1가(架) 12매(枚)를 만듦. 편종·금·슬·생·소 등 아악기를 제작함. 세종, 제향의 아헌·종헌·송신에 연주되던 향악교주 전통을 폐기하고, 제향이 처음부터 끝까지 순전히 아악기 연주로 일관되도록 고침.
1429년	정초, 『농사직설(農事直說)』 편찬. 상고행상(商賈行商)에 대한 납세법을 전국으로 확대. 예조에서 악학보계(樂學報啓)에 의하여 주종소(鑄鐘所)를 두고 편종을 주성(鑄成) 하기로 함.
1430년	악학제조(樂學提調) 유사눌, 새로 만든 조회악기(朝會樂器)와 가자(架子)를 올림. 『아악보(雅樂譜)』 완성. 박연의 상소에 의해 악기감색조(樂器監造色) 설치. 금(琴) 6·슬(瑟) 6·축(柷) 1·어(敔) 1·훈(塤) 10·부(缶) 10·지(篪) 10·적(笛) 10·소

	(簫) 10 · 관(管) 10 · 우(竽) 10 약약(籥)10 · 건고(建鼓) 등의 아악기를 제조. 조회와 하례에 당악 대신 아악을 연주하도록 결정.
1431년	하정례(賀正禮)에 새로 만든 아악(雅樂)을 사용함.
1432년	『삼강행실도(三綱行實圖)』 편찬. 삼군도총제부(三軍都摠制府) 혁파. 중추원 설치. 악학 취재의 제도를 정함.
1433년	회례연(會禮宴)에 처음으로 아악을 사용. 원묘악장(原廟樂章)을 만듦. 제악(祭樂)에 쓰는 관복의 제도를 정함. 민속가요를 채록하도록 함.
1434년	앙부일구(仰釜日晷)를 제작하여 설치하고 시간을 측정함. 유사눌이 지은 진작가사(嗔雀歌辭)를 악부에 올림.
1435년	한성부 호적 작성(성내 1만 9552호, 성저10리 2339호).
1438년	신숙주· 최항· 박팽년 등이 세종의 명으로 『동국정운(東國正韻)』을 편찬하여 간행.
1439년	박연, 공조참의가 됨.
1440년	『주문공가례(朱文公家禮)』에 따라 남자 16세, 여자 14세 이상이면 혼인을 허락함. 박연, 첨지중추원사가 됨.
1441년	측우기(測雨器) 제작. 화초(火鞘)를 개발하여 평안도 · 함길도에 배치함. 첨지중추원사 박연, '청묘악용사성소(請廟樂用四成疏)'를 올림.
1443년	정조나례(正朝儺禮)에 여악(女樂)을 없애고, 남악(男樂)을 쓰도록 함. 세종대왕, 훈민정음(訓民正音) 창제.
1444년	전분6등(田分六等) · 년분9등(年分九等)의 공법을 확정함. 『칠정산내외편(七政算內外篇)』, 『중수대명력(重修大明曆)』 간행.
1445년	『용비어천가(龍飛御天歌)』 총 125장 10권 완성. 『의방유취(醫方類聚)』 365권 완성.

1445~1447년   세종, 정간보(井間譜) 창안. 정간보는 음의 시간값만을 적었기
            때문에 율자보·오음약보 등과 함께 쓰임. 악장·가사·민요
            ·무가 등을 수록한 악보인『시용향악보(時用鄕樂譜)』가 조선
            전기 때 간행된 것으로 추정됨. 고려 이후 조선 전기에 걸쳐
            악장으로 쓰인 아악과 속악 가사를 모아 엮은 가집인『악장가
            사(樂章歌詞)』의 아악가사에는「풍운뇌우(風雲雷雨)」·「사직(社
            稷)」·「선농(先農)」·「우사전폐(雩祀奠幣)」·「납씨가(納氏歌)」
            ·「정동방곡(靖東方曲)」·「대보단악장(大報壇樂章)」이 실려 있
            고, 가사에는「여민락(與民樂)」·「보허자(步虛子)」·「감군은(感
            君恩)」·「서경별곡(西京別曲)」·「어부가(漁父歌)」·「화산별곡
            (華山別曲)」·「풍입송(風入松)」·「야심사(夜深詞)」·「한림별곡
            (翰林別曲)」·「처용가(處容歌)」·「정석가(鄭石歌)」·「청산별곡
            (靑山別曲)」·「사모곡(思母曲)」·「능엄찬(楞嚴讚)」·「영산회상
            (靈山會相)」·「쌍화점(雙花店)」·「이상곡(履霜曲)」·「가시리」·
            「유림가(儒林歌)」·「신도가(新都歌)」·「만전춘별사(滿殿春別
            詞)」·「오륜가(五倫歌)」·「연형제곡(宴兄弟曲)」·「상대별곡(霜
            臺別曲)」 등이 실려 있다.
1446년   세종, 훈민정음 반포.
1447년   『용비어천가』 주해 완성. 안견,「몽유도원도(夢遊桃源圖)」그
            림. 신숙주 등『동국정운(東國正韻)』·『사성통고(四聲通考)』등
            완성. 부녀자들의 산사(山寺) 출입을 엄금(嚴禁).
1449년   세종, 신악(新樂)을 개정함.『석보상절(釋譜詳節)』·『월인천강
            지곡(月印千江之曲)』 간행.
1450년   세종 사망.『동국병감(東國兵鑑)』 완성.
1451년   김종서 등,『고려사(高麗史)』139권 편찬.
1452년   수양대군,『역대병요(歷代兵要)』를 편찬.

1453년	수양대군, 김종서·황보인 등을 죽이고 정권을 잡음(계유정난 일으킴). 이징옥, 함길도 종성에서 난을 일으켜 대금황제(大金皇帝)를 칭하다가 처형됨.
1454년	『세종실록』 편찬 완료. 『세종실록악보』는 『세종실록』 권 136 에서 권147까지 11권에 32 정간보와 율자보로 기록되어 있음.
1455년	『홍무정운역훈(洪武正韻譯訓)』 완성. 단종, 수양대군에게 선위 (禪位).
1456년	이개·하위지·유성원·유응부·성삼문·박팽년의 여섯 충신 이 단종 복위를 꾀하다 잡혀 죽은 사육신(死六臣) 사건 일어남.
1457년	김수온, 악장 찬진. 악학과 관습도감을 통합하여 악학도감 설 치. 노산군(단종) 죽음.
1458년	『국조보감(國朝寶鑑)』 완성. 『박통사(朴通事)』, 『노걸대(老乞 大)』를 간행. 박연 죽음. 악제개혁 때 아악서(雅樂署)와 전악서 (典樂署)를 하나로 합쳐 장악서(掌樂署)를 설립함. 나중에 장악 서는 장악원(掌樂院)으로 바뀜.
1459년	『월인석보(月印釋譜)』 간행. 호패법 시행.
1461년	간경도감(刊經都監) 설치. 『신찬경국대전형전(新撰經國大典刑 典)』 반행(頒行). 승니호패법(僧尼號牌法) 제정.
1462년	간경도감, 『능엄경언해(楞嚴經`諺解)』 10권 간행. 호적 완성.
1463년	간경도감, 『법화경(法華經)』 간행. 『반야심경(般若心經)』 번역.
1464년	간경도감, 『선종영가집언해(禪宗永嘉集諺解)』·『금강경언해(金 剛經諺解)』·『심경언해(心經諺解)』·『아미타언해(阿彌陀諺解)』 간행. 『삼갑전법(三甲戰法)』 간행.
1465년	『원각경언해(圓覺經諺解)』 완성. 양성지, 『오륜록(五倫錄)』 찬 진(撰進).

1466년	과전법 혁파, 직전법(職田法) 실시. 전악서 · 아악서 · 봉상시 · 악학(樂學) · 관습도감(慣習都監) 등 음악 기관의 기능을 장악서(掌樂署)로 통합.
1467년	이시애의 난 일어남. 양성지, 『해동성씨록(海東姓氏錄)』 찬진.
1469년	『경국대전』 완성. 세계지도 「천하도(天下圖)」 완성. 둔전(屯田)의 민경(民耕)을 허가함.
1471년	신숙주, 『해동제국기(海東諸國記)』 간행.
1475년	인목대비(仁穆大妃) 한씨(韓氏)의 『내훈(內訓)』 간행.
1477년	『의방유취(醫方類聚)』 30부 간행.
1478년	윤자운, 『한몽운요(韓蒙韻要)』 찬진. 서거정, 『동문선(東文選)』 편찬. 『향약집성방(鄕藥集成方)』 간행.
1481년	서거정 등, 『동국여지승람(東國輿地勝覽)』 편찬.
1484년	서거정 등, 『동국통감(東國通鑑)』 찬진.
1485년	『경국대전』 반포. 20가(家), 30가(家)로 작통(作統)하도록 함.
1488년	『향약집성방』 중 자주 쓰이는 약방을 한글로 번역, 간행하게 함. 이세좌, 「후정화(後庭花)」 · 「만전춘(滿殿春)」 같은 음악은 남녀상열(男女相悅)의 비리지사(鄙俚之詞)라 하여 기척(譏斥)함.
1487년	손순효, 궁중 식이요법서 『식료찬요(食料纂要)』 찬진.
1489년	윤호 등, 『신찬구급간이방(新撰救急簡易方)』 찬진.
1493년	성현 · 유자광 등, 왕명으로 조선시대의 의궤와 악보를 정리하여 편찬한 악서(樂書)인 『악학궤범(樂學軌範)』 완성.
1498년	무오사화(戊午史禍 · 戊午士禍) 일어남.
1500년	『농사언해(農事諺解)』 · 『잠서언해(蠶書諺解)』 · 『여사서내훈언해(女四書內訓諺解)』 등 간행.
1503년	임산부의 음식 섭취 및 섭생 등을 기술한 의서(醫書) 『임신최요방(妊娠最要方)』 간행.

1504년	갑자사화 일어남. 기녀(妓女)로 하여금 처용무(處容舞)를 배우도록 함. 『악학궤범』의 편찬자 성현 사망.
1506년	중종반정으로 연산군 폐위되고, 중종 즉위.
1510년	삼포왜란 일어남. 여악(女樂)을 혁파함.
1511년	처음으로 남악(男樂)을 사용함. 박연의 『악사(樂詞)』와 최보의 『표해록(漂海錄)』이 간행됨.
1512년	조선과 일본이 임신약조(壬申約條) 체결, 세견선(歲遣船)과 세사미(歲賜米)를 반감함.
1514년	신용개 등, 『속삼강행실(續三剛行實)』 찬진.
1517년	김안국, 『여씨향약(呂氏鄕約)』 간행. 사학(四學)·팔도(八道)에서 『소학(小學)』·『대학(大學)』으로 유생(儒生)과 동몽(童蒙)을 가르치고 우수한 자를 천거(薦擧)하도록 함.
1519년	기묘사화(己卯士禍) 일어남. 조광조, 능성 유배지에서 사약(死藥)을 받고 죽음. 향약(鄕約) 실시. 외방의 여악을 폐하고 남악을 설치함.
1520년	여악을 복립함.
1525년	의관(醫官) 김순몽·유영정·박세거 등이 편찬한 『간이벽온방(簡易辟瘟方)』 간행.
1539년	최세진, 『이문속집즙람(吏文續集輯覽)』 찬진.
1543년	주세붕, 백운동서원 건립.
1544년	왜인(倭人)들의 약탈 사건인 사량진왜변(蛇梁鎭倭變) 일어남. 서경덕, 「원이기(原理氣)」·「이기설(理氣說)」·「태허설(太虛說)」·「귀신사생론(鬼神死生論)」 등을 지음.
1547년	정미약조(丁未約條) 체결.
1550년	을사사화(乙巳士禍) 일어남. 명종, 백운동서원에 '소수서원'(紹修書院)이라는 현판과 『사서오경(四書五經)』과 『성리대전(性理

大全)』 등의 서적을 하사.

1559년   전라도 남부에서 을묘왜변(乙卯倭變)이 일어남. 이황, 『이학통
          록(理學通錄)』을 편찬함.

1562년   임꺽정, 황해도 토포사 남치근 등에 의해 포살됨.

1563년   『가례대전서(家禮大全書)』를 전라도 곡성현에서 처음 간행함.

1566년   후한(後漢)의 조대가(曹大家)가 지은 『여계(女誡)』·『여칙(女
          則)』·『여헌(女憲)』을 궐내에 진헌함. 이황, 「심경후론(心經後
          論)」을 지음.

1575년   이이, 『성학집요(聖學輯要)』 찬술.

1582년   이이, 「인심도심설(人心道心說)」 「선악기도(善惡幾圖)」 「김시습
          전(金時習傳)」을 지어 바침.

1589년   정여립, 모반 실패 후 자결함(기축옥사).

1592년   일본의 수령 도요토미 히데요시(豊臣秀吉)의 명령으로 고니시 유
          키나가(小西行長) 등이 부산을 침공. 임진왜란 시작. 한산섬 앞바
          다에서 전라 좌수사 이순신, 전라 우수사 이억기 및 경상 우수사
          원균이 거느린 조선 수군이 일본 수군의 주력대를 무찌름(한산
          도대첩). 진주목사 김시민 진주성에서 대승을 거둠(진주전투).

1593년   권율, 행주산성에서 왜군을 격파함(행주대첩). 이순신, 웅천을
          공격함.

1597년   일본이 다시 조선을 침공하여 정유재란(丁酉再亂) 발발. 이순
          신, 명량해전(鳴梁海戰) 승리.

1598년   노량해전(露梁海戰)이 일어남. 통제사 이순신이 전사함.

1599년   조선의 붕당(朋黨)들인 북인(北人)·남인(南人)·소북(小北)·대
          북(大北)의 갈등이 시작됨.

1608년   이원익의 요청으로 선혜청(宣惠廳)을 설치하고, 경기도에 대동
          법 실시.

1609년	일본과 국교를 회복하고 대마도의 세견선(歲遣船)을 20척으로 정함(기유약조).
1610년	허준, 『동의보감(東醫寶鑑)』 25권 편찬해서 바침. 『악학궤범』을 개판(改版)함.
1613년	계축옥사(癸丑獄事) 일어남. 『동의보감』을 내의원(內醫院)에서 간행.
1614년	이수광, 『지봉유설(芝峯類說)』 완성.
1620년	이득윤, 『현금동문류기(玄琴東文類記)』를 편집함.
1623년	서인 일파가 광해군 및 집권당인 대북파를 몰아내고 능양군(인조)을 왕으로 세움(인조반정).
1624년	부원수 이괄, 반란을 일으킴. 인조반정으로 조선 광해군이 폐위되고, 조선 인조 즉위.
1627년	후금 태종, 3만 명의 병력으로 조선에 침입(정묘호란).
1628년	류성룡의 『징비록(懲毖錄)』 간행.
1634년	이수광의 『지봉유설』 간행.
1636년	청(후금)이 조선을 침공. 인조, 남한산성으로 피난(병자호란) 발발.
1637년	인조가 삼전도(三田渡)에서 청 태종에게 항복. 소현세자 일행 볼모로 심양(瀋陽)으로 출발.
1640년	김종직의 『점필제집(佔畢齊集)』 간행.
1645년	소현세자, 아담 샬로부터 천문(天文)·산학(算學)·천주교 관련 서적들을 받아옴.
1649년	김육, 충청도에서 대동법을 실시할 것을 건의.
1653년	시헌력(時憲曆) 채택. 홍만종, 『시화총림(詩話叢林)』 편찬. 네덜란드 상인 하멜, 제주도에 표류.
1654년	함북우후 변급(邊岌) 등, 러시아(羅禪) 군사들을 격파하고 돌아

옴(나선정벌).

1655년	문신·농학자 신속, 『농가집성(農家集成)』 편찬.
1674년	권근의 『양촌집(陽村集)』 간행.
1676년	박세당, 농서(農書)인 『색경(穡經)』 편찬. 양예수, 『의림촬요(醫林撮要)』 간행.
1678년	상평통보(常平通寶) 주조.
1680년	남인(南人) 일파가 정치적으로 서인에 의해 대거 축출된 사건인 경신대출척(庚申大黜陟) 일어남. 신성, 『현금신증가령(弦琴新證假令)』을 저술함.
1689년	후궁 소의 장씨(昭儀張氏) 소생을 원자로 정호(定號)하는 문제를 계기로 서인이 축출되고 남인이 장악한 사건인 기사환국(己巳換局)이 일어남.
1690년	조선 후기 3대 시조집의 하나인 『해동가요』를 편찬한 김수장 태어남.
1694년	숙종의 폐비(廢妃) 민씨(閔氏) 복위운동을 둘러싸고 소론이 남인을 몰락시킨 사건인 갑술환국(甲戌換局)이 일어남.
1710년	악기조성청 설치.
1712년	백두산에 백두산정계비를 건립.
1716년	소론을 배척하고 노론을 중용한 병신환국(丙申換局)이 일어남.
1725년	영조, 붕당(朋黨)의 폐단을 교유(敎諭)하고 색목(色目)을 떠난 수용을 강조한 탕평책(蕩平策) 시행.
1725~1800년	18세기 판의 판소리, 우춘대·하한담·최선달 같은 명창들에 의해서 공연됨.
1728년	이인좌의 난. 서원의 사액(賜額)을 중단시킴. 김천택, 노래로만 불리고 기록되지 못했던 역대 시조를 모아 최초의 가집인 『청구영언』을 편찬함.

1736년	『여사서(女四書)』를 번역 간행함.
1743년	조선 후기 연향악(宴享樂)의 변천 과정에서 외진연(外進宴) 정재에서 무동(舞童)이 춤을 추고 제1작(酌) 초무(初舞)에 「보허자령」, 제2작 「아박」에 「정읍」, 제3작 「향발무」에 「보허자령」, 제4작 「무고」에 「향당교주」, 제5작 「광수무」에 「향당교주」를 쓰기로 정함. 내진연(內進宴) 정재에서는 여기(女妓)가 춤을 추고 「헌선도」·「수연장」·「포구락」·「오양선」·「연화대」 등의 당악정재와 「아박무」·「향발무」·「무고」 등의 향악정재를 쓰기로 정함.
1745년	전악 장문주, 연경(燕京)에 가서 당금(唐琴)과 생황을 사고, 또 음률을 배우고 돌아옴.
1750년	양포세(良布稅)를 반으로 줄이고, 그 부족액은 어업세·염세·선박세 등으로 보충하는 균역법(均役法)을 시행함.
1759년	『대악전보』 간행.
1744년	『속대전(續大典)』 완성.
1769년	판소리 명창 송흥록·염계달·고수관이 언급되는 관우희(觀優戱)를 읊은 「관극시(觀劇詩)」를 창작한 신위 태어남.
1776년	규장각(奎章閣) 설치.
1786년	정극인의 『불우헌집(不憂軒集)』 간행.
1784년	이승훈, 천주교 전도. 유득공, 『발해고(渤海考)』 완성. 김홍도, 「단원도(檀園圖)」를 그림.
1785년	『경국대전』과 『속대전』 및 그 뒤의 법령을 통합하여 편찬한 법제서로 6권 5책의 목판본인 대전통편(大全通編) 완성.
1790년	『무예도보통지(武藝圖譜通志)』 완성.
1791년	천주교도 윤지충·권상연 등을 처형함. 신해통공(辛亥通共) 실시.

1795년	『충무공이순신전서(忠武公李舜臣全書)』 간행. 혜경궁홍씨, 『한중록(閑中錄)』 지음. 이의평, 『화성일기(華城日記)』 지음. 이덕무의 『청장관전서(靑莊館全書)』 간행.
1798년	정조, 농정을 권하고 농서(農書)를 널리 구하는 윤음(綸音) 반포.
1801년	공노비(公奴婢) 일부 혁파(해방). 정약종·최창현·최필공·홍교만·홍낙민·이승훈이 처형당하고, 권철신·이가환은 옥사했으며, 정약전·정약용 형제가 유배당한 신유사옥(辛酉邪獄)이 일어남. 황사영 백서 사건 일어남.
1805년	안동 김씨 세도정치 시작.
1811년	평안도 농민전쟁(홍경래의 난) 일어남(~1812년).
1812년	「광대가(廣大歌)」에서 명창으로 권삼득·송흥록·모흥갑·신만엽·황해천·고수관·김제철·송광록·주덕기를 꼽은 신재효가 태어남.
1818년	정약용, 유배지에서 『목민심서』 저술.
1826년	신위, 관극시(觀劇詩)를 지음.
1827년	『팔도재인등장(八道才人等狀)』에 판소리 명창들—송흥록·김계철·고수관·염계량—등이 기록되어 있음.
19세기	중엽, 송만재, 한시 「관우희(觀優戲)」를 창작. 그 「관우희」 안에 그 당시 광대들이 연주했던 판소리 열두 마당—「춘향가」·「심청가」·「박타령」·「토끼타령」·「적벽가」·「배비장전」·「강릉매화타령」·「옹고집전」·「변강쇠타령」·「장끼타령」·「무숙이타령」·「가짜신선타령」—을 소개.
19세기 후반	이유원의 『가오고략(嘉梧藁略)』에서는 판소리 12마당 중에서 「강릉매화타령」·「옹고집전」·「변강쇠타령」·「장끼타령」·「무숙이타령」·「가짜신선타령」 등을 뺌. 신재효가 정리한 『판

소리사설집』에서는 「배비장전」·「장끼타령」을 제외한 6마당
만을 실음.

1800~1863년 19세기 전기에 활약한 판소리 명창으로 권삼득·모흥갑·송
흥록 등이 꼽힘.

19세기 말 전라남도 광주의 아전 김창조에 의하여 「가야금산조」가 만들
어짐. 그의 제자 한성기 등에 의하여 계승됨.

1832년 영국의 로드 암허스트호가 최초로 통상을 요구.

1885년 『가곡원류』·『금옥총부』·『승평곡』 등을 저술한 안민영 사망.
기독교 선교사들이 조선에 들어와 찬송가를 가르치면서 서양
음악을 수용하게 됨.

1860년 최제우, 동학 창시.

1861년 김정호가 대동여지도 간행.

19세기 중엽 「춘향가」·「심청가」·「박타령」·「토끼타령」·「적벽가」·「배
비장전」·「강릉매화타령」·「옹고집전」·「변강쇠타령」·「장끼
타령」·「무숙이타령」·「가짜신선타령」 등 판소리 열두 마당에
대한 내용(송만재의 한시 「관우희」). 「관우희(觀優戱)」는 신위
의 「관극시(觀劇詩)」와 함께 판소리 및 창우들의 연희 연구에
도움을 주는 자료임.

1862년 진주에서 임술 농민 봉기 일어남. 삼정이정청(三正釐整廳) 설
치. 김정호, 「대동여지도」 간행.

1863년 고종 즉위, 흥선대원군 집권.

1864년 동학 교주 최제우 처형.

1866년 프랑스인 베르뇌 등 9명의 선교사와 남종삼 등 천주교도들 처
형됨(병인박해). 미국 상선 제너럴셔먼호, 무단으로 대동강 진
입 시도하다가 소각됨, 프랑스군, 강화도를 점령함(병인양요).
정조 대에 편찬된 『대전통편(大典通編)』 이후 반포된 수교와

각종 조례 등을 보충한 『대전회통(大典會通)』 편찬.

1867년   육조 각 관아의 사무 처리에 필요한 행정 법규와 사례를 편집한 법제서인 『육전조례(六典條例)』 반포.

1868년   독일의 상인 오페르트(Ernest Jacob Oppert), 남연군 묘 도굴 사건을 일으킴. 흥선대원군, 서원을 47개만 남기고 철폐.

1871년   미국 군함 5척이 강화도 해협에 침입(신미양요). "서양 오랑캐가 침범하는데 싸우지 아니하면 화친하는 것이고, 화친을 주장하는 것은 나라를 파는 것이다"라고 새겨져 있는 척화비(斥和碑) 건립. 이필재의 난, 일어남.

1875년   해군의 군선(軍船)인 운요호(雲揚號), 조선 해안 탐사를 빙자해 강화도를 침범.

1876년   일본과 「강화도 조약」(조일수호조규)을 체결. 김기수 등 수신사를 일본에 파견. 「조일수호조규(朝日修好條規)」 부록 체결. 박효관, 안민영과 함께 『가곡원류』를 편찬함. 『가곡원류』는 다른 가집들과 달리 구절의 고저와 장단의 점수를 매화점으로 하나하나 기록해 실제로 부르기 쉽도록 함. 남창 665수, 여창 191수로 합계 856수를 실음. 곡조에 따라 30항목으로 나눠 편찬함.

1879년   지석영, 종두법 실시.

1880년   통리기무아문(統理機務衙門) 설치. 원산항 개항. 김홍집 등 수신사(修信使)를 일본에 파견. 김홍집, 고종에게 일본 주재 청국공사관 참찬관(參贊官)인 황쭌셴(黃遵憲)이 지은 『조선책략(朝鮮策略)』을 바침. 파리외방선교회한국선교단의 리델(Felix-Clair Ridel)주교, 『한불자전(韓佛字典)』 간행. 최시형, 포덕문(布德文)·논학문(論學文)·수덕문(修德文)·불연기연(不然其然)의 네 편으로 되어 있는 『동경대전(東經大全)』 간행. 『조선상고사(朝鮮上

古史)』・『조선상고문화사(朝鮮上古文化史)』・『조선사연구초(朝鮮史研究草)』 등을 지은 신채호 태어남.

1881년	이만손 등, 중국·일본·미국과 연합하여 러시아를 막는다는 주장의 불합리함을 지적한「영남만인소(嶺南萬人疏)」를 올림. 일본에 신사유람단(조사시찰단) 파견. 별기군 창설. 청에 영선사 파견.
19세기 후반	이유원의 『가오고략(嘉梧藁略)』에서는 판소리 12마당 중에서 「강릉매화타령」·「옹고집전」·「변강쇠타령」·「장끼타령」·「무숙이타령」·「가짜신선타령」 등을 뺌. 신재효가 정리한 『판소리사설집』에서는 「배비장전」·「장끼타령」을 제외한 6마당만을 실음.
19세기 말	전라남도 광주의 아전 김창조에 의하여「가야금산조」가 만들어짐. 그의 제자 한성기 등에 의하여 계승됨.
1882년	미국, 영국, 독일과 통상조약 체결. 구식 군인들이 신식 군대인 별기군(別技軍)과의 차별 대우에 불만을 품고 일으킨 임오군란(壬午軍亂) 일어남. 청(淸)의 간섭 강화.
1883년	태극기, 조선의 국기가 됨. 원산학사 설립. 『한성순보(漢城旬報)』 발간.
1884년	우정국 설치, 갑신정변(甲申政變)이 일어남. 판소리 이론가 신재효 사망.
1885년	영국, 불법으로 거문도 점령(~1887년). 배재학당 설립. 서울↔인천 간 전신 개통. 서양식 병원(광혜원) 설립. 기독교 선교사들이 조선에 들어와 찬송가를 가르치면서 서양음악을 수용하게 됨. 작자 미상의 『현금오음통론(弦琴五音統論)』이 간행됨.
1886년	통리아문 박문국에서 『한성순보』의 복간 형식으로 한성주보(漢城周報) 창간. 이화학당 설립. 배재학당에서 '창가(唱歌)'라

는 과목으로 책정되어 교육됨.

1889년	함경도, 곡식의 수출을 금지하는 방곡령(防穀令) 실시.
1893년	평안도 함종부민(咸從府民), 부사 심인택의 포학한 정치에 항거하여 봉기(蜂起). 동학교도, 보은·금구 집회.
1893년	언더우드, 악보 없는 가사집의 형태인 『찬양가』 발행.
1894년	강원도 금성에서 농민 봉기. 동학농민운동(갑오농민전쟁) 일어남. 청일전쟁 발발. 갑오개혁 추진. 공문서에 처음으로 한글 사용.
1895년	일본 공사 미우라 고로우(三浦梧樓)가 일본 군인과 낭인을 시켜 명성황후를 살해하게 함(을미사변). 지방제도를 8도에서 23부로 개편. 을미개혁의 일환으로 상투 풍속을 없애고 머리를 짧게 깎도록 한 명령인 단발령(斷髮令) 공포. 일본의 명성황후 시해 사건과 단발령의 시행에 반발하여 강원도와 충청도 유생(儒生)을 중심으로 시작된 대규모 항일의병운동인 을미의병(乙未義兵)이 일어남.
1896년	2월 11일부터 약 1년간에 걸쳐 고종과 태자가 친(親)러시아 세력에 의하여 러시아 공사관으로 옮겨서 거처한 사건인 아관파천(俄館播遷)이 일어남. 감리교회, 악보 없는 가사집의 형태인 『찬미가』 발행.
1897년	국호(國號)를 대한(大韓)으로 바꾸고 황제국을 선포. 대한제국(大韓帝國) 선포. 감리교회, 악보 없는 가사집의 형태인 『찬송시』 발행.
1898년	독립협회, 만민공동회 개최. 독립협회 해산.
1899년	대한제국 국제 반포, 최초의 철도인 경인선 개통. 경복궁에 전등 설치.
1900년	만국우편연합 가입. 활빈당 활동. 성서번역국, 『신약전서』 간

행. 군악대(軍樂隊) 2대(隊)를 둠.

1901년	제주도 대정군에서 도민(島民)과 천주교도가 충돌하여 수백 명의 사상자가 발생(이재수의 난).
1902년	독일인 에케르트(F.Eckert), 황실로부터 대한제국 국가를 위촉받아 한국의 전통적인 음계를 바탕으로 하고, 서양음악의 형식과 화성을 사용한 「대한제국애국가」를 창작. 우리나라 최초의 서양식 군악대 대원으로 입대, 에케르트에게 지도를 받았던 정사인은 민요풍의 노래인 「태평가」 같은 작품과 전통음악의 5음 음계를 절충한 작품인 「내 고향을 이별하고」, 5음 음계를 바탕으로 한 「돌진」·「추풍」 등의 행진곡 등을 남김.
1904년	러·일전쟁 발발. 한일의정서 맺음.
1905년	미국과 일본, 가쓰라―태프트 밀약 체결. 을사늑약 체결. 동학, 천도교로 개칭. 통감부 설치. 이용익, 한국 최초의 정규 고등교육기관인 보성전문학교(고려대 전신) 개교. 김인식, 「학도가(學徒歌)」를 작곡함.
1905~1908년	악보 없는 가사집의 형태인 『합동찬송가』 제작됨.
1906년	대강 자강회 조직. 신돌석, 의병 봉기. 최익현, 쓰시마섬에서 순절. 이인직, 최초의 신소설 『혈(血)의 누(淚)』 만세보에 연재.
1907년	국채보상운동 전개, 신민회 조직, 헤이그 특사파견으로 고종 퇴위, 군대 해산. 신민회 결성. 13도 창의군 활동. 거문고의 명인 함제운, 전악(典樂)으로 낙점됨.
1908년	의병, 서울진공작전 실패. 일제의 한국 농민 수탈의 선봉이 되어 민원(民怨)의 대상되었던 동양척식주식회사 설립.
1909년	안중근, 이토 히로부미(伊藤博文) 사살. 일본, 남한대토벌작전 벌임. 독립운동 세력들은 간도와 만주 지방으로 피신. 나철, 대종교 창시. 한국의 전통음악 전수와 서양음악의 주체적 수용

을 목표로 한 음악운동이 한국 최초의 민간 음악교육기관이었
던 조양구락부(調陽俱樂部)를 중심으로 일어남.

1910년 홍범도 등, 연해주 의병 국내 진격 작전, 경술국치(한일합방)
일본의 식민국이 됨. 주시경, 『국어문법』(박문서관) 출판.

1911년 105인 사건이 일어나면서 신민회 해체, 조선교육령 반포. 정
악을 유지, 보급하기 위하여 음악 교육기관인 조선정악전습소
가 조양구락부의 후신으로 발족함.

1912년 임병찬, 대한독립의금부 창설. 토지조사사업 시작(~1918년).
조선 정악원 제1회 졸업생 18명 배출.

1913년 흥사단 창설. 경상북도 풍기(현 영주시)에서 대한광복단 결성.

1915년 대구에서 대한광복회 조직.

1916년 박중빈, 원불교 창시.

1917년 이광수, 동시대 사람들의 삶과 성격을 핍진하게 묘사한 장편소
설 『무정(無情)』을 매일신보에 126회에 걸쳐 연재. 연희전문학
교(연세대학교 전신) 개교.

1917년경 숭실전문학교(숭실대학교 전신)의 음악부에서 마오리·말스베
리 등의 선교사로부터 음악교육을 받은 음악가들—현제명·박
태준·김동진 등—이 배출되기 시작함. 연희전문학교에서 김
영환의 지도 아래 윤기성·이인선 등의 음악가가 배출되기 시
작함.

1918년 이광수, 장편소설 『무정』, 광익서관에서 출간. 조선정악전습소
에서 조선악과와 서양악과를 졸업한 이상준, 자작곡 「야구가」
·「효순」 등의 작품을 수록한 『이상준 최신창가집』 펴냄. 이
창가집은 이상준이 1911년에 펴낸 『보통창가집』과 함께 중고
등학교에 널리 퍼짐. 그 밖에도 이상준은 『신유행창가집』 등
10여 종의 노래책을 펴냄.

1919년	고종황제 죽음, 월슨(Thomas Woodrow Wilson)의 민족자
	결주의로 인해 전 국토에서 3·1운동 발발. 이화학당 학생 유
	관순, 4월 1일, 조인원·유중권·유중무 등과 함께 병천 시장
	에서 수천 명이 참여한 만세 시위를 주도. 상해에 대한민국 임
	시정부 수립. 대한애국부인회 조직됨. 의열단 조직. 김동인·
	전영택·주요한 등, 최초의 문예동인지 『창조』 창간. 경성여고
	등보통학교에 임시여자교원양성소를 부설함. 최초의 한국 영
	화 「의리적(義理的) 구투(仇鬪)」, 단성사에서 상영됨(제작 박승
	필·김도산, 촬영 이필우, 출연 변기종). 조선총독부에서 3·1
	운동 이후의 여파를 진정시키기 위하여 대동사문회(大東斯文
	會) 조직.
1920년	김좌진 장군의 청산리 대첩. 조선물산장려회 조직. 조선일보·
	동아일보 창간. 만주 지역에서 항일 세력에 대한 정보수집 및
	조선인 사회 통제를 목적으로 만주보민회(滿洲保民會) 결성.
	반독립 친일 여론의 조작과 선전 유포를 목적으로 한 국민협
	회 결성.
1921년	김억 번역시집 『오뇌(懊惱)의 무도(舞蹈)』, 광익서관에서 출간.
1922년	소파 방정환, 어린이날 제정. 민립대학 설립 운동 추진. 이광
	수, 「민족 개조론」 발표. 윤백남, 민중극단 조직.
1922년경	박태준, 「순례자」·「사우」 등의 가곡을 작곡.
1923년	서태석, 암태도 소작농민 투쟁(~1924년). 관동대지진 조선인
	대학살. 나도향 소설집 『진정(眞情)』, 영창 서관에서 출간. 현
	진건 소설집 『타락자』, 한성도서주식회사에서 출간. 김억 시집
	『해파리의 노래』, 한성도서주식회사에서 출간. 최초의 극영화
	「월하의 맹서」 개봉(감독 윤백남, 주연 이월화·권일청).
1924년	홍난파, 1월 19일 YMCA 강당에서 독주회를 열어 「애수의 조

선」을 비롯하여 「하야의 성군」·「로맨스」·「라단단조 가보테」 등의 바이올린 독주곡을 발표. 황해도 재령군 북률 농민항쟁 일어남. 조선청년동맹, 조선노·농총동맹 결성. 염상섭 소설집 『견우화(牽牛花)』, 박문서관에서 출간. 작곡가 윤극영, 「반달」을 비롯해 「설날」·「까치까치 설날」·「할미꽃」·「고기잡이」·「꾀꼬리」·「옥토끼노래」 등의 창작 동요를 발표.

1925년   조선공산당 결성. 김동환 서사시집 『국경의 밤』, 한성도서주식회사에서 출간. 김소월 시집 『진달래꽃』, 매문사에서 출간. 일본 민족의 우위성을 고취하고 역사 교육을 통해 한국인의 민족의식을 배제하고자 조선사편수회 설치. 조선정악전습소 출신으로 동경으로 유학을 떠났다가 3·1운동 이후 귀국하여 『세계명창가집』을 펴낸 홍난파는 김형준 작사의 「봉선화」를 작곡함. 윤극영(尹克榮), 동요집 『반달』 출간. 이화여자전문학교(이화여대 전신), 한국 최초의 음악과 창설.

1926년   6·10만세운동. 나석주, 동양척식회사에 폭탄 투척. 경성제국대학 개교. 한용운 시집 『님의 침묵』, 회동서관에서 출간. 최남선 시조집 『백팔번뇌』, 동광사에서 출간. 최서해 창작집 『혈흔(血痕)』 출간. 염상섭 창작집 『금반지』, 글벗집에서 출간. 현진건 소설집 『조선의 얼굴』 출간. 관립 대학인 경성제국대학 개교.

1927년   신간회 결성. 경성방송국, 라디오 방송 시작. 이기영 소설집 『민촌(民村)』, 문예운동사에서 출간. 현제명, 전미국 현상음악회에서 1위로 입선. 윤극영·한정동 등, 조선동요연구협회 창립.

1928년   원산 총파업(~1929년). 홍명희 대하소설 『임거정전(林巨正傳)』, 「조선일보」에 연재. 조명희 창작집 『낙동강』, 백악사에서 출간. 조선문예영화예술협회 창립. 미국 유학에서 돌아온 현제명이 연희전문학교에서 음악 지도를 하게 됨. 김성태·김생려·이유선·문학준·김관·최성두·이유성·이인범·한인항·곽정선·정희석·배석빈 등의 음악인이 연희전문학교에서 배출됨.

1929년   광주학생항일운동 일어남. 홍난파『조선동요100곡집』(1929.10, 1930.4, 1933.5) 발행. 가요「타향살이」(고복수 노래, 손목인 작곡) 유행됨. 민요「아리랑」의 금창령 내림. 홍난파『조선동요100곡집』(1929.10, 1930.4, 1933.5) 발행. 일제가 우리 고유의 민요를 부르지 못하게 금한 조치인 금창령(禁唱令)을 내려, 민요「아리랑」을 부르지 못하게 함.

1930년   조선프롤레타리아 예술동맹 카프(KAPF)로 약칭(略稱)하기로 함. 홍난파 작곡집『조선동요백곡집』상·하권 간행됨. 김소랑, 삼천가극단 조직. 홍해성, 신흥극장을 조직. 불교전수학교, 중앙불교전문학교(동국대학교 전신)로 승격됨. 가요「목포의 눈물」(이난영 노래, 손목인 작곡) 발표. 판소리 명창 송만갑, 조선음률협회(1930년)와 조선성악연구회(1933년)를 만들어 후배양성과 창극 발전에 힘을 쏟았음.

1931년   일제의 만주 침략. 신간회 해소. 동아일보, 브나로드 운동(V narod movement) 전개(~1934년). 조선어연구회를 조선어학회로 개칭(改稱)하고 기관지『한글』을 다시 창간. 조선프롤레타리아예술동맹원 70여 명 검거됨(제1차 카프 검거). 염상섭 장편소설『삼대』, 조선일보 연재. 평양 소재 평원고무공장의 여공인 강주룡, 을밀대고공투쟁(乙密台高空鬪爭)으로 여론을 환기하려다가 일본 경찰에 체포되어 단식 투쟁 끝에 30세에 요절함. 서항석·김진섭·장기제 등, 극예술연구회 조직.

경성제국대학 본관 준공됨. 작곡가 김동진, 「봄이 오면」 작곡.

1932년   이봉창·윤봉길 의거. 조선혁명군과 한국독립군이 한·중연합군 조직. 가요 「황성(荒城)옛터」(왕평 작사, 전수린 작곡, 이애리수 노래) 유행. 토월회의 후신으로 태양극장 설립됨. 이광수의 장편소설 『흙』, 「동아일보」에 연재 시작. 작곡가 김동진, 「봄이 오면」·「가고파」 등 작곡.

1933년   한글맞춤법 통일안 발표. 조선총독부, 농촌진흥운동 시작. 김창환·송만갑·정정렬·이동백·김창룡 등의 명창이 중심이되어 조선성악연구회 조직함. 홍난파 작곡, 이은상 작사 『조선가요작곡집』을 한성도서에서 간행함(「봄처녀」·「고향생각」·「옛동산에 올라」·「성불사의 밤」·「장안사」·「금강에 살으리랏다」 등 15곡 실음). 「아리랑」·「한양의 사계」 레코드, 치안방해 이유로 발매금지 처분됨. 이기영, 장편소설 『고향』을 「조선일보」에 연재. 명동극장 건립됨. 동아일보사, 여성잡지 『신가정』 창간. 이효석·정지용·이무영·이태준·김기림 등, 구인회 조직. 독일 슈테르헨 음악학교에서 바이올린과 작곡을 공부하고 돌아온 채동선, 정지용의 시에 곡을 붙인 「고향」을 발표함.

1934년   강경애 장편소설 『인간문제』, 동아일보 연재. 박태원 중편소설 「소설가 구보씨의 1일」, 조선중앙일보 연재. 이병도·김윤경·이병기 등, 진단학회 창립.

1935년   조선총독부, 각 학교에 신사 참배 강요. 심훈, 장편소설 『상록수』 「동아일보」 창간 15주년 기념 현상소설에 당선. 최초의 발성영화 「춘향전」(이명우 감독, 문예봉·한일송 출연), 단성사에서 개봉. 김유정 중편소설 「만무방」, 조선일보 연재. 최현배 지음, 『중등조선말본』 출간. 진단학회 창립, 기관지 『진단학보』 창간. 조선프롤레타리아 예술동맹원 80명이 제2차 카프 사건으로 검거됨. 조선프롤레타리아예술동맹(KAPF) 해체. 경기도 수원군 반월면 샘골(지금의 경기도 안산시 본오동)에서 농촌계몽과 민족의식을 고취시키던 농촌운동가 최용신, 병사. 최남선 편, 『시조유취(時調類聚)』 간행. 박승빈 지음, 『조선어학』 출판. 전조선 9개도(道) 교화단체연합회와 그에 소속된 7천 2백 75개 친일교화 단체를 망라하는 중앙조직인 조선교화단체연합회 출현. 이용악 시집 『분수령』 삼문사에서 출간. 정지용 시집 『정지용시집』, 시문학사에서 출간.

1936년	손기정, 베를린 올림픽 마라톤 우승. 동아일보 일장기 말살 사건. 백석 시집 『사슴』 간행. 김기림 시집 『기상도』, 창문사에서 간행. 김은호·허백련 등, 조선미술원 창립. 청춘좌, 우미관에서 「사랑에 속고 돈에 울고」 공연. 조선성악연구회, 창극좌(唱劇座) 조직. 안익태, 「한국환상곡」·「애국가」를 작곡함. 가야금 연주가 황병기 출생.
1930년대 중반	안기영·김동진·김세형·이흥렬 등, 가곡을 중심으로 한 활발한 창작 활동.
1937년	중일전쟁 시작. 황국신민의 서사(皇国臣民ノ誓詞) 제정. 신사참배 강요. 화신 백화점 개점. 채만식 장편소설 『탁류』, 조선일보 연재. 최현배 지음 『우리말본』 출간. 이윤재 『표준조선말사전』 출판. 일본의 침략전쟁을 지원하기 위해 상류층 부녀들을 중심으로 금제품과 국방비 헌납, 일본군 환송 따위의 활동을 한 단체인 애국금차회(愛國金釵會) 결성. 오장환 시집 『성벽(城壁)』, 아문각 출간. 이기영 소설집 『서화(鼠火)』 출간. 조선성악연구회, 동양극장 소속 공연단체로 개편됨. 최현배 지음, 『우리말본』 간행. 나운규 죽음. 윤이상, 첫 동요집 『목동의 노래』

발표. 일제강점기 조선정악전습소 학감, 이왕직아악부 촉탁 등
을 역임한 가곡의 명창 하규일 사망.

1938년   일제, 학교 교육과정에서 국어교육 폐지(한글 교육 금지). 김원
봉 등, 조선의용대 조직. 조선음악가협회 해산을 결의. 김윤경
지음『조선문자급어학사』출간. 문세영 편찬『우리말사전』출
판. 민족운동 또는 사회주의운동을 했던 사람 중 친일로 변절
한 자를 맹원으로 한 시국대응전선사상보국연맹(時局對應全鮮
思想報國聯盟) 창설. 임화 시집『현해탄』, 동광당서점에서 출
간. 최재서 평론집『문학과 지성』, 인문사에서 출간. 작곡가이
자 바이올린 연주자인 홍난파, "천황의 분부를 받들어 팔굉일
우(八紘一宇)로" 만들자는「희망의 아침」(이광수 작사)을 작곡
해『가정가요』1집에 발표. 수양동우회 사건으로 체포되었던
현제명은 이묘묵·정영도·김여제·김여식·전영택·류형기
·이명혁·박태화·차상달·하경덕·갈홍기·홍난파 등 12인
의 흥사단원과 김기승·김노겸·노진설·이기윤·최봉칙 등 5
인의 동우회원 등 17인과 함께 전향성명서를 발표하고, 내선
일체(內鮮一體)에 의한 동아주의(東亞主義)를 표방한 친일단체
대동민우회(大同民友會)에 가입함. 조선음악가협회 해산을 결
의.

1939년   강제 동원 시작. 국민 징용령. 이태준, 문예지『문장』창간. 최
재서, 문예지『인문평론』창간. 김기림 시집『태양의 풍속』, 인
문사에서 출간. 신석정 시집『촛불』, 인문사에서 출간. 친일단
체 황군위문작가단 발족. 극연좌, 일제의 탄압으로 해산됨. 조
선총독부 어용문인단체인 조선문인협회 결성됨(박영희·유진
오·최재서·이광수 등 참가). 조선성악연구회,「창극 춘향전」
을 부민관에서 공연. 경성음악협회 연주회 열림. 대금(大笒)의

명인 김계선 사망.

1940년   조선영화령 공포. 조선영화인협회 창립. 동경학생예술좌 해산.
             창씨개명, 민족 말살 정책 강화.「동아일보」·「조선일보」강제
             폐간. 대한민국임시정부, 한국광복군 결성. 조선총독부 차원에
             서 조직된 친일단체인 국민총력조선연맹 결성. 조선사 편수회,
             『조선사』전 37권 완간. 안익태, 베를린 필하모니 오케스트라
             를 지휘. 조선연극협회·조선음악협회 결성됨.

1940~1945년 김동진·김성태·김순남 등 작곡가들에 의하여 새로운 경향이
             개척됨. 김동진은 만주의 신경교향악단에서「양산가(陽山歌)」
             등을 발표. 김성태는 한국적 선율에 의한「카프리치오」를 작
             곡, 초연. 안익태, 일본 정부의 기원2600년기념축전 사무국이
             요청한 황기2600년기념봉축음악을 작곡하였고, 같은 해 12월
             도쿄 가부기좌(歌舞伎座)에서 초연됨.

1941년   대한민국 임시정부, 건국 강령 발표 및 대일 선전포고. 조선연
             예협회 결성됨. 한일미술인, 조선미술가협회 조직. 유치진 등,
             현대극장 조직. 조선연극인총력연맹 결성. 친일 시인들, 국민
             시가연맹 조직. 친일잡지『신세대』,『춘추』창간. 태평양 전쟁
             시기에 회화봉공(繪畵奉公)과 화필보국(畵筆報國)을 내세운 조
             선미술가협회 결성. 친일문학지『국민문학』창간. 음악보국 주
             간행사, 전선음악경연대회, 국민개창운동 등의 사업을 전개하
             며 활동한 친일단체 조선음악가협회 결성. 홍난파, 조선음악가
             협회 결성대회에서 평의원에 선출된 데 이어, 국민총력조선연
             맹 문화부 위원에 선임됨. 서정주 시집『화사집(花蛇集)』, 남만
             서점에서 출간. 정지용 시집『백록담』, 문장사에서 출간.

1942년   조선어학회 사건 일어남. 독립 동맹 및 조선 의용군 결성. 양
             주동,『조선고가연구』출간. 전쟁협력운동을 목적으로 임전대

책협의회와 흥아보국단준비위원회가 통합되어 조직된 조선임
전보국단(朝鮮臨戰報國團) 결성. 대동아공영권 구상을 선전하
기 위해 대동아공영권의 문학 건설이라는 기만적인 목표를 위
해 대동아문학자대회를 개최(~1944년). 조선총독부의 지휘를
받으며 연극을 통한 한민족의 황국신민화운동에 앞장섰던 조
선연극문화협회 결성. 작곡가 김순애, 「현악4중주」·「바이올
린 소나타」·「피아노 소나타」 등을 발표.

1943년　　광복군, 미얀마에 군대 파견. 일제 징병제 학병제 실시로 조선
청년을 일본군으로 끌고 감. 조선문인협회, 조선하이쿠작가협
회, 조선센류협회, 국민시가연맹이 통합하여 친일문인단체인
조선문인보국회 결성. 시인 윤동주, 사상범으로 일본 교토(京
都)에서 체포됨. 가곡 「선구자」·「옛이야기」, 오레레타 「에밀
레종」 등을 만든 작곡가인 조두남, 징병제를 찬양하고 낙토만
주와 오족협화로서 대동아공영권을 건설하자는 내용의 군가풍
국민가요를 작사·작곡함.

1944년　　시인 이육사(이활), 중국 베이징(北京)에서 옥사(獄死). 조선총
독부, 여자 정신대 근무령 공포 시행, 여운형, 건국 동맹 결성.
김순남, 가곡 「탱자」·「피아노 소나타」 등을 발표.

1945년　　한국과 일본의 언론 출판계 인사들이 대연합군 전쟁을 독려하
기 위해 조직한 친일 단체인 조선언론보국회 결성. 조선인을
총알받이로 내모는 일제의 말기적 동원체제인 조선국민의용대
조직. 8·15 광복. 포츠담 선언으로 한민족 독립 약속. 얄타회
담으로 분단통치 결정. 여운형, 조선건국준비위원회 발족. 이
승만, 미국에서 귀국. 대한민국임시정부 김구, 중국에서 귀국.
계용묵 창작집 『백치아다다』, 조선출판사에서 출간.

1946년　　남조선국방경비대 창설. 북조선임시인민위원회 창설. 제1차

미소공동위원회 개최. 이승만이 정읍에서 단독정부수립을 공식적으로 언급(정읍발언). 정지용 시집 『지용시선』, 을유문화사에서 출간. 박목월·조지훈·박두진 공동시집 『청록집』, 을유문화사에서 출간. 이육사 시집 『육사시집』, 서울출판사에서 출간. 김광균 시집 『와사등(瓦斯燈)』, 정음사에서 출간. 김동리 소설집 『무녀도(巫女圖)』, 백민문화사에서 출간. 38선 이북으로 통행금지. 현제명 등, 고려교향악단 창설. 사립 경성음악학교가 서울대학교 예술대학 음악부로 승격됨.

1947년   북조선인민위원회 창설. 제2차 미소공동위원회 개최. 여운형, 피살. 김동리 창작집 『황토기(黃土記)』, 인간사에서 출간. 유치환 시집 『생명의 서(書)』, 행문사에서 출간. 이용악 시집 『오랑캐꽃)』, 아문각에서 출간. 임화 시집 『찬가(讚歌)』, 백양당에서 출간. 신석정 시집 『슬픈 목가(牧歌)』, 낭주문화사에서 출간. 염상섭 장편소설 『삼대』, 을유문화사에서 출간. 정악전습소, 한국정악원의 명의로 사단법인의 인가를 받음.

1948년   김구 김규식 등, 남북협상에 참가. 제주 4·3사건(제주 4·3 항쟁) 일어남. 여수·순천 사건 일어남. 남한 총선거. 대한민국 헌법이 공포됨. 대한민국 정부 수립. 조선민주주의인민공화국 정부 수립. 윤동주 시집 『하늘과 바람과 별과 시』, 정음사에서 출간됨. 김생려 등, 서울교향악단 창설. 채동선, 교성곡 「한강」·「조국」 등을 발표. 조두남, 가곡집 『옛임얘기』 발간. 윤이상, 가곡집 『달무리』 발간. 이인선이 중심이 되어 국제오페라단을 설립. 국악연구회, 이혜구·성경린·장사훈의 발의로 발족함. 『조선아악개요』(1915년), 『조선악기편』(1933년), 『이제악제원류』(1933년), 『증보가곡원류』(1938년), 『조선음악통론(朝鮮音樂通論)』(1948년) 등을 지은 국악 이론가 함화진 사망.

1949년   국회 프락치 사건 일어남. 정부, 농지 개혁법 공포. 김구, 안두
         희에 피살. 박두진 시집 『해』, 청만사에서 출간. 한용운 시집
         『님의 침묵』, 한성도서주식회사에서 출간. 심훈 시집 『그날이
         오면』, 한성도서주식회사에서 출간. 김광섭 시집 『마음』, 중앙
         문화협회에서 출간. 유진오(俞鎭五) 시집 『창(窓)』, 정음사에서
         출간. 정인보 시조집 『담원시조』, 을유문화사에서 출간.

1950년   한·미상호 방위원조 협정 조인. 조선민주주의인민공화국 남
         침으로 6·25전쟁 발발. 중국군, 한국전 개입. 황순원 장편소
         설 『별과 같이 살다』, 정음사에서 출간. 현제명, 가극 「춘향전」
         작곡. 일제강점기 원각사, 연흥사, 광무대 등에서 활동한 판소
         리의 명창 이동백 사망.

집필 작가 소개(가나다순)

김찬기   1991년 세계일보 신춘문예 단편소설 당선. 고려대 국문과 및 같은 학교 대학원 국문과 석사과정 및 박사과정 졸업(문학박사). 소설집 『달마시안을 한 번 보러와 봐』. 연구서 『한국 근대문학과 전통』·『한국 근대소설의 형성과 전(傳)』, 역서 『고등소학독본』 등 출간. 현 한경대학교 교수. 한경대 교무처장. 현대소설학회 회장.

김현주   1998년 계간 『문학과 사회』 단편소설 당선. 송순문학상 수상. 광주대 대학원 문예창작과 졸업. 창작집 『물속의 정원사』, 산문집 『네번째 찻물』, 장편소설 『붉은 모란 주머니』 등 출간. 전 장성도서관 독서토론강사.

마 린   2007년 계간 『내일을 여는 작가』 신인문학상 단편소설 당선. 인하대 영문과 졸업. 소설집 『아메리칸 앨리』 등 출간.

박선욱   1982년 『실천문학』 신인문학상 시 당선. 롯데출판문화대상 본상 수상. 시집 『회색빛 베어지다』, 『눈물의 깊이』, 『풍찬노숙』, 청소년소설 『고주몽: 고구려를 세우다』, 장편소설 『조선의 별빛: 젊은 날의 홍대용』, 평전 『윤이상평전:거장의 귀환』 등 출간. 전 도서출판 풀빛 상임 편집위원.

박숙희   1995년 한국일보 신춘문예 단편소설 당선. 부산대 사회학과 졸업. 장편소설 『쾌활한 광기』, 『키스를 찾아서』, 『이기적인 유전자』, 『사르트르는 세 명의 여자가 필요했다』, 『아직 집에 가고 싶지 않다』

등 출간. 산문집 『너도 예술가』 출간. 전 도서출판 풀빛 편집장.

엄광용   1990년 『한국문학』 신인문학상 중편소설 당선. 1994년 삼성문예상
          장편동화 부문 수상. 류주현 문학상 수상. 중앙대 문예창작과 및 단
          국대 사학과 대학원 석사과정과 박사과정 수료. 소설집 『전우치는
          살아 있다』, 장편소설 『황제수염』, 『사냥꾼들』, 『사라진 금오신화』,
          『천년의 비밀』, 대하소설 『광개토대왕 담덕』, 동화집 『이중섭과 세
          발자전거를 타는 아이』, 『초롱이가 꿈꾸는 나라』, 『황소개구리와 금
          두꺼비』, 『우주에서 온 통키 박사』 등 출간. 현 한국문명교류연구소
          연구원.

유시연   2003년 『동서문학』 신인문학상 단편소설 당선. 현진건문학상 수상.
          동국대 문화예술대학원 문예창작과 졸업. 소설집 『알래스카에는 눈
          이 내리지 않는다』, 『오후 4시의 기억』, 『달의 호수』, 『쓸쓸하고도
          찬란한』, 장편소설 『부용꽃 여름』, 『바우덕이전』, 『공녀, 난아』, 『벽
          시계가 멈추었을 때』, 산문집 『이태리에서 수도원을 순례하다』 등
          출간. 현 한국작가회의 소설분과 위원회 간사.

정수남   1984년 서울신문 신춘문예 단편소설 당선. 국학대(고려대 전신) 국
          문학과 졸업. 한국소설문학상 수상. 창작집 『분실시대』, 『별은 한낮
          에 빛나지 않는다』, 『타성의 새』, 『아직도 그대는 내 사랑』, 『시계탑
          이 있는 풍경』, 『길에서, 길을 보다』, 『앉지 못하는 새』, 장편소설 『행
          복아파트 사람들』, 시집 『병상일기』, 산문집 『시 한 잔의 추억』 등
          출간. 현 일산문학학교 대표.

채희문 1987년 계간 『세계의 문학』에 중편소설 「철탑」을 발표. 1988년 동아일보 신춘문예 중편소설 당선. 황순원 작가상 수상. 중앙대 문예창작과 졸업. 창작집 『철탑(鐵塔)』, 『검은 양복』, 중편소설 『흥선대원군』, 장편소설 『흑치』·『슬픈 시베리아』, 대표작품선 『바람도 때론 슬프다』 출간. 전 랜스 에디팅 대표.